Nicole C. Vosseler

Das Haus der Spione

Für Carina,
die sich so lange gedulden musste,
bis diese Geschichte
geschrieben war

Nicole C. Vosseler

Das Haus der Spione

Arena

In neuer Rechtschreibung

1. Auflage 2007

Einbandgestaltung: Frauke Schneider
unter Verwendung der Bilder von Nicholas Hilliard:
Queen Elisabeth I, the Pelican Portrait, detail of the Tudor Rose,
c. 1574 © The Bridgeman Art Library,
John the Younger Bettes: Queen Elisabeth I, c. 1585–90
© The Bridgeman Art Library und
Angolo Bronzino: Eleonora da Toledo (1519–74) © The Bridgeman Art Library
Gesamtherstellung: Westermann Druck Zwickau GmbH
ISBN 978-3-401-06066-8

www.arena-verlag.de

Mein ganzes Leben habe ich nach dem Motto »video et taceo« gelebt, ich sehe und ich schweige. Aber nun ist der rechte Moment gekommen, mein Schweigen zu brechen. So richte ich heute das Wort an Euch über Raum und Zeit hinweg.

Schon zu Lebzeiten war ich eine Legende. Um wie viel mehr bin ich es heute nach all der Zeit, die vergangen ist! Vieles ist über mich geschrieben, noch mehr erzählt worden.
Was davon ist Wahrheit?
Alles und nichts.

Ich war eine Meisterin der Täuschung, das ist wahr, und mit mir das halbe Land, weil es die Zeit so erforderte. Richtet mich daher nicht nach Eurem Maß, denn dieses wäre tödlich gewesen in meinen Tagen. Lest aber diese Geschichte, um Euren Blick zu schärfen und der Wahrheit ein wenig näher zu kommen.

Prolog

London, den 6. Dezember Anno Domini 1569

Samuel Shipwash hatte es eilig. So eilig, dass er sich nicht einmal die Mühe machte, sein gepolstertes Wams zu schließen. Dabei war die Luft draußen schneidend kalt, stach unangenehm durch den dünnen Stoff seines Hemdes und ließ ihn frösteln. Aber den sich vorwölbenden Bauch einzuziehen und an den Verschlussbändern herumzunesteln – nein, das lohnte sich nicht. Nicht für die paar Schritte von seinem Haus am Bull Head Court bis zur Kirche. Außerdem hätte er sich dann eingestehen müssen, dass er das Wams kaum noch zubekam. Dabei stand die Weihnachtszeit mit all den Leckereien erst noch bevor! Sein Magen zog sich knurrend zusammen, als er an den Eintopf dachte, der über dem Feuer in der Küche vor sich hin blubberte, aus Erbsen, Möhren, Zwiebeln, mit großen Stücken fetten Hammelfleisches darin. Ein Grund mehr, sich zu beeilen. Ganz abgesehen davon, dass Mistress Shipwash schnell ungehalten wurde, wenn sie mit dem Essen auf ihn warten musste.

In großen Schritten hastete er über den Platz. Es hatte geschneit, nur einen Hauch, und die Kristalle auf dem gefrorenen Boden knisterten unter den Sohlen seiner Stiefel. Durch Ritzen in den hölzernen Fensterläden der Nachbarhäuser blinzelte Licht hervor. Um diese Jahreszeit dämmerte es bereits am Nachmittag und nun, am frühen Abend, herrschte schon schwarze Nacht. Doch Samuel Shipwash kannte seinen Weg im Schlaf. Seit gut zehn Jahren oblag ihm als Küster des Londoner Stadtteils Newgate die Sorge um das Erscheinungsbild der trutzigen Christ Church. Eine Sorge, der er mehr oder minder gewissenhaft nachkam.

Es waren Franziskanermönche gewesen, die vor langer Zeit das Kloster mit dem dazugehörigen Gotteshaus errichtet hatten. Damals hatten sowohl England als auch das übrige Europa nur einen Glauben gekannt. Jene Mönche hätten sich gewiss nicht träumen lassen, dass eines Tages ein deutscher Ordensmann namens Martin Luther mit seinen Weggefährten eine Spaltung der Christenheit in Katholiken und Protestanten auslösen würde. Und noch viel weniger hätten sie es für möglich gehalten, dass ein englischer König bald darauf diese Entwicklung nutzen würde, um seine eigene protestantische Kirche zu gründen. So wie es Heinrich VIII. getan hatte. Allein zu dem Zweck, sich von seiner ersten Frau Katharina von Aragón scheiden zu lassen, die ihm nur die Tochter Maria Tudor geboren hatte, nicht aber den ersehnten Thronerben. Die Franziskaner waren vertrieben worden, wie ihre Brüder und Schwestern aus allen Klöstern des Landes. Ihre großartige Kirche jedoch hatte die Zeit überdauert und blickte seither streng auf den winzigen Stadtteil herab, der zu ihren Füßen gewachsen war.

Über solche Dinge dachte Samuel Shipwash allerdings nie nach, während er die schweren Kirchenportale auf- und zuschloss, Kerzen anzündete oder auslöschte und auch sonst nach dem Rechten sah. Er war kein gläubiger Mensch, und ob England nun katholisch oder protestantisch war, spielte für ihn keine große Rolle. Hauptsache, es herrschte Frieden, er hatte einen vollen Magen und ein Dach über dem Kopf und Mistress Shipwash zankte nicht allzu oft mit ihm. Für alles andere sorgte Elisabeth I., Königin nun schon im zwölften Jahr. *Gelobt sei unsere gute Queen Bess!*

Seine Frömmigkeit beschränkte sich darauf, während der Predigten seines Pastors vor sich hin zu dösen und vor dem Essen schludrig das Dankgebet zu murmeln. Tief in seiner Seele verwurzelt war jedoch der alte Volksglaube. Wie alle seine Nachbarn fürchtete er sich nicht wenig vor Hexen mit ihrem bösen Blick, der Vieh krank und Milch sauer werden ließ. Vor Elfen, die Kinder in ihr magisches Reich entführten, und vor Zauberern, die mit dem Teufel im Bunde standen. Und als Samuel Shipwash an diesem Abend in der menschenleeren Kirche die Hand hob, um die letzte Kerze zu löschen, und hinter sich ein Rascheln hörte, erstarrte er.

Er kannte das Geräusch von über Steinplatten huschenden Mäusen und das Knarren der hölzernen Bänke. Jedes quietschende Scharnier an den Türen und das Knacken, das das eine oder andere Bauteil der Orgel auf der Empore von sich gab, waren ihm wohlvertraut. Doch dieses Geräusch war ihm gänzlich fremd und ließ ihm einen kalten Schauder den Rücken hinablaufen.

Mit angehaltenem Atem lauschte er angestrengt in den weiten, stillen Raum hinein, dessen Luft ihm plötzlich kälter schien als zuvor. Die Kerzenflamme flackerte, ließ Schatten über die glatten Säulen und die nackten, geweißelten Wände zucken. Einzelne Flächen der bunten Glasfenster glommen auf, schienen ihm wie leuchtende Katzenaugen, die sich öffneten und wieder schlossen. Da – da war es wieder: ein flaches Rascheln, ein Knistern und Scharren. Dann ein kleiner kehliger Laut, der sich in den steinernen Nischen und Vorsprüngen verlor. Zweifellos, er kam von der gegenüberliegenden Seite des Altars, die im Dunkeln lag.

Langsam und mit klopfendem Herzen drehte sich Samuel Shipwash um. Ein dünnes Wimmern setzte ein, wurde lauter und schriller, steigerte sich zu einem grellen Geheul, das erbarmungslos durch Mark und Bein drang. Der Küster zögerte keine Sekunde länger, nahm seine kurzen Beine in die Hand und rannte, so schnell es seine Leibesfülle zuließ.

Pastor Edmund Hardcastle saß beim trüben Licht einer rußenden Talgkerze in seiner Stube und kaute an einer Scheibe Brot, die so trocken und hart war wie Stein. Dass er sie ab und an in die Schale mit der wässrigen Rübensuppe oder in den irdenen Krug mit stark verdünntem Ale stippte, machte es auch nicht besser. Es war beileibe nicht so, dass er sich nichts Besseres hätte leisten können. Zwar waren die zur Christ Church gehörenden Einnahmen nicht gerade üppig, aber für Butter und Fleisch und eine dicke Suppe hätte es allemal gereicht. Zumal Hardcastle als Schulmeister für den Kirchsprengel ein nicht zu verachtendes Nebeneinkommen erzielte. Was er mit all diesem Geld machte? Das fragte sich auch seine Schwester Prudence jeden Montag, wenn er ihr die wenigen Münzen wöchentlichen Haushaltsgeldes hinzählte, obwohl sie grundsätzlich seine Überzeugung teilte, dass Völlerei einer der kürzesten Wege in Satans Hände sei.

Prudence Hardcastle saß an diesem Abend am anderen Ende des Tisches, an dem der Pastor sein karges Mahl verzehrte, und flickte zum wiederholten Male eines seiner Nachthemden. Mit jedem Jahr, das sie ihrem früh verwitweten, kinderlosen Bruder den Haushalt führte, war sie ihm ähnlicher geworden. Beide groß und hager, schienen ihre schmalen Gesichter immer länger zu werden. Und die links und rechts ihrer Mundwinkel senkrecht hinablaufenden Falten verliehen ihnen beiden auch dann einen mürrischen Ausdruck, wenn sie es ausnahmsweise einmal gar nicht waren.

Doch das fieberhafte Klopfen an der Tür ihres kleinen Pfarrhäuschens am Anfang der Cock Lane, gleich schräg gegenüber der Kirche, gab ihnen nun wirklich einen Grund, sich gegenseitig verdrießlich anzublicken. Unerwartete Störungen ihrer Abendruhe schätzten sie beide nicht sonderlich. Denn diese konnten meist nur bedeuten, dass ein gerade geborenes, schwächliches Kind die Nottaufe erhalten sollte oder eines der Gemeindemitglieder die letzte Stunde gekommen sah.

»Warum müssen sich die Leute immer solch ungünstige Uhrzeiten zum Sterben aussuchen?«, muffelte Hardcastle dann auch zwischen den letzten zwei Bissen seines Abendbrotes. Während er sich noch die Hände an seinem Talar abwischte und ohne Hast erhob, war seine Schwester schon zur Tür geeilt.

Die hohe Stirn unter der schmucklosen Haube gerunzelt, sah Prudence Hardcastle stumm den rotgesichtigen und sichtlich aufgelösten Küster an. Ihr Blick blieb ebenso fasziniert wie angewidert an seinem dicken Bauch hängen, der im Takt von Shipwashs Schnaufen auf- und abhüpfte. So entging ihr sein reflexartiges Naserümpfen. Denn Prudence Hardcastle sah nicht nur säuerlich aus – sie roch auch ebenso, wie Samuel fand. Erst als er den Pastor hinter ihr auftauchen sah, fing sich der Küster so weit, dass er mit dem Daumen über seine Schulter zeigen und stammelnd hervorbringen konnte:

»W-w-wir – wir haben einen Dämon in der Kirche!«

Ein Dämon, so ein Unfug, schnaubte Pastor Hardcastle, als er mit hallenden Schritten durch das lang gezogene Kirchenschiff eilte. Er warf einen verächtlichen Seitenblick auf seinen Küster, der beinahe rennen musste, um mit ihm mithalten zu können. *Vermutlich hat er mal wieder den Rest seines Lohns in der Schenke vertrunken!* Für alle Fälle hatte sich der Pastor jedoch mit einem eisernen Schürhaken bewaffnet, in der anderen Hand eine Laterne. Der Küster hielt mutig einen schweren schmucklosen Kerzenständer umklammert.

»Hier – hier war es.« Samuel Shipwash blieb an der Stelle stehen, an der er kurz zuvor das unheimliche Geräusch vernommen hatte. Seine Stimme zitterte wie seine Hand, als er auf die andere Seite des Altars wies. »Und – und von dort drüben kam es.«

Pastor Hardcastle lauschte aufmerksam. Nichts.

Entschlossen packte er den Schürhaken fester und marschierte quer durch den Altarraum. Sein Küster folgte ihm mit schlotternden Knien und suchte Deckung hinter dem schmalen Rücken des Pastors. Am Ende des steinernen Altars angelangt, hob Hardcastle die Laterne und lugte vorsichtig um die Ecke. Stück um Stück erhellte sich der Winkel in der Mauernische. Etwas Weißes leuchtete ihm entgegen, länglich und ausgebeult, wie ein Bündel Wäsche. Er trat näher und beugte sich vorsichtig darüber. Der Lichtkegel seiner Laterne enthüllte ein winziges Gesicht – das Gesicht eines Säuglings.

»Ha!«, entfuhr es Hardcastle, ebenso erschrocken wie erleichtert. Wie auf Kommando fing das Bündel zu schreien an. Das gellende Gebrüll, das die Ohren des Pastors schmerzen ließ, führte ihn einen Augenblick lang in Versuchung, tatsächlich an einen Dämon zu glauben.

»Meine haben nie so geschrien«, ließ sich Samuel Shipwash vernehmen, der sich hinter Hardcastle hervorgewagt hatte und ebenso ungläubig ihren Fund beäugte wie der Pastor. »Glaube ich jedenfalls«, fügte er verunsichert hinzu, als Hardcastle ihn streng anblickte.

Das Aussetzen von Kindern kam so gut wie nie vor. Die Sterblichkeit war hoch: Zwölf von hundert Kindern erreichten nicht einmal das erste Lebensjahr. In der Regel waren Eltern froh um jedes Kind, das sie durchbringen konnten. Gab es doch zu wenig zu essen für alle, wurde ein Kind mit einem Schlag zur Vollwaise oder brachte es durch seine außereheliche Geburt Schande über die Familie, fand sich immer ein Nachbar oder ein Verwandter, der es bei sich aufnahm. Oder man gab es zu einem Handwerksmeister, der das Kind aufzog und später für sich arbeiten ließ. So stellte die bloße Anwesenheit dieses Findelkindes Pastor und Küster vor ein Rätsel. Aber zunächst galt es, praktischere Probleme zu lösen.

»Was machen wir jetzt damit?« Hardcastles Gesicht zeigte deutlich seinen Missmut. Er verspürte wenig Neigung, sich mit solchen Problemen herumplagen zu müssen, die ihn im Grunde gar nichts angingen. Aber der Herr in Seiner unerforschlichen Weisheit hatte ihm diese Bürde dadurch auferlegt, dass das Kind ausgerechnet in der Kirche seiner Gemeinde ausgesetzt worden war. Hardcastle zuckte unter dem Geschrei wieder und wieder zusammen. Dann hellte sich seine Miene kaum merklich auf, als er erneut seinen Küster ansah. Samuel Shipwash brauchte ein paar Herzschläge, ehe er begriff. In hektischer Abwehr begann er sogleich, mit den Händen zu wedeln.

»Nein, auf gar keinen Fall! Ich kann es nicht nehmen, ich habe schon fünf Mäuler zu stopfen und das sechste ist unterwegs!«

»Was seid ihr nur für Helden«, ließ sich hinter ihnen Prudences knarzende Stimme vernehmen. In der Hoffnung, heute noch eine Sensation in ihrem sonst so farblosen Dasein miterleben zu können, war sie ihrem Bruder und dem Küster nachgeeilt. »So nehmt es doch erst einmal von den kalten Steinen weg!« Ächzend bückte sie sich und schaufelte das brüllende Bündel in ihre knochigen Arme. Augenblicklich herrschte Stille, zur großen Verblüffung der beiden Männer. Ungelenk schob Prudence das Kind in die eine Armbeuge, nestelte an den Tüchern herum und spähte darunter.

»Ein Rest Nabelschnur hängt noch dran. Es ist weniger als ein paar Tage alt.« Ihr Blick wanderte weiter. »Und es ist im Übrigen ein *Er.*«

Hardcastle schoss peinlich berührt das Blut in die hohlen Wangen. Seiner Meinung nach sollten gewisse Körperteile auch bei solch kleinen Kindern besser unerwähnt bleiben.

»Du taufst ihn besser rasch! Wer weiß, ob er die Nacht noch überlebt«, empfahl Prudence energisch.

»Aber vielleicht ist es – er – doch schon . . .«, wollte der Pastor einwenden, doch seine Schwester fiel ihm harsch ins Wort.

»Beim Blute unseres Erlösers, Edmund – seit wann bist du so geizig mit den Sakramenten? Doppelt genäht hält außerdem besser!« Mit einem Blick auf den Jungen fügte sie leise, fast sanft hinzu: »Wir wissen schließlich nicht, welche Sünde schon auf ihm lastet, deretwegen man ihn ausgesetzt hat.«

Und so wurde das Findelkind, das Pastor Hardcastle an diesem Abend um seine Ruhe gebracht hatte (und dies zu seinem Leidwesen auch noch in vielen weiteren Nächten tun sollte), in aller Eile nach dem Heiligen des Tages, Nikolaus von Myra, und nach dem Ort seines Auffindens auf den Namen Nicholas Christchurch getauft.

Liber Primus
Der Magus von Mortlake

Und für solch wunderbare Taten und Werke,
ob mittels der Natur, der Mathematik oder der Mechanik
zustande gebracht – sollte dafür ein ehrlicher Student
und bescheidener christlicher Philosoph wahrhaftig
zu den Zauberern gezählt und ein Magier genannt werden?

Doctor John Dee,
Die Mathematische Vorrede, 1570

1

London, Mai Anno Domini 1582

»Dich werde ich lehren, mit dem Teufel um die Wette zu spielen«, brüllte Pastor Hardcastle, als er Nicholas in Richtung des Pfarrhauses zerrte.

Nicholas hoffte inständig, sein Ohr würde unter dem unbarmherzigen Griff des Pastors nicht abreißen. Doch was ihn mehr schmerzte als die körperliche Züchtigung war, dass der Pastor sein Geheimversteck aufgespürt hatte. Außer Nicholas kam seit Ewigkeiten niemand mehr in den alten Kreuzgang hinter der Kirche. In der Stille der selbstvergessen vor sich hin krümelnden Säulen und Mauern hatte Nicholas sich immer sicher und beschützt gefühlt. Hier grübelte er über die Welt im Allgemeinen und sich selbst im Besonderen nach. Hier verlor er sich in Träumereien, die ihm eine glanzvolle, abenteuerliche Zukunft verhießen, wenn er nur erst groß und der Enge des Pfarrhauses entwachsen sein würde. Träumereien, die ihm die grauen Tage bei den Hardcastles leichter machten. Und nun war ihm diese Zuflucht genommen.

Aus dem Bündel im Altarraum war gut zwölfeinhalb Jahre später ein schmaler, aber zäher Junge geworden. Von mittlerer Größe, mit hellen, glatten Haaren in einer undefinierbaren Farbe hatte Nicholas so gar nichts, was einem aufgefallen wäre. Und auch seine Augen, weder blau noch grau noch grün, sondern irgendetwas dazwischen, waren nichts Besonderes. Was Nicholas meist sehr gelegen kam. Denn sich in brenzligen

Momenten aus dem Staub machen und dann inmitten des Trubels auf dem Marktplatz untertauchen zu können – das erwies sich sehr oft als hilfreich. Zum Beispiel, wenn er wieder einmal die bescheidene Speisekammer des Pfarrhauses geplündert hatte. Oder wenn Prudence Hardcastles sorgsam gepäppelte Salatpflänzchen mit den fetten Schnecken verziert waren, die Nicholas in der Nachbarschaft gesammelt hatte, um sich für die Prügel vom Vortag zu rächen.

Doch an diesem Spätnachmittag hatte ihm das nichts genutzt. Irgendwie hatte Hardcastle ihn gefunden und zog ihn am Ohr hinter sich her durch die stinkenden Gassen Newgates.

Vorbei an den Metzgern, die schon morgens um fünf ihrem grausamen Handwerk nachgingen, sobald die ersten Karren vom Land durch das Stadttor gerumpelt waren, um quiekende Ferkel gegen klingende Münze ihren Henkern zuzuführen. Die Luft war schwer vom metallisch-süßlichen Geruch geschlachteter Lämmer, Hammel, Hühner und Gänse. Newgate war einer der größten Fleischmärkte Londons und die Metzger hatten jeden Tag alle Hände voll zu tun. Nicht zuletzt damit, die Heerscharen von Fliegen von den Schweinehälften fernzuhalten, was sich natürlich als aussichtsloses Unterfangen erwies.

Nicholas schämte sich. Allerdings nicht, weil er ein schlechtes Gewissen hatte. Hardcastles Schimpftiraden waren ihm vertraut, so weit seine Erinnerung zurückreichte, und ließen ihn gänzlich unberührt. Sondern wegen der Blicke der Passanten und ihres Gelächters, das seinen schmachvollen Weg säumte.

»Nicht genug, dass du die Schule schwänzt und dich herumtreibst! Ist das der Dank für unsere Mühen? Für unsere christliche Nächstenliebe?«, schalt ihn der Pastor gerade. »Haben wir dich dafür aufgenommen und großgezogen, dich beherbergt und verköstigt? Dass du dich Müßiggang und Teufelswerk hingibst?«

Wie so oft in letzter Zeit hatte Nicholas auch an diesem Nachmittag statt Psalmen und Bibelverse sowie Griechisch und Latein zu lernen im Kreuzgang mit den zerfledderten Spielkarten jongliert, die er einem Kartenkünstler abgeluchst hatte.

Denn Nicholas hatte auf der anderen Seite der Newgate Street, die die südliche Grenze des Stadtteils markierte, das »richtige« London entdeckt. Schmutzig war es dort auch und an vielen Straßenecken roch es keineswegs besser als in Newgate, aber es gab so viel mehr zu sehen und zu erleben! Händler mit ihren mannigfachen Waren, feine Herrschaften in Samt und Seide. Vor allem die Taschenspieler mit ihren Kartenkünsten hatten es ihm angetan.

Über einem besonders kniffligen Trick hatte er die Zeit und auch sonst alles um sich herum vergessen. Bis ihn von einem Augenblick zum nächsten der Pastor am Schlafittchen gehabt hatte.

In der Küche des Pfarrhauses ließ Hardcastle Nicholas endlich los und schubste ihn in Richtung des gemauerten Herdes, über dem ein Süppchen vor sich hin köchelte. Nicholas' Ohr pochte und fühlte sich an, als sei es zur Größe eines Flaschenkürbisses angeschwollen.

»Hinein damit!« Der Pastor wies erst auf den kümmerlichen Rest des Kartenspiels, den Nicholas im letzten Augenblick hatte noch zusammenraffen können und umklammert hielt; dann auf die Flammen unter dem Kessel. Nicholas sah ihn ungläubig an.

»Aber – aber es sind doch nur Karten!«, wandte er hilflos ein, das dünne Päckchen an sich pressend.

Doch Nicholas bedeutete es weitaus mehr; es war sein einziger Schatz und das Kostbarste, was er besaß.

Aber Edmund Hardcastle schien äußerst viel daran gelegen zu sein, das steife Papier in Flammen aufgehen zu sehen. »Ins Feuer mit dem Teufelszeug«, befahl er erneut und eine ungesunde Röte machte sich auf seinem Gesicht breit.

Nicholas schüttelte trotzig den Kopf. »Nein, ich geb's nicht her!«

»Warte nur, Freundchen, ich kann auch anders!« Der Pastor packte Nicholas' Hand und versuchte mit Gewalt, die Finger des Jungen aufzubiegen, die sich nur fester um die Karten krampften. »Wer mit Karten spielt, spielt sich Satan in die Hände. Du kannst auch gerne eine Nacht im Gefängnis darüber brüten!«

Nicolas würgte es, als er an die elenden Gestalten dachte, die im berühmten Gefängnis von Newgate angekettet vor sich hin moderten, schmutzig, verwildert und dem Wahnsinn nahe. Doch er ließ die Karten nicht los.

Hardcastle war hager, aber er war größer und stärker. Tränen des Zorns und des Schmerzes schossen Nicholas in die Augen. Er glaubte, jeden Moment müssten seine Fingergelenke brechen, die Sehnen reißen. Mit einem Ruck suchte er sich zu befreien, und sein Ellenbogen rammte etwas Hartes. Hardcastle japste auf, schmerzhaft zwischen die Rippen getroffen, und Nicholas nutzte seine Chance. Er riss sich los und preschte vorwärts, als ginge es um sein Leben. Er rannte, vorbei an einer zur Salzsäule erstarrten Prudence Hardcastle, vorbei an der grimmig dreinblickenden Kirche, quer über die breite Newgate Street und in die Freiheit.

2

Der Reiter sprengte durch den Forst. Zweige peitschten ihm ins Gesicht, doch er nahm darauf ebenso wenig Rücksicht wie auf sein Pferd, das Schaum vorm Maul hatte und unter dem scharfen Galopp keuchte. Das Blattwerk über ihm war so dicht, dass das Unterholz in tiefster Finsternis lag und keine genauere Schätzung der Stunde zuließ. Sein Weg in den Norden hatte ihn über traumverlorene braunviolette Moore geführt, durch dichte Wälder und über Wiesen, die so süß dufteten, wie sie es nur im Mai taten. Doch seine Sinne waren dafür nicht empfänglich gewesen. Eile war geboten, um das Ziel noch vor Einbruch der Nacht zu erreichen und das Päckchen zu überbringen, das er an seinem Körper trug. Erlen und Ulmen schossen vorüber und unvermittelt endete der Wald. Die Hufe seines Pferdes bohrten sich in eine feuchte Rasenfläche. Der Reiter zügelte sein Tier, bis es schließlich atemlos auf der Stelle tänzelte.

Es war nach Sonnenuntergang. Dämmerung kroch über die weite Parklandschaft und entzog ihr die Farben des Tages. Vor dem lavendelgrauen Himmel erhob sich der Schattenriss eines Schlosses, drohend und düster im schwindenden Licht. Zahlreiche Fenster waren erleuchtet, doch ihr gelblicher Schein wirkte eher abweisend denn einladend.

Er stieg ab und führte sein Pferd am Zügel zu einer vereinzelt stehenden ausladenden Esche.

»Ihr kommt spät.«

Mit gezücktem Dolch fuhr er herum. Aus der Silhouette des

Baumstamms löste sich ein Schatten und trat auf ihn zu. »Ruhm sei der Silberdistel . . .«, begann die Gestalt in dem langen Umhang, die Kapuze tief ins Gesicht gezogen.

Der Reiter steckte den Dolch zurück und ergänzte das Losungswort: ». . . am Morgen des Phönix.« Aus dem Ausschnitt seines Hemdes zog er seine kostbare Fracht hervor und einen Lederbeutel, in dem es leise klimperte. »Ich bin so schnell geritten, wie ich konnte. Doch Yorkshire ist nun einmal kein Vorort Londons.« Er reichte beides seinem Gegenüber. Der Beutel verschwand sogleich zwischen den Falten des Umhangs. Das Paket jedoch wurde nachdenklich in beiden Händen gewogen. »Und die schwarze Spinne ahnt gewiss nichts hiervon?«

»Mein Wort als Ehrenmann und dasselbige meines Herrn«, bestätigte der Reiter. »Besagte Spinne kann ihre neugierige Nase weiterhin in die offizielle Post stecken, bis sie ganz tintenfleckig ist. Auf mehr als belanglose Neuigkeiten wird sie aber von nun an vergeblich warten. Garantiert Ihr uns im Gegenzug, dass dieses Päckchen Eure Gebieterin wohlbehalten erreichen wird?«

Der Mann mit der Kapuze lachte verächtlich auf und warf einen Seitenblick zum Schloss hinüber.

»Seid unbesorgt! Selbst wenn mich jemand gesehen haben sollte: Der Earl of Shrewsbury hält es für unter seiner Würde, die Post seiner Gefangenen zu kontrollieren.« Er nickte dem Reiter zum Abschied zu. »Versichert Eurem Herrn die unverbrüchliche Dankbarkeit meiner Gebieterin für seine Dienste.«

Schon nach wenigen Schritten verschmolz seine dunkle Gestalt mit der Dämmerung.

Der Reiter stieg auf und wendete sein Pferd, um ohne Hast die Rückreise anzutreten.

3

London, Anfang November Anno Domini 1582

Nicholas' Revier reichte weit. Die meiste Zeit verbrachte er am südlichen Ufer der Themse, in Southwark. Southwark war das Vergnügungsviertel Londons, eingeklemmt zwischen hochherrschaftlichen Häusern. Ein Kontrast, wie er größer nicht hätte sein können. Auf der einen Seite die hohen Mauern, die die Villen mit ihren gepflegten Gärten abschirmten; auf der anderen die halbwegs respektablen Gasthäuser und üble Spelunken. Dazwischen brauten Holländer ihr Bier, hatten Franzosen ihre Weberstuben – Hugenotten, die vor gut einem Jahrzehnt aus ihrem bürgerkriegsgeschüttelten Land geflohen und hier hängen geblieben waren. Je näher man dem Wasser kam, desto enger und düsterer wurden die Gassen, aber auch bunter und lebendiger.

Zu jeder Jahreszeit tummelten sich hier Vergnügungssüchtige aus London selbst, aber auch Ausflügler vom Land, die etwas erleben wollten. Sie bestaunten die Tänzer in ihren bunten Kostümen, die Artisten, die waghalsig aufeinander herumturnten, die Straßenmusikanten und Jongleure, die Balladensänger und Puppenspieler. Für einen Penny konnte man in der hölzernen Arena zusehen, wie zähnefletschende Hunde einen Bären oder einen Bullen hetzten. In derselben Arena und in manchen Hinterhöfen wurden auch Theaterstücke aufgeführt, begleitet von Beifall und Jubel – oder von Buhrufen, fliegenden Tomaten und faulen Eiern, je nachdem.

Betrunkene torkelten tags und nachts durch den Straßendreck und ihr Johlen und Krakeelen hallte von den Wänden wider. Manch eine Münze wurde mildtätig einem der Bettler gespendet, die durch den Unrat schlurften oder an der Ecke kauerten. Blauäugige Landburschen und eitle Gecken verloren ihren Geldbeutel an Taschendiebe oder verwetteten ihr Geld beim Würfelspiel. Southwark war zu Nicholas' neuer Heimat geworden, seit er an jenem Maitag für immer dem Pfarrhaus entflohen war. Doch heute sprang Nicholas in eines der zahlreichen Fährboote, die von einem Ufer der Themse an das andere übersetzten. Er wollte sein Glück in der City versuchen. Auf der Cheapside beispielsweise, der prächtigen Einkaufsmeile, die für ihre Juweliere, Goldschmiede und Uhrmacher berühmt war. Auch die Royal Exchange war ein lohnendes Ziel. Hinter den Kolonnaden um den großen, quadratischen Innenhof und im ersten Stockwerk gab es in über hundert Läden alles, was das Käuferherz begehrte: bunte Trinkgläser, exotische Gewürze, Parfum und Räucherwerk, Federn in allen Farben des Regenbogens. Kunstvoll gelockte Perücken, bestickte Stoffe und Heilkräuter bis hin zu kompletten Ritterrüstungen warteten auf den mit genügend Silberlingen ausgestatteten Kunden.

Leise vor sich hin pfeifend schlenderte Nicholas die Threadneedle Street mit ihren Schneidern und Kurzwarengeschäften entlang.

»Mist«, entfuhr es ihm unwillkürlich, »der hat mir heute gerade noch gefehlt!« An einem Hauseingang lehnte mit verschränkten Armen der Lange Tom, unverwechselbar in seinem kanariengelben Wams und der langen roten Feder an der Kappe. Seit Nicholas sein täglich Brot auf der Straße verdiente, machte Tom ihm das Leben schwer. Auch heute blickte er ihm wieder angriffslustig entgegen. Nicholas erwiderte Toms Blick eisig. Und musste im nächsten Moment an sich halten, um nicht loszuprusten. Denn Toms rechtes Auge zierte eine gelblich verfärbte, noch deutlich sichtbare Schwellung. *Sieh an*, frohlockte Nicholas im Stillen, *habe ich letzte Woche doch einen guten Treffer gelandet!* Kurz überlegte er, ob er an ihrer letzten Begegnung anknüpfen sollte, um ihre Revierstreitigkeiten ein für alle Mal auszutragen. Aber als vor ihm wie aus dem Boden gestampft ein halbes Dutzend bulliger Jungen auftauchte, die sichtbar auf Randale aus waren, verwarf Nicholas diesen Gedanken sofort wieder. Einen Kampf mit Toms Schlägertruppe vom Zaun zu brechen, das erschien ihm heute eine Nummer zu groß. Er nickte Tom hoheitsvoll zu, wechselte in aller Gemütsruhe die Straßenseite und bog in Richtung St. Paul's ab.

In der alten Kathedrale wurden schon lange keine Gottesdienste mehr abgehalten. Moos überzog die dicken Grundmauern. Die Bögen, Säulen und Türmchen bröckelten langsam auseinander. Vom ehemals stolzen Kirchturm in der Mitte des gewaltigen Kirchenschiffs war nach einem Blitzschlag nur noch ein plumper Stumpf übrig geblieben.

In und um St. Paul's war immer was los. St. Paul's war der zentrale Treffpunkt der Stadt; hier verabredete man sich, tauschte Neuigkeiten und Gerüchte aus und besiegelte Geschäfte mit einem Handschlag. Auf dem ehemaligen Kirchhof prangerten Prediger lautstark den Sittenverfall an, beklagten selbst ernannte Weltverbesserer Missstände im Land. Unweit des Hauptportals blieb Nicholas stehen und tat so, als wartete er auf jemanden. Geübt ließ er dabei seine Blicke über die Passanten schweifen, auf der Suche nach einem Bauerntölpel oder einem angetrunkenen Edelmann, den er anrempeln und dabei um seinen Geldbeutel erleichtern konnte. Nicht dass Nicholas knapp bei Kasse gewesen wäre. Im Gegenteil: Sein eigener Lederbeutel, geschickt unter dem gefütterten Wams versteckt, war gut gefüllt. Nicholas hatte jedoch läuten hören, dass die Zeit von Dreikönig bis nach Ostern in seinem Metier immer eine dürre war. Bis dahin wollte er so viel auf der hohen Kante haben, dass er in diesen Monaten keinen Hunger würde leiden müssen.

»Ich kann dir deine Zukunft voraussagen.«

Nicholas fuhr herum. Der Atem der Flüsterstimme an seinem Hals hatte ihm einen Schauder den Rücken hinabgejagt. Sie gehörte zu einem Zigeunermädchen, etwa in seinem Alter und einen halben Kopf kleiner. Ihr Kleid war geflickt und verdreckt, das bronzene Gesicht schmutzig und ihre dunklen Locken zerzaust. Zigeuner waren nichts Ungewöhnliches in den Straßen von London. Aber Nicholas hatte bislang immer einen großen Bogen um sie gemacht; irgendwie waren sie ihm unheimlich. Und auch jetzt riet ihm eine innere Stimme, das Weite zu suchen. Doch Nicholas blieb wie angewurzelt stehen. Das Mädchen lächelte ihn kess von unten herauf an und schnappte sich dann einfach seine rechte Hand.

»Mal sehen . . .« Konzentriert starrte sie in seine Handfläche und runzelte die Stirn. »Seltsam, deine Lebenslinie ist am Anfang ganz verschwommen. So etwas habe ich noch nie gesehen.«

Nicholas hätte ihr am liebsten die Hand entzogen. Allein die Vorstellung, was sie daraus herauslesen mochte, war ihm unangenehm. Aber ihre dunklen Augen mit dem Funkeln darin, die immer wieder zwischen den Linien in seiner Handfläche und seinen eigenen Augen hin- und herwanderten, hielten ihn gefangen wie unter einem Bann.

»Von dort aus ist sie dann klar erkennbar und tief eingegraben.« Sie tippte mit ihrem Zeigefinger nachdenklich in seine Handfläche. »Sie verläuft jedoch nicht gerade, sondern im Zickzack. Du wirst ein langes Leben haben, aber gewiss kein eintöniges. Ich sehe – ich sehe große Aufgaben und große Gefahren.«

Es durchlief Nicholas heiß und kalt, als sich das Mädchen auf die Zehenspitzen stellte, ihm ihre Hand auf die Schulter legte und ihm ins Ohr raunte: »Sei auf der Hut und halt die Augen offen – da ist ein Mann, der dich beobachtet!«

Ehe Nicholas den verwünschten Knoten in seiner Zunge lösen und nachfragen konnte, was sie meinte, lenkte ihn mehrstimmiges Gebrüll ab.

»Zieh Leine, du dreckiges Papistenschwein! Hau bloß ab und lass dich hier nie wieder blicken!«

Ein besser gekleideter Junge in seinem Alter stolperte über das Pflaster, schluchzend und das sommersprossige Gesicht tränenverschmiert. Ihm auf den Fersen war eine Horde Burschen, die ihm Schimpfnamen und Drohungen hinterherriefen. Immer wieder bückte sich einer von ihnen in vollem Lauf, klaubte einen losen Stein vom Pflaster und warf ihn nach dem Opfer der Treibjagd. Einzelne Spaziergänger auf dem Platz vor der Kathedrale blieben stehen, glotzten, machten aber keine Anstalten einzuschreiten. Ein oder zwei von ihnen grinsten gar. Der Junge heulte auf, als ihn ein Stein zwischen den Schulterblättern traf, stürzte aber weiter vorwärts. »Götzendiener! Papistischer Drecksack!«

Nicholas zuckte es in den Beinen, dem armen Kerl zu Hilfe zu kommen. Dennoch rührte er sich nicht von der Stelle. Offiziell war es nicht verboten, dem katholischen Glauben anzuhängen. Solange man nur regelmäßig den Gottesdienst der protestantischen Kirche besuchte, konnte jeder in seinem stillen Kämmerlein glauben, was er wollte. Immer wieder flammte jedoch der Hass gegen die Papisten auf und Nicholas war nicht das erste Mal Zeuge eines solchen Vorfalls. Und wenn er auch einen Widerwillen gegen die strengen Grundsätze des reformierten Glaubens hegte, die Pastor Hardcastle in ihn hineinzuprügeln versucht hatte, so empfand er doch eine gewisse Scheu vor den Katholiken. Zu schlecht war ihr Ruf als Verräter an Kirche und Königin und die Erinnerung an die Jahre vor Elisabeths Herrschaft, als die Inquisition Protestanten als Ketzer auf den Scheiterhaufen geschickt hatte, war kaum verblasst.

Dennoch drückte ein dicker Klumpen schlechten Gewissens von hinten gegen Nicholas' Brustbein. Zu seiner Erleichterung rettete sich der Junge in einen Hauseingang und verschwand darin. Seine Häscher, erhitzt vom Jagdfieber, blieben außen vor. Enttäuschung auf den Gesichtern, beratschlagten sie sich kurz und trollten sich missmutig. Einer von ihnen schleuderte den Stein, den er noch in der Hand hatte, halbherzig an die Hauswand und schickte einen Fluch hinterher.

Als Nicholas aufatmete und sich umblickte, war er wieder alleine. Ebenso plötzlich, wie das Zigeunermädchen an seiner Seite aufgetaucht war, war sie nun auch verschwunden. Suchend blickte er sich zwischen den Vorübergehenden und Umstehenden um, doch das Mädchen war nirgendwo zu sehen. Er schüttelte den Kopf über diese seltsame Begegnung und setzte seinen Weg um St. Paul's fort.

Als er an der nächsten Ecke seiner Gewohnheit nach über sein Wams strich, hielt er erschrocken inne. Die Ausbuchtung unterhalb des Rippenbogens war nicht mehr zu fühlen. Sein Geldbeutel war fort!

»Diese Rotzgöre! So eine blöde Gans! Dreimal verflixt und Halleluja! Ich Esel!« Die Passanten sahen ihn an, als wäre er aus dem Tollhaus entflohen. Er wütete und tobte und trat mehrmals gegen die Mauern eines Hauses, bis sein Fuß schmerzte.

4

Die Turmuhr von All Hallows Barking schlug die zwölfte Stunde. Mitternacht.

Sir Francis Walsingham legte die Feder beiseite und streckte seine steif gewordenen Finger. Es würde wieder eine lange Nacht werden. Seit Stunden schon wartete er auf die Ankunft eines seiner Kuriere aus den Niederlanden. Geistesabwesend tastete er nach dem Becher, der neben den ausgebreiteten Papieren auf dem Schreibtisch stand. Beim ersten Schluck verzog er das Gesicht. Wieder solch ein widerliches Gebräu, das seine Frau Ursula aus ihrem Kräutergärtchen zusammengemischt hatte! Er wusste ja, dass sie es gut meinte mit ihren Bemühungen, all die Zipperlein zu lindern, die ihn plagten: Gicht, Gallensteine, ein nervöser Magen. Doch dem, was ihm wirklich zu schaffen machte und erdrückend auf seinen Schultern lastete, war mit keinem Kräutertrank beizukommen. Es war die Sorge um England und seine Königin.

Seufzend erhob er sich und ging die paar Schritte zum Fenster. Er öffnete es und kippte den Inhalt des Bechers durch die schmiedeeisernen Gitterstäbe hinunter auf das Pflaster. Nebel von der nahen Themse verhüllte die gegenüberliegende Häuserzeile mit milchigen Schwaden und verschluckte jedes Geräusch. Es wurmte ihn immer aufs Neue, dass er aus seinem Kontor keinen vollständigen Blick auf den Tower von London hatte. Nur vom Dachgeschoss des Hauses konnte man die vier Türme mit ihren zwiebelförmigen Dächern sehen, um die die Raben ihre Kreise zogen. Sollten diese Raben eines Tages den Tower verlassen, so würde England untergehen, besagte die Legende. Walsingham empfand eine gewisse Sympathie für diese düsteren Vögel. Denn auch seine Mission war es, England vor dem Untergang zu bewahren. Deswegen versuchte er ohne Unterlass, mögliche Feinde Elisabeths aufzustöbern und drohendes Unheil von ihr und ihrer Krone abzuwenden.

Es war Walsingham zumindest ein Trost, dass er den Tower und den Tower Hill, den öffentlichen Hinrichtungsplatz, in allernächster Nähe wusste. Außerdem galt die Seething Lane als sehr gute Adresse. Dafür nahm er bereitwillig die durch die Nähe zum Fluss bedingte Feuchtigkeit in Kauf. Vor allem aber war das Haus mit seinen über dreißig Zimmern sehr groß. Und Walsingham brauchte Platz: Stallungen für die mehr als sechzig schnellen und ausdauernden Pferde, auf denen er seine Kuriere losschickte; Schreibstuben für seine Sekretäre und standesgemäße Wohnräume für sich selbst und seine Frau. Alle Fenster zur Straße hin waren mit Gittern gesichert. Der Innenhof mit angrenzendem Garten lag hinter einer hohen Mauer und das Eingangstor aus massiver, eisenbeschlagener Eiche war Tag und Nacht schwer bewacht. Kein beschriebenes Stück Papier, das dieses Haus erreichte, durfte je in falsche Hände gelangen. Denn in diesem Haus liefen die Fäden von Walsinghams Geheimdienst zusammen.

Es klopfte und Thomas Phelippes betrat das Kontor. Er war ein kleiner, drahtiger Mann, blond und bis auf sein pockennarbiges Gesicht von unscheinbarem Äußeren. Sein Spezialgebiet waren Geheimschriften und derzeit gab es auf der Welt keinen Code, den er nicht beherrschte.

»Bitte, Sir, die Nachricht aus Paris, die vor einer halben Stunde eingetroffen ist.«

»Sehr gut.« Walsingham schloss das Fenster und nahm die Papiere entgegen.

Phelippes sah zu, wie sein Dienstherr die Bögen in den Schein des Kerzenleuchters hielt. Das lange schwarze Gelehrtengewand mit der steifen Halskrause gab Walsingham ein strenges Aussehen. Jahre harter Arbeit und kurzer Nächte hatten das schwarze Haar und den Bart versilbert, die dunklen Augen umschattet und Linien in das längliche Gesicht gegraben. Die Königin liebte Spitznamen und Walsinghams südländisch anmutendes Äußeres hatte sie dazu bewogen, ihn »meinen Mohren« zu nennen. Eine Bezeichnung, die Walsingham hasste. Phelippes musste sich jedes Mal das Grinsen verbeißen, wenn er in seiner Gegenwart daran dachte.

»Hm«, machte Walsingham, als er zu Ende gelesen hatte, und strich sich über den geschwungenen Schnurrbart. Eine Geste, die Phelippes nur zu gut kannte und die nichts Gutes verhieß.

Walsingham warf die beschriebenen Seiten auf einen Stoß anderer Dokumente und wanderte mit nachdenklicher Miene um den Schreibtisch herum.

Die Rückwand des holzgetäfelten Kontors war in mehrere Dutzend Fächer unterteilt. Jedes davon wurde von einer kleinen Tür verschlossen, die den Namen einer Stadt trug: Antwerpen, Straßburg, Lübeck, Zürich, Genf, Madrid, Rom, Mailand, Florenz, Moskau ... Über fünfhundert Korrespondenten sorgten dafür, dass der Strom an Nachrichten aus diesen Städten nie abriss. Ihre Berichte wurden gewissenhaft in diesen Fächern verwahrt. Wer einmal Walsinghams Kontor betreten durfte, begriff, wie weit sein Spionagenetz reichte – und wie viel Macht er damit in den Händen hielt.

»Diese vermaledeite Schottin«, knurrte Walsingham schließlich. Selbst wer nicht den Inhalt des entschlüsselten Schreibens kannte, das Walsingham so offensichtlich verstimmte, hätte sofort gewusst, wen er damit meinte: Maria Stuart, die Katholikin, Königin von Schottland durch Geburt, Königin von Frankreich durch Heirat. Das Schicksal war Maria Stuart nicht günstig gesonnen gewesen und hatte ihr beide Kronen wieder genommen. Von ihren eigenen Lords in Schottland gestürzt, war sie nach England geflohen, um bei ihrer Cousine Elisabeth Schutz zu suchen. »Diese papistische Natter im Gras unseres englischen Garten Eden! Verflucht sei der Tag, an dem sie dieses Land betreten hat!«

Maria Stuarts Anwesenheit in England, die nun schon über vierzehn Jahre andauerte, stellte ein Problem dar. Ein Problem, das nicht nur Walsingham Kopfzerbrechen bereitete. Maria Stuart war ein Flüchtling und von königlichem Geblüt. Aber sie stand auch unter Verdacht, an der Ermordung ihres zweiten Ehemannes beteiligt oder zumindest der Mitwisserschaft schuldig gewesen zu sein. Eine Ausweisung war dennoch undenkbar, weil man selbst mit Königinnen ohne Land nicht nach Belieben verfahren konnte. Doch je länger Maria Stuart in ihrem Hausarrest auf englischem Boden weilte, desto angespannter wurde die Lage. Durch ihre Verwandtschaft mit Elisabeth besaß Maria Stuart einen legitimen Thronanspruch. Ihr Glaube machte sie zur Galionsfigur der katholischen Minderheit in England, die die protestantische Elisabeth gestürzt sehen wollte. Und wer, von Kindesbeinen an zur Königin erzogen, würde Nein sagen, böte man ihm eine Krone auf dem Silbertablett an, zum Trost für zwei verlorene Königreiche?

»Es wäre einfacher, wenn Ihre Majestät Königin Elisabeth sich jemals vermählt und einen Erben zur Welt gebracht hätte«, ließ sich Phelippes vernehmen und zupfte nachdenklich an seinem Spitzbärtchen.

Walsingham schnaubte verächtlich. »Damit lag Lordschatzmeister Burghley der Königin seit ihrer Krönung in den Ohren. Sie tat zwar immer so, als habe sie ernsthafte Absichten. Aber als ich damals selbst die Verhandlungen mit einem französischen Kandidaten führte, wurde ich eines Besseren belehrt. Alles Taktik, Phelippes! Sie hat niemals im Traum daran gedacht, ihre Macht zu teilen. Gar nicht mal zu Unrecht. Wen hätte sie auch heiraten sollen?« Er machte eine ausholende Geste. »Einen Spanier? Einen Franzosen? Einen Engländer? Einen Protestanten oder zum Ausgleich lieber einen Katholiken? Gleich für wen sie sich auch entschieden hätte, es hätte immer eine Partei im Land gegeben, die gemurrt und gleich darauf zum Aufstand geblasen hätte! Und auch wenn sie immer noch mit dem einen oder anderen anbändeln sollte – mit neunundvierzig Jahren ist ihr Schoß längst verdorrt. Elisabeth ist und bleibt einzig mit England vermählt.« Er seufzte. »Letztlich obliegt es nicht uns, uns in die Regierungsgeschäfte Ihrer Majestät einzumischen. Unsere Aufgabe besteht allein darin, die Lage im Auge zu behalten und Schaden von der Königin abzuwenden, wo wir nur können.«

Unaufgefordert zog Phelippes sich einen Stuhl an den Schreibtisch heran und setzte sich. Gemütlich streckte er seine knochigen Beine in der taubenblauen Pumphose und den dazu passenden Strümpfen aus, die in wadenlangen Stiefeln steckten. Mit spitzen Fingern entfernte er ein Stäubchen auf Kniehöhe, ehe er sich mit selbstzufriedenem Gesicht zurücklehnte und die Hände im Genick verschränkte. Phelippes konnte sich solche Freiheiten gegenüber seinem Dienstherrn herausnehmen. Er war zu sehr ein Meister seiner Kunst, als dass Walsingham auf ihn hätte verzichten können.

»Ich hatte geglaubt, auf Schloss Sheffield sei Maria Stuart in sicherer Verwahrung, bis ich das da«, mit einem Rucken seines kaum ausgeprägten Kinns wies er auf die Papiere, die er Walsingham gebracht hatte, »entschlüsselt hatte.«

»Es gibt nichts Gefährlicheres, als sich in Sicherheit zu wiegen«, murmelte Walsingham wie zu sich selbst. »In Sicherheit«, er sah Phelippes unverwandt an, »in Sicherheit wird Elisabeth erst sein, wenn Maria Stuart tot ist.«

»Ein Meuchelmord, Sir?« Phelippes wasserblaue Augen glitzerten begierig.

Walsingham schüttelte den Kopf. »Zu plump und äußerst unklug. Das würde einen Bürgerkrieg heraufbeschwören und uns Ärger mit Frankreich und Spanien bescheren. Nein, Maria Stuart muss sterben – aber nach dem Gesetz, als Hochverräterin. Folglich«, er stützte sich mit der geballten Linken auf die Tischplatte und hob mahnend den rechten Zeigefinger, »folglich können wir momentan nur eines tun: einen unserer Agenten in die französische Botschaft einschleusen und herausfinden, ob wahr ist, was hier steht.« Sein Finger senkte sich langsam auf die entschlüsselte Nachricht. »Nämlich, dass es zwischen der französischen Gesandtschaft und Schloss Sheffield einen geheimen Postweg gibt.«

Walsingham witterte schon lange voller Unbehagen, dass im Ausland Pläne ausgeheckt wurden, die Verrat und Umsturz zum Ziel hatten. Pläne, nach denen Maria Stuart auf den englischen Thron gebracht werden sollte. Aber obwohl viele Gerüchte umherschwirrten, fehlten ihm noch die Beweise. Auch diese Nachricht aus Paris enthielt nur eine Vermutung, doch sie passte zu Walsinghams Beobachtungen der letzten Monate.

Es war ihm merkwürdig erschienen, dass in den Abschriften der Briefe an Maria Stuart, die er zu Gesicht bekam, nur noch harmlose Plaudereien zu finden waren. In der Überwachung der Gefangenen musste es eine undichte Stelle geben und er war entschlossen, diese aufzuspüren und zu schließen. Wenn er den Verantwortlichen überführt hatte, dann würde er hoffentlich durch ihn an Belastungsmaterial herankommen, das ihm Maria Stuart ans Messer liefern würde.

Dienstbeflissen kramte Phelippes aus seinem dunkelblauen Wams eine zusammengefaltete Liste. Er klappte sie zur gesamten Länge aus und hielt sie dicht vor seine schon etwas kurzsichtigen Augen. Betrübt sah er auf. »Wir haben momentan keinen Agenten frei.«

»Ich weiß«, seufzte Walsingham. Er war ständig auf der Suche nach neuen Agenten und Boten. Nicht nur, dass es schwierig war, geeignete Leute zu finden. Spione waren zudem kostspielig und neben der Sorge um den Frieden des Königreiches trieben ihn des Nachts oft Geldnöte um. Denn Königin Elisabeth war nicht nur von zaudernder und wankelmütiger Natur, sondern auch knauserig – sofern es nicht um teure Kleider, Schmuck und verschwenderische Feste ging. Alle Bedenken, was die Kosten anbelangte, halfen aber nichts. Je mehr Agenten er beschäftigte, desto größer war die Chance, dass er Verschwörungen gegen Elisabeth und England frühzeitig entdecken und im Keim ersticken konnte. *Wissen darf niemals zu teuer sein,* pflegte er sich selbst immer wieder zu ermahnen.

»Wie dem auch sei«, Walsingham atmete tief durch und suchte das Schreiben hervor, das er verfasst hatte, ehe Phelippes das Kontor betreten hatte, »einstweilen muss das hier noch verschlüsselt und unverzüglich nach Prag geschickt werden.«

Ohne äußere Anzeichen von Missmut, dass sich sein wohlverdienter Feierabend noch eine Weile hinauszögern würde, nahm Phelippes das Papier entgegen und verließ das Kontor.

Als Walsingham wieder alleine war, sann er noch eine Weile über die Nachricht aus Paris nach. Der Kurier, den er erwartete, war noch immer nicht eingetroffen. Jetzt ins Bett zu gehen, machte keinen Sinn. Man würde ihn doch nur wieder wecken, sobald der Reiter ankam. Also machte er sich daran, einen Plan auszuarbeiten, wie sich am geschicktesten ein Maulwurf in der französischen Botschaft platzieren ließe.

5

»He, Kleiner«, Nicholas fühlte sich unsanft an der Schulter gerüttelt, »'s ist Zeit zum Aufstehen! Ich muss die Schenke noch ausfegen, heute werden die ersten Gäste sicher früh kommen!«

Nicholas fuhr schlaftrunken hoch. Im Traum war er wieder im Pfarrhaus in Newgate gewesen und er brauchte ein paar Herzschläge, um sich zu erinnern, wo er war. Will Cheddar, der Wirt des *Blauen Karnickel,* stand vor ihm, zur ganzen Größe seiner hünenhaften Gestalt aufgebaut. Die schaufelähnlichen Hände auf die Hüften unter der Lederschürze gestützt, grinste er den Jungen gutmütig an. »Dacht schon, ich krieg dich gar nicht mehr wach! War spät gestern, hm? Hat sich's für dich wenigstens gelohnt?«

Hastig tastete Nicholas nach seinem Wams, das ihm auf der harten Holzbank als Kopfkissen gedient hatte. Der Lederbeutel war noch da und enthielt fühlbar die gleiche Hand voll Münzen wie zu der Stunde, als er sich zu seiner viel zu kurzen Nachtruhe begeben hatte. Nicholas entfuhr ein erleichterter Seufzer. Will lachte dröhnend auf, dass sein Bauch erbebte.

»Keine Angst! Der Laden hier läuft so gut, dass ich's nicht nötig hab, dir dein hart ergaunertes Vermögen abzunehmen!« Er gab Nicholas einen so heftigen Klaps auf den Rücken, dass dieser beinahe von der Bank herabrutschte. »Geh dich mal pudern und frisieren. Ich schau derweil, ob ich meiner Herrin und Meisterin was zum Essen für dich abluchsen kann.«

Nicholas rieb sich die noch schlafverklebten Augen, gähnte herzhaft und stieg in seine Stiefel. Nachdem er seine Besitztümer eingesammelt hatte, schlurfte er zur rückwärtigen Tür der Gaststube. Im Hof war es empfindlich kalt, selbst für Mitte November, und nach seinem Besuch des Aborts überlegte Nicholas sich gut, ob er wirklich nähere Bekanntschaft mit dem Wasser im Brunnen machen wollte.

»Hilft alles nix«, murmelte er schließlich vor sich hin, »wie der letzte Landstreicher musst du ja nun auch nicht aussehen.« Heldenhaft zog er sich das Hemd über den Kopf. Als er sich über den gemauerten Rand des Brunnens beugte, hielt er inne. Die schiefen Häuser aus uralten Holzbalken und abblätterndem Putz verdunkelten den Innenhof, machten so die Wasseroberfläche zu einem Spiegel, aus dem Nicholas sich selbst entgegenblickte. Es gab Momente, da wünschte er sich, weniger unauffällig auszusehen, sondern etwas Außergewöhnliches darzustellen. So wie an diesem Morgen. Irgendwie war dieser Morgen seltsam. Nicholas hatte ein flaues Gefühl im Bauch, das nicht von seinem knurrenden Magen herrührte und das ihn nicht mehr verlassen hatte, seit er von Will geweckt worden war.

Nicholas schüttelte den Kopf über sich und seine krausen Gedanken, hielt die Luft an und tauchte kurzerhand bis weit über beide Ohren in das eiskalte Brunnenwasser.

Den Bauch voll mit Mistress Cheddars süßem Haferbrei, einer dicken Scheibe Brot mit Butter und einem Becher verdünnten Starkbieres trat er wenig später auf die belebte Gasse. Das Metallschild über der Tür, ein schielendes Kaninchen von ausgeblichener blauer Farbe, quietschte vernehmlich, als es im scharfen Wind hin- und herschaukelte. Die Schenke war einer der vielen Schlafplätze, die Nicholas über die Stadt verteilt hatte. Will Cheddar hatte nichts dagegen, wenn Nicholas ab und zu mit seinen Tricks die Gäste unterhielt. Die meisten glaubten, mit dem Jungen leichtes Spiel zu haben. Sie waren eher erstaunt denn verärgert, wenn sie Runde um Runde die gesetzten Pennys an ihn verloren. Mit flinken Fingern mischte Nicholas die Karten, ließ sie in einem lang gezogenen Bogen von links nach rechts und wieder zurückfliegen und fächerte sie dann in einem exakt ausgezirkelten Halbkreis auf dem Tisch auf. Wie von Zauberhand war dabei die Karte, die der Gast im Spiel zuvor blind aus dem Stapel gezogen und nur den Umstehenden gezeigt hatte, als einzige aufgedeckt. Vertieft in dieses vertrackte Spiel bestellte sich manch ein Zuschauer, ohne aufzublicken, einen Becher nach dem anderen. Und so kam Nicholas' Anwesenheit in der Schenke auch dem Geldbeutel von Will Cheddar zugute. Deshalb und weil er den Jungen mochte, winkte er auch nur ab, wenn Nicholas seine Übernachtung und die Mahlzeiten bezahlen wollte.

Nicholas hatte es längst aufgegeben, mit Will darüber zu streiten. Dieser Tage war er froh, jeden Penny zu sparen. Noch immer schoss Nicholas voller Wut und Scham das Blut ins Gesicht, wenn er daran dachte, wie er sich hatte hereinlegen lassen. Und dass ausgerechnet ein Mädchen ihn so geschickt bestohlen hatte, vergrößerte seine Schmach noch ins Unendliche.

Zornig schritt er fester aus, vorüber an den Frauen mit ihren Hauben und frisch gestärkten Schürzen, die in der Gasse beisammenstanden, tratschten und lachten, während ihre Kinder um sie herum Fangen spielten. Vorbei an jungen Kavalieren, die sich ihre Kappen vom Kopf rissen und den herausgeputzten Mägden hinterherpfiffen. Die ganze Stadt war gut gelaunt auf den Beinen. Denn heute war der 17. November, der Jahrestag von Königin Elisabeths Thronbesteigung. Überall im Land würde ausgelassen gefeiert werden, mit Musik und Tanz, mit Theaterstücken, Prozessionen, Turnieren und nach Einbruch der Dunkelheit mit Freudenfeuern. Die beste Gelegenheit also für Nicholas, seinen neu gekauften Beutel zu füllen und den Verlust seines Ersparten wieder wettzumachen.

Königin Elisabeth I. von England – für Nicholas war diese Bezeichnung etwas so Entrücktes, Ungreifbares wie *Sonne* und *Mond*. Und so nahm er die Existenz der Herrscherin über England ebenso als gegeben hin wie diejenige der Himmelskörper.

»Ich wünschte nur, sie wär im Sommer Königin geworden«, maulte Nicholas vor sich hin. Er schlang die Arme fester um sein Wams, um sich vor dem Wind etwas zu schützen. »Verdammt, passt doch auf da oben«, brüllte er zu dem geöffneten Fenster hoch, aus dem gerade der Inhalt eines Nachttopfs auf das Pflaster klatschte und Nicholas nur knapp verfehlte. Im nächsten Moment blieb er wie vom Blitz getroffen stehen.

Keine zwanzig Schritte vor ihm überquerte ein Mädchen die Gasse. Ihren dunkelroten Rock hielt sie gerafft, um die Säume nicht durch die übel riechenden Rinnsale zu beschmutzen, die über die Pflastersteine liefen. Auch wenn sie jetzt sauber und hübsch zurechtgemacht war in der engen tannengrünen Jacke, die Locken ordentlich gekämmt unter der weißen Haube, erkannte er sie doch auf Anhieb wieder.

»He!«, brüllte Nicholas aus Leibeskräften und rannte los.

Das Zigeunermädchen sah erschrocken auf und begann ebenfalls zu laufen. Aber ihre weiten Röcke behinderten sie und auf ihren dünnen Sohlen kam sie auf dem glatten Pflaster immer wieder ins Rutschen. Noch ehe sie sich um die nächste

Hausecke retten konnte, hatte Nicholas sie eingeholt und beim Arm gepackt. Grob schüttelte er sie.

»Rück mein Geld raus, du diebische Elster!«

»Lass mich los«, fauchte sie und schlug mit ihrem bestickten Stoffbeutel auf ihn ein. »Ich hab dein blödes Geld nicht!«

»Lüg doch nicht auch noch! Ich will mein Geld zurück!« Er bekam ihren anderen Arm auch noch zu fassen und glaubte sich schon Sieger in diesem Kampf. Doch schneller, als er schauen konnte, hatte sie ausgeholt und ihm mit einem ihrer spitzen Schuhe voller Wucht vor das Schienbein getreten.

Nicholas jaulte auf und sah Sterne vor seinen Augen tanzen. Als sich das Mädchen aus seinem plötzlich gar nicht mehr so festen Griff befreite, verlor er das Gleichgewicht und landete ebenso unsanft wie unehrenhaft auf seinem Hosenboden. Sie lief, so schnell es ihr leichtes Schuhwerk zuließ, und sprang dann gekonnt auf ein Pferdefuhrwerk auf, das gerade die angrenzende Gasse hinabrumpelte.

Das Letzte, was Nicholas von ihr sah, war, wie sie mit baumelnden Beinen auf der Ladefläche saß, geziert ihren Rock zurechtzupfte und ihm mit einem spöttischen Lächeln zuwinkte.

»Ich krieg dich, du hinterhältige Schlange! Verlass dich drauf!«, brüllte Nicholas hinter ihr her, mehr um seine Ehre zu retten denn um dem Mädchen wirklich zu drohen. Mit hochrotem Kopf rappelte er sich unter dem Gelächter der Passanten auf. Er klaubte seine Ballonmütze vom Pflaster, klopfte sie aus und begradigte die abgeknickte Feder. Wütend zog er die Kopfbedeckung bis über beide Ohren.

»Na, das kann ja heute noch heiter werden«, knurrte er übellaunig vor sich hin, als er davonhumpelte.

Damit sollte er recht behalten.

6

Wie an jedem Festtag bewiesen sich Burschen gegenseitig ihren Wagemut, indem sie in der Fassade von St. Paul's herumkletterten. Einer davon hatte es gar auf den Dachfirst des Südportals geschafft, auf dem er herumbalancierte. Den Kopf in den Nacken gelegt, staunten etliche Schaulustige über diese Tollkühnheit und vergaßen alles um sich herum. Eine Stunde später war Nicholas um zwei leidlich gefüllte Geldbeutel reicher und wieder ganz in seinem Element. Federnden Schrittes betrat er die Kathedrale.

Das Innere von St. Paul's war Ehrfurcht gebietend. Auf einer Allee aus turmhohen Pfeilern ruhte das Deckengewölbe des westlichen Kirchenschiffs. Farbig getöntes Licht fiel seitlich durch die Bleiglasfenster. Doch wer die Kathedrale betrat, hatte meist keinen Blick für ihre Architektur. Er wurde abgelenkt von den vielfältigen Buden in den Seitenkapellen und entlang den Säulen. Verleger und Drucker boten ihre Erzeugnisse an: lose zusammengeheftete Broschüren oder in feinstes Leder gebundene Bücher, lateinische Bibeln, philosophische, mathematische, religiöse Abhandlungen, Lehrbücher für Architektur und Medizin, Gedichtbände und Liedersammlungen. Es gab Tinte, Schreibfedern und Papiermesser zu kaufen. Ein Händler pries das so praktische Bier in Flaschen an; ein anderer Dörrobst und kandierte Früchte. Wie in einem Bienenstock summte und brummte es. Londoner Akzent mischte sich mit dem der Grafschaften Sussex oder Kent. Mit Französisch, Italienisch, Niederländisch und Flämisch, Deutsch und

Böhmisch. Füße scharrten über den Stein und Gelächter quoll empor zu den Rippenbögen der Decke. Im Gebälk gurrten Tauben; Spatzen schossen mit surrendem Flügelschlag hin und her.

Eine kleine Gruppe hatte sich in einer Seitennische um den steinernen Sarkophag eines längst vergessenen Heiligen versammelt. Voller Spannung verfolgten sie, wie Nicholas die Karten durch die Luft flattern ließ und wieder fing. Wie er mit großen Gesten mischte, abhob, auffächerte, Karten aufdeckte. Nicht nur die kleinen Kinder, die sich an die Rockzipfel ihrer Mütter klammerten, sperrten Augen und Mund auf. Immer wieder ging ein Raunen von Mund zu Mund, brandete Applaus auf. Und nach jeder gewonnenen Runde strich Nicholas die Münzen ein, die auf die Steinplatte klimperten.

Eigentlich hätte er es gut sein lassen können, er hatte heute mehr als genug verdient. Aber es juckte ihn in den Fingern, einen neuen Trick auszuprobieren, den er lange geübt hatte. *Schadet nichts, wenn ich es wage,* dachte er bei sich. *Mehr als schiefgehen kann es ja nicht . . .*

Nicholas mischte das Kartendeck neu und schlug damit einen Fächer, Bildseite nach unten. Er hielt ihn dem Nächststehenden hin, einem vierschrötigen Kerl mit Haar und Bart wie aus Kupfer.

»Hier, Master, zieht eine Karte und merkt sie Euch wohl!« Gehorsam tat der Mann, wie Nicholas ihn geheißen hatte. Er betrachtete die Karte genau, zeigte sie den Umstehenden, sorgsam darauf bedacht, dass Nicholas sie nicht zu Gesicht bekam. Dann schob er sie wieder in den Fächer, Rückseite unverändert nach oben. Nicholas mischte und hob dreimal ab. Er mischte erneut, bog die Karten leicht durch und ließ sie wie aufgefädelt von einer Handfläche in die andere schnurren. Seine Hand mit dem Kartenstapel glitt flach über den Sarkophag und hinterließ eine pfeilgerade Bahn gemusterter Kartenrückseiten. Verschmitzt lächelnd sah er der Reihe nach in die Gesichter vor ihm, um die Spannung noch zu steigern. Dann hob er die zuunterst liegende Karte an einer Ecke an und mit einem Rauschen klappten die Karten nacheinander um wie Dominosteine.

»Und, Master – findet Ihr Eure Karte wieder?«

Fast ein Dutzend Köpfe beugte sich über das ausgebreitete Kartenspiel, allen voran der rothaarige Mann. Ein paar Herzschläge lang war es totenstill.

»Das ist unmöglich«, brummelte der Mann in seinen Bart. Hektisch begann er, beidhändig die Karten zu durchwühlen, wild durcheinanderzuschieben. »Mein Herz-Ass! Mein Herz-Ass fehlt!«

Einige Zuschauer sogen scharf die Luft ein, andere tuschelten aufgeregt miteinander.

Nicholas breitete in einer stolzen Geste die Arme aus und sonnte sich in seinem Erfolg. *Jawohl, Mesdames et Messieurs,* jubelte er im Stillen, *vor Euch steht Nicholas Christchurch, der größte Kartenkünstler aller Zeiten!* Doch der tosende Beifall, auf den er wartete, stellte sich nicht ein. Stattdessen wichen die Menschen spürbar vor ihm zurück. Eine der Frauen zerrte gar ihr Kind hinter ihren voluminösen Rock. Ein Flüstern hob an, wurde lauter.

»Der Teufel! Er steht mit dem Teufel im Bund! Satansbrut!«

Nicholas wurde blass um die Nase. Ehe er auch nur einmal geblinzelt hatte, hatte ihn der Rothaarige auch schon am Kragen gepackt, dass nur noch Nicholas' Zehenspitzen den Boden berührten. Drohend schüttelte er den Jungen. »Wir werden den Teufel schon aus dir austreiben, Bürschchen!«

»Ähm, Mo-Moment«, krächzte Nicholas. Verzweifelt zermarterte er sich das Gehirn, wie er sich aus dieser misslichen Lage wieder befreien könnte.

»Verzeiht, dürfte ich?« Ein älterer Herr schob sich durch die Zuschauer. »Ich glaube, ich kann etwas Licht in diese Angelegenheit bringen.« Er tippte höflich auf die Schulter des selbst ernannten Inquisitors. Verdutzt ließ dieser Nicholas los.

Nicholas blickte ähnlich verwirrt drein wie die Übrigen, als sich der ältere Mann dicht neben ihn stellte. Das lange schwarze Gewand mit der Halskrause wies ihn als Gelehrten aus, ebenso das dicke, in rotes Leder gebundene Buch, das er unter den Arm geklemmt hatte. Doch auch wenn sein langer Bart weiß war, wirkte sein Gesicht unter der runden Kappe jugendlich. Nicholas glaubte für einen Moment gar, einen Funken Schalks in den braunen Augen aufglimmen zu sehen.

»Zähl bis sieben und dann lauf hinüber in den Chorraum«, raunte ihm der Mann in Schwarz zu, als er sich amüsiert über den Bart strich. Laut und gut verständlich jedoch fragte er: »Du gestattest?«

Gezielt fischte er das Herz-Ass aus Nicholas' Ärmel. Triumphierend präsentierte er den verblüfften Zuschauern die Karte. »Seht Ihr: eine ganz einfache Erklärung!«

Sieben. Nicholas spurtete los, noch ehe er die empörten Aufschreie hörte. »Betrüger! Haltet den Halunken! Haltet ihn!«

Die Besucher von St. Paul's drehten sich neugierig nach Nicholas um, der Haken schlug wie ein Hase. Ein Spaßvogel wollte ihm ein Bein stellen, doch Nicholas sprang darüber hinweg. Einen Augenblick lang war er versucht, durch das Nordportal zu flüchten. Doch er rannte weiter, wie ihn der Mann mit dem weißen Bart geheißen hatte. In zwei Sätzen war er die Stufen zum Chorraum hinauf und jagte den gemusterten

Steinboden entlang. Die geschnitzten Chorstühle flitzten links und rechts an ihm vorbei. Als außer dem Hallen seiner Schritte und seinem Keuchen nichts mehr zu hören war, blieb er schließlich stehen.

Der hohe, weite Raum war verlassen. *Und nun?* Die Arme in die schmerzenden Seiten gestützt, sah Nicholas sich ratlos und schwer atmend um. *Deckung suchen, aber fix,* gab er sich selbst zur Antwort. Am Ende des Chorgestühls erspähte er hinter einem Spitzbogen eine Wandnische, die im Dunkeln lag. *Na bitte, kommt ja wie gerufen, nichts wie hinein!* Erleichtert ließ Nicholas sich gegen die Wand fallen und rutschte in die Hocke hinab, nach Luft ringend.

Im nächsten Moment gab die Wand hinter ihm nach und er purzelte rückwärts über eine hölzerne Schwelle, hinaus ins Freie.

»Ah, da bist du ja schon!« Die Klinke der winzigen Seitentür noch in der Hand, sah der Mann in Schwarz vergnügt auf ihn hinunter. »Kann ich mir die Suche sparen. Der Chorraum mit den ganzen Nischen und Ecken ist doch ein wenig unübersichtlich gebaut.«

7

»W-wie«, stammelte Nicholas, der einem Käfer gleich auf dem Rücken lag. »Ich meine, *woher* . . .«

Er kam sich unsagbar dämlich vor. Wütend ignorierte er die helfend hingestreckte Hand und stand hastig auf.

»Das mit der Tür?« Der Mann mit dem weißen Bart ließ selbige wieder ins Schloss fallen. Schmunzelnd sah er zu, wie Nicholas übertrieben heftig den Staub aus Wams und Hose klopfte. »Ich habe schon viel Zeit meines Lebens in St. Paul's verbracht und irgendwann gelernt, dass es nirgendwo schadet, die Hintertüren zu kennen«, erklärte er vage.

»Euer Buch!«, rief Nicholas unvermittelt und deutete auf die leeren Hände des Mannes.

Dieser zuckte bedauernd mit den Schultern. »Musste ich leider einem besonders eifrigen Verfolger zwischen die Beine werfen.«

»Das – das tut mir leid.« Schuldbewusst senkte Nicholas den Blick.

»Nicht der Rede wert«, winkte der Mann ab. »Es war ohnehin keine sonderlich wertvolle Ausgabe. So hatte es zumindest einen gewissen praktischen Nutzen.«

»Danke jedenfalls«, murmelte Nicholas gepresst. Er war grundsätzlich niemandem gerne zu Dank verpflichtet, schon gar keinem Fremden. »Professor«, bemühte er sich dennoch um eine höfliche Anrede.

»*Doktor* genügt. Doktor John Dee.«

Nicholas' Kinnlade klappte nach unten.

»Deinem Gesichtsausdruck nach zu urteilen, hast du schon von mir gehört.«

Jeder im Königreich hatte das. Dr. Dee, der *Magus von Mortlake*. Alchemist, Astronom und Astrologe, Mathematiker und Philosoph. Er hatte seinerzeit in die Sterne geschaut und den günstigsten Tag für die Krönung Elisabeths berechnet. Ein Tag, der ihr eine lange und glorreiche Herrschaft garantieren sollte. Die Königin zählte ihn zu ihren engsten Ratgebern und doch verstummten die Gerüchte nicht, dass er mit finsteren Mächten im Bunde stand.

Nicholas machte den Mund wieder zu und nickte. Dr. Dee lächelte nachsichtig.

»Sei unbesorgt. Ich kenne meinen Ruf nur zu gut.« Ein Schatten huschte über sein Gesicht. »Du hast ja vorhin am eigenen Leib erfahren, wie schnell man der schwarzen Magie beschuldigt werden kann – gerechtfertigt oder nicht.« Seine Miene hellte sich wieder auf. »Gar kein schlechter Trick übrigens.«

Eine freudige Röte zeichnete sich auf Nicholas' Wangen ab. »Dennoch habt Ihr ihn durchschaut«, stellte er leicht enttäuscht fest.

Dr. Dee lachte, ein leises, tiefes Lachen. »Damit musst du immer rechnen: dass du jemandem begegnest, der diese Kunst ebenso beherrscht wie du. Wahre Meisterschaft besteht darin, allen anderen immer mindestens zwei Winkelzüge voraus zu sein.«

»Meine Karten . . .« Sehnsüchtig dachte Nicholas an sein Kartenspiel, das bei seiner Flucht in der Kathedrale zurückgeblieben war. Es war noch fast neu gewesen.

»Auf der Cheapside gibt es einen französischen Drucker, der die neuesten Kartendecks führt. Ich glaube, ich schulde dir eines. Wie wär's?«

Nicholas' Blick fiel über Dr. Dees Schulter. Sie befanden sich an der Nordseite von St. Paul's und nur einen Steinwurf davon entfernt erhob sich die graue Fassade der Christ Church in Newgate. St. Paul's und die Cheapside markierten die nördliche Grenze von Nicholas' Streifzügen durch die Stadt. Weiter hatte er sich nie gewagt, und das aus gutem Grund. Die Silhouette der Kirche von Pastor Hardcastle wiederzusehen, löste Beklemmung in ihm aus. Um diesem Anblick zu entgehen, hätte er noch viel mehr getan, als Dees Angebot anzunehmen.

Dr. Dee hatte nicht zu viel versprochen. Der Laden führte die verschiedensten Kartenspiele. Nicht nur die französischen Muster mit Pik, Herz, Kreuz und Karo in Schwarz und Rot, wie Nicholas sie benutzte und Dr. Dee ihm nun auch wieder eines kaufte. Es gab auch deutsche oder Schweizer Karten mit bunten Wappenschildern, Blumen, Eicheln und Schellen. Aus Spanien stammten Karten, die Kelche, Schwerter, Münzen und Keulen als Symbole trugen. Nicholas bestaunte fremdartige Decks, die nur Bilder zeigten: Vogelschwärme, edle Damen und Ritter, Einhörner, stolze Rösser. Gänzlich verlor Nicholas sich jedoch in einem Spiel, das »Tarot« genannt wurde. Für seine Tricks hatte es keinen praktischen Nutzen und die Bilder gaben ihm Rätsel auf. Ein Narr schritt weit aus und spielte auf seiner Flöte. Auf einer anderen Karte war ein Mann zu sehen, der an einem Bein aufgehängt kopfüber an einem Ast baumelte. Einen Turm gab es und Gevatter Tod mit seiner Sense. Nicholas konnte den Blick kaum von diesen seltsamen Karten lösen und musste sie einfach haben.

Anschauen und aussuchen hatte hungrig und durstig gemacht. So saßen sich Nicholas und Dr. Dee später am Nachmittag in einer Schenke gegenüber, der *Meerjungfrau,* zwischen der Friday und der Bread Street. Dee nippte dann und wann an seinem Rotwein und begnügte sich mit Brot und Käsewürfeln, während Nicholas sich über eine sämige Linsensuppe mit Speck hermachte.

»Hast du auch einen Namen?«, fragte Dee nach einer Weile.

»Nicholas«, nuschelte Nicholas zwischen zwei Mund voll. »Nicholas Christchurch.«

»Was ist mit deinen Eltern?«

Nicholas blickte Dee vorsichtig über den Rand der hölzernen Schüssel hinweg an. Auf den Straßen erzählte man sich viele Geschichten. Er hatte gehört, dass Herumtreiber wie er angelockt wurden und auf Nimmerwiedersehen verschwanden. Im günstigsten Fall landeten sie in einer Besserungsanstalt, wo sie von früh bis spät beten und Knochenarbeit verrichten mussten. Vagabundieren war ebenso verboten wie die Kartentricks, mit denen er den Leuten das Geld aus der Tasche zog. Wäre er je aufgegriffen und vor den Magistrat gebracht worden, hätte ihm der Pranger oder Gefängnis gedroht. Bei mehrmaliger Verurteilung für Falschspiel oder Diebstahl wurden die Ohren abgeschnitten und wer sich dann immer noch uneinsichtig zeigte, endete am Galgen. Zum Glück für Nicholas nahmen die Gesetzeshüter in der City ihre Aufgabe nicht sonderlich ernst und Southwark lag gleich ganz außerhalb ihrer Gerichtsbarkeit. Nicholas war dennoch stets auf der Hut.

Doch bei allem Misstrauen konnte er in Dees Augen keine Hinterlist entdecken und so antwortete er wahrheitsgemäß: »Ich hab keine. Jedenfalls keine, von denen ich weiß. Ich bin ein Findelkind.«

Dee nickte verstehend. »Kannst du lesen?«

Nicholas' Hand, die erneut einen vollen Löffel zum Mund

führen wollte, blieb auf halbem Weg stehen. Verwirrt sah er Dee an. »*Natürlich* kann ich lesen! Und schreiben auch!«

»Auch Latein?« Nicholas nickte und kratzte den letzten Rest Suppe aus der Schüssel.

»Und Griechisch?« Nicholas nickte wieder und biss gierig von der fingerdicken Scheibe Brot ab, auf der mehrere Schichten mit Senf bestrichenen kalten Bratens lagen.

»Französisch?« Nicholas wiegte kauend den Kopf und hielt Daumen und Zeigefinger der freien Hand ein kleines Stück auseinander.

Dee zog seine dichten weißen Augenbrauen verstehend in die Höhe und drehte den Becher zwischen seinen Händen hin und her. »Ich bräuchte dringend einen Gehilfen. Meine Bibliothek muss katalogisiert werden und es gibt immer jede Menge an Schreibarbeit zu erledigen. Schlafen und essen könntest du umsonst und ich würde dich angemessen entlohnen.«

»Wie viel?«, fragte Nicholas mit vollem Mund.

»Sagen wir – pro Tag so viel, wie du bisher an einem guten Tag auch mit deinen Karten verdient hast.«

Nicholas stopfte sich den letzten Bissen in den Mund, lehnte sich zurück und ließ den Blick durch den Schankraum schweifen, während er überlegte.

Einen Tisch weiter saß ein Jüngling mit zerrauftem weißblondem Haar. Zwei Fliegen zankten sich halbherzig um einen angebissenen Apfel und einen welligen Brotkanten inmitten von Papierknäueln, abgebrochenen Federn und Tintenklecksen.

»Es reimt sich einfach nicht«, hörte Nicholas ihn stöhnen. Mit tintenbeschmierten Fingern massierte er sich die Nasenwurzel. Wohl nicht zum ersten Mal, denn die Tinte zierte schon an mehreren Stellen sein pausbäckiges Gesicht. »*Wär's*

Frühling, würd erwachen die Liebe . . . Liebe – was reimt sich auf Liebe?«, brabbelte er vor sich hin, seufzte dann zum Steinerweichen. »Liebe . . . Hiebe . . . Siebe? Nein, Liebe, hm . . . Liebe – Triebe . . . Das ist es!« Ein Leuchten glitt über sein Gesicht und er kritzelte eifrig weiter, während er vor sich hin murmelte: *»Aus – mei-nem Her-zen fri-sch-e grü-ne Triebe . . .«*

»Dichter!«, spie der Wirt verächtlich aus, als er an den Tisch von Dee und Nicholas trat. »Jeden Tag scheint es ein Dutzend mehr davon in dieser Stadt zu geben! Als ob die jungen Leute keinen besseren Zeitvertreib fänden, als schlechte Theaterstücke oder schmalzige Balladen zu schreiben! – Darf es für die Herrschaften noch etwas sein?«, fragte er halbwegs freundlich, als er die leere Suppenschale wegnahm und mit einem feuchten Lumpen nachlässig über die Tischplatte wischte. Beide schüttelten den Kopf und der Wirt verzog sich achselzuckend wieder hinter seine Theke.

»Nun?«, wollte Dee wissen und strich sich über seinen Bart.

Nicholas war hin- und hergerissen. Er mochte das Leben, das er führte. Es war kein leichtes Leben, aber auch kein schlechtes und besser als das, das er bei den Hardcastles gehabt hatte. Er mochte seine Freiheit und auch, dass er nie wusste, wohin es ihn als Nächstes verschlagen würde. Aber er war neugierig, neugierig auf Dee und seine Welt. Wer konnte schon von sich sagen, dass er bei einem echten Magier in Diensten stand?

»In Ordnung«, nickte er schließlich und beeilte sich hinzuzufügen: »Zumindest probeweise.« Er wischte die Rechte an seinem Wams ab und streckte sie Dee hin.

8

Dunkelheit senkte sich früh über die Stadt. Auf den Gassen, Straßen und Plätzen wurde das Treiben immer ausgelassener. Nicholas bekam davon nichts mehr mit. Die Aufregungen des Tages und der volle Magen hatten ihn müde gemacht und das Schaukeln der Kutsche schläferte ihn vollends ein. Wie eine Katze rollte er sich in einer Ecke des Wagens zusammen. In zweieinhalb Stunden würden er und Dee die acht Meilen flussaufwärts nach Mortlake zurückgelegt haben. Noch ehe sie durch das Stadttor hindurch waren, schlief Nicholas tief und fest.

Über der Themse zerplatzten rote Feuerblumen, zogen grüne und bronzene Lichtkugeln ihre Bahnen, regnete es Wasserfälle von goldenen und silbernen Sternen unter den Donnerschlägen der Böller.

Auch am St. Paul's Wharf wurde gefeiert. Auf dem Kai selbst, wo sonst Waren gelöscht oder auf Boote verladen wurden, standen die Hafenarbeiter mit ihren Mädchen oder Ehefrauen und bejubelten lautstark das Feuerwerk und ihre *Good Queen Bess*.

In einem der hohen Häuser im Hintergrund hatte das Schauspiel trotz der Kälte die Gäste einer vornehmen Gesellschaft auf den Balkon gelockt. Die juwelenbesetzten Kleider der Damen funkelten mit dem Feuerzauber am nachtschwarzen Himmel um die Wette und die Wämser der Gentlemen standen dieser Farbenpracht in nichts nach. Zwei Männer lösten sich aus der Gruppe, als sie an den Rand der steinernen Balustrade traten.

»Ich möchte noch einmal betonen, wie sehr die Anwesenheit Eurer Exzellenz mein bescheidenes Heim ehrt und dem heutigen Abend Glanz verleiht«, erklärte Sir Francis Throckmorton in französischer Sprache und unterstrich seine Worte mit einer leichten Verbeugung. Sein Gast Michel de Castelnau, der Gesandte des Königs von Frankreich, antwortete mit einem hoheitsvollen Nicken.

»Die Freude über Eure Einladung ist ganz auf meiner Seite, Monseigneur. Und ich fühle mich meinerseits geehrt, dass Ihr meine Muttersprache so überaus gut beherrscht.«

Die beiden waren sich an diesem Abend zum ersten Mal persönlich begegnet, denn Throckmorton war erst vor Kurzem nach London zurückgekehrt. Die Feierlichkeiten zum Jahrestag von Elisabeths Thronbesteigung waren ihm daher ein willkommener Anlass, alte Verbindungen zur Londoner Gesellschaft aufzufrischen und neue zu knüpfen. Castelnau hatte es als seine diplomatische Pflicht empfunden, der Einladung des jungen Edelmannes nachzukommen, die ihm vergangene Woche ins Haus geflattert war.

»Frankreich ist ein wunderbares Land«, geriet Throckmorton ins Schwärmen. »Wenngleich auch Spanien und die italienischen Städte gewisser Reize nicht entbehren, so ist doch Euer Vaterland an Schönheit und Kultur nicht zu übertreffen. Ich bedaure zutiefst, dass dringende heimische Angelegenheiten mich meinen Aufenthalt auf dem Kontinent nicht fortsetzen ließen. Manche Dinge lassen sich eben besser persönlich regeln denn per Kurier oder Mittelsmann.«

»*Oui*, die Mühsal der Geschäfte und das Joch der Verpflichtungen«, seufzte Castelnau. »Um wie viel glücklicher und freier könnte man sich doch in einem Leben als Dichter oder als Gelehrter einrichten!«

Throckmorton musterte sein Gegenüber mit einem Seitenblick. Obwohl schon in den Sechzigern, wies Castelnaus kohlrabenschwarzer Lockenkopf nur einzelne graue Fäden auf. Der kecke Spitzbart und der modische Ring im Ohrläppchen hätten ihn wie einen Piraten aussehen lassen, wäre er nicht so elegant gekleidet gewesen.

»Gewiss ist das Los unseres Standes ein schweres«, pflichtete Throckmorton seinem Gast bei. Als er sah, wie Castelnau nickte, fuhr er fort: »Doch ohne Zweifel ist die Bürde ungleich größer, für das Wohlergehen eines ganzen Landes und eines Volkes zu sorgen. Von der Gefahr des Scheiterns an dieser Aufgabe gar nicht zu reden. Nehmt Ihre Majestät die Königin – vierundzwanzig Jahre trägt sie nun schon diese Bürde.«

»Eine lange Zeit«, bekräftigte Castelnau.

»Vierundzwanzig Jahre ein protestantisches England mit einer protestantischen Königin«, fügte Throckmorton nachdenklich hinzu und sah auf den Fluss hinaus. »Wie viele Jahre ihr noch vergönnt sein werden?«

Castelnau zuckte mit den gepolsterten Schultern seines blausilbern bestickten Wamses. »Ich nehme an, so viele, wie der Herr in Seiner Gnade Ihrer Majestät zugestehen wird.«

Throckmorton nahm einen Schluck aus seinem Glas. »Und wenn es nun nicht mehr all zu viele sein sollten?«

»Bei unserer letzten Begegnung erfreute sich Ihre Majestät bester Gesundheit«, gab Castelnau trocken zurück.

»Zweifellos, Euer Exzellenz«, beeilte sich Throckmorton zu versichern. »Jedoch – die Zeiten sind unsicher und niemand weiß, was morgen sein wird . . .«

Castelnau senkte den Blick in sein leeres Glas und schürzte die Lippen. »Gewiss. Unser aller Schicksal liegt allein in Gottes Händen. – Ihr entschuldigt mich, Monseigneur Throckmorton.« Hastig verbeugte er sich und schloss sich den anderen Gästen an, die lärmend wieder ins Innere des Hauses strömten, um sich mit Portwein und flotten Tänzen aufzuwärmen. Sein Gastgeber blieb zurück und betrachtete den ersterbenden Funkenregen am Himmel.

Es war ein kluger Schachzug gewesen, den französischen Gesandten einzuladen. Nach den Regeln der feinen Gesellschaft musste nun eine baldige Gegeneinladung von Castelnau zu einem ähnlichen Anlass erfolgen. *Geduld,* ermahnte Throckmorton sich selbst, *nur Geduld! Große Taten benötigen Ausdauer und geschicktes Taktieren!* Er hoffte, er würde Castelnau sehr bald dort haben, wo er ihn haben wollte.

Eine letzte Leuchtkugel explodierte mit einem Knall. Ihr Widerschein ließ die eine Hälfte von Throckmortons Gesicht unheimlich aufglühen, während die andere im tiefen Schatten lag. Für einen Augenblick sah sein kastanienbraunes Haar aus, als stünde es in Flammen. Dann erlosch das Licht. Das Feuerwerk war vorüber. Übrig blieb nur eine dichte Rauchwolke verbrannten Schwarzpulvers, die den Fluss entlangkroch. Throckmortons Mundwinkel kräuselten sich zu einem falschen Lächeln. Er hob sein Glas in Richtung des Palastes von Whitehall: »Auf dein nahes Ende, Bastard-Königin.«

9

Langsam dämmerte Nicholas aus seligem Schlummer herauf. Er hatte herrlich geträumt: von einem richtigen Bett mit weichen Daunenkissen und einer kuscheligen Zudecke, deren Bezüge nach Seife und Wäschestärke gerochen hatten. Verzweifelt bemühte er sich, noch einen Zipfel dieses Traumes zu fassen zu bekommen, um noch ein wenig länger in dieser Herrlichkeit zu schwelgen. Vergebens. Unaufhaltsam verabschiedete sich der Schlaf. Und das unvermittelt einsetzende eifrige Kirchengeläut aus allernächster Nähe schubste Nicholas endgültig aus dem Reich der Träume. Missmutig rollte er sich auf die andere Seite und blinzelte mit einem Auge in den trüben Novembermorgen, bevor er den Kopf wieder in seinem Kissen vergrub. Er überlegte, unter welchem der vielen Kirchtürme Londons er gestern Abend sein Haupt zur Ruhe gebettet hatte, doch es wollte ihm nicht mehr einfallen.

Kissen? Nicholas schielte auf die weiche Fülle, die sich an sein Gesicht schmiegte. Er stupste mit dem Finger hinein. Sie erwies sich als fühlbar wirklich, und das auch noch, als er mit beiden Händen danach griff.

Einen Augenblick lag er noch ungläubig still. Dann fuhr er hoch, urplötzlich hellwach. Es war kein Traum gewesen: Er hatte wahrhaftig die Nacht in einem echten, sauberen Bett verbracht!

Mortlake! Sogleich war die Erinnerung an den gestrigen Tag wieder da, an St. Paul's und Dr. Dee. Aber an die Fahrt hierher und wie er in dieses Bett gekommen war – daran erinnerte Nicholas sich nicht mehr.

Er sah sich um. Die Dachkammer unter den schrägen, rissigen Balken war winzig, aber sauber. Neben dem Bett unter dem Fensterchen standen ein Tisch mit einer gefüllten Waschschüssel und ein Stuhl, über dessen Lehne ein Tuch hing; darunter ein bemalter Nachttopf. Mehr gab es nicht und doch stellte das Zimmer für Nicholas eine wahre Pracht dar. Umso mehr, wenn er es mit der düsteren Rumpelkammer verglich, in der er im Pfarrhaus geschlafen hatte. Das Glockengeläut war verklungen. Unschlüssig saß Nicholas da. Sollte er warten, bis man ihn abholte? Oder hätte er schon längst unten sein sollen und würde nun Ärger bekommen? Seufzend schwang er sich schließlich aus dem Bett. Seine Stiefel standen frisch poliert in der Ecke; die Kleider hatte jemand ausgebürstet und säuberlich über das Fußteil des Bettes gelegt. Ein fast neues, gestärktes Hemd hatte sich dazugesellt.

Gewaschen, angezogen und das Haar nach Gefühl gescheitelt, steckte Nicholas die Nase durch den Türspalt und spähte hinaus. Der Dachboden lag still und verlassen in fast völliger Dunkelheit. Nicholas konnte zwei weitere Türen, die vom Gang abgingen, mehr erahnen als sehen. Klar zu erkennen war jedoch der Handlauf des Treppengeländers auf der linken Seite.

»Wohlan«, atmete er tief durch, um sich selbst Mut zu machen, »auf in den ersten Tag im Hause eines Magiers!« Dennoch schlich er auf Zehenspitzen die waghalsig steile Holztreppe hinunter, die unter seinen Stiefelsohlen übellaunig knarzte. Ein Stockwerk tiefer gingen die Holzbohlen in ausgetretene Steinstufen über und nun konnte Nicholas auch ein hektisches Stimmengewirr hören, das von noch weiter unten kam. Kurz vor dem letzten Treppenabsatz blieb er stehen und lugte um die Ecke.

Obwohl die Eingangshalle mit ihrem schwarz-weiß gefliesten Boden großzügig angelegt war, schien sie aus allen Nähten zu platzen. Schnatternde Mägde strichen sich über ihre Schürzen und zupften an ihren Hauben und Schultertüchern. Burschen in einfacher, aber sauberer Kleidung klopften sich gegenseitig lachend auf die Schultern. Ein paar junge Männer in guten Anzügen und verwegenen Hüten blickten leicht hochnäsig in die Runde und unterstrichen ihre Gespräche untereinander mit bedeutsamen Gesten.

Nicholas brauchte einige Augenblicke, um zu begreifen, was hier vor sich ging. Die Bewohner von Mortlake machten sich auf zum sonntäglichen Kirchgang. Eine junge Frau, eleganter gekleidet als die Umstehenden, zupfte am Kragen eines kleinen Jungen herum. Sehr zu dessen Widerwillen, denn er stampfte trotzig mit dem Fuß auf und versuchte, ihr zu entkommen. Währenddessen klammerte sich ein noch kleineres Mädchen heulend an den Rockzipfel der Frau. Schließlich gab sie es auf und schickte den Jungen mit einem liebevollen Klaps zu einer der Mägde, die ihn bei der Hand nahm. Als sich die junge Frau aufrichtete, fiel ihr Blick auf Nicholas, der sich am steinernen Knauf des Geländers festhielt und den Hals langmachte.

»Guten Morgen«, rief sie freundlich, während sie das kleine Mädchen schwungvoll auf ihre Hüfte setzte und ihm mit einem spitzenumrandeten Taschentuch die Nase putzte. »Du musst Nicholas sein!«

Nicholas nickte verlegen und rührte sich nicht. Doch seine Scheu vor den vielen Menschen war unbegründet: Nur ein oder zwei flüchtige Seitenblicke streiften ihn – als sei es das

Natürlichste auf der Welt, dass der Hausherr Findelkinder auf den Straßen Londons auflas und sie mit nach Hause brachte.

»Du hast sicher Hunger. Dort«, die junge Frau zeigte mit dem Taschentuch, das sie noch in der Hand hielt, nach links, »geht es zur Küche. Unsere Köchin hat dir etwas warm gestellt. Und wenn du meinen Gatten suchst – weiß der Herr, wo er sich heute Morgen wieder herumtreibt –, versuch es einfach mal dort drüben.« Sie wies mit einem Kopfnicken nach rechts. »Irgendwo in seinen Arbeitszimmern und Laboratorien wirst du ihn schon finden.«

Nicholas blinzelte ungläubig. Diese hübsche junge Frau mit dem feschen Hut auf den hochgesteckten blonden Locken, deren kornblumenblaue Augen so fröhlich blitzten und deren Wangen beim Lächeln Grübchen zeigten – das sollte *Mistress* Dee sein?

Die Kirchenglocken begannen erneut zu läuten und riefen die letzten säumigen Gläubigen zum Gebet.

»Herrje«, stöhnte Mistress Dee und drückte das kleine Mädchen, das sich inzwischen beruhigt hatte, einer anderen Magd in die Arme, worauf dieses sogleich wieder zu plärren begann. »Jeden Sonntag das gleiche Durcheinander! Zum Glück müssen wir nur über die Straße. Wir kämen sonst immer heillos zu spät zum Gottesdienst!« Als sie sich hektisch über den Rock strich und ihr verrutschtes Cape zurechtrückte, sah Nicholas, dass sie das nächste Kind erwartete. Seufzend nahm sie ihre Tochter wieder auf den Arm und ließ sich von einer beleibten älteren Frau ein Gebetbuch reichen, mit dem sie Nicholas herzlich zuwinkte. »Bis heute Mittag, Nicholas! – Los, los, meine Lieben, der Pastor wartet nicht ewig auf uns!«

Unter Röckerascheln und Fußgetrappel setzte sich der Tross

in Bewegung. Die zweiflügelige Eingangstür mit den bunten Fensterscheiben fiel hinter Mistress Dee ins Schloss und augenblicklich herrschte Stille im Haus.

Den Haushalt eines Magiers hatte Nicholas sich doch ein wenig anders vorgestellt. Aber sein knurrender Magen erinnerte ihn daran, sich um greifbarere Dinge zu kümmern als das, was er sich in seiner Vorstellung ausgemalt hatte und was nicht.

Die Küche war leicht zu finden. Nicholas musste nur seiner Nase nachgehen, die wie von selbst den Weg zum Ursprung der verlockenden Düfte fand. Der große, gemauerte Herd nahm fast eine ganze Wand ein. Das Feuer unter den Kupfertöpfen war zwar erloschen, aber die Glut hielt die Speisen warm. Nicholas stöhnte glücklich auf, als er nacheinander die Deckel anhob und nachsah, was auf ihn wartete.

»Eines ist schon jetzt gewiss«, frohlockte er, »hungern werde ich hier nicht!«

Auf Zehenspitzen angelte er sich einen Teller vom hölzernen Bord über dem Herd. In der Schublade eines Schränkchens daneben fand er auch einen Löffel sowie etwas, das anstelle der Höhlung eines Löffels zwei spitze Zinken hatte. Nicholas betrachtete es neugierig. Ein solches Gerät hatte er noch nie gesehen und hier gab es sie gleich dutzendweise. Er entschied, dass es sich bestimmt gut eignete, um einzelne Bissen aufzuspießen, und der Umgang damit einen Versuch wert war. Weil er sich unmöglich zwischen all den Leckereien entscheiden konnte, nahm er sich von allem etwas: Rühreier mit knusprigem Speck, eine Wurst, einen Klecks dicken Haferbreis mit Zucker und Zimt und einen Löffel Reispudding. Und nach kurzem Zögern einen zweiten. Nur den Kuchen, der auf dem Fensterbrett stand, wagte er nicht anzuschneiden.

Den größten Teil des Raumes nahm ein lang gezogener, massiver Holztisch ein. Die sauber geschrubbte Oberfläche war abgenutzt von den Jahren, in denen auf ihr gearbeitet und gegessen worden war. An beiden Seiten des Tisches standen zwei einfache, lange Holzbänke. Hier nahm wahrscheinlich die Dienerschaft ihre Mahlzeiten ein, überlegte Nicholas, als er sich setzte. Auch wenn er sich kaum vorstellen konnte, wie all diejenigen, die vorhin noch die Halle gefüllt hatten, hier hätten Platz finden können ... Seine Mahlzeit ergänzte er mit einer dicken Scheibe Brot aus dem Korb vor ihm auf dem Tisch, die er großzügig mit Butter aus einem Steinguttopf bestrich.

Während er eifrig kaute und zwischendurch immer wieder wohlig aufseufzte, ließ er seine Blicke durch die Küche schweifen. Es war ein gemütlicher Raum, die Wände aus rauem Stein unverputzt, die Steinplatten auf dem Boden blank von den vielen Füßen, die tagein, tagaus eilig darüberzulaufen pflegten. Ein Fenster ging auf ein kleines, zu dieser Jahreszeit kahles Gärtchen hinaus, das von einer Mauer umgeben war. Die unzähligen Töpfe und Pfannen, die an Haken über dem Herd hingen, blinkten makellos. Ebenso die Glastüren des Schrankes, in dem Trinkgläser und Karaffen aufbewahrt wurden. Glas war teuer, das wusste Nicholas. Magie musste ein einträgliches Geschäft sein.

Das Gerät mit den Zinken erwies sich als äußerst nützlich und Nicholas pickte gerade die letzten Flocken Rührei damit auf, als Dr. Dee in die Küche rauschte.

»Dachte ich mir, dass ich dich hier finde!«, rief er vergnügt. Er deutete auf das Gerät in Nicholas' Hand. »Wie ich sehe, hast du deine Vorliebe für die elegante italienische Lebensart entdeckt!« Als Nicholas ihn fragend ansah, erklärte Dee: »Gabeln gehören in Italien längst zum guten Ton, während man sonst in Europa über diese Sitte die Nase rümpft. Ich finde sie praktisch und auch stilvoller als die bloßen Finger.« Er seufzte auf. »Aber so ist das eben: Die Menschen sträuben sich meist gegen jede Veränderung in ihrem Leben. Sei eine Erfindung noch so hilfreich und genial – es wird seine Zeit brauchen, bis sie sich durchgesetzt hat. Manchmal ist der menschliche Geist doch ein recht träges Element.« Während er sprach, hatte er in einem Obstkorb zu wühlen begonnen, der auf einem Schränkchen gleich neben der Tür stand. Er fischte einen rotwangigen Apfel heraus, warf ihn Nicholas zu und biss dann selbst herzhaft in einen zweiten. »Bereit?«

10

Dr. Dee eilte in seinem langen, fließenden Gewand so schnell durch die Flure, dass es schien, als gleite er über den Boden. Nicholas musste in einen flotten Trab verfallen, um mit ihm mithalten zu können.

»Ich schätze die sonntäglichen Stunden sehr, in denen alle Seelen des Hauses in St. Mary the Virgin beten, singen und der wöchentlichen Predigt lauschen. Das ist die einzige Zeit, in der ich ungestört arbeiten kann. Sonst bleiben mir dafür nur die Nachtstunden.«

Arbeiten? Am heiligen Sonntag?, wunderte sich Nicholas. Selbst Pastor Hardcastle, dem Müßiggang immer ein Graus gewesen war, hatte stets darauf bestanden, dass der Sonntag nur dem Gebet, der Predigt und der Bibel vorbehalten war.

»Demnach seid Ihr kein gottesfürchtiger Mann?«, wagte Nicholas zaghaft zu fragen. Dr. Dee betrachtete nachdenklich seinen angebissenen Apfel, ohne sein Tempo zu verringern. Er schien nach einer passenden Antwort zu suchen – eine Spur zu lange, wie Nicholas fand. Und ihm drängte sich die Frage auf, ob Dr. Dee vielleicht gar kein Protestant war, sondern womöglich im Geheimen ein Katholik. Oder ob es gar stimmte, was man so hörte – dass er Dämonen, ja den Teufel selbst anbetete. Nicholas' Magen begann unruhig zu flattern bei dieser Vorstellung. Was sich gar nicht mit der reichlichen Mahlzeit vertrug, die er gerade verarbeiten musste, und so schob Nicholas diesen Gedanken einstweilen lieber beiseite.

»Doch, Nicholas. Es vergeht kein Tag, an dem ich nicht voller

Ehrfurcht bin für die göttliche Schöpfung und ihre Wunder. Es gibt so vieles, was wir noch nicht verstehen. So vieles, dem ich auf den Grund gehen möchte, und doch wird meine Lebenszeit bei Weitem nicht dafür ausreichen. Aber Glaube und Religion sind zweierlei.« Er bedachte Nicholas mit einem schalkhaften Seitenblick. »Ich sagte dir ja bereits, dass ich meinen Ruf nur zu gut kenne. Was glaubst du, welchen Aufruhr es gäbe, wenn ich die Kirche beträte? Die Menschen kommen von weit her, um meinen Rat als Medicus oder Astrologe zu suchen, aber öffentlich würde es keiner von ihnen je zugeben. Für die Kinder des Dorfes gilt es als Mutprobe, sich näher als zehn Schritt an mein Haus heranzuwagen. Nein, ein *Magus«,* er verlieh dem Wort einen ironischen Unterton, »wie ich tut besser daran, dem Gotteshaus fernzubleiben.«

»Aber dann müsst Ihr ja im Jahr unglaublich viel Geld . . .« Nicholas, im Pfarrhaus mit den Gepflogenheiten der Kirche aufgewachsen, überschlug im Kopf die Summe an Bußgeldern, die Dr. Dee demnach für das Fernbleiben von den Gottesdiensten entrichten musste.

»Mitnichten. Der hiesige Pastor und ich sind gut befreundet und haben schon oft angeregte Gespräche über Wissenschaft und Glauben geführt. Außerdem ist er mir dankbar, dass ich ihn von seiner Wassersucht kuriert habe. – Hier entlang.« Dr. Dee bog unvermittelt in einen dunklen Korridor ab. Nicholas stolperte hinterher. Er war verwirrt. Die Erklärungen des Magus waren zwar ausführlich gewesen, aber Nicholas wusste immer noch nicht, welchem Glauben Dee nun angehörte.

Doch ihm blieb keine Zeit, weiter darüber nachzudenken. Tür reihte sich an Tür, die meisten waren geschlossen, manche angelehnt. Die eine oder andere jedoch stand offen und erlaubte einen ungehinderten Blick in das Zimmer dahinter.

Nicholas verrenkte sich den Hals, doch bevor er etwas erkennen konnte, waren sie schon vorbeigeeilt.

»Ah.« Dr. Dee blieb so abrupt stehen, dass Nicholas beinahe auf ihn geprallt wäre, und öffnete eine der Türen. »Das hier wird dir sicher gefallen! – Mein Naturalien- und Monstrositätenkabinett«, fügte er augenzwinkernd hinzu.

Auf einem Regal standen Reihen von Gläsern, gefüllt mit klaren Flüssigkeiten, in denen Frösche mit zwei Köpfen schwammen, ein Salamander mit drei Schwänzen, eine bleiche Maus mit sechs Pfoten und einiges mehr, das Nicholas sich lieber nicht so genau anschauen mochte. Dazwischen und auf dem Schrank gegenüber standen ausgestopfte Tiere, die ihn scheinbar vorwurfsvoll musterten: eine Krähe, eine Eule, eine Fledermaus, die die spitzen Zähne bleckte und ihre Flügel aus lederner Haut spreizte. Das Knochengerüst, das in der Ecke aufgehängt war und vor sich hin baumelte, grinste Nicholas spöttisch an und schien stumme Zwiesprache mit dem Totenschädel zu halten, der einen Stapel loser anatomischer Zeichnungen auf dem Tisch beschwerte. Nicholas war bemüht, sich seine Erleichterung nicht anmerken zu lassen, als sie die Tür zu diesem gruseligen Sammelsurium wieder hinter sich schlossen.

Im Vorübereilen besichtigten sie noch kurz eine weitere Absonderlichkeit des Hauses: ein Wasserklosett. »Eine Erfindung meines guten Freundes Sir John Harington«, berichtete Dee stolz und lächelte über Nicholas' erstauntes Gesicht. »Geniales Prinzip! Es funktioniert leider nicht zuverlässig. Irgendetwas mit dem Wasserdruck stimmt noch nicht ganz. Er hofft, es demnächst der Königin anbieten zu können, die für solcherlei Neuerungen immer offen ist. Aber leider verbringt er mehr Zeit über seinen Gedichten und bei Banketten als damit, weiter daran zu tüfteln. Daher fürchte ich, dass noch einige Jahre ins Land gehen werden, bis er ihr die Pläne vorlegen kann. Gut Ding«, er seufzte tief auf, »will manchmal eben wahrhaftig Weile haben!«

Nicholas gingen die Augen über, als sie endlich in der Zimmerflucht anlangten, die die Bibliothek enthielt. Niemals hätte er gedacht, dass es so viele Bücher auf der Welt gab – und noch unglaublicher erschien ihm, dass ein einziger Mensch so viele davon besitzen konnte! In Leder gebundene Wälzer drängten sich neben lose zusammengehefteten Blättern in den Regalen und Schränken bis hoch an die Decke. Manche waren von einer dicken Staubschicht bedeckt. Andere lagen aufgeschlagen auf den Tischen. Beängstigend schiefe Büchertürme wucherten um Tischbeine herum, standen kniehoch vor den Regalen. Dr. Dee kratzte sich sein weißes Haupt unter der Kappe und sah beinahe schuldbewusst drein. »Ist mit der Zeit etwas unübersichtlich geworden. Über die Jahre sammelt sich eben so manches an.«

Wenig später balancierte Nicholas auf einer ans Regal gelehnten Leiter. »Nummer elf«, zählte er und las vor: *»Tractatus compendiosus de animalibus.«*

An einem Stehpult trug Dr. Dee in seiner schwungvollen Handschrift alles in die Liste ein, was Nicholas ihm ansagte. Sorgsam schob Nicholas den Band zurück an seinen Platz und zog den benachbarten heraus. Er kniff die Augen zusammen, um die schnörkeligen, verblichenen Buchstaben besser entziffern zu können. »Nummer zwölf: *Wilhelmi Parisiensis fragmen. . .«*

»Ach«, unterbrach ihn Dr. Dee und sah mit einem verklärten Blick zu Nicholas. »Da steht das also! Das suche ich schon seit mindestens fünf Jahren . . .« Er schüttelte den Kopf und kratzte weiter mit der Feder über das Papier.

Nicholas blätterte gerade in Nummer vierundzwanzig, einer Mappe voll loser Schriften, deren Titel er einzeln diktierte, als die Kirchenglocken das Ende des Gottesdienstes verkündeten. Dr. Dee seufzte auf. »Gleich ist es mit der himmlischen Ruhe vorbei! Schnell, lies weiter vor!«

Er hatte kaum zu Ende gesprochen, als von Weitem Fußgetrappel und Stimmen zu hören waren, die sich rasch durch den Korridor näherten. Fünf oder sechs junge Männer stürmten in langen Schritten in die Bibliothek und grüßten Dr. Dee respektvoll. Nicholas oben auf seiner Leiter übersahen sie einfach. Dieser erkannte den einen oder anderen jedoch wieder: Es waren die Burschen in den guten Anzügen, die er heute Morgen in der Halle gesehen hatte. Noch im Gehen rissen sie sich ihre Kappen vom Kopf und warfen sich lange Talare über. Sie verteilten sich alleine oder zu zweit an die Tische, die mit Büchern bepackt in den Winkeln und Nischen der Bibliothek standen. Ein paar von ihnen bissen hungrig in einen Apfel oder eine Birne, ehe sie ihre Bücher aufschlugen. Einer trat zu Dr. Dee. »Verzeiht, verehrter Doktor, aber wir sind heute Morgen in einen Disput über Plato geraten.« Er wies auf einen Tisch, an dem ein anderer Jüngling mit erwartungsvoller Miene saß. »Wenn Ihr die Güte besäßet, uns bei der Klärung desselben behilflich zu sein?«

»Aber gewiss, Magister«, antwortete Dee fröhlich und legte die Feder beiseite. Er zwinkerte Nicholas zu. »Danke einstweilen! Heute werde ich deine Hilfe wohl nicht mehr benötigen.«

Nicholas sah zu, wie Dr. Dee sich mit den beiden jungen Männern an den Tisch setzte und schnell in eine lebhafte Diskussion vertieft war. Zögerlich steckte Nicholas die Mappe zurück und stieg von der Leiter herab. Wenn Dee ihn nicht mehr brauchte, hieß das dann, dass er tun und lassen konnte, was er wollte? Die Neugier prickelte in allen Fingerspitzen. Was mochte dieses sonderbare Haus, das seine neue Heimstatt geworden war, noch alles verbergen? Betont lässig schlenderte er durch die Bibliothek, warf Seitenblicke links und rechts, ob ihn jemand verscheuchen oder zurückpfeifen würde. Aber als niemand auf ihn achtete, beschleunigte er seine Schritte in kribbeliger Vorfreude auf seine Entdeckungsreise durch das Haus.

11

Mortlake war ein merkwürdiges Haus. Es war alt, sehr alt. Unter der Bürde der Jahrhunderte hatten sich die Mauern zu krümmen begonnen wie der Rücken und die Glieder eines Greises. Einst war es wohl der Landsitz eines wohlhabenden Mannes gewesen, eines Ritters oder eines Adligen vielleicht. Davon zeugten noch die großen, prachtvollen Säle mit ihren in geometrischen Mustern gefliesten Böden und die Fenster aus buntem, bleigefasstem Glas. Doch Mortlakes Vergangenheit war nicht immer glorreich gewesen. Nachträglich ersetzte Fensterscheiben, die zu den ursprünglichen nicht so recht passen mochten, Sprünge und Macken in Stein und Fliesen verrieten, dass das Haus auch schwierige, einsame Jahre gesehen hatte. Jede Generation von Besitzern hatte Spuren hinterlassen: ungeliebte oder weitervererbte Schränke, Tische, Betten, Wandteppiche; schief getretene Treppenstufen und zerschrammte Holzböden. Vor allem war das Haus mit der Zeit gewachsen. Immer wieder hatten seine Bewohner neue Räume und Gänge zu den schon bestehenden hinzugefügt und so ein wahres Labyrinth geschaffen, in dem ein Neuling sich leicht verirren konnte.

Doch nicht weniger merkwürdig als das Haus selbst war das, was es darin zu sehen gab. Rasch stellte Nicholas fest, dass ein Tag nicht ausreichte, um alles zu besichtigen. So spazierte er erst einmal durch den Westflügel, in dem sich auch die Bibliothek befand. Die vielen Türen hier zogen ihn magisch an. Er konnte sich kaum entscheiden, welche er zuerst öffnen sollte.

Aber da wohl eine so gut wie die andere war, nahm er gleich die erste, die sogar einen Spalt weit aufstand. Vorsichtshalber lugte er über seine Schulter, ob ihn niemand beobachtete, dann schob er die Tür auf und trat ein.

In dem Raum roch es süß und staubig. Die Luft war schwer von einem Gemisch verschiedenster Düfte und Aromen. Ringsum standen Regale, zum Bersten vollgestopft mit Flaschen in allen Größen und Formen, die Öle in verschiedensten Farben enthielten. Krüge und Töpfe mit Salben und Tinkturen drängten sich dazwischen, Säckchen voller Granulate und Pülverchen. Auf Steingutdosen waren die lateinischen Namen von Pflanzen zu lesen. In Körbchen lagerten getrockneter Rosmarin und Beifuß, Salbei und Kamille, Lavendel und Johanniskraut. Mutig geworden, zog Nicholas die Schubladen eines Apothekerschrankes auf. Er pfiff leise durch die Zähne, als er die Kristalle darin sah. »Meine Herrschaften, da liegt ja ein ganzes Vermögen einfach so herum«, entfuhr es ihm angesichts der hühnereigroßen Klumpen und Splitterhäufchen von Rosenquarz, Amethyst, Beryll, Bergkristall, sogar von Rubinen. Es juckte ihn in den Fingern, ein paar der Steinchen einzustecken. Ein paar Herzschläge lang rang Nicholas mit sich und der Versuchung. »Einige Bröckchen hiervon würden sicher nicht vermisst«, stellte er halblaut fest und streckte die Hand danach aus. »Andererseits«, überlegte er weiter, »kann ich mich hier immer noch bedienen, wenn ich weiß, was sich im Haus sonst noch so an Schätzen verbergen mag!« Heldenhaft schloss er eine Schublade nach der anderen wieder, ohne die Edelsteine auch nur berührt zu haben. Allerdings entrang sich ihm ein Sehnsuchtsseufzer bei dem Gedanken, mit nur einem Handgriff reich sein zu können.

Auf dem Tisch in der Mitte befanden sich in Metallgestellen

gläserne Kolben, die mit Schläuchen untereinander verbunden waren. Messerchen und schmale Löffel lagen neben Mörsern und Stößeln aus Kupfer, Zinn und Stein. Und die dicke Rußschicht an der Decke verriet, dass manch ein Experiment schon buchstäblich in Feuer und Rauch aufgegangen war. Nicholas nahm einen der Mörser und schnupperte an dem grünlichen Pulver darin. »Urgh«, würgte er hervor und stellte das Gefäß schnell wieder ab, ehe sein Magen einen Purzelbaum zu schlagen drohte.

Der Raum nebenan war anscheinend ganz der Geografie vorbehalten. Unzählige zusammengerollte Pergamente steckten in den Fächern offener Schränke. An den Wänden hingen gerahmte Karten, die auf zwei aneinanderstoßenden Kreisen die Nord- und die Südhalbkugel zeigten, verschwenderisch mit Fabelwesen und mythologischen Gestalten ausgeschmückt. Auf der einen entdeckte Nicholas einen handschriftlichen Zusatz. Kaum zu entziffern. Er trat näher an die Karte heran, bis seine Nasenspitze fast über die Tinte wischte. Mühevoll begann er, die an den unteren Rand gequetschten Worte zu entziffern. »Meinem«, übersetzte er murmelnd aus dem Lateinischen, »meinem geschätzten Freunde Iohannes – ah, wahrscheinlich für John – Dee aus der gemeinsamen Zeit in Löwen mit den besten Wünschen. Gerardus Mercator, Duisburg 1569. – Nicht schlecht«, überlegte Nicholas halblaut, »eine Weltkarte gewidmet zu bekommen.« Sein Blick wanderte weiter und fiel auf einen großen, mit einer ähnlichen Weltkarte bemalten Ball, der in einem Holzgestell mit massivem Metallfuß auf dem Boden stand. »Ein Globus«, flüsterte Nicholas hingerissen. Zwar hatte er schon gehört, dass es Modelle vom Erdball gab, aber er hatte bislang noch nie ein solches zu Gesicht bekommen. Der Globus war so groß, dass Nicholas ihn selbst mit beiden Armen nicht vollständig umschlingen konnte. Staunend umschritt er ihn und besah ihn sich von allen Seiten. Vorsichtig gab er der Kugel einen Stoß und lächelte verzückt, als diese sich in Bewegung setzte und eine halbe Drehung machte. Ein kleinerer Bruder dieses Globus stand auf einem der Wandschränke, in dem sich ein Stapel riesiger ledergebundener Atlanten türmte.

Auch auf dem großflächigen Tisch in der Mitte lag ein Atlas, in der Mitte aufgeschlagen. Nicholas blätterte zurück bis zur Titelseite. *»Theatrum Orbis Terrarum«,* las er davon ab, »von Abraham Ortelius.« Rings um den Atlas verstreut lagen Pergamente. Karten, wie Nicholas bei genauerer Betrachtung feststellte. Eine Karte zeigte ganz Europa. Die einzelnen Königreiche und Fürstentümer waren verschiedenfarbig voneinander abgegrenzt. Manche Städtenamen waren von Hand eingekreist. Auf dem dicksten Packen lag obenauf eine tintenfeuchte Feder, als hätte jemand noch vor Kurzem mit den Plänen gearbeitet. Nicholas schob sie behutsam zur Seite und blätterte durch die darunterliegenden Karten. Auf der Englandkarte waren mehrere Stellen angekreuzt und mit Anmerkungen versehen. »Schloss Sheff-Sheffield«, buchstabierte er sich durch die krakelige Handschrift, »Earl of . . . Shrovvsberry . . . oder Shrewsbury?« Dahinter stand ein Kürzel, das komplett unleserlich war. Zwar ähnelte es den Initialen »MS«, aber ebenso gut hätte es Ziffern oder ein Symbol darstellen können. Unter der Englandkarte lag eine Ansicht von London, auf der Nicholas viele Straßen und Plätze wiedererkannte. Die Stadt auf der nächsten Karte war Nicholas jedoch völlig fremd, obwohl London ähnlich und ebenfalls von einem gebogenen Flusslauf durchzogen. »Paris«, murmelte er verblüfft, als er die Beschriftung in der oberen Ecke las. Einzelne Häuser waren angekreuzt, aber aus welchem Grund oder zu welchem Zweck, wollte sich Nicholas nicht erschließen. *Merkwürdig,* grübelte er, *wozu bräuchte man hier in Mortlake denn auch einen Stadtplan von Paris?*

»Da brat mir doch einer einen Storch!« Nicholas fuhr zusammen. In der Tür stand ein hagerer Mann in einer schwarzen Kutte, die schäbig wirkte im Vergleich zu Dees Gelehrtengewändern. Seine Stimme klang unnatürlich hoch. »Was hast du Lümmel hier zu suchen?«

Nicholas ließ die Pläne einfach auf den Tisch zurückflattern und verschränkte die Hände hinter dem Rücken, als könnte er so ungeschehen machen, dass man ihn beim Schnüffeln erwischt hatte. »Ni-hichts!«, verkündete er kieksend und mit aufgesetztem Unschuldsblick. In zwei Riesenschritten war der Mann an den Tisch gehastet und hatte die Karten zusammengeklaubt, die Nicholas eben noch begutachtet hatte. Böse funkelte er den Jungen aus schwarzen, tief liegenden Augen an. Sein Gesicht wirkte unheimlich, weil es komplett umschlossen war von einer eng anliegenden Kappe, die kein Härchen und nichts von den Ohren sehen ließ. Nur die scharf geschnittenen, nackten Gesichtszüge blickten Nicholas eisig an. Nicholas unterdrückte ein Schaudern, als ihm der Gevatter Tod aus seinem Tarotspiel einfiel. »Wie kommst du überhaupt in dieses Haus?«, herrschte ihn der Mann weiter an.

Nicholas reckte sich stolz empor. »Ich arbeite seit heute hier. Für den Magus.« Zufrieden sah er ein winziges Flackern in den Augen seines Gegenübers, der sichtlich überlegte, ob er dem Jungen Glauben schenken oder ihn als Lügner hinauswerfen sollte. »Nun«, gab der Finsterling schließlich gepresst zur Antwort, »dann hast du sicher Besseres zu tun, als deine Nase in Dinge zu stecken, die dich nichts angehen. Raus mit dir, aber auf der Stelle!« Die Pläne hielt er noch immer umklammert, als fürchtete er, Nicholas könnte sie ihm entreißen.

Nicholas trollte sich gespielt demütig mit gesenktem Kopf. Für heute war ihm die Entdeckerlust erst einmal verdorben. Aber morgen war ja schließlich auch noch ein Tag . . .

Ein grummelndes Ziehen in seiner Magengegend und entzündete Lampen im Korridor machten ihn darauf aufmerksam, dass über dem Stöbern der Nachmittag wie im Flug vergangen war. Hungrig trabte er in Richtung der Küche und seine Nase fing bald die ersten verlockend duftenden Schwaden ein, die von dort durch das halbe Haus zogen.

Die Tür zur Küche stand offen. Zögerlich blieb Nicholas auf der Schwelle stehen. Wie er an diesem Morgen richtig vermutet hatte, hatten sich alle Dienstboten des Hauses hier zum Essen versammelt. Manche standen aber noch herum, lachten und schwatzten, während andere sich bereits in Erwartung des Abendessens an den langen Tisch gesetzt hatten. Eine beleibte Frau schleppte einen großen Topf heran und setzte ihn mit lautem Ächzen mitten auf dem Tisch ab. Ihr Blick fiel auf Nicholas.

»Wer bist du?« Mit einer Schöpfkelle wies sie streng in seine Richtung.

»Nicholas«, antwortete er offenherzig. Die Kelle machte ein paar ungeduldige Schlenker.

»Das meine ich nicht. Wo gehörst du hin?« Was Nicholas eine sehr berechtigte Frage fand, auf die er aber auf die Schnelle keine wirklich zufriedenstellende Antwort fand. Die Köchin (denn um diese handelte es sich wohl) rollte mit den Augen. »Ob du Personal bist oder zum Doktor gehörst, wollte ich wissen.«

Nicholas' Miene hellte sich auf. »Zum Doktor.«

»Dann bist du hier falsch!« Der Schöpflöffel wedelte erst verneinend horizontal, dann richtungsweisend vertikal. »Wieder zurück, dritte Tür auf der linken Seite!«

Nicholas bedankte sich artig und marschierte in die angegebene Richtung. An besagter Tür traf er auf Dr. Dee, der aus der anderen Richtung herbeigeeilt kam. »Ah, Nicholas, du hast den Weg gefunden«, rief er ihm schon von Weitem entgegen und verzog das Gesicht. »Eigentlich habe ich gar keine Zeit für eine ausgiebige Mahlzeit. Aber meine Frau ist der Meinung, dass wir wenigstens am Sonntagabend alle beisammensitzen sollten.« Gemeinsam mit dem Magier betrat Nicholas den Raum.

An der Ecke einer langen Tafel saß Mistress Dee, ihr gegenüber eine bleiche, ein wenig mollige Frau, die Nicholas als Mistress Kelley vorgestellt wurde. Bei der Erwähnung ihres Namens schien sie aus einem seligen Halbschlummer aufzufahren, in den sie aber augenblicklich wieder zurücksank. Weiter unten saßen die Studenten, die Nicholas aus der Bibliothek kannte, sowie zwei weitere Herren, die Dr. Dee als »Gäste auf der Durchreise« bezeichnete und die allesamt in ein sich kreuz und quer über den Tisch hinwegspinnendes Gespräch vertieft waren.

»Ihr kennt euch wohl auch noch nicht«, sagte Dr. Dee über Nicholas' Kopf hinweg zu jemandem, der gleich nach ihnen das Speisezimmer betrat. Nicholas wandte sich um und erstarrte. »Darf ich bekannt machen: Nicholas – mein Gehilfe Edward Kelley.« Im Türrahmen stand, wie in einer absurden Wiederholung ihrer Begegnung kurz zuvor, der Finsterling aus dem Kartenzimmer.

12

Am nächsten Morgen verzweifelte Nicholas beinahe auf seiner Leiter. Je weiter er und der Magus sich durch das Regal hindurcharbeiteten, desto länger und schwieriger schienen die Buchtitel zu werden.

»Nummer 52: *Historia Britannico-rum principum a Ca-do-wa-la-dro Rege ad Leolinum, per Hum-fredum Lloyd collecta.«* Erschöpft holte er Atem. Nicholas schielte hinab zu Dee, sah, dass dieser noch schrieb, und blätterte behutsam zwischen den Seiten, die vom Alter schon vergilbt und mürbe waren. Dass es sich um eine Geschichte der Herrscher Britanniens handelte, zusammengestellt von einem Humphrey Lloyd, das hatte er verstanden. »Wer war dieser König Cad-Cad-«

»Cadwallader«, ergänzte Dee, ohne aufzublicken. »Er war vor neunhundert Jahren König der Briten. Ein Waliser, der aus dem Hause Gwynedd stammte. König Heinrich VII., der Großvater von Königin Elisabeth, führte seine Ahnenreihe auf ihn zurück. Er entlieh auch den roten Drachen in seinem Wappen Cadwallader. Ein anderer Waliser, ebenfalls ein Gwynedd, Roderich der Große, ist *mein* Ahnherr.«

»Ihr seid aus Wales?«

Dee tunkte die Feder in die Tinte und kritzelte auf seiner Liste eine Bemerkung neben den Buchtitel.

»Meine Vorfahren. Mein Vater war Weinhändler in London, Lieferant für König Heinrich VIII. Dee ist übrigens eine englische Umformung des ursprünglichen Namens *Ddu,* welcher auf Walisisch *schwarz* bedeutet.«

Wie auf Geheiß gab es einen lauten Knall in einem der Laboratorien in der Nähe, unmittelbar gefolgt von beißendem Geruch und einer Kanonade an gotteslästerlichen Flüchen. Dr. Dee ließ die Feder fallen und rannte mit besorgtem Blick und wehendem Gewand aus der Bibliothek.

Doch es schien nichts Schlimmeres geschehen zu sein, denn im Haus blieb alles ruhig. Die Studenten arbeiteten weiter fleißig an ihren Tischen. Nicholas blätterte noch ein wenig in Humphrey Lloyds Geschichtssammlung, verlor aber schnell die Lust daran, als er auf ähnlich unaussprechliche Namen wie die des walisischen Königs stieß. Seufzend stellte er das Buch an seinen Platz zurück. Seine Waden schmerzten schon vom langen Stehen auf der Leiter, doch der Magus kehrte nicht zurück. Achselzuckend kletterte Nicholas herunter, um sich die Beine zu vertreten. Und fast wie von selbst trugen ihn diese zur Bibliothek hinaus und weiter durch den geheimnisvollen Westflügel. Aber heute konnte er nicht wie am Sonntag ungesehen durchs Haus streifen. An diesem normalen Werktag wuselten etliche beschäftigt aussehende Männer und Hausburschen den Korridor entlang. Doch niemand verschwendete einen zweiten Blick auf Nicholas.

Um das Laboratorium mit den Ölen und Kräutern, unter dessen Türschwelle immer noch ein stechender Geruch hervordrang, machte er einen großen Bogen. Die Tür zum Kartenzimmer daneben stand weit offen. Vorsichtig riskierte Nicholas einen Blick. Als er sicher war, dass der Raum leer war, schlich er neugierig zum Kartentisch. Er musste unwillkürlich grinsen, als er feststellte, dass die Pläne, die der finstere Kelley gestern so eilig zusammengerafft hatte, verschwunden waren. Ihm war während des Essens gestern Abend unbehaglich zumute gewesen. Wären Blicke Waffen, so hätte Nicholas auf der Stelle tot vom Stuhl sinken müssen, derart hatte Kelley ihn mit Blicken durchbohrt. Doch hatte er ihre Begegnung im Kartenraum mit keiner Silbe zur Sprache gebracht und wohl auch dem Magus nichts davon erzählt. Überhaupt: Wie kam der liebenswerte Dr. Dee zu einem solchen Ekelpaket von Gehilfen? Mortlake schien nicht wenig Geheimnisse zu bergen.

Nicholas ging zurück auf den Korridor und probierte eine andere Tür aus. Dahinter empfing ihn ein unablässiges Klicken und Ticken. Große und kleine Uhren zählten die Zeit in das Zimmer hinein, jede in ihrem eigenen Takt, ihrer eigenen Stimmfarbe. Und jede war anders verziert, bemalt, verschnörkelt. Eine davon war so klein, dass sie bequem in Nicholas' Wamstasche Platz gehabt hätte. Es gab auch noch andere mechanische Apparate, versehen mit metallenen Hebeln und Zahnrädern, deren Funktion Nicholas ein Rätsel war.

Ein abschließbarer Schrank erregte seine Aufmerksamkeit. Die Tür stand offen, der Schlüssel steckte noch. »Wie nachlässig«, grummelte Nicholas und spähte hinein. Eine kleine Kiste sprang ihm förmlich ins Auge und gleich darauf hielt er sie auch schon in den Händen. Auch in diesem Raum stand in der Mitte ein Tisch. Nicholas stellte die Kiste darauf ab und klappte sie auf. Sorgfältig wickelte er den schweren Gegenstand, der sich darin befand, aus dem schwarzen Seidenstoff. Er strahlte über das ganze Gesicht, als er den Käfer aus goldgelbem Metall betrachtete, der so groß war, dass er gerade noch in beiden Handflächen Platz hatte. Ein Schlüssel lag am Boden der Kiste und Nicholas fand auch schnell die Öffnung auf der Unterseite des Käfers, in die er passte. Er drehte den Schlüssel herum, einmal, zweimal, weiter bis zum Anschlag. Es knirschte und klackte im Inneren des künstlichen Tieres. Dann klappten die Flügel aus und der Käfer stieg surrend in die Luft. Nicholas riss die Augen auf, schwankte zwischen Entzücken und Furcht. »Zu Hilfe«, entfuhr es ihm, als das Ding Kreise um ihn herum beschrieb. Es im Flug zu fangen, wagte er nicht, aus Angst, die metallenen Flügel könnten ihm die Finger absäbeln. Kurzerhand duckte Nicholas sich und rettete sich unter den Tisch, voller Furcht, der Käfer könnte ihn verfolgen.

Stattdessen sah er den Saum eines langen dunklen Gewandes, darunter flache schwarze Schnallenschuhe, leicht eingestaubt, die am Tisch vorbeistürmten, und augenblicklich hörte das Surren auf. »Nicholas?«, hörte er die fragende Stimme des Magus.

Nicholas verkroch sich noch tiefer unter den Tisch. Er hatte Angst vor der Schelte, die ihn nun erwartete, und gleichzeitig schämte er sich für seine Feigheit. *Dee kommt von Ddu und das bedeutet schwarz,* ging es ihm durch den Sinn. Und er fragte sich, was wohl die größere schwarze Magie war – der fliegende Metallkäfer oder Dees Erscheinen just in diesem Moment.

»Nicholas?« Dee hatte sich gebückt und sah ihn schmunzelnd an der Tischkante vorbei an. Hochrot kroch Nicholas aus seinem Versteck hervor. »W-was ist das?« Er zeigte mit zitterndem Finger auf das Insekt, das nun so harmlos wirkte, die Flügel wieder eingeklappt und regungslos in der Hand des Magiers.

»Keine Hexerei«, antwortete Dee begütigend, »sondern angewandte Mechanik! Mit diesem Schlüssel hier wird eine Feder aus biegsamem Metall angezogen, die sich dann langsam entspannt und so den Mechanismus im Innern in Bewegung setzt. In Italien hat um die Jahrhundertwende ein Mann namens Leonardo da Vinci gelebt. Er war nicht nur ein begnadeter Maler und Bildhauer, sondern hat sich auch mit Anatomie, Musik und Medizin beschäftigt. Vor allem aber hatte es ihm die Technik angetan. In den Notizbüchern, die nach seinem Tod in ganz Europa verstreut wurden, finden sich Skizzen für Flugmaschinen, Kriegsgerät und Fahrzeuge. Die Berichte davon haben uns damals als junge Studenten in Cambridge in große Begeisterung versetzt. Dieses hübsche Spielzeug«, er wog den Käfer in den Händen und ließ zärtlich den Blick darauf ruhen, »ist das Modell zu einem größeren Käfer, den ich für eine Theateraufführung während meiner Studienzeit gebaut habe. Er war so groß und seine Flugkraft so stark, dass er einen der Schauspieler samt Requisite in die Höhe tragen konnte. Nur für ein paar Augenblicke, aber immerhin.« Schalk blitzte in seinen Augen auf, als er den Käfer wieder sorgsam verwahrte. »Du kannst dir sicher die Aufregung vorstellen, die mein kleines Experiment verursacht hat – und warum ich seither den Ruf eines Schwarzmagiers nicht mehr losgeworden bin.« Er stellte die Kiste zurück in den Schrank, schloss diesen ab und steckte den Schlüssel ein. Was Nicholas doch ein wenig betrübt zur Kenntnis nahm.

»Wenn dich Technik so sehr reizt, dann habe ich noch etwas für dich. Komm mit«, fügte Dee hinzu, ohne eine Antwort abzuwarten. Nicholas hätte eigentlich gerne abgelehnt und stattdessen alleine weitergestöbert. Aber er fühlte sich noch zu wackelig auf den Beinen von seinem gerade überstandenen Abenteuer und so schlich er mit weichen Knien hinterher.

Dee führte ihn in ein Zimmer, das voller Fernrohre in unterschiedlichen Längen und Größen stand. Der Magus zog die flachen Schubladen eines niedrigen Schrankes auf und zeigte Nicholas die geschliffenen Glasscheiben, die darin auf Samt verwahrt wurden. Einige waren dünn wie Papier, andere dick wie Flaschenböden. Mithilfe eines Gestells konnten verschiedene dieser Linsen hintereinandergespannt werden, um optische Experimente durchzuführen, wie Dee ihm demonstrierte.

»Genug des wissenschaftlichen Vergnügens«, seufzte der Magus, als er die letzte Linse wieder in ihr weiches Lager bettete. »Zurück zur trockenen Pflicht und in die Bibliothek. Ehe einer der Hausdiener angelaufen kommt und die Ankunft von Professor So-und-so oder des Earls von Dort-und-dort meldet.« Er verdrehte die Augen und ging voraus.

»Doktor«, begann Nicholas zaghaft eine Frage zu stellen, die ihm bereits seit gestern durch den Kopf schwirrte, »warum habt Ihr ausgerechnet mich nach Mortlake mitgenommen? Warum habt Ihr nicht einen der Studenten gebeten, mit Euch die Liste zu erstellen? Einen Studenten, der sich ohnehin hier aufhält und die Bibliothek schon kennt?«

»Nun«, räusperte sich Dee und schob seine Kappe auf dem Kopf hin und her, »es gab zumindest keinen Grund, dich *nicht* mitzunehmen! – Oben unter dem Dach habe ich übrigens noch ein Fernrohr stehen«, wechselte er schnell das Thema, »mit dem ich die Sterne beobachte, Himmelskarten und Berechnungen anfertige. Wenn du möchtest, sehen wir uns den Mond und die Sternbilder einmal zusammen an.«

Nicholas runzelte die Stirn, Misstrauen im Blick. Das war doch wahrhaftig keine Antwort auf seine Frage gewesen! Er kaute einen Moment nachdenklich auf der Unterlippe, dann trottete er seinem Meister hinterher.

13

Am Dienstag waren es zwei alte Frauen aus dem Dorf, die die Auflistung des Bibliotheksbestandes unterbrachen. Die eine wollte eine Warze behandelt haben und die andere ein Horoskop für ihren neugeborenen Enkel erstellen lassen. Für Nicholas eine willkommene Gelegenheit, einmal ins Dorf hinunterzulaufen und es in Augenschein zu nehmen. Auf dem Weg dorthin dachte er darüber nach, dass der Magus offensichtlich kein »Nein« zu kennen schien, wenn jemand ihn um Hilfe oder Rat ersuchte.

Doch Nicholas war schneller zurück, als ihm lieb war, denn im Dorf gab es nicht viel zu sehen. Neben der Kirche bestand es nur aus einer Ansammlung von Häuschen, kahlen Obstgärten und nackten Feldern. Da war das Haus des Magus wesentlich spannender und auch der halb verwilderte Garten mit den knorrigen Bäumen am Ufer der Themse versprach mehr Abenteuer als das verschlafene Dörfchen. Die Fassade von Mortlake war ausgebeult von Türmchen, Mauervorsprüngen und Erkern. Efeu und immergrünes Geißblatt überwucherten die Mauern und der wilde Wein verlor gerade seine letzten leuchtend roten Blätter. Drachenköpfige Wasserspeier unter den Dächern und in Stein gehauene Fabelwesen gaben dem Haus ein geheimnisvolles Aussehen. Vor allem, wenn Nebel in den Gerippen der Bäume hing, wirkte das Haus verwunschen.

Während der Garten still und friedvoll dalag, herrschte im Inneren des Hauses geschäftiger Trubel, vom frühen Morgen bis spät in die Nacht hinein. Nicholas dämmerte nun auch, weshalb seine Ankunft in Mortlake so gar nichts Besonderes gewesen war, man ihn selten auch nur mit einem flüchtigen Blick bedachte: Wer zum Haushalt gehörte, war es gewohnt, dass ständig neue Gesichter zur Tür hereinschneiten. Studenten, die sichtbar aus vermögenden Familien stammten, mischten sich mit Professoren, denen unter abgeschabten Kappen das Haar in alle Richtungen stand und deren Talare ausgefranst waren. Edelleute in kostbaren Gewändern, behängt mit Ketten und Ringen, machten Stippvisiten. Der eine oder andere Gast kam staubbedeckt und sichtlich zermürbt von einer weiten Reise an, verschwand erst einmal auf unbestimmte Zeit in einem der Gästezimmer, um seine von holprigen Straßen zerrüttelten Knochen wieder zu sortieren und sich auszuschlafen.

Nicholas traute seinen Augen kaum, als er nach seiner Rückkehr aus dem Dorf die Kutte eines katholischen Paters um eine Ecke huschen sah. Kurzerhand schlich er ihm hinterher. Katholische Ordensbrüder waren grundsätzlich verdächtig. Auch wenn nach dem jüngsten Erlass nur Jesuiten als Staatsfeinde betrachtet wurden. Besonders diejenigen aus dem Priesterseminar im französischen Douai. Sie hatten öffentlich gegen Elisabeth gehetzt und wurden daher als Hochverräter angesehen. Sollte einer von ihnen in England aufgegriffen werden, drohte ihm die Todesstrafe

Es war bemerkenswert, wie sich dieser Pater durch die Halle hindurchlavierte, seine Nase tief in einem dicken Wälzer vergraben. Obwohl er nicht mal für ein Wimpernzucken den Kopf hob, stolperte er nicht und rempelte auch niemanden an.

»Aah, Pater Jacobus«, hörte Nicholas die wohlvertraute Stimme Dr. Dees. Schnell drückte er sich hinter einen Pfeiler. Von dort aus sah er, dass der Pater endlich das Buch zuklappte und dem Magus wild die Hand schüttelte.

»Grazie, mille grazie, dottore«, begann der Pater überschwänglich und wechselte ins Lateinische, das er aber nicht minder temperamentvoll hervorsprudelte. Bei seinen Streifzügen durch das Haus hatte Nicholas französische Sprachbrocken aufgeschnappt, aber auch Wortfetzen, die ihm gänzlich fremd waren: in Sprachen, die tanzende Melodien hatten, biegsam und geschmeidig waren oder trocken und spröde klangen. Allgegenwärtig war jedoch Latein, die Universalsprache der Gelehrten. Die Sprache, in der man sich untereinander verständigte und in die man alle Namen übersetzte, unabhängig von der jeweiligen Muttersprache.

»Es freut mich, Pater, dass Ihr das Buch gefunden habt, das Ihr schon so lange sucht«, hörte Nicholas nun Dr. Dee sagen.

»In der Tat, in der Tat. Welch wunderbare Sammlung!« Der Pater breitete die Arme aus, als wollte er sämtliche Werke in Dees Bibliothek umarmen und an das Kruzifix drücken, das ihm um den Hals baumelte. »Doch sagt, Doktor«, er blickte vorsichtig um sich, »könntet Ihr mir noch in einer anderen Angelegenheit behilflich sein? Ich würde Euch gerne um einen Gefallen bitten. Es geht um einen Glaubensbruder von mir, der –«

Dr. Dee nahm ihn beim Arm und nickte in Richtung des Westflügels. »Kommt, Pater, lasst uns in mein Arbeitszimmer gehen. Dort können wir ungestört sprechen.«

Jetzt, wo es gerade spannend wird!, schimpfte Nicholas im Stillen. Seine Knie zuckten schon, bereit, den beiden hinterherzuhuschen, als sein Blick auf die Haustür fiel.

Kelley, das Ekel, war in eine hitzige Auseinandersetzung mit einem dürren, pockennarbigen Mann verwickelt, dessen blauer Anzug seine blonden Haare und den Bart fahlgelb wirken ließ. Obwohl fast einen Kopf kleiner als Kelley, schien er hochnäsig auf diesen herabzublicken, fast verächtlich. Voller Genugtuung sah Nicholas, wie Kelley zu schrumpfen schien, sich gleichsam duckte, als wüsste er genau um seine Unterlegenheit. Nicholas war hin- und hergerissen. Welches der beiden Gespräche sollte er jetzt belauschen? Doch die Entscheidung wurde ihm abgenommen. Kelley und der Besucher bewegten sich ebenfalls in Richtung Westflügel und Nicholas hoffte, so zwei Fliegen mit einer Klappe schlagen zu können.

Auf Zehenspitzen flitzte er von Türrahmen zu Türrahmen den Korridor entlang. In gebührendem Abstand und um Deckung bemüht, falls sich Kelley oder der Mann mit den blau bestrumpften Spinnenbeinen umdrehen sollte. Doch beide schienen sich in Sicherheit zu wiegen. Nicholas lugte gerade um einen Türrahmen herum, als der Pater abermals an ihm vorüberging, wie zuvor in das aufgeschlagene Buch vertieft. Nicholas blickte ihm nachdenklich hinterher. Wenn ein Pater den Magus um Hilfe wegen eines Glaubensbruders bat – dann war Dr. Dee ein Freund der Katholiken. Steckte er gar mit ihnen unter einer Decke?

Schritte, hallend von den Mauern zurückgeworfen, rissen Nicholas aus seinen Überlegungen. Schnell ging er weiter und gab sich ein geschäftiges Aussehen. Im Stillen lobte er sich für seine Geistesgegenwart. Denn es handelte sich um Kelley, der ihm entgegenkam und Nicholas finster musterte. Von dem dünnen Mann war nichts zu sehen.

»So«, zischte Kelley, »schnüffelst du schon wieder herum?«

»Ich bin für den Doktor unterwegs«, log Nicholas ihm frech ins Gesicht.

Kelley lachte und es klang wie das Meckern einer Ziege. »Das kannst du deiner Großmutter erzählen!« Er beugte sich vor und Nicholas zuckte unwillkürlich zusammen, als Kelleys fauliger Atem über sein Gesicht strich. »Du weißt doch – Neugierde tötet die Katze, wie man so schön sagt. Was glaubst du, um wie viel mehr das für kleine Jungs gilt? Ich an deiner Stelle wäre auf der Hut.«

Nicholas schluckte, gab sich aber unerschrocken. Er reckte sich, um größer zu wirken, und streckte die Nasenspitze in die Höhe. »Ihr entschuldigt mich, Master Kelley, aber ich habe zu tun.« Wichtigtuerisch stolzierte er weiter und hörte mit Erleichterung, wie sich Kelleys Schritte hinter seinem Rücken entfernten. Als nur noch das Knarzen seiner eigenen Stiefel zu hören war, blieb er stehen.

Er war am Ende des Korridors angelangt und die letzte Tür auf der linken Seite war das Arbeitszimmer des Magus. *Der Doktor wollte mit dem Pater hier in Ruhe sprechen,* überlegte Nicholas, *und wenn Kelley mit dem dünnen Mann hier langgegangen und alleine zurückgekommen ist, dann . . .* Er schlich näher und presste das Ohr an das Holz.

Zuerst vernahm er nur das gleichmäßige Gemurmel zweier Stimmen. Die eine war ihm vertraut. Sie gehörte dem Magus. Die andere kannte er nicht. Nicholas konnte hören, wie Dr. Dee im Zimmer auf und ab eilte und hörbar mit Papieren hantierte.

Nun setzt Euch doch schon hin, sonst verstehe ich rein gar nichts, murrte Nicholas inwendig.

Wie durch Gedankenübertragung scharrte ein Stuhl über den Boden und Schritte und Rascheln verstummten augenblicklich.

». . . einen Maulwurf . . . Gesandtschaft des französischen . . .«, hörte Nicholas den Besucher jetzt sagen. Da dieser mit dem Rücken zur Tür saß, verschluckte der Raum große Teile seiner Rede. ». . . der Sprache mächtig . . . mit einer List . . .«

Eine kleine Pause entstand, ehe Dee antwortete: »Ich denke, damit kann ich Eurem Herrn behilflich sein. Ich kenne da einen jungen Mann, Student an der Universität von Cambridge. Sehr ehrgeizig und gebildet. Er würde sich gut eignen. Wenn Sir Francis es wünscht, bin ich gerne bereit, den Kontakt herzustellen.«

Ein höflich klingendes Gemurmel war die Antwort. Als im Zimmer Stühle rückten, trat Nicholas hastig von der Tür zurück und schlüpfte hinter eine steinerne Säule. Der Winkel dahinter lag in völliger Dunkelheit, da hier der Gang endete. Nicholas hörte, wie die Tür schwungvoll geöffnet wurde.

»Es freut mich, dass Sir Francis sich wohl befindet und auch Lady Ursula«, plauderte Dr. Dee munter, während er sich mit seinem Besucher entfernte. »Bestellt ihnen meine allerherzlichsten Grüße und . . .«

Sie waren gerade außer Hörweite, als Nicholas stutzte. An der Wand neben ihm kam ihm etwas seltsam vor. Seine Augen hatten sich an die Dunkelheit gewöhnt und schwarz auf dunkelgrau konnte er eine Fläche in der Steinmauer ausmachen. Tastend fuhr er mit der Hand darüber und unterdrückte einen Fluch, als er sich die Fingerknöchel an einem Metallteil stieß. »Eine Tür«, murmelte er verblüfft und runzelte die Stirn.

Nicholas war immer stolz darauf gewesen, die Straßen und Gassen Londons wie seine Wamstaschen zu kennen. Er hatte ein gutes Gedächtnis für Himmelsrichtungen und Entfernungen und vergaß so schnell keine Ecke, die er einmal besucht hatte. Doch er konnte er sich beim besten Willen nicht erinnern, bei seinen Streifzügen durch das Haus diese Tür schon einmal gesehen, geschweige denn dahintergeblickt zu haben. Er ging ein paar Schritte zurück und kniff die Augen zusammen. Dann grinste er. Natürlich! Weil dieser Winkel des Westflügels immer im Dunkeln lag, war sie ihm entgangen. Man musste schon wissen, dass es diese Tür gab, um sie zu finden. *Oder man drückt sich als Lauscher in die Ecke und stolpert buchstäblich darüber,* ergänzte Nicholas in Gedanken und zog am Türgriff. Nichts. *Vielleicht lässt sie sich in die andere Richtung öffnen?* Er drückte dagegen – genauso vergeblich: Die Tür bewegte sich nicht.

»Das Mistding klemmt«, schimpfte er und warf sich mit aller Kraft dagegen. Doch außer einem dumpfen Schmerz, der sich in seiner Schulter ausbreitete, tat sich rein gar nichts. Nicholas blickte ungläubig drein. Er hatte sich so sehr daran gewöhnt, dass Türen in Mortlake nicht abgeschlossen wurden, dass er ein paar Augenblicke brauchte, um zu begreifen, dass diese verschlossen war.

»Entweder«, überlegte er halblaut, »entweder muss dahinter ein noch wertvollerer Schatz verborgen sein als die Edelsteine im Laboratorium. Oder . . .« Ein Leuchten glitt über seine Züge bei diesem Gedanken. »Oder aber dahinter steckt ein gewaltiges Geheimnis!« Er beugte sich vor und äugte durch das Schlüsselloch. Zappenduster. »Hm«, machte Nicholas und wies drohend mit dem Zeigefinger auf die Tür, als er sich zum Gehen wandte. »Pass auf, dich krieg ich schon noch!«

Vor dem Arbeitszimmer des Magus blieb er stehen. Bislang hatte der Respekt vor Dr. Dee ihn davon abgehalten, sich darin umzusehen. Doch jetzt, nach dem Besuch des Paters, nach dem des dünnen Mannes, nach der Entdeckung der geheimnisvollen Tür, war die Verlockung übermächtig. Noch rang er mit sich, kratzte mit dem Absatz nicht vorhandenen Dreck vom Boden. Dann angelte seine Hand wie von selbst nach dem Türgriff.

In seinem ganzen Leben hatte Nicholas noch kein solches Durcheinander gesehen. Papiere über Papiere, Pergamente, Briefe, Bücher, Karten, Pläne. Auf dem Schreibtisch, darunter, drum herum. Aus Schränken hervorquellend, darauf gestapelt, darunter gestopft. »Ich glaube«, stöhnte er entsetzt, »Magie und Ordnung sind unvereinbar!« Es hätte Wochen, gar Monate gebraucht, um sich auch nur einen Überblick zu verschaffen, und wahrhaftig Zauberei, um gezielt etwas zu finden.

Auf Zehenspitzen stieg Nicholas über die auf dem Boden ausgebreiteten Schriftstücke, schlängelte sich an den Bücherstapeln vorbei, bis er am Schreibtisch stand. Mit langem Hals ließ er seinen Blick darüberschweifen. Er suchte nach etwas, das den merkwürdigen Gesprächen, von denen er Bruchstücke belauscht hatte, einen Sinn verlieh. »Könnte auch alles Taktik sein«, murmelte er vor sich hin. »Wer auch immer hier herumzuschnüffeln versuchte – er würde schlicht und einfach nichts finden in diesem Wirrwarr!«

Ein Blatt ganz oben auf einem der Stapel erregte seine Aufmerksamkeit. Es war mit altgriechischen Buchstaben beschrieben. Doch so angestrengt Nicholas auch versuchte, es zu entziffern, er konnte sich keinen Reim darauf machen. Irgendetwas stimmte hier nicht. Dann blitzte ein Lächeln in seinem Gesicht auf. »Wie schlau! Englische Wörter, mit altgriechischen Buchstaben notiert ... Darauf muss man erst einmal kommen!« Weiter brachte ihn diese Erkenntnis allerdings auch nicht. »ChrM«, buchstabierte er ratlos. »Ag.frz.Gesdft. – S.F.W'am. – Na großartig«, knurrte er enttäuscht. »Dass irgendwas mit *französisch* im Gange ist, weiß ich auch so. Aber was? Was bedeuten die Kürzel?« Missmutig schlich er aus dem Zimmer hinaus und stapfte den Gang entlang. Zum ersten Mal bedauerte er, dass es niemanden gab, dem er seine Entdeckungen hätte anvertrauen können, niemanden, mit dem er sich darüber hätte beratschlagen können.

14

Wahrhaftig, dachte Nicholas oft, welch ein merkwürdiges Haus! Es konnte vorkommen, dass er sich unversehens vor derselben Tür wiederfand, durch die er erst wenige Augenblicke zuvor einen der Flure zum Westflügel betreten hatte. *Entweder,* wunderte er sich dann und kratzte sich am Kopf, *war der Baumeister angetrunken, zu Scherzen aufgelegt oder es geht hier in der Tat nicht mit rechten Dingen zu!* Dass er beim zweiten Versuch tatsächlich in der kleinen Halle des Westflügels anlangte, brachte ihn der Lösung dieses Rätsels auch nicht näher.

Von echter Magie hatte er bislang nichts zu sehen bekommen, sosehr er auch danach Ausschau gehalten hatte. Und selbst wenn des Nachts die Holzbalken ächzten und stöhnten, als seien sie ihrer Last müde, fanden sich keinerlei Hinweise auf Spuk oder sonstige Erscheinungen gespenstischer Art. *Leider,* wie Nicholas fand. Er war nun schon fast eine Woche in Mortlake und die ewigen Bücherlisten begannen, ihn zu langweilen. Ein bisschen Abwechslung hätte nicht schaden können. Es gab da zwar noch die geheimnisvolle Tür, die ihm keine Ruhe ließ, aber weitergekommen war er mit diesem Rätsel nicht. Wie ungeschickt, dass sich diese ausgerechnet in unmittelbarer Nähe zum Arbeitszimmer des Magus befand! So lief Nicholas ständig Gefahr, erwischt zu werden, während er um die Tür herumschlich. Auch sein im Grunde schlauer Einfall, einmal um das Haus herumzugehen und nach einem Fenster zu suchen, das ihm einen Blick in den mysteriösen Raum werfen ließ, erwies sich als Sackgasse. Er fand zwar ein Fenster, aber dieses war mit Brettern vernagelt – und das auch noch von innen, wie Nicholas mit wachsendem Unmut festgestellt hatte. Dennoch schien ihm diese Tür das lohnendste der zahlreichen großen und kleinen Rätsel von Mortlake zu sein. Und bis zum Abend hatte Nicholas eine Idee.

»Wo ist denn der Doktor heute?«, fragte Nicholas betont nebensächlich, während er die noch ungeschickten Hiebe von Dee junior mit einem Holzschwert abwehrte. Mistress Dee blätterte mit der freien Hand in einem Buch. Die kleine Katherine schlummerte auf dem Schoß ihrer Mutter langsam ein. Sie hatte vor dem Essen mit Nicholas Holzklötze aufeinandergestapelt und war nun völlig erschöpft.

»Hm?« Jane Dee sah geistesabwesend von ihrem Buch auf, als Nicholas' Worte zu ihr durchgedrungen waren. »Oh, er wollte mit Master Kelley noch ein wichtiges Experiment durchführen. Das wird sicher bis in die Nacht hinein dauern.«

Mistress Kelley war vor dem prasselnden Feuer in ihrem Sessel eingenickt. Als der Name ihres Mannes fiel, gab sie ein lautes Schnarchen von sich und hob ruckartig den Kopf. Sie blinzelte ein paar Mal in die Runde und döste dann wieder ein.

Kelley. Etwas Kaltes ballte sich in Nicholas' Magen zusammen. Noch so etwas in Mortlake, was er nicht verstand. Wobei dieser unangenehme Mensch dem klugen Doktor eine Hilfe sein mochte, blieb Nicholas schleierhaft. Nie hatte er Kelley in der Bibliothek angetroffen. Dafür umso öfter bei den Dienstmädchen, die ihre Schritte beschleunigten, sobald er in ihrer Nähe auftauchte. Auch Mistress Dee schien nicht gut auf Kelley zu sprechen zu sein. Nicht zuletzt, weil er keine Gelegenheit ausließ, seine eigene Frau anzugiften, obwohl diese sehr bemüht schien, sich möglichst unsichtbar zu machen. Arthur nutzte diesen kleinen Moment der Unachtsamkeit und pikste seinen neuen Spielkameraden mit der stumpfen Schwertspitze zwischen die Rippen. Nicholas stöhnte auf und presste die Hand auf die betreffende Stelle, betrachtete dann entsetzt seine Handfläche.

»Blut«, keuchte er, »oh Gott, das ist mein Ende!« Mit theatralisch verdrehten Augäpfeln sank er in die Knie und tat ein paar flache Atemzüge. Klappernd fiel das Holzschwert auf den Boden. »Leb wohl, du schöne Welt«, stieß er hervor, ehe er seitwärts umkippte. Die Lider geschlossen, die Zunge heraushängend, lag er zwei Herzschläge lang so da, ehe er vorsichtig unter den Wimpern hervorschielte. Arthur stand mit offenem Mund vor ihm, hin- und hergerissen zwischen Entsetzen und triumphierender Verblüffung. Nicholas schlug die Augen auf und im nächsten Moment kugelten sich die beiden Jungen vor Lachen über den blau gemusterten Teppich.

»Ojemine, schon so spät! 's ist Schlafenszeit, Arthur«, unterbrach Mistress Dees Stimme ihr Tollen. Der Junge protestierte lautstark, aber seine Mutter blieb unnachgiebig. Den bockenden Jungen an der Hand, die schlafende Katherine im Arm, wandte sie sich an Nicholas: »Und du?«

»Ich – äh –, ich wollte noch etwas in der Bibliothek nachschlagen«, beeilte er sich zu erklären, bemüht, unter Mistress Dees forschendem Blick nicht rot zu werden.

»In Ordnung«, nickte sie ihm zu. »Mach aber nicht zu lange.«

»Gewiss nicht«, versicherte Nicholas. Es fiel ihm schwer, seine Ungeduld im Zaum zu halten, als er sich in der Halle von Mistress Dee verabschiedete, die mit den Kindern die Treppe hochging. Erst als Nicholas sich außer Sichtweite wusste, beschleunigte er seine Schritte und eilte den Westflügel entlang. Vereinzelt begegneten ihm gähnende Studenten, die aber keine weitere Notiz von ihm nahmen. Mit langem Hals warf er links und rechts Blicke in diejenigen der Laboratorien, deren Türen offen standen. Doch entweder waren sie leer oder es wurde so eifrig darin gearbeitet, dass niemand einen Blick für Nicholas übrig hatte. Von Dee und Kelley keine Spur.

Kurz vor dem Arbeitszimmer des Magus schlüpfte Nicholas aus den Stiefeln und schlich auf Strümpfen weiter. Unheimlich war es hier, so still, und der Schein der letzten Öllampe im Gang warf zuckende Schatten über den Stein. Dann umgab ihn völlige Dunkelheit. Wie um sich selbst Sicherheit zu geben, fuhr Nicholas mit der freien Hand über seine Wamstasche, spürte den Draht darin, den er aus einem der Versuchsräume hatte mitgehen lassen. Auch die Kerze, die Zunderbüchse und den Feuerstein hatte er sich – nun ja, geborgt. Er tastete sich bis an die mysteriöse Tür heran und blinzelte. Ein winziger Lichtschimmer schwebte in der Dunkelheit, kaum mehr als ein hingehauchter Tupfen. Nicholas brauchte einen Moment, um zu erkennen, dass der Schein aus dem Schlüsselloch drang. Jetzt konnte er auch Stimmen hören, ganz leise, fast nur ein Flüstern. Kein Zweifel: Sie kamen von der anderen Seite der Tür!

Nicholas' Herz schlug bis zum Hals, als er sich näher schob und durch das Schlüsselloch linste. Der Raum war nur schwach beleuchtet, von nicht mehr als einer Hand voll Kerzen, und etwas Schwarzes schob sich immer wieder in sein Blickfeld, sodass er nichts weiter erkennen konnte. Aber hören – hören konnte er dafür etwas mehr. Und was er hörte, war das Geraune mehrerer Männer. Neben der Fistelstimme Kelleys konnte er die warme Stimme Dees unterscheiden, die kurze Zwischenfragen stellte. Doch da waren noch andere Stimmen – zwei, vielleicht drei andere, aber Nicholas konnte nicht verstehen, worum es ging. Nur ein Wort hob sich aus dem Gesumme ab, immer wieder: »Königin.«

Ein Experiment, so, so . . . Nicholas erlaubte sich ein kurzes Grinsen, spitzte dann aber weiter gebannt die Ohren. Alle seine Muskeln waren angespannt und ihm war heiß vor Aufregung. So heiß, dass seine Hände nass waren vor Schweiß. Und ehe er es sich versah, waren ihm die Stiefel aus den Fingern gerutscht und zu Boden gepoltert.

Die Tür flog auf und Nicholas krachte nach hinten gegen einen steinernen Pfeiler, dass er glaubte, sein Rückgrat sei gebrochen. Eine klauenartige Hand schloss sich um seinen Hals und drückte zu.

»Hab ich dich, du kleine Ratte«, zischte Kelleys übel riechender Atem in Nicholas' Gesicht. »Ich habe gleich gewusst, dass du nichts als Ärger machen wirst!«

Nicholas japste und schnappte nach Luft. Sterne tanzten vor seinen Augen, als er aus Leibeskräften strampelte und um sich schlug. Dennoch gelang es ihm, über Kelleys Schulter hinweg etwas von dem zu erhaschen, was in dem Zimmer vor sich ging. Er sah einen Wirbel von Umhängen, einen Tisch mit mehreren Bechern, hörte eilige Stiefelschritte, das dröhnende Zuschlagen einer Tür über einem Hohlraum. Und dann, als Nicholas glaubte, seinen letzten gequälten Atemzug zu tun, erschien die vertraute Gestalt Dr. Dees hinter Kelley.

»Lasst es gut sein, Master«, befahl der Magus mit einer Schärfe, die Nicholas noch nie bei ihm gehört hatte. Nur widerwillig löste Kelley seine Krallen von Nicholas' Kehle. Nicholas war schwummrig zumute und er war sich nicht sicher, ob er sah, wie Dees Hand sich begütigend auf Kelleys Schulter legte – oder wie sich stattdessen seine Finger weniger gutmütig hineinbohrten.

Nicholas keuchte, sog tief die muffige Luft des Korridors ein und rieb sich seinen schmerzenden Hals. Kelley zitterte vor unterdrückter Wut und musterte ihn weiterhin mordlüstern, während Dee ihn ungewohnt ernst anblickte. Er hatte das Gefühl, etwas Unausgesprochenes stünde zwischen den Erwachsenen und ihm selbst. Etwas, über das Dee und Kelley Bescheid wussten, wovon er selbst aber nicht die geringste Ahnung hatte. Dennoch glaubte Nicholas einen Funken altbekannten Vergnügens in den Augen des Magus erkennen zu können. Was ihm mehr als nur unpassend erschien in diesem Moment. Aber vielleicht war es auch nur die Widerspiegelung der flackernden Kerzenflammen im Zimmer, die ihm etwas vorgaukelte.

»Es ist schon spät«, ließ sich Dee schließlich vernehmen. »Wir werden morgen in aller Ruhe darüber sprechen.«

Kelley rauschte wortlos davon und sein Umhang bauschte sich um ihn wie der eines düsteren Racheengels. Der Nachhall seiner Schritte war bereits verklungen und noch immer sah Nicholas Dee abwartend an. Er hoffte auf eine Erklärung oder darauf, dass Dee ihn aus dem Haus jagen würde. Doch dieser wich seinem Blick aus und räusperte sich. »Hab Verständnis, dass ich dir nicht sagen kann, was in diesem Raum vor sich gegangen ist. Und auch nicht, warum Kelley dich so hart angepackt hat. Das kann und das darf ich nicht. Zumindest noch nicht.«

Nicholas lief ein eisiger Schauder über den Rücken, dem sogleich das Kribbeln heißer Wissbegierde folgte.

Was in drei Teufels Namen geht hier vor sich?

15

Am folgenden Morgen schlurfte Nicholas mit verdrießlicher Miene durch die Halle. Erst kurz vor Tagesanbruch war er in einen unruhigen Schlaf gefallen. Den Stuhl hatte er zur Sicherheit vor die Tür gerückt. Kelleys Gesicht, einer Teufelsfratze gleich, hatte ihn bis in seine Träume verfolgt. Sein Hals schmerzte immer noch und sein Kopf nicht minder. Doch was schwerer wog, war die Frage, ob er in Mortlake bleiben durfte – und ob er das überhaupt noch wollte.

Die Tür zum Speisezimmer stand offen und er hörte die erregte Stimme Mistress Dees, vermischt mit ärgerlichem Klappern und Klirren des Frühstücksgeschirrs.

»Ich bin zumindest froh, dass du ihn weggeschickt hast und er endlich aus dem Haus ist! Hoffentlich fällt er auf seinem Weg nach London Straßenräubern in die Hände. Am besten schneiden sie ihm gleich die Kehle durch, dann haben wir ein für alle Mal Ruhe!«

»Jane«, seufzte die Stimme Dr. Dees, »lass doch das Dienstmädchen abräumen!« Aber der Wutausbruch seiner Frau war nicht zu besänftigen.

»Bei allen Heiligen, John«, schalt sie weiter, »was hast du dir nur dabei gedacht! Nicholas ist doch noch ein Kind!« Nicholas reckte im Winkel vor der Tür seine Nasenspitze in verletztem Stolz ein Stückchen höher. »Du kannst ihn nicht guten Gewissens in solche Gefahren bringen!«

»Nicholas ist schlau und er ist neugierig. Mit etwas Ermunterung und der entsprechenden Ausbildung kann er uns eine große Hilfe sein.«

Hilfe wobei?, grübelte Nicholas.

»Lass uns nicht zanken, Jane«, fuhr Dee versöhnlich fort, »als wir heirateten, hast du versprochen, unsere Sache zu unterstützen, oder etwa nicht?« Seine Frau antwortete nicht, hantierte aber dafür umso lauter mit dem Geschirr.

Nicholas hatte genug gehört. Er trat über die Schwelle und räusperte sich. »Guten Morgen.«

Zwei Augenpaare sahen ihn überrascht bis erschrocken an. Mistress Dees Blick wanderte zu ihrem Gatten und ihre Augen waren dunkel vor Zorn. Heftig setzte sie den Tellerstapel ab, den sie eben noch in den Händen gehalten hatte. Mit knisternden Röcken ging sie zur Tür, wo sie kurz vor Nicholas haltmachte. »Guten Morgen, Nicholas«, sagte sie schließlich mit unvermuteter Sanftheit. Ihre Finger streiften seine Wange, in einer zarten Berührung, die Nicholas verwirrte und ein seltsames Ziehen in seiner Magengegend verursachte. Dann rauschte sie aus dem Zimmer, ihre Schritte schwer von der Last des ungeborenen Kindes.

Nicholas betrachtete seine Stiefelspitzen, ehe er zu Dr. Dee aufsah, der sich keineswegs unwohl zu fühlen schien. »Ihr wolltet mit Master Kelley und mir über vergangene Nacht sprechen.«

Dee nickte. »In der Tat. Nun ist es aber so, dass Master Kelley in dringenden Angelegenheiten nach London musste, in aller Frühe. Wir werden aber zu gegebener Zeit das Gespräch nachholen – vielleicht auch nur du und ich«, setzte er orakelhaft hinzu. Irgendwo im Haus verkündete eine Uhr die volle Stunde und die Kirchturmuhr pflichtete ihr sogleich bei. »Ich werde dich heute nicht in der Bibliothek brauchen, erst morgen wieder.« Er nickte Nicholas freundlich zu und verschwand ebenfalls. Nicholas starrte wütend auf den halb gedeckten, halb abgeräumten Tisch. Nach Frühstück war ihm jetzt wahrlich nicht mehr zumute. Er schnappte sich ein Zimtbrötchen und stopfte es für später in den Ausschnitt seines Wamses.

Verwirrt und wie unter einem Bann wanderte er ziellos durch das Haus. Erst als er Kies unter seinen Stiefeln knirschen hörte, bemerkte er, dass sein Weg ihn in den Garten geführt hatte. Die Stirn in grüblerische Falten gelegt, kickte er mit der Stiefelspitze Steinchen vor sich her, während er den Weg zum Fluss hinabtrottete. Rätsel über Rätsel . . . Nicholas' Schädel schien zu platzen von all den Fragen, die darin wild durcheinanderwirbelten. Doch Antworten suchte er vergeblich Es wollte ihm einfach nicht gelingen, die einzelnen aufgeschnappten Bruchstücke zu einem kompletten Bild zusammenzubringen. Ärgerlich kickte Nicholas einen größeren Stein in die Themse, die hier in einem engen Bogen ruhig vorüberströmte. Eine Schar Enten flog mit ungehaltenem Quaken auf und ein vorbeipaddelndes Blässhuhn stieß einen missbilligend schrillen Pfiff aus.

»Habt euch nicht so! Ich finde auch so manches nicht lustig!«, blaffte Nicholas zurück.

Entschlossen drehte er auf dem Absatz um und marschierte die Uferböschung wieder hinauf, zum Ende des Westflügels. Heute Morgen nach dem Aufwachen hatte er geglaubt, dass das, was er in jenem geheimnisvollen Raum gesehen hatte, eine Sinnestäuschung gewesen war. Jetzt war er sicher: Er hatte letzte Nacht ein geheimes Treffen auffliegen lassen, zwischen Dee, Kelley und einigen anderen Männern. Doch wohin mochten diese Männer so schnell verschwunden sein? Angestrengt suchte Nicholas die Mauern links und rechts des äußersten

Fensters ab, tastete über den rissigen Stein. Doch er fand nicht, was er suchte.

»Das kann doch nicht sein«, murmelte er vor sich hin, »irgendwo muss es noch eine Tür geben, ich habe sie doch zufallen gehört! Und ausgewachsene Männer können sich auch nicht einfach in Luft auflösen!« Er kratzte sich am Kopf und trat einen Schritt zurück, nahm kritisch die gesamte Fassade rings um das Fenster in Augenschein. Ein Rascheln hinter ihm ließ ihn zusammenzucken. Er wirbelte herum.

Schreckensstarr und mit größter Verblüffung sahen sie einander an, Nicholas und das Zigeunermädchen. Sie handelte zuerst, sprang hinter dem Strauch hervor, hinter dem sie sich versteckt gehalten hatte, und begann zu laufen, hinab zum Fluss, an der hohen Mauer entlang, die den Garten begrenzte. Nicholas stand noch einen Herzschlag lang verdutzt da, ehe er dem Mädchen nachsetzte.

»He, warte doch!« Nicholas hatte Mühe, den Abstand zwischen ihnen zu verringern. Die aufgewirbelten Säume ihrer Röcke ließen feste Stiefel sehen, mit denen sie ebenso geschickt wie Nicholas über die nebelfeuchte Erde flitzte. Das Mädchen schlug einen Haken und war auf einmal verschwunden. Bevor Nicholas sich über das efeuüberwucherte Türchen wundern konnte, das schief in den Angeln hing, war er selbst schon durch die Maueröffnung hindurchgeschlüpft. Er rannte ihr weiter hinterher, hinab zum Wasser, wo eine Trauerweide ihre schnurähnlichen Zweige in den Fluss hängen ließ. Unvermittelt stürzte das Mädchen der Länge nach hin.

Als Nicholas es keuchend erreichte, hatte es sich schon aufgesetzt und betrachtete betrübt das Loch in ihrem Strumpf und das aufgeschürfte, blutende Knie.

»Verflixt, die waren ganz neu«, schimpfte sie vor sich hin, als sie den Zeigefinger mit Spucke benetzte und auf die Wunde tupfte. Nicholas hob ihr grünes Samtbarett auf und hielt ihr hilfsbereit die freie Hand hin. »Hast du dir sehr wehgetan?«

Das Mädchen warf ihr dichtes Lockenhaar zurück und funkelte ihn wütend an. Sie ignorierte seine ausgestreckte Hand und rappelte sich auf. »Bin doch nicht aus Zucker!«, gab sie patzig zurück und entriss ihm die Kappe. Dennoch wischte sie verstohlen mit dem Ärmel ihrer Jacke die zwei, drei Tränen weg, die ihr über die Wangen gekullert waren. Sie zog die Nase hoch und klopfte das Barett aus, ehe sie es sich gekonnt schräg wieder aufsetzte. »Ich schätze, jetzt sind wir quitt.«

Nicholas grinste. Er kramte das Zimtbrötchen hervor, rupfte es in zwei Hälften und hielt ihr eine davon hin. »Ich bin Nicholas.«

Ein Lächeln huschte über ihr Gesicht, als sie sein Friedensangebot annahm. »Leonora.«

Verlegen standen sie eine Weile so da, jeder seinen Teil des Brötchens mampfend.

»Was machst du hier?«, fragte schließlich Leonora mit vollen Backen, die Stirn gerunzelt.

»Ich arbeite hier«, entgegnete Nicholas nicht ohne Stolz.

»Im Haus des Magiers?« Leonora verschluckte sich fast an ihrer Brötchenhälfte und ihre Augen wurden kreisrund vor Staunen und Bewunderung. Nicholas hatte das Gefühl, im Handumdrehen um mindestens zwei Inches gewachsen zu sein. »Und was suchst *du* hier?«

»Wir verbringen den Winter immer außerhalb der Stadt und dieses Jahr in Mortlake. Vorgestern haben wir unser Lager hier aufgeschlagen und ich wollte mir einmal das Haus aus der Nähe anschauen. Meine Brüder waren natürlich zu feige dafür!« Verächtlich rümpfte sie ihr feines Näschen. »Im Dorf heißt es«, sie senkte ihre Stimme zu einem aufgeregten Flüstern und zwei rote Flecke erschienen auf ihren gebräunten Wangen, »es gehe hier nicht mit rechten Dingen zu. Geister gingen um, schwarze Messen würden abgehalten und das gesamte Haus und der Garten seien verhext. Stimmt das?«

»Natürlich nicht«, erklärte Nicholas im Brustton der Überzeugung und fügte hinzu: »Haben deine Eltern denn nichts dagegen, wenn du dich alleine hier herumtreibst?«

Leonora zuckte mit den Schultern. »Die sind froh, wenn sie mich mal ein paar Stunden nicht sehen und vor allem nicht hören. Ich liege ihnen dauernd damit in den Ohren, mich zum Theater in die Lehre zu geben. – Aber so etwas schickt sich ja nicht für eine standesbewusste Zigeunerin«, setzte sie schnaubend hinzu.

»Zum Theater?« Nicholas hob überlegen die Augenbrauen. »Frauen dürfen keine Rollen in Theaterstücken spielen!«

»Nicht *auf* die Bühne, du Neunmalklug!« Leonora schüttelte empört den Kopf, dass ihre dunklen Locken unter dem Barett flogen. »*Hinter* die Bühne! Ich will Kostüme nähen . . . Aufwendige Kleider, wie für echte Königinnen, kostbar bestickte Wämser für die Rollen der Edelmänner und Fantasiekostüme für Feen und Fabelwesen. Das hier –« Liebevoll strich sie über die taillierte grünsamtene Jacke, deren Schultern gefältelt und ausgepolstert waren. »Das habe ich auch selbst genäht. Ich muss ja nicht immer so zerlumpt herumlaufen, wie man es von uns Zigeunern erwartet. Auch wenn das manchmal recht nützlich ist . . .«

»Mädchenkram«, brummte Nicholas abfällig.

»Pffft«, machte Leonora beleidigt und fügte schnippisch hinzu: »Das ist kein Kram, sondern Kunst! Aber davon verstehst du ja wohl nicht allzu viel!« Sie verschränkte die Arme und drehte hochnäsig den Kopf zur Seite. Nicholas schaufelte mit seinem Stiefel genauso eingeschnappt die nebelfeuchten Blätter von einer Seite auf die andere und wieder zurück.

»Hast du keine Eltern mehr?«, kam nach einer kleinen Weile Leonoras zaghafte Frage. Nicholas sah sie überrascht an. »Woher –?«

Sie lächelte und in einer ihrer Wangen blitzte ein Grübchen auf. »Ich hab dich oft vor St. Paul's gesehen, hab gesehen, wie du geklaut und deine Kartentricks vorgeführt hast. Die meisten Jungs, die sich auf den Straßen rumtreiben, sind Waisen.«

»Nein, ich . . .«, es versetzte Nicholas einen Stich, ihr davon zu erzählen, »ich bin ein Findelkind, wurde noch ganz klein in einer Kirche ausgesetzt. Der Pastor und seine Schwester, die mich gefunden haben, haben mich aufgezogen. Wir hatten Streit, ich bin abgehauen und jetzt eben hier.«

»Abgehauen? Einfach so?« Leonora starrte ihn bewundernd an. »Du hast aber Mumm!«

»Nun ja«, Nicholas grinste schief, »war nicht weiter schwierig.«

Leonora seufzte. »Manchmal würde ich das auch gerne. Abhauen, meine ich. Eltern können ganz schön anstrengend sein.« Sie schien zu überlegen, setzte mehrmals an, ehe sie vorsichtig fragte: »Und du hast keine Ahnung, woher du kommst?«

Nicholas schüttelte den Kopf. »Der Pastor hat gesagt, es hätte keinen Hinweis auf meine Herkunft gegeben – kein Monogramm in den Tüchern oder etwas in der Art.«

»Deshalb ist deine Lebenslinie am Anfang so verschwommen . . . Vielleicht bist du ja von nobler Abstammung und ahnst es nicht einmal!«, rief Leonora atemlos aus. »Deine Mutter ist bei der Geburt gestorben und dein Vater vor Kummer dann auch. Und da bemächtigte sich dein machtgieriger Onkel des Titels und des Landes«, spann sie den Faden weiter und bekam einen verklärten Blick, »und wollte dich töten. Aber du wurdest von einer gutherzigen Amme in Sicherheit gebracht und in der Obhut dieser Kirche zurückgelassen. – Im Theater werden solche Geschichten erzählt!«, verteidigte sie sich, als sie Nicholas' zweifelnden Blick bemerkte.

»Hm«, machte er nur und beschäftigte sich wieder mit dem feuchten Untergrund, in den er mit dem Absatz Furchen zog. Auf eine merkwürdige Art war es ihm peinlich, dass dieses fremde Mädchen seine Fantasie in ähnliche Gefilde schweifen ließ wie er selbst. Ganze Nachmittage hatte er im alten Kreuzgang verbracht und sich ausgemalt, wer wohl seine Eltern gewesen waren und warum man ihn im Altarraum der Christ Church seinem Schicksal überlassen hatte. Und doch freute er sich über das, was Leonora eben gesagt hatte.

»Tut – tut mir übrigens leid, dass ich dich beklaut hab«, ließ sich Leonora kleinlaut vernehmen. »Aber die Gelegenheit war gerade so günstig – und ich konnte einfach nicht widerstehen, es einmal bei einem Trickdieb wie dir zu versuchen«, fügte sie mit einem spitzbübischen Lächeln hinzu.

»Schon vergessen«, gab sich Nicholas großzügig und winkte ab. »Ich werde hier ordentlich bezahlt.« Gleich am Sonntag hatte der Magus ihm das Geld für die kommende Woche im Voraus hingezählt. Seither schlummerte es in seinem Beutel. Doch seit letzter Nacht schien es ihm wertlos, weniger Lohn denn Schweigegeld. Sein Blick fiel auf die Stelle, an der Leonora vorhin gestürzt war. Er reckte verwundert den Hals, legte den Kopf schief und ging dann auf die Knie. Mit beiden Händen begann er, die Schicht bunter Herbstblätter beiseitezuwischen. »Was machst du da?«

»Schau«, triumphierend klappte Nicholas einen im Boden

verankerten Eisenring in die Höhe, »darüber musst du gestolpert sein!« Leonora staunte und ließ sich neben ihm nieder. Gemeinsam legten sie eine quadratische Holzplatte frei.

»Eine Falltür«, raunte Leonora fast ehrfürchtig. Nicholas sah, wie Neugier und Abenteuerlust in ihren Augen aufblitzten, und hatte dabei das Gefühl, in einen Spiegel zu blicken. Gleichzeitig, wie auf Zuruf, zogen sie mit aller Kraft an dem Ring. Überrascht landeten sie auf den Hinterteilen, denn die Klappe hatte sich mühelos öffnen lassen. Nicholas rappelte sich auf und fuhr mit dem Finger über das Scharnier. »Frisch geölt«, murmelte er.

Beide beugten sich über den darunterliegenden Schacht. Muffig-feuchter Geruch schlug ihnen entgegen. Fünf, vielleicht sechs steinerne Stufen waren erkennbar. Was danach kommen mochte, verschwand im Dunkel.

»Was glaubst du, wo er hinführt?« Unwillkürlich verfiel Leonora in einen Flüsterton.

Nicholas rang ein paar Herzschläge lang mit sich. Doch der Drang, sich Leonora mitzuteilen, war übermächtig und so weihte er sie in die Geheimnisse von Mortlake ein. Nichts ließ er dabei aus, kein noch so kleines Detail von dem, was er gesehen, belauscht, erlebt hatte. Er konnte nicht sagen, weshalb. Aber irgendwie hatte er ein Vertrauen zu diesem Zigeunermädchen, wie er es sonst zu noch niemandem gehabt hatte. »Magie und Geister sind es nicht – aber mit rechten Dingen geht es hier wahrhaftig nicht zu«, schloss er seinen Bericht.

Leonora hatte seinen Erzählungen mit offenem Mund gelauscht und kaute jetzt nachdenklich auf ihrer Unterlippe. »Und du meinst, dieser Schacht führt in jenes Zimmer? Und die Männer haben so das Haus verlassen?«

Nicholas zuckte mit den Achseln. »Könnte sein. Ich sehe allerdings nur eine Möglichkeit, das herauszufinden.« Abwartend sah er sie an. Leonoras Augen glänzten, als sie ihm zunickte.

»Gilt. Um Mitternacht wieder hier.«

Liber Secundus
Im Netz der Spinne

Es liegt weniger Gefahr darin,
zu viel zu fürchten als zu wenig.

Sir Francis Walsingham

16

Den restlichen Tag hatte Nicholas in einem Zustand rastloser Ungeduld verbracht, die sich noch verstärkte, als es dunkelte. Obwohl er erleichtert gewesen war, den ganzen Nachmittag weder den Magus noch Mistress Dee zu Gesicht bekommen zu haben, war es doch ein befremdliches Gefühl gewesen, mutterseelenallein am Abendbrottisch zu sitzen. Soweit man von »alleine« sprechen konnte, wenn man im gleichen Raum mit lärmenden Studenten saß. Doch da sich diese keinen Deut um Nicholas scherten, verstärkte das nur noch sein Gefühl der Einsamkeit. Mit hochgezogenen Schultern hatte er lustlos in dem dampfenden Eintopf aus Kohl, Möhren und Brocken von Rindfleisch herumgerührt. Doch er hatte sich gezwungen, wenigstens ein paar Löffel davon hinabzuwürgen, um nicht mit leerem Magen in das nächtliche Abenteuer aufzubrechen.

Nach dem Essen war er ruhelos in seiner Dachkammer umhergewandert, hatte sich auf dem Bett ausgestreckt, um gleich darauf wieder nervös aufzuspringen. Währenddessen hatte er die Stunden mitgezählt, die die Turmuhr von St. Mary the Virgin verkündete. Mit dem Schlag, der die Mitte zwischen der elften und zwölften Stunde markierte, brach er auf. Durch ein dunkles, verlassen wirkendes Haus, hinaus in den Garten. Dicker Nebel waberte über den Boden, gab den Baumskeletten ein unwirkliches und gespenstisches Aussehen. Nicholas konnte mit seiner Laterne immer nur ein paar Schritt weit seinen Weg beleuchten. Sein Atem bildete kleine Wölkchen vor dem Gesicht. Er schlüpfte durch das Tor in der Mauer hindurch und blieb an der verabredeten Stelle stehen. Ungeduldig trat er von einem Bein auf das andere. Endlich begann das Uhrwerk der Kirche die zwölfte Stunde in die feuchte Nachtluft zu zählen und Nicholas sah einen kleinen, verschwommenen Lichtfleck auf sich zuschweben. Er kam den Weg hinab, der außen an der Gartenmauer entlang vom Dorf zum Flussufer führte. Rasch wurde dieser Lichtschein größer, gefolgt von einem Schattenriss, der Leonora sein musste.

»Wie siehst du denn aus?«, entfuhr es Nicholas anstelle einer Begrüßung, als sie mit genau dem zwölften Schlag vor ihm stand.

Leonora trug dunkle, lange Hosen, deren weite Beine sie in die Schäfte ihrer Stiefel gestopft hatte, und ein wattiertes Wams. Ein mehrfach um den Kopf gewundenes Tuch verbarg ihre Locken, ließ sie zusammen mit dem rußgeschwärzten Gesicht wie einen Mohren wirken.

»So, wie es sich für eine nächtliche Unternehmung wie der unsrigen gehört«, gab sie spitz zurück. »Willst du dich mit mir über die neueste Mode unterhalten oder lieber doch den Gang in die Unterwelt antreten?«

Nicholas wurde rot bis unter die Haarwurzeln und hoffte, es würde in der Dunkelheit unbemerkt bleiben. »Ist ja schon gut«, brummte er, halb verlegen, halb verärgert, weil er selbst nicht den Einfall gehabt hatte, sich zu tarnen.

Erneut fegten sie die Blätter beiseite, mit denen sie mittags die Falltür sorgsam wieder abgedeckt hatten, und zogen sie an ihrem Eisenring auf. Jetzt, in der Stille der Nacht, durchbrochen von den heiseren Schreien der Wasservögel und im zuckenden Licht der Laternen, hatte der Schacht etwas von einem drohend gähnenden Schlund. Nicholas zögerte, ein mulmiges Gefühl in der Magengrube, und er sah es Leonora an, dass es ihr nicht anders erging.

»Wohlan, wagen wir es«, gab er sich mutiger, als er sich in diesem Augenblick fühlte, und setzte den Fuß auf die oberste der Stufen. Schritt um Schritt leuchtete er sich den Weg hinunter, dicht gefolgt von Leonora. »Sollten wir die Tür nicht wieder schließen?«, flüsterte sie.

»Besser nicht«, raunte er ihr über die Schulter hinweg zu. »Falls wir überrascht werden und fliehen müssen, spart uns das ein paar kostbare Augenblicke.«

Zwölf Stufen waren es, dann waren sie auf dem Grund eines unterirdischen Ganges angelangt. Wände und Boden waren aus grob zurechtgehauenen Steinen gemauert und auch die leicht gewölbte Decke war aus Stein. Feuchtigkeit sickerte von oben zwischen den Ritzen hervor, tropfte mit einem leisen *plitsch* herab, sammelte sich wie Tau auf den rissigen Wänden. Es roch modrig, nach feuchter Erde, nassem Stein und alter, verbrauchter Luft. Für einen erwachsenen Mann war der Gang niedrig und schmal, aber Nicholas und Leonora konnten sich frei darin bewegen.

Leonora legte den Kopf in den Nacken. »Und wenn er nun einstürzt?«

Seine Laterne angehoben, schüttelte Nicholas den Kopf. »Wird er nicht. Schau«, er zeigte mit dem Finger auf die Rippenbögen aus Stein. »Konstruiert wie das Dach einer Kathedrale. Wenn St. Paul's schon so lange steht, wird das hier auch noch eine Zeit halten.« Er schwenkte die Laterne in alle Richtungen. »Gut durchdacht«, bemerkte er anerkennend. »Nirgends Holz oder ein anderes Material, das in der feuchten Erde des Flussufers verrotten oder brüchig werden könnte.

Wer auch immer den Gang hat bauen lassen – es war ihm äußerst wichtig gewesen, dass dieser lange Bestand haben würde.«

Schweigend wanderten sie weiter, immer schnurstracks geradeaus auf dem glitschigen Steinboden.

»Und wenn er nun nirgendwo hinführt?«, zweifelte Leonora.

»Er muss«, beharrte Nicholas, obwohl er sich insgeheim dieselbe Frage gestellt hatte.

Es war unheimlich, sich so tief unter der Erde zu wissen, sich immer weiter von der geöffneten Falltür wegzubewegen, auf ein nur vermutetes Ziel hin.

»Konntest du dich denn einfach so fortstehlen, ohne dass jemand etwas bemerkt hat?«, fragte Nicholas, als er die erdrückende Stille zwischen den Mauern nicht mehr aushielt. Leonora machte ein schnaubendes Geräusch. »Ist ja wohl keine Schwierigkeit, wenn man sich nicht allzu trampelig anstellt!«

Nicholas hatte keine wirkliche Vorstellung davon, wie es sich wohl unter Zigeunern leben mochte. Die dunkelhäutigen, schwarzhaarigen Menschen in der mal farbenfrohen, mal abgerissenen Kleidung, die auf den Straßen musizierten und ihre Dienste als Wahrsager und Kesselflicker anboten, hatte er immer nur am Rande wahrgenommen. Nie hatte sich sein Leben mit dem ihren überschnitten. Als lebten sie in einer eigenen Welt, die unabhängig und parallel zu der war, in der Nicholas sich bewegte. Im nächsten Augenblick machte der Gang in einem perfekten rechten Winkel einen Knick nach links und endete nach wenigen Schritten an einer Treppe.

Vielsagend sahen Nicholas und Leonora einander kurz an, dann stiegen sie die Stufen hinauf. Nicholas drückte prüfend gegen die darüberliegende Falltür. Wider Erwarten ließ sie sich ebenso mühelos öffnen wie ihre Schwesterluke am Fluss.

Er reichte seine Laterne Leonora. Dann ging er vorsichtig weiter und hob mit jedem Schritt die Tür weiter an, bis er die Holzklappe auf den Boden ablegen und herausklettern konnte.

»Und?«, wisperte Leonora, als sie ihm die Laterne zurückgab und ebenfalls aus der Luke stieg. »Ist es derselbe Raum?«

Nicholas ließ den Lichtkegel seiner Laterne schweifen. Die Falltür befand sich vor einem Fenster. Daneben stand ein Tisch und sechs Stühle waren ordentlich daruntergeschoben. Die Wände entlang reihten sich Schränke und Kommoden aneinander. Nicholas stellte die Laterne auf eine Ecke des Tisches und wanderte zur Tür, musterte prüfend das gesamte, nun schwach erleuchtete Zimmer aus dieser Perspektive. Er hatte in der vorangegangenen Nacht nur ein paar kurze Blicke darauf werfen können und doch gab es nicht den geringsten Zweifel.

Ein Grinsen erschien auf seinem Gesicht. »Ja, er ist es.«

17

Mit ebenso viel Entdeckerlust wie kribbelndem Schuldbewusstsein wanderten beide durch den Raum, öffneten Schranktüren und stöberten in Schubladen. Wonach sie genau suchten, hätten sie nicht zu sagen vermocht. Doch sie hegten die Hoffnung, etwas zu finden, das ihnen das Rätsel des Raumes enthüllen könnte. Zunächst aber stießen sie nur auf saubere Becher und verstöpselte Karaffen mit einer scharf riechenden Flüssigkeit. »Branntwein«, wie Nicholas dank seiner Abende im *Blauen Karnickel* fachmännisch feststellen konnte.

»Oh, sieh mal!«, hörte er Leonora rufen. Er wandte sich um. Leonora hielt einen Handspiegel am fein gearbeiteten Griff und starrte angestrengt hinein. Nicholas trat zu ihr und sah ihr über die Schulter. »Der ist ja schwarz!«, wunderte er sich.

»Ja, komisch, nicht?« Leonora fuhr mit dem Finger darüber. »Das ist auch kein richtiges Glas. Eher ein Stein.« Sie hielt ihn unter die Laterne auf dem Tisch, wandte ihn leicht hin und her. »Vielleicht Obsidian. Aber wozu bräuchte man einen schwarzen Spiegel, in dem sich nur Schemen abzeichnen?« Sie schüttelte den Kopf und legte den Spiegel wieder zurück und auch Nicholas kramte weiter.

Ein Atlas fand sich, zwei Karten, auf denen England und das gesamte Europa abgebildet waren, nur leider ohne irgendwelche aussagekräftigen Markierungen oder Notizen. Es gab Bücher, ein Tintenfass, zurechtgeschnittene Federn und eine Streusandbüchse. Spannenderes schien es nicht zu entdecken zu geben.

»Nicholas!« Der atemlose Tonfall in Leonoras Flüstern ließ ihn herumfahren und neben ihr in die herausgezogene Schublade einer der Kommoden spähen. Eine große, bis zum Platzen gefüllte braune Ledermappe lag darin und ließ Ränder und Ecken eines dicken Papierstoßes sehen. Mit leuchtenden Augen sahen sie sich an.

»Kannst du lesen?«, wollte Nicholas wissen. Leonora wackelte mit dem Kopf. »Ein bisschen. Hab's mir selbst beigebracht.« Ein paar Herzschläge lang schwiegen sie.

»Eigentlich sollten wir ja nicht . . .«, wandte Leonora dann ein und zog nachdenklich ihre Nase kraus.

»Nein.« Betrübt betrachtete Nicholas die Mappe. Neugierde brodelte in seinem Bauch, ging über in ein sehnsüchtiges, schon fast schmerzhaftes Ziehen.

»Andererseits . . .« Das Verlangen in Leonoras Blick schien sein eigenes widerzuspiegeln.

»Wir verraten es ja niemandem«, flüsterte Nicholas beschwörend.

»Keiner Menschenseele!«, bekräftigte Leonora.

Vorsichtig hob Nicholas die schwere Mappe aus der Schublade, trug sie feierlich wie ein Heiligtum hinüber zum Tisch und legte sie dort ab. Er tauschte einen langen Blick mit Leonora, die sich an seine Schulter drängte, bebend vor Wissbegier, und mit einem tiefen Atemzug schlug er den Deckel auf.

Das geheime Tagebuch des Doctor John Dee, stand auf der ersten Seite in den großzügigen Buchstaben einer Handschrift, die Nicholas zweifelsfrei als die des Magus' wiedererkannte. Und darunter: *Die wortgetreue Niederschrift von Engelsbotschaften und Geisterbeschwörungen wie sie stattgefunden zu Mortlake, beginnend Anno Domini 1581.*

Nicholas blinzelte verwirrt, während Leonora sich hastig bekreuzigte. »Hast du nicht gesagt, hier gäbe es keine Geis-«, zischte sie ihm zu.

»Ich weiß!«, fiel er ihr verdrossen ins Wort. Er runzelte die Stirn, während er auf die Buchstaben starrte, die sich im bewegten Licht der Laterne hin- und herzuschlängeln schienen. Entschlossen blätterte er dann um und überflog die nächste Seite. Sie war eng beschrieben, mit Randnotizen versehen, eingestreuten Kürzeln, Symbolen und winzigen Skizzen. Und die nächste. Und die übernächste.

Leonora, die sich hinter ihm geduckt hatte, als fürchtete sie, etwas besonders Grauenvolles könnte ihnen aus den Seiten entgegenspringen, wagte sich wieder hervor und linste über seine Schulter. »Was steht da? Ich kann nichts davon entziffern.«

»Das ist Latein. Nur die Randnotizen sind in Englisch«, antwortete Nicholas mechanisch und blätterte hastig weiter.

»Aber was? Übersetz es mir!«

»Bei diesen vielen Seiten stehen wir dann nächste Woche noch hier«, knurrte er, während seine Augen über die Zeilen flogen und sein Verstand fieberhaft daran arbeitete, diesen einen Sinn abzugewinnen.

»Nicholas!« Leonoras Stimme war in ihrer Ungeduld zu einem Fauchen geworden.

»Warte, warte!« Nicholas hatte bemerkt, dass die Einträge datiert waren. Aufgeregt blätterte er sich bis zum Ende des Stapels hindurch, bis er wie erhofft auf das Datum des gestrigen Tages stieß: *Mittwoch, den 21. November 1582*. Unwillkürlich stieß er einen leisen Pfiff aus.

»Was denn?« Leonora zappelte neben ihm herum, doch Nicholas las unbeirrt den gestrigen Eintrag durch. Schließlich, als Leonora schon dachte, jeden Moment platzen zu müssen vor Neugierde, schüttelte er den Kopf.

»Das errätst du nie! Ich kann es ja selbst nicht glauben ... Nach dem, was hier geschrieben steht, hat der Doktor mithilfe eines Mediums – namentlich dieses Ekelpaket von Kelley – Engel und Geister heraufbeschworen. Und diese haben ihnen Fragen beantwortet und Botschaften übermittelt.«

Leonora holte erschrocken Luft, hielt sie einen Moment an, ehe sie sie in einem Satz ohne Punkt und Komma wieder ausstieß: »Wasfürbotschaftendennlassdirdochnichtallesausdernaseziehen!«

Nicholas hob hilflos die Schultern. »Das ist es eben – ich verstehe kein einziges Wort davon. Das heißt: Die Worte selbst schon, aber es ergibt alles keinen Sinn. Allein die Namen dieser angeblichen Geistwesen ...« Er blätterte zurück, beugte sich tiefer über die Seite und las vor: *»Baligon. Bobogel. Marmara. Carmara*. Das klingt doch nach dem größten Blödsinn aller Zeiten, oder nicht?« Zustimmung heischend sah er Leonora an, die mit den Achseln zuckte.

»Weiß ich doch nicht, wie Engel und Geister üblicherweise heißen. Du etwa?«

Nicholas ging nicht auf ihre Stichelei ein und wiegte nachdenklich den Kopf. »Hör mal hier, diese Stelle von gestern: *Edward Kelley«*, er unterbrach sich selbst mit einem gespielt würgenden Geräusch, *»sah hinüber zu meinem westlichen Fenster und erblickte dort bei meinen Büchern ein Ding (wie er glaubte), so groß wie ein Ei: hell, klar und prächtig. Und einen Engel, von der Größe eines Kindes, der mir einen Gegenstand in seiner Hand entgegenhielt und dieser Gegenstand war ein feuriges Schwert*. – Das ist das Albernste, was ich je gehört habe! Entweder habe ich mich vom Auftreten des Doktors täuschen lassen und er ist in Wahrheit verrückt – oder ...« Er verstummte ratlos und versank in dumpfes Brüten. Eine Weile schwiegen sie, jeder in Gedanken versunken.

»Und wenn«, begann Leonora langsam von Neuem, die Augen starr auf einen weit entfernten Punkt gerichtet, »wenn wir das alles nicht wörtlich verstehen dürfen?«

Verständnislos sah Nicholas sie an. »Wie denn dann?«

»Hast du mir nicht erzählt, du hättest schon versucht, durch dieses Fenster«, sie wies hinter sich, »einen Blick in diesen Raum zu werfen? Es zeigt doch nach Westen, oder? Wenn Kelley dich nun dabei gesehen hat? Und du arbeitest für den Magus in der Bibliothek. *Bei meinen Büchern, ein Engel von der Größe eines Kindes* – klingelt's?«

Nicholas' Augenlider flatterten, als er ihr angestrengt zu folgen versuchte. »Wie . . . ähm . . . was?«

Das Zigeunermädchen verdrehte die Augen. »Du bist vielleicht schwer von Begriff! Du bist mit diesen Zeilen gemeint!«

»Ich?« Seine Stimme kippte beinahe, als er sich perplex vor das Brustbein tippte. »Und was soll das mit dem Ei und dem feurigen Schwert? Kannst du mir das vielleicht auch noch erklären, hm?«

Leonora zog verlegen die Schultern hoch. »Das weiß ich leider genausowenig wie du.« Sie schreckte auf. »Hast du das gehört?«

Mit klopfenden Herzen horchten beide in die nächtliche Stille. Doch alles schien ruhig. Nicholas schüttelte den Kopf. »Da ist nichts. Vielleicht ein Kauz oder ein Marder im Garten.« Betreten senkte er den Blick wieder auf die Seiten in der Mappe. »Das macht doch alles keinen Sinn. Niemand verfiele je darauf, mich als Engel zu bezeichnen. Und die Männer von gestern waren auch weder himmlische Boten noch irgendwelche Geister, sonst hätten sie auch nicht über diesen Gang flüchten müssen.«

»Engel«, murmelte Leonora vor sich hin und rieb sich nachdenklich den Nasenrücken, bis er ganz blank war in ihrem geschwärzten Gesicht. »Engel . . . Ein *angel* ist auch eine Goldmünze, zehn Shilling wert. Oder eine Person, die eine Unternehmung finanziell unterstützt. Vor St. Paul's fiel das Wort oft in den Verhandlungen der Geschäftsleute. Oder . . .« Ein Strahlen zog über ihr Gesicht und sie unterstrich ihren Geistesblitz mit einem Fingerschnipsen. In ihrer Begeisterung vergaß sie, die Stimme zu dämpfen. »Oder *Engel* meint in diesen Aufzeichnungen einfach jemand, der Botschaften überbringt. Aber kein himmlischer Bote, sondern ein ganz irdischer. Und da hätten wir dann die Männer der letzten Nacht!«

Nicholas wollte erwidern, wie sehr an den Haaren herbeigezogen er ihre Gedankengänge fand, doch dazu kam er nicht mehr. Ein Geräusch an der Tür ließ sie zusammenfahren. Ein Schlüssel wurde in das Türschloss gesteckt und klackend umgedreht. Nicholas und Leonora drückten sich eng aneinander. Dann öffnete sich die Tür und vor ihnen stand der Magus.

Schützend schob sich Nicholas vor Leonora und er spürte, wie sich ihre Finger in den Stoff seines Wamses krallten.

»So«, sagte Dr. Dee, als er die beiden erblickte. Er hob den Kerzenleuchter in seiner Hand, während er mit der anderen über seinen Bart strich und die Eindringlinge musterte. Sein Blick wanderte zu der aufgeschlagenen Mappe und wieder zurück zu Nicholas und Leonora. Fieberhaft überlegte Nicholas, ob es ihnen gelingen könnte, schnell genug durch die Luke zu entwischen, ehe der Doktor einen von ihnen am Schlafittchen packte.

»Nun, das hätte ich mir denken können«, brummte der Magus schließlich. »Willst du uns nicht vorstellen, Nicholas?« Doch dieser brachte vor Schreck keinen Ton heraus. Dafür lösten sich Leonoras Finger aus seinem Wams und sie wagte sich hinter ihm hervor.

»Le-Leonora«, piepste sie aufgeregt und versank in einen wohlerzogenen Knicks.

»Freut mich, dich kennenzulernen, Leonora. Ich bin Dr. Dee. Du gehörst zu den Zigeunern, die ein Stück flussaufwärts lagern, nicht wahr?« Leonora nickte und knickste erneut.

Unter den eindringlichen Blicken des Magus, der aussah, als sei er noch unentschlossen, wie er mit ihnen verfahren sollte, wurden die beiden Ertappten immer kleiner. Nicholas hatte seinen Dienstherrn noch nie so ernst gesehen.

»Ihr gehört längst in eure Betten«, sagte Dee schließlich. »Leonora, du gehst in euer Lager zurück. Das da«, er wies auf die geöffnete Falltür, »räumt ihr hinter euch auf, wie es sich gehört. Und du«, er deutete auf Nicholas, der sich gleichsam von Dees ausgestrecktem Zeigefinger aufgespießt fühlte, »erscheinst Schlag sieben Uhr in meinem Arbeitszimmer. Keine Minute später!«

»Jawohl«, krächzte Nicholas und fügte ein furchtsames »Sir« hinzu.

»Gute Nacht.« Dee nickte ihnen zu. An der Tür wandte er sich noch einmal um. »Ach, Nicholas . . . dass du nicht einfach feige das Weite suchst, ist natürlich Ehrensache!«

Nicholas schoss heiß das Blut ins Gesicht. Schlimm genug, dass der Magus ihm so etwas zutraute – und noch schlimmer, dass Nicholas selbst einen Moment lang daran gedacht hatte, Mortlake den Rücken zu kehren, um dem zu erwartenden Tadel zu entgehen.

Die Tür hatte sich längst von außen geschlossen, der Schlüssel im Schlüsselloch gedreht und noch immer standen die beiden betreten auf derselben Stelle.

»Du sitzt ja jetzt ganz schön in der Tinte«, seufzte Leonora und zupfte Nicholas mitfühlend am Ärmel.

Nicholas antwortete nicht. Ein Kloß saß ihm fest im Hals und hatte ihn gänzlich verstummen lassen. Mit langen Gesichtern nahmen sie ihre Laternen und stiegen wieder durch die Luke hinab, sorgsam die Falltür hinter sich schließend.

War ihnen der Hinweg schon unheimlich erschienen, umso beängstigender kam ihnen der Gang nun vor – nun, da das Feuer der Entdeckerlust und des Abenteuers erloschen war. Leonora drängte sich dicht an Nicholas und schob ihre eiskalten Finger in die seinen und er war froh darüber. Er fühlte sich elend. Mit Drohungen, Beschimpfungen und Schlägen hatte er umzugehen gelernt. Doch der Ernst, die ruhige Bestimmtheit des Doktors waren neu für ihn und er wusste nicht, was er davon zu halten hatte. Was würde ihn in ein paar Stunden im Arbeitszimmer des Magus erwarten? Das Gefühl, Dr. Dee enttäuscht zu haben, schmeckte bitter, verursachte ihm eine Übelkeit, die er tapfer hinunterzwang.

Die Nachtluft war wohltuend klar und frisch, wenn auch klirrend kalt. Der Nebel hatte sich aufgelöst und Sterne funkelten am Himmel. Immer noch schweigend schlossen sie die Falltür am Fluss hinter sich und begruben sie unter einer Blätterdecke.

»Er hat nicht so ausgesehen, als wollte er dir den Kopf abreißen«, ergriff endlich Leonora das Wort, aber ihre Stimme klang dünn und nicht sonderlich überzeugt. Nicholas zuckte mit den Achseln und schob mit dem Fuß ein einzelnes Blatt hin und her. »Treffen wir uns morgen wieder hier? Am Nachmittag?« Nicholas nickte wieder. *Wenn der Magus mich dann nicht schon vor die Tür gesetzt hat,* ging es ihm durch den Kopf, aber er blieb stumm.

»Dann bis morgen«, zwitscherte Leonora, aber ihre Fröhlichkeit klang gekünstelt.

Im Weggehen drehte sie sich noch einmal um. »Es war übrigens der Magus, der dich vor St. Paul's beobachtet hatte«, rief sie ihm zu, als sei ihr das eben erst eingefallen. Nicholas sah ihr wie betäubt hinterher, wie der Lichtkegel ihrer Laterne sich entfernte und immer kleiner wurde, bis er nur noch ein hüpfendes Fünkchen war. Es brauchte einige Zeit, bis ihr letzter Satz zu seinem Verstand hindurchgesickert war, doch einen wirklichen Reim konnte er sich nicht darauf machen. Mit hochgezogenen Schultern trottete er zum Haus zurück.

18

V*ier. Fünf.* Nicholas holte tief Luft. *Sechs,* zählte die Kirchturmuhr die Morgenstunde. *Sieben.* Zaghaft pochten seine Fingerknöchel an das Holz. »Komm rein!«

Nicholas drückte die Tür auf und trat ein. Der Magus saß hinter seinem Schreibtisch (besser gesagt: hinter den Papierbergen darauf) und kritzelte mit der Feder über einen Bogen, den er sogleich achtlos auf den nächsten Stapel flattern ließ. Nicholas hatte die Arme auf dem Rücken verschränkt und wagte es kaum, den Blick über die Tischkante zu erheben.

So müssen sich die Sünder am Tag des Jüngsten Gerichts fühlen, dachte er. Bei dem Gedanken, Dee würde ihn aus Mortlake fortschicken, drehte es ihm den Magen um. Er zuckte zusammen, als der Magus das Wort an ihn richtete.

»Du bist sehr neugierig, nicht wahr?« Nicholas senkte den Kopf noch ein Stückchen tiefer und nickte. Er räusperte sich. »Es war so . . . dass . . .«, begann er zaghaft und sprudelte dann schnell hervor: »Leonora ist über den Eisenring gestolpert und wir haben dadurch die Falltür gefunden. Und weil ich immer noch über dieses Zimmer rätselte und über Kelley und wir wissen wollten, wohin dieser Gang führt, sind – haben wir –« Er brach ab, weil ihm seine eigenen Worte albern in den Ohren klangen, zu schwach, um als Entschuldigung gelten zu können.

»Hm«, machte der Magus und strich sich über seinen Bart. Er hüstelte und es klang beinahe wie ein unterdrücktes Lachen. »Nun«, fuhr er gravitätisch fort, »Neugier an sich ist ja durchaus eine begrüßenswerte Eigenschaft. Ohne Neugier keine Wissenschaft und kein Fortschritt. Leonardo da Vinci war der Auffassung, alle guten Menschen seien von Natur aus wissensdurstig. – Rätsel reizen dich also?«

Nicholas musterte sein Gegenüber misstrauisch. War das eine Fangfrage? Als ob es darauf nun noch ankäme . . . Er nickte.

»Das haben wir gemeinsam, Nicholas. Geheimnissen auf den Grund zu gehen, ist auch für mich etwas sehr Spannendes. Aber es kann durchaus gefährlich sein, wenn man nicht auf der Hut ist.« Er wies auf den Stuhl vor Nicholas. »Nimm doch Platz.«

Gehorsam stieg Nicholas über die ausgebreiteten Papiere hinweg und setzte sich. Der Magus lehnte sich zurück und ordnete die Falten seines Gelehrtengewandes, während er fortfuhr. »Du kennst nur ein England, in dem Frieden herrscht. Das war nicht immer so, und dass es so ist, ist auch keine Selbstverständlichkeit. Denn . . . wie erkläre ich dir das am besten? Ah, hast du dein Kartenspiel dabei? Das Tarotdeck?« Nicholas nickte und kramte es aus seinem Wams hervor. Dee besah sich seinen Schreibtisch, zog die Augenbrauen empor und seufzte. »Wohin nur damit? *Platz,* ich habe einfach keinen *Platz* . . .« Er murmelte vor sich hin, während er sämtliche Stapel und lose Blätter aufsammelte und zu einem einzigen windschiefen Turm schichtete. Nicholas betrachtete diesen voller Unbehagen und nahm sich vor, keine unbedachte Bewegung zu machen, damit der Stapel nicht aus dem Gleichgewicht geriete. Der Magus zog das Päckchen Karten auseinander, suchte einzelne heraus und hielt Nicholas die erste gut sichtbar entgegen.

»*Die Hohepriesterin*. Lassen wir diese Karte für unsere Königin stehen. Denn sie trägt nicht nur die Krone unseres Landes, sondern ist auch Oberhaupt unserer protestantischen Kirche.« Gut sichtbar platzierte er sie auf dem Tisch und hob die nächste hoch. »*Die Kaiserin.* Maria Stuart, ehemals Königin von Schottland und Frankreich, derzeit ohne Land und ohne Krone. Unter Hausarrest gestellt auf Schloss Sheffield in Yorkshire. Aber sie stammt aus einer Nebenlinie der englischen Königsfamilie und ist dazu noch katholisch. Es gibt Parteien im In- und Ausland, die der Ansicht sind, Elisabeth trage die Krone zu Unrecht und Maria Stuart müsse stattdessen Königin von England sein. Solange Maria Stuart lebt, wird es immer Männer geben, die mit List oder Waffengewalt diesen Anspruch für sie durchzusetzen suchen. Und solange Elisabeth lebt, erlischt auch ihr Anrecht auf den Thron nicht. Denn nur eine tote Königin verliert jeglichen Anspruch auf die Krone.«

Er legte diese Karte neben die erste. Dann zog er eine neue Karte, den Sensenmann, und legte ihn zwischen die beiden Karten auf dem Tisch. »Also muss eine von beiden sterben, damit die andere in Sicherheit auf dem englischen Thron sitzen kann.«

Zwei weitere Karten gesellten sich zur Kaiserin. »Hier, *der Papst* und *der Kaiser*. Der Papst hat Königin Elisabeth zur Ketzerin erklärt und befürwortet die Thronbesteigung Maria Stuarts. Ebenso der König von Spanien, ein inbrünstiger Katholik und Herrscher über die reichste und mächtigste Nation unter Gottes Sonne. Auch dem französischen Hof ist Elisabeth ein Dorn im Auge.«

»Demnach sind die Protestanten die Guten und die Katholiken die Bösen?«, warf Nicholas ein. Der Magus machte eine abwägende Handbewegung.

»Vorsicht, Nicholas. Die Dinge sind nicht so einfach. Der Glaube wird oftmals nur vorgeschoben. In Wahrheit geht es meist um Macht – um *die* Macht, über die Seelen der Menschen zu herrschen. Elisabeth ist protestantischen Glaubens, das stimmt. Und im Namen der katholischen Kirche sind viele Verbrechen begangen worden, auch das ist wahr. Aber der Grund dafür liegt in der Engstirnigkeit der Menschen und diese findet sich mehr oder weniger in jedem Glauben. Offiziell ist England protestantisch und das Lesen der katholischen Messe verboten, ja. Aber Elisabeth selbst hat gesagt, sie wolle nicht die Seelen der Menschen ergründen. Vielen extremen Protestanten missfällt dies, aber Elisabeth blieb in diesem Punkt immer beharrlich. Sie weiß, dass sie sich so unter den gläubigen Katholiken weniger Feinde macht.«

»Welchem Glauben gehört Ihr an, Doktor?« Endlich konnte Nicholas die Frage stellen, die ihn schon so lange beschäftigte. Der Magus lächelte.

»Dem universellen Glauben an die Wahrheit und an die Freiheit des Geistes.« Als er sah, dass Nicholas mit dieser Antwort nicht zufrieden war, fuhr er fort: »Ich halte es mit der Königin und will meine Seele nicht ergründen lassen. Dir muss genügen, dass für mich der Wert eines Menschen nicht von seinem Glaubensbekenntnis abhängt. Und dass ich Königin Elisabeth ein treuer Untertan bin.«

Das war nicht die Antwort, die Nicholas sich gewünscht hatte. Aber er verstand, dass es Grenzen gab, die zu überschreiten ihm nicht zustanden, und dass er es hierbei belassen musste.

Der Magus breitete mit einem Seufzen die Arme aus. »So, wie die Karten nun liegen, scheint Elisabeth eine schwache Königin zu sein, deren baldiger Sturz absehbar ist. Aber«, triumphierend hielt er eine Karte in die Höhe, die einen athletischen jungen Mann mit Federschwingen zeigte, »sie hat

Schutzengel, die über sie wachen. Der oberste dieser Schutzengel ist Sir Francis Walsingham, der über ein ganzes Heer von großen und kleinen Schutzengeln verfügt. Männer und Frauen, die auf der ganzen Welt mögliche Verräter und Umstürzler aufspüren und zur Strecke bringen. Siehst du das Schwert, das der Engel in der Hand hält?«

Nicholas nickte.

»Das Schwert ist von alters her ein Symbol der Macht. Im Tarot steht es für den Geist, für die Erkenntnis und das Wissen. Und was glaubst du, welche Waffe die stärkere ist: die der militärischen Übermacht, wie Frankreich und Spanien sie besitzen – oder die des Wissens, die es einem erlaubt, jeder Handlung der anderen Seite ein paar Schritte voraus zu sein?«

Dr. Dee hatte es als Frage formuliert, doch er schien keine Antwort zu erwarten. Nicholas war auch mit anderen Dingen beschäftigt. Endlich begannen sich die Mosaiksteinchen in seinem Kopf zusammenzusetzen. Das erste Rätsel hatte er soeben gelöst: *S.F.W'am*. Die eilig hingekritzelte Notiz auf dem Schreibtisch des Magus hatte also etwas mit Sir Francis Walsingham zu tun gehabt! Nicholas kannte den Namen. Auf der Straße hatte er ihn mehrmals aufgeschnappt. Er kannte auch den Ruf, der diesem Mann vorauseilte: Er habe seine Späher überall, hieß es, und er kenne keine Gnade gegenüber Verrätern. Was aber hatte der Doktor mit Walsingham zu tun? Und Nicholas selbst mit Engeln und Schwertern der Erkenntnis?

»Welche Rolle habt Ihr in diesem Spiel?«

»Nun, die des Magiers natürlich«, antwortete Dee schmunzelnd und wedelte mit der entsprechenden Karte. »Die Macht des Magiers liegt im Verborgenen und so heißt es oft, seine Macht sei die der Finsternis. Aber nur, weil das Gesichtsfeld der Menschen zu beengt ist und sie sich von seinen großartigen Kunststücken täuschen lassen. Man hält mich für einen Schwarzkünstler oder einen Scharlatan – manche gar für einen Verrückten. Das ist es auch, was die Welt sehen *soll*. Die Ausführungen Leonoras, die ich gestern Nacht mitzuhören nicht umhin kam, waren sehr treffend. Die Männer, die du in jenem Raum gesehen und gehört hast, waren tatsächlich Boten. *Irdische* Boten, die Kelley und mir Nachrichten überbrachten.« Er machte eine kleine Pause und fügte dann vergnügt hinzu, als ginge es um schönes Wetter oder ein bevorstehendes Festessen: »Um es auf den Punkt zu bringen: Mortlake ist einer der Hauptknotenpunkte in Walsinghams Spionagenetz und ich bin überzeugt, du würdest einen guten Spion abgeben.«

19

Nicholas wäre beinahe seitwärts vom Stuhl gekippt. Dee lächelte milde.

»Welch bessere Tarnung gäbe es als dieses umtriebige Haus, dieses Zentrum der Gelehrsamkeit? Ein Haus, von dem es heißt, es sei verhext? Noch dazu ist es am Fluss gelegen, über den man schnell die Strecke von und nach London zurücklegen kann.«

»Der Geheimgang«, murmelte Nicholas, als er sich wieder zurechtsetzte.

»Genauso ist es«, bestätigte der Magus. »Viele Agenten Walsinghams gehen hier ein und aus. Und viele Gelehrte und Wissbegierige aus aller Welt tragen uns Dinge zu, die uns nützen können. Wir sammeln die Nachrichten, codieren sie und geben sie an Walsingham weiter.«

»Wir?«

»Kelley und ich. Glaub mir, Nicholas«, Dee entrang sich ein tiefer Seufzer, »mir wäre jeder andere an meiner Seite lieber gewesen als Master Kelley! Aber Befehl von Walsingham ist Befehl.« Als Nicholas fragend die Stirn runzelte, fügte er hinzu: »Ist dir nie aufgefallen, dass du Kelley nur mit dieser eng anliegenden Kappe gesehen hast, die seine Ohren bedeckt hält?«

Nicholas nickte. »Doch, ja.«

»Er hat keine Ohrmuscheln mehr. Sie wurden ihm zur Strafe für Falschmünzerei und Dokumentenschwindel abgeschnitten. So wurde Walsingham auch auf ihn aufmerksam. Kelley ist ein Meister seines Fachs und es waren nur eigene Dummheit und Prahlerei, die seine Betrügereien auffliegen ließen. Walsingham hat ihn in der Hand, könnte ihn jederzeit an den Galgen bringen. Folglich verhält sich Kelley halbwegs zahm und arbeitet mit.« Dee lachte leise. »Du musst zugeben, dass niemand weniger den Anschein eines Agenten Walsinghams hat als Kelley. Was ja durchaus von Vorteil ist.«

Nicholas fand die Erinnerung an Kelleys Klauen um seine Kehle weniger amüsant. Der Magus musste es ihm angesehen haben, denn ernst fügte er hinzu: »Kelley misstraut jedem. Und nur um unser Geheimnis zu schützen, wollte er dich zum Schweigen bringen.«

»Hmpf«, gab sich Nicholas wenig besänftigt. Aber insgeheim war er doch ein wenig stolz darauf, dass er, ein dreizehnjähriger Junge, von einem Geheimagenten als so gefährlich eingeschätzt worden war.

»Keine Sorge, Nicholas. Ich habe Kelley einen Auftrag gegeben, der ihn eine gute Weile von Mortlake fernhalten wird. Bei all dem Trubel, der in diesem Haus herrscht, liegt mir doch sehr viel daran, dass der Frieden hier gewahrt bleibt. – Unsere Karten sind noch nicht ganz vollständig.« Dee wies auf die bunten Bilder vor sich. »Denn nun kommt dieser junge Mann ins Spiel.« Er hielt die Karte des Narren hoch. »Namentlich Nicholas Christchurch.«

»Ein Narr, ja wunderbar«, knurrte dieser zutiefst gekränkt.

»Schau ihn dir genauer an«, bat der Magus. »Er ist ein stolzer junger Mann, der munter vorwärtsschreitet, und er hat nichts von einem Toren oder Dummerjan. Diese Karte steht für den Instinkt und den Aufbruch in ein neues Leben, für Gewitztheit, selbst in brenzligen Situationen. Anlagen, wie sie ein Spion braucht – und solche, wie du sie auch hast. Sie müssen nur noch ausgebildet werden.«

Mit jedem Wort war Nicholas ein Stückchen größer auf seinem Stuhl geworden, bis er mit stolzgeschwellter Brust auf der Sitzfläche thronte. »Habt Ihr mich deshalb vor St. Paul's beobachtet und nach Mortlake mitgenommen?«

»Genau deshalb, Nicholas. Walsingham und ich sind ständig auf der Suche nach neuen Agenten. Wir müssen weiterhin äußerst wachsam sein. Maria Stuart ist – mit Verlaub – eine leichtsinnige und beeinflussbare Person, das hat ihre Vergangenheit gezeigt. Das macht sie anfällig für Männer, die selbst nach Macht und Ruhm streben. Männer, die danach trachten, Maria Stuart als Marionettenkönigin einzusetzen, um durch sie über England herrschen zu können. Dem müssen wir zuvorkommen, um jeden Preis.« Er musterte den Jungen gründlich. »Ich sehe die Abenteuerlust in deinen Augen, Nicholas. Aber du darfst nicht vergessen, dass die Männer, die Elisabeth stürzen wollen, auch sonst keine Skrupel kennen. Manch ein Agent starb unter ungeklärten Umständen, weil er verraten wurde oder nicht vorsichtig genug war.«

Nicholas war Feuer und Flamme: ein Spion! Er! Was konnte es Spannenderes geben? Dees Warnung schreckte ihn nicht. »Ich bin dabei«, erklärte er ohne Zögern.

»Ich fasse es immer noch nicht, dass du ein Tarotspiel besitzt!« Leonora schüttelte unablässig den Kopf, als sich die beiden am Nachmittag im Garten vor die Überreste eines Mäuerchens kauerten. Auf diesem hatte Nicholas die Karten nach dem gleichen Muster ausgelegt wie der Magus am Morgen auf seinem Schreibtisch und dessen Worte so genau wiederholt, wie er vermochte.

»Warum nicht?« Nicholas betrachtete die restlichen Karten, die er noch in der Hand hielt.

»Es ist nicht sonderlich gebräuchlich«, erklärte Leonora. »Meine Vorfahren haben es aus dem Orient nach Europa gebracht und meine Mutter und Tanten benutzen es, um den Leuten die Zukunft vorherzusagen. Es sieht hübsch und geheimnisvoll aus, aber nur wenige wissen um seinen wahren Gehalt. Jedes Bild, jedes Detail darin hat seine eigene, tief gehende Bedeutung. Sie alle zu kennen, bedarf höchster Meisterschaft und eines lebenslangen Studiums. Meine Großmutter konnte Stunden über den Bildern brüten und wusste fast alles darüber.«

»Aha«, machte Nicholas nur. Auch wenn der Magus ihm anhand der Karten alles so anschaulich geschildert hatte, blieben ihm die Bilder darauf fremd, fast unheimlich.

»Und was hat es mit diesen Aufzeichnungen auf sich?«, bohrte Leonora weiter nach.

Nicholas strahlte über das ganze Gesicht. »Das ist das Spannendste überhaupt! Die Mappe enthält die codierten Informationen aller Agenten, die nach Mortlake kommen, hat der Doktor mir erklärt.«

»Wieso codiert?«, platzte Leonora heraus. »Du konntest sie doch einwandfrei lesen!«

»Aber wir konnten nicht wirklich etwas damit anfangen, richtig?«

Leonora schüttelte erneut den Kopf, betreten diesmal. Aufgeregt schwenkte Nicholas das Kartenpäckchen, während er all die ungeheuerlichen Dinge hervorsprudelte, die ihm der Magus heute anvertraut hatte. »Der Doktor hat sich lange mit Geheimschriften beschäftigt, denn deren Grundlage ist reine Mathematik. Es gibt viele Codes, die auf Verschiebungen im Alphabet oder Ziffernfolgen beruhen. Aber sie sind nicht davor sicher, früher oder später geknackt zu werden. Wer über einen wasserdichten Code verfügt, hat einen entscheidenden Vorteil vor seinen Gegnern. Und so haben sowohl Walsingham als auch der Königin rechte Hand, Lordschatzmeister Burghley, den Doktor gebeten, einen solchen Code zu entwickeln und zu erproben.« Nicholas' Wangen glühten vor Begeisterung. »Und der Doktor hat . . .«

»Halt!« Leonora wedelte mit der flachen Hand vor seinen Augen, was ihn prompt zum Schweigen brachte. »Darfst du mir das überhaupt alles erzählen? Sind das nicht Staatsgeheimnisse?«, fragte sie streng.

Nicholas blinzelte verwirrt. »Ähm, nun ja . . .« In der Tat hatte er nicht einen Moment darüber nachgedacht, wie weit er zur Verschwiegenheit verpflichtet war. »Der Doktor hat nichts dazu gesagt«, antwortete er schließlich wahrheitsgemäß, aber zweifelnd.

»Das heißt nicht, dass du es sogleich weitertratschen darfst!«, kam Leonoras unerbittlicher Tadel.

Nicholas musste widerstrebend anerkennen, dass sie recht hatte. Seine Miene hellte sich auf, als ihm ein Einfall kam. »Ich kann dich schwören lassen!«

Leonora nickte. »Gut, auf die Karten.« Sie streckte schon die Linke danach aus. Nicholas sah sie verständnislos an. »Weshalb auf die Karten? Das gilt doch nicht!«

»Natürlich gilt das!« Leonora war empört. »Uns Zigeunern sind die Karten heilig!«

»Eine Bibel wäre besser«, murmelte Nicholas störrisch.

»So? Hast du zufällig auch eine dabei?«, gab Leonora schnippisch zurück.

»Nein, natürlich nicht«, brummte er verlegen und seufzte: »Kannst du nicht einfach so schwören?«

Leonora überlegte. »Na schön«, gab sie schließlich hoheitsvoll zur Antwort. Sie stand auf, hob die Rechte zum Eid an, legte die Linke auf ihr Herz und verkündete feierlich: »Ich schwöre bei allem, was mir heilig ist, dass ich zu niemandem und unter keinen Umständen ein Sterbenswörtchen darüber verlauten lasse, was Nicholas Christchurch mir von dieser Stunde an über die Geheimnisse von Mortlake anvertrauen wird. – Wenn schon, dann schwöre ich, wie es sich gehört«, zischte sie Nicholas an, der ob ihrer salbungsvollen Worte die Augen verdreht hatte. Sogleich hockte sie sich wieder hin und ihre Augen funkelten wissbegierig. »Nun erzähl endlich weiter!«

20

Der Doktor hat mir erzählt, als junger Dozent sei er in Frankreich dem großen Michel de Notre-Dame begegnet, auch Nostradamus genannt . . .«

»Den kenne ich!«, fiel ihm Leonora stolz ins Wort und beeilte sich hinzuzufügen: »Nicht persönlich, er lebt ja schon lange nicht mehr. Aber meine Großmutter stammte aus Frankreich und sie hat mir von ihm erzählt!«

»Dann kann ich diesen Teil ja auslassen«, knurrte Nicholas. Auf einen entschuldigenden Blick Leonoras hin fuhr er dann aber doch fort: »Nostradamus war Arzt und das Wohlergehen der Menschen lag ihm sehr am Herzen. Deshalb begann er, jährlich einen Almanach herauszugeben. Aber dieser enthielt nicht nur Mondphasen und Sternkonstellationen, günstige Aussaattage und Bauernregeln, sondern auch rätselhafte Verse, die sogenannten Prophezeiungen.«

»Die –«, krähte Leonora dazwischen, schlug aber sogleich beide Hände vor ihren vorlauten Mund. Nicholas hob nur eine Augenbraue, ehe er weitersprach. »Nostradamus wollte die Menschen über das in Kenntnis setzen, was im Land vor sich ging, was er auf seinen Reisen und durch seine Kontakte zu höchsten Kreisen erfahren hatte. Doch weil er den Unmut der Obrigkeit fürchtete, musste er seine Botschaften verschlüsseln. Das machte er so geschickt, dass er bald als Seher galt – wobei der Doktor bezweifelt, dass irgendjemand seine Verse so verstanden hat, wie Nostradamus sie verstanden haben wollte. Und dieser Nostradamus brachte den Doktor auf die

Spur eines Mönches, der um die Jahrhundertwende in der Pfalz lebte, im Kloster zu Sponheim. Er hieß Johannes Trithemius, aber genannt wurde er der *Schwarze Abt*. Er las und sammelte Unmengen von Büchern und seltenen Schriften, auf Latein, Hebräisch, Griechisch, gar Byzantinisch.« Er machte eine bedeutungsvolle Pause.

»Wie der Magus von Mortlake«, flüsterte Leonora bewundernd.

»Genau das habe ich auch gesagt«, grinste Nicholas. »Aber der Doktor meinte, verglichen mit der Gelehrsamkeit des Schwarzen Abtes sei er ein bloßer Student. Denn dieser Trithemius schrieb eines der wundersamsten Bücher, die es jemals gab – die *Steganographia.«*

»Stega-*was?«,* rief Leonora aus.

»Graphia ist griechisch und bedeutet Schrift. Und *steganos* heißt so viel wie geschützt«, erläuterte Nicholas altklug. (Und verschwieg dabei, dass er dieses Wort bis vor kurzem auch noch nie gehört hatte.) »Eine Geheimschrift ist generell eine Methode, eine Nachricht für den Uneingeweihten unlesbar zu machen. Eine solche Nachricht kann ohne den dazugehörigen Schlüssel wie Buchstaben- oder Ziffernsalat wirken. Steganographie jedoch bedeutet, eine Nachricht unsichtbar zu machen. Früher schrieb man geheime Botschaften mit dem Saft einer Zwiebel oder einer Zitrone oder mit Milch. Sobald getrocknet, war die Schrift nicht mehr zu sehen. Weil ein leerer Brief aber misstrauisch macht, schrieb man mit gewöhnlicher Tinte eine unwichtige Nachricht auf das Blatt. Entweder unter oder zwischen die geheime Botschaft. Der Empfänger musste nun nur noch das Blatt über eine Kerzenflamme halten und durch die Wärme wurde die geheime Nachricht wieder sichtbar.«

»Wer das weiß, hält dann ja jeden Brief kurz mal über die Kerze«, schnaubte Leonora.

»Eben! Aber das Buch des Trithemius hat dieses Prinzip zur Grundlage. Vordergründig beschäftigt es sich mit Geistern, schwarzer Magie und der Übermittelung von Nachrichten durch Zauberei über große Entfernungen hinweg.« Befriedigt sah Nicholas, wie Leonoras Augen kreisrund wurden. »Deshalb wurde dieses Buch verboten und verbrannt, verschwand fast völlig von der Welt. Nur noch ein paar Exemplare, weniger als eine Hand voll, blieben übrig – heimlich versteckt und streng unter Verschluss gehalten.«

»Wer Bücher verbrennt, gehört gevierteilt!«, grollte Leonora, die in St. Paul's immer sehnsüchtig um die Stände der Buchhändler mit ihren Kostbarkeiten herumgestrichen war. Und sie schaute dabei so böse drein, dass Nicholas hoffte, sie würde nie das Handwerk einer Kerkermeisterin ergreifen wollen.

»Der Doktor hat viele Jahre danach gesucht, bis er während einer Reise auf dem Kontinent eines fand und eine Abschrift davon machen konnte. Diese Abschrift ist so wertvoll, dass man ihm seither bis zu eintausend Kronen in Gold dafür geboten hat!«

Leonora sog scharf die Luft ein, als er diese unglaubliche Summe nannte. »Und was steht wirklich in dieser Ste-Ste-Dingsda?«

Nicholas' Augen blitzten und er schien es zu genießen, wie gebannt Leonora an seinen Lippen hing. »Kurz gesagt ist das Werk des Trithemius eine Anleitung für einen Code, so verschachtelt und schwierig, wie ihn die Menschheit noch nicht gesehen hat. Denn es gibt dabei nicht nur einen Schlüssel, sondern gleich mehrere, auf ganz verschiedenen Ebenen. Der

Doktor hat herausgefunden, was Trithemius sagen wollte, und auch, welche Verbindung es zu den Schriften des Nostradamus gibt: Nehme deine Botschaft, drücke sie in Bildern aus. Entwickle dazu ein neues Alphabet. Vor allem: Mach glaubhaft, dass die Botschaft von einer höheren Macht stammt, und lass dann deiner Fantasie freien Lauf!«

»Natürlich«, murmelte Leonora hingerissen, »davor fürchten sich die Menschen . . . vor all jenem, was nicht mit dem Verstand zu erklären ist.«

»Oder sie halten es für Humbug, für Scharlatanerie«, fügte Nicholas hinzu. »Und selbst wer sich genauer damit beschäftigt, scheitert entweder am Code oder an der Bildersprache, die ein breites Wissen über Symbole voraussetzt.«

»Wie im Tarot.« Leonora tippte mit kälteroten Fingern auf die Karten. »Dann sind die Aufzeichnungen, die wir gefunden haben, auch in diesem Code abgefasst?«

Nicholas nickte. »Genauso ist es. Du hattest recht: *Engel* steht für Agenten, für Spione. Weil sie Nachrichten überbringen. Aber auch, weil sie dafür bezahlt werden – wenn sie auch nicht immer einen ganzen *angel* als Lohn bekommen. Alle Namen sind mit dem neuen Alphabet verschlüsselt, deshalb klingen sie auch so bizarr.«

»Und der Spiegel?«

»Ist nur zur Tarnung. Laut den Aufzeichnungen hat ein Engel namens Uriel dem Magus den Auftrag erteilt und den Spiegel überreicht, mit dessen Hilfe die Geistwesen beschworen werden sollen. Der Überlieferung nach ist Uriel ein dunkler Engel und er steht für Walsingham.«

»Und der Kinder-Engel mit dem Ei und dem feurigen Schwert?« Leonora hatte kaum die letzte Silbe ausgesprochen, als sie Nicholas entgeistert anstarrte und sich mit der flachen Hand vor die Stirn klatschte. »Das *Schwert* ist die Waffe des Geistes, des Wissens. Im *Ei* sind alle Anlagen enthalten, aus denen sich später die endgültige Form entwickeln wird. Du sollst hier zum Spion ausgebildet werden!«

»Nun ja«, meinte Nicholas verlegen und nicht wenig enttäuscht, dass Leonora ihm die Enthüllung des besten aller Geheimnisse, das er sich bis zum Schluss hatte aufsparen wollen, vorweggenommen hatte. »Fehlt nur das westliche Fenster, das für *Ankunft* steht. Meine Ankunft in Mortlake.«

»Große Aufgaben, große Gefahren«, flüsterte Leonora heiser und rüttelte Nicholas am Arm, dass dieser beinahe hintenübergekippt wäre. »Ich hab's in deiner Hand gelesen!« Sie begann erneut, den Kopf zu schütteln. »Unglaublich! Spione – und du mittendrin! Bald gar selber einer!« Unvermittelt hielt sie inne und verschränkte die Arme. »Typisch«, schniefte sie halb beleidigt, halb frierend. »Für Mädchen gibt es natürlich keinen Platz in diesem Spiel! Ist doch immer das Gleiche!«

Nicholas wusste nicht, wie er sie trösten konnte. Er zögerte.

»Du bist ganz schön schlau – und für ein Mädchen auch nicht sonderlich zimperlich.« Als er sah, wie Leonoras Augen aufleuchteten, sprach er hastig weiter: »Vielleicht ... vielleicht ist es gar nicht so schlecht, wenn wir zu zweit sind. Ich mittendrin und du außerhalb.«

»Für England und die Königin«, verkündete Leonora hörbar ergriffen und streckte ihm ihre Rechte hin.

»So ähnlich«, brummte Nicholas.

Und mit einem festen Händedruck besiegelten sie ihr Bündnis.

21

An diesem Abend starrte Leonora gedankenverloren in das Feuer, das in der Mitte des Lagers brannte und über dem ein Stück Lamm am Spieß vor sich hin briet. Die geschlossenen, bemalten Holzwagen umstanden den Platz am Flussufer und die an einem Pflock angebundenen Pferde schnaubten schläfrig. Leonora schwirrte noch immer der Kopf von dem, was Nicholas ihr heute erzählt hatte. Etwas beunruhigte sie, aber sie hätte nicht sagen können, was es war. Nur dass es etwas mit Nicholas zu tun hatte.

Ihre verstorbene Großmutter, die Mutter ihres Vaters, hatte neben ihrem Wissen über die Tarotkarten auch das zweite Gesicht besessen – Vorahnungen von Ereignissen, die erst noch eintreffen würden. Es hieß, diese Gabe würde nur von der Mutter an die Tochter weitergegeben. Aber was, wenn Leonora diese nun doch geerbt haben sollte? Sie sah über das Feuer hinweg zu ihrer Mutter, die mit den anderen Frauen zusammensaß und die Zwiebeln für das Abendessen schälte, lachte und plauderte. Ihre goldenen Ohrringe unter dem Kopftuch glänzten im Feuerschein und geschickt hantierten ihre kräftigen Finger mit dem Messer. Leonora seufzte. Gleich wie sehr sie sich auch bemühte: Sie schien einfach zwei linke Hände zu haben. Zwiebelscheiben wurden nie dünn genug oder sie schnitt sich dabei in die Finger. Teig, den sie knetete, misslang und Fleisch, das sie zubereitete, blieb hartnäckig entweder halb roh oder war verbrannt und versalzen. Nur mit der Nadel war Leonora sehr geschickt. Geschickter als alle Mädchen, die sie kannte, und fast so kunstfertig wie ihre Mutter. Aber Leonora nähte nie das, was sie sollte. Ihre Westen, Blusen und Röcke waren in den Augen ihrer Mutter aus zu empfindlichen Stoffen und zu prächtig bestickt. Kurz: Sie waren nicht das, was Zigeunermädchen traditionell trugen.

Leonoras Blick fiel auf ihre Cousine Beatrice, ein halbes Jahr älter als sie selbst. Sie saß bei den anderen Frauen und sah aus wie eine Miniaturausgabe von Leonoras Mutter und ihren Tanten. Der gleiche Rock, das gleiche Schultertuch über Bluse und eng anliegender Jacke. Ihr Kopftuch war auf dieselbe Art gebunden und sie trug die gleichen Ohrringe. Leonora hatte irgendwann keine Ohrringe mehr bekommen, weil sie sie doch immer wieder verlor. Den lieben langen Tag schwatzte Beatrice davon, dass sie bald verlobt und verheiratet sein würde, träumte von einem eigenen Wagen und einer Schar Kinder. Leonora seufzte wieder. Warum konnte sie nicht so sein wie Beatrice? Das hatte sie sich oft gefragt.

Wenn ihre Familie in der Stadt unterwegs war, zweigte Leonora oft heimlich einen Penny von dem Geld ab, das ihr die Leute für das Handlesen gaben und rannte in die nächste Theateraufführung. Die Stücke selbst waren unterhaltsam. Aber weit mehr noch waren es die Kostüme, die sie dorthin zogen. Solche Kostüme wollte sie nähen, so bunt und prächtig und glitzernd. Und sie wollte Bücher lesen – Bücher, wie es sie nach Nicholas' Schilderungen in Mortlake gab.

Eine ganz neue Welt hatte sich mit Nicholas aufgetan. Bis sie sich mit ihm angefreundet hatte, hatte sie immer geglaubt, etwas stimme nicht mit ihr, weil sie nicht so war wie ihre Cousinen oder die Mädchen der anderen Zigeunerfamilien, mit denen sie immer gespielt hatte. Sie wusste, dass sie es besser hatte als englische Mädchen in ihrem Alter. Leonora durfte unbeschwert draußen herumtollen wie ihre Brüder auch, ohne dass sie um eine bestimmte Stunde wieder zurück sein musste. Doch das genügte ihr nicht mehr. Und sie wusste auch, dass nach den Traditionen ihres Volkes die Zeit ihrer Kindheit langsam dem Ende zuging.

Ihr Blick fiel auf die Männer, die auf der entgegengesetzten Seite des Feuers beisammensaßen. Wein kreiste in einem ledernen Schlauch, von dem sie abwechselnd einen Schluck nahmen, und Beatrices Vater spielte auf seiner Fiedel. Leonora stand auf und zog ihre Decke fester um die Schultern, denn so heiß der Widerschein des Feuers war, so kalt war die Nachtluft im Rücken. Sie ging hinüber und schmiegte sich an ihren Vater, der breitbeinig auf einem Holzfass saß.

»Na, Prinzessin«, begrüßte er sie in der alten Sprache der Zigeuner, die für englische Ohren so fremd und unverständlich klang, und drückte sie an sich.

Leonora war stolz auf ihren Vater. Er war groß und stark und schön, mit einem langen, geschwungenen Schnurrbart in seinem braunen Gesicht. Immer wenn ihre Mutter die alten Legenden der Zigeunerkönige erzählt hatte, hatte Leonora sich diese wie ihren Vater vorgestellt.

»Hast du mich noch lieb?«, raunte sie ihm ins Ohr. Sie wusste, dass er sie, das einzige Mädchen unter seinen Kindern, ihren Brüdern vorzog. Erstaunt sah er sie an, ein Funkeln in den Augen, und sein Blick huschte auf die andere Seite des Feuers zu Leonoras Mutter. »Hast du wieder etwas angestellt?«

Leonora verneinte guten Gewissens und ihre Mutter hatte heute auch ausnahmsweise nicht mit ihr geschimpft. Aber sie *wünschte* sich, etwas anzustellen. Auszubüxen nämlich, wie Nicholas es getan hatte, und mit ihm in Mortlake Bücher zu lesen und Verrätern an der Königin nachzustellen. Und dieser

Wunsch allein schien ihr ein ungeheuerlicher Verrat an ihrer Familie, für den sie sich in Grund und Boden schämte.

»Natürlich habe ich dich lieb«, flüsterte ihr Vater zurück und drückte ihr einen Kuss aufs Haar. Leonora spürte einen Kloß im Hals, als ihr einfiel, dass Nicholas niemanden hatte, der ihm das sagte. Sie schaute für einen Moment hinüber zu ihrer Mutter. Auch wenn diese oft mit ihr zankte, so wusste Leonora doch, dass ihre Mutter sie lieb hatte. Sie hätte Nicholas zu gerne einmal das Lager gezeigt, aber sie traute sich nicht. Es war ein ungeschriebenes Gesetz, dass sie für sich blieben, stolz auf ihre Bräuche, ihre Lebensweise, ihre eigene Sprache, gerade weil man den Zigeunern misstraute, sie nur duldete. Und nicht weniger fürchtete sie, Nicholas könnte auf sie herabsehen, würde er einmal erleben, wie anders es bei ihnen zuging.

»Auch wenn ich eines Tages etwas machen sollte, was gefährlich ist und euch Kummer bereitet?«, hakte Leonora nach, einer plötzlichen Eingebung folgend. Ihr Vater legte den Kopf in den Nacken und lachte. »Auch dann!«

Das Gefühl der Beunruhigung, das sie zuvor verspürt hatte, kroch wieder in ihr empor.

»Wenn ich irgendwann einmal deine Hilfe brauchen sollte . . . sehr brauchen sollte . . . oder . . . oder jemand, den ich sehr gut leiden kann – versprichst du mir, dass du uns . . . mir helfen wirst? Gleich, um was es gehen mag?«

Ihr Vater musterte sie ernst. »Das ist ein sehr großes Versprechen, das du da von mir verlangst, Leonora.« Er sah wohl, wie sehr es ihr am Herzen lag, denn er nickte. »Aber ich gebe dir mein Wort darauf.«

»Danke!« Leonora schlang die Arme um seinen Hals und drückte ihn, so fest sie konnte. Er erwiderte ihre Umarmung, schob sie dann aber sanft von sich. »Geh. Deine Mutter braucht dich gewiss drüben.«

Leonora schlenderte beschwingt zu den Frauen hinüber. Ihr war es gerade so leicht ums Herz, dass es ihr auch nichts ausgemacht hätte, einen ganzen Bottich Zwiebeln zu häuten.

22

Am nächsten Morgen war Nicholas aufgekratzt, obwohl er vor lauter Aufregung kaum ein Auge zubekommen hatte. Völlig ausgehungert fühlte er sich obendrein, weshalb er sich im verlassen daliegenden Speisezimmer gierig auf die noch warmen Pfannkuchen stürzte, die mit Erdbeermarmelade vom letzten Sommer gefüllt und von einer dicken Zuckerkruste überzogen waren. Er hätte nicht zu sagen vermocht, ob der gestrige Tag nicht ein besonders bizarrer Traum gewesen war. *Spione – und er mittendrin,* wie Leonora es so treffend zusammengefasst hatte. Nicholas hatte den dritten Pfannkuchen noch nicht aufgegessen, als der Magus vergnügt hereinplatzte, sprühend vor Tatendrang.

»Ah, da bist du ja schon! Dann können wir ja anfangen . . . Auf, auf, keine Trödeleien jetzt!«

Mit einem unhörbaren Seufzen rollte Nicholas den Rest seines Frühstücks zusammen und schob es sich quer in den Mund, sodass es aussah, als hätte er beidseitig üble Zahnschmerzen. *Diese blöden Bücher,* dachte er heftig kauend, während er seinem Meister in Richtung der Bibliothek hinterhereilte. *Die stehen doch auch noch in einer halben Stunde dort!*

Doch statt mit der Katalogisierung an der Stelle fortzufahren, an der sie vor drei Tagen stehen geblieben waren, zog der Magus im Vorüberlaufen ein Buch nach dem anderen aus dem Regal und drückte sie Nicholas in die Hände. Hier eines, da ein anderes, von dort drüben gleich zwei. Bald war der Stapel, den Nicholas vor sich herbalancierte, so hoch, dass er ihm fast bis zur Nasenspitze reichte.

»Aber – aber die Inventarliste . . .«, protestierte er keuchend.

»Hat keine Eile«, winkte Dr. Dee ab, während er, ohne Halt zu machen oder auch nur seine Schritte zu verlangsamen, die überquellenden Regale mit Blicken absuchte. »Ich habe bereits einen Buchhändler aus der Stadt beauftragt, dies gegen ein Entgelt zu übernehmen. – Ah, genau das habe ich gesucht! Das wird uns ebenfalls gute Dienste leisten.« Mit zufriedenem Lächeln schnappte er sich ein weiteres Buch und packte es auf Nicholas' Stoß.

Als Nicholas glaubte, jeden Moment unter seiner Last zusammenzubrechen, und ihn der Staub schon so in der Nase kitzelte, dass diese von selbst zu zucken begann, blieb der Doktor abrupt stehen. Auffordernd tätschelte er den Tisch unter dem halb blinden Bleiglasfenster einer abgelegenen Mauernische. Mit einem erleichterten Aufseufzen ließ Nicholas den Bücherstapel niederplumpsen. Seine Arme fühlten sich an wie ausgeleierte Sprungfedern und mit dem Ärmel seines Wamses rubbelte er sich über die kribbelnde Nase.

»So«, verkündete der Magus und rieb sich die Hände, »jetzt kann unser Unterricht beginnen!«

»Unterricht?« Nicholas verzog das Gesicht, als hätte man ihm eine gesalzene Zitrone in den Mund gestopft.

»Und wenn mich nun jemand hier erwischt?«, flüsterte Leonora ängstlich, als sie sich durch den niedrigen Türrahmen zwängte. Nicholas grinste, als er die Tür hinter ihnen wieder zuzerrte, deren Angeln dezent knarzten und von einem Filz aus Spinnweben und Staub überzogen waren.

»Keine Sorge, in diesen Winkel verirrt sich so schnell niemand. Ich habe den ganzen Tag schon hier gesessen, ohne dass ich auch nur eine Menschenseele zu Gesicht bekommen hätte.« Nicholas nahm an, dass der Magus ihm in weiser Voraussicht diesen versteckt gelegenen Tisch in der Bibliothek zugewiesen hatte. Nicht zuletzt, damit kein Student im Vorübergehen einen neugierigen Blick auf die Aufgaben und Bücher werfen konnte, über denen Nicholas seit dem Morgen seufzend brütete.

Aber die winzige Nische, in der er sich befand, hatte noch einen anderen Vorteil: Ein Türchen führte zum Holunderstrauch im Garten hinaus und hatte es ihm nun ermöglicht, Leonora unauffällig in die Bibliothek zu schmuggeln. Nur mit Mühe hatten sie zu zweit an dem Tisch Platz. Wollte man sich gemütlich in seinem Stuhl zurücklehnen, geriet man schnell auf unangenehme Tuchfühlung mit den kalten Steinmauern. Durch Ritzen in der Tür und einen Sprung im verschmierten Fensterglas zog es und selbst bei Tag und mit Laterne blieb es hier schummrig. Aber es war immer noch wärmer als draußen im Freien, wo sich gerade in aller Gemütsruhe Großvater Winter mit seinem eisigen Atem niederließ.

Leonora hauchte in ihre rot gefrorenen Fäuste und rieb die Handflächen aneinander. »Ein guter Einfall, uns jetzt hier zu treffen«, sagte sie und zog ein paar Mal leise die Nase hoch. Sie machte einen langen Hals und linste auf die beschriebenen Bögen auf dem Tisch neben dem Bücherstoß.

Nicholas schnitt ein Gesicht. »Lektion eins für künftige Spione: ›Entziffern codierter Nachrichten mithilfe eines vorgegebenen Schlüssels‹. Zwei Briefe habe ich schon enträtselt, aber der dritte macht mir Schwierigkeiten.«

Doch Leonora schien ihm gar nicht mehr zuzuhören. Gebannt starrte sie auf das Lattengestell, das die Nische auf der offenen Seite zusätzlich beengte. In aller Eile hingezimmert, war es zu beiden Seiten vollgestopft mit Büchern, ließ nur einen schmalen Durchgang frei.

»So viele Bücher«, hauchte sie.

»Pah, du solltest mal sehen, was dahinter noch alles steht – gleich mehrere Zimmer voll davon!«, prahlte Nicholas, als seien es seine eigenen.

Den Kopf schräg gelegt, buchstabierte Leonora sich durch die Buchrücken. Als sie bei einem länger verweilte, trat Nicholas zu ihr, zog das betreffende Werk heraus und hielt es ihr hin. Ungläubig blickte sie zwischen ihm und dem Buch hin und her, dann breitete sich ein Strahlen auf ihrem Gesicht aus, bei dem es Nicholas ganz warm ums Herz wurde. Sie wischte mit beiden Handflächen über ihren Rock und nahm das Buch so ehrfürchtig entgegen, als sei es aus purem Gold.

»Das ist ja auf Französisch«, wunderte sich Nicholas, als sie sich beide an den Tisch setzten und Leonora das Buch aufschlug.

»Ja – und?« Leonora brauchte einen Moment, bis sie begriff. »Ich hab dir doch erzählt, dass meine Großmutter einen Großteil ihres Lebens in Frankreich verbracht hat, bis sie nach England weiterzog. Mein Vater ist noch in Frankreich geboren. Und mit ihr habe ich immer Französisch gesprochen. Ich war auch einmal dort, als ganz kleines Mädchen. Bis ans Mittelmeer sind wir runtergefahren, nach Notre-Dame-de-la-Mer. Meine Eltern haben dort den Segen unserer Schutzpatronin erbeten, der heiligen Sara. – Lesen«, sie schaute etwas betrübt auf die erste Seite, »lesen geht allerdings noch nicht so gut.« Sie zwinkerte Nicholas zu. »Aber dank dir kann ich das ja jetzt üben!« Und vertiefte sich sogleich eifrig in die ersten Zeilen.

Nicholas duckte sich hinter seinen eigenen Büchern, beschämt darüber, dass sein Französisch kaum über *la table* für »der Tisch« oder *le jour* für »der Tag« hinausreichte.

Immer wieder schielte er über den Tisch hinweg zu Leonora, während er angestrengt an seinem Federkiel nagte. Ihre Wangen glühten und ihre Zunge wanderte von einem Mundwinkel zum anderen, parallel zu ihrem Zeigefinger, der die Zeilen nachzog und an dessen Kuppe Druckerschwärze klebte. Eine der Katzen, die immer wieder auf Mäusejagd durchs Haus strichen, hatte sich zu ihnen gesellt und schnurrte zufrieden auf Leonoras Schoß.

Es war Nicholas ein Rätsel, was sie diesem muffig riechenden Folianten abgewinnen konnte. Er selbst plagte sich gerade mit einem der Bücher herum, die ihm der Magus heute Morgen in die Hand gedrückt hatte, namentlich *Das Buch vom Gebrauch & der Geheimlehre der Zeichen, in welchem nicht nur die Bedeutung von Buchstaben & Zahlen erklärt wird, sondern sogar mittels eines logischen Beweises die Prophezeiungen des sybillinischen Orakels*. Nicholas fand, dass der Inhalt dieses Werkes noch verworrener war als dessen Titel und mindestens genauso sterbenslangweilig.

Leonora fing seinen Blick auf, als sie gerade eine Seite umblätterte. Sie hielt in der Bewegung inne, streichelte zärtlich über die Buchseiten und schenkte ihm ein Lächeln, das Nicholas' Herz aus dem Takt geraten ließ.

»Danke, Nicholas«, wisperte sie glücklich.

»Schon gut«, knurrte er und senkte seinen hochroten Kopf wieder auf die Buchseiten.

23

Euer Exzellenz, Ihr seid zu beneiden um Euren Koch«, seufzte Sir Francis Throckmorton auf und schob den silbernen Teller mit den kümmerlichen Resten eines Kapauns von sich. Er tunkte seine fettglänzenden Fingerspitzen in die bereitstehende Wasserschale und tupfte sie an seinem Mundtuch trocken. Sein Gastgeber Michel de Castelnau neigte den Kopf. »Habt Dank, Monseigneur. Ich werde ihm Euer Kompliment bestellen lassen.«

Wie erwartet hatte die Gegeneinladung des französischen Botschafters nicht lange auf sich warten lassen. Während des Hirschbratens hatte man über das Wetter und die Jagd parliert, sich an Pasteten gütlich getan, die mit einer Mischung aus Huhn und Eiern oder Kalb gefüllt waren, gewürzt mit Safran und Nelken. Zum Kapaun, dem Stör mit Essig, Petersilie und Ingwerpulver und den jungen Kaninchen war man zur Baukunst im königlichen Schloss zu Fontainebleau und zu den Fresken Michelangelos übergegangen. Eine kleine Pause entstand, während das Personal abräumte und den nächsten Gang auftrug: hauchdünne Waffeln, sternförmiges Zimtgebäck und ein rotes Gelee, das noch eine Weile vor sich hin zitterte, nachdem es auf den Tisch gestellt worden war.

»Wie man hört, ist der Herzog von Anjou abgereist«, ergriff Throckmorton das Wort, unverändert im leichten Plauderton der vergangenen Stunden.

Die Augenbrauen des Botschafters zuckten in die Höhe. Der Herzog von Anjou, der jüngste Bruder des französischen Königs, war auf der langen Liste der Bewerber um die Hand Elisabeths der bislang letzte Kandidat gewesen. Trotz eines Altersunterschiedes von über zwanzig Jahren schienen die Königin und der junge Herzog sich gut zu verstehen.

Seit Monaten schon verwendete Castelnau nicht wenig Mühe darauf, die Heiratspläne zwischen Seiner Majestät Königin Elisabeth und dem Herzog von Anjou voranzutreiben. Beide Länder versprachen sich von der Verbindung weitreichende Vorteile. Doch der Widerstand im Land gegen einen katholischen Franzosen als künftigen König war groß und Elisabeth konnte sich weder zu einem ausdrücklichen Ja noch zu einem endgültigen Nein durchringen.

So hatte Anjou England vor Kurzem in gekränktem Stolz den Rücken gekehrt. Aber Castelnau war zuversichtlich, dass damit noch nicht das letzte Wort in Sachen Heirat gesprochen war.

Throckmorton hob seinen Becher und sogleich stand einer der Bediensteten bereit, um ihm Wein nachzuschenken.

»Ich kann nur erahnen«, fuhr er fort, »wie viel es Euch gekostet haben mag, einen günstigen Abschluss dieser Verhandlungen anzustreben. Dafür entbiete ich Euch meinen höchsten Respekt, Euer Exzellenz. Doch ist Ihre Majestät nicht mehr jung und ohne Nachkommen. Trotz aller Beteuerungen ihres Hofstaates ist es fraglich, ob sie auch mit einem jungen Ehemann noch Kinder haben würde. England stünde am Rand eines blutigen Bürgerkrieges, sollte Ihre Majestät heute oder morgen von uns gehen – was der Herr verhüten möge, selbstredend. Dennoch sorge ich mich sehr um das Wohlergehen und die Zukunft meines Landes. Und es gibt viele, die diese Sorge teilen.«

Der französische Gesandte zog gedankenvoll mit dem Löffel

Muster durch die rötlichen Schlieren und Krümel, die auf seinem Teller übrig geblieben waren, während Throckmorton sein Dessert noch nicht angerührt hatte. »Monseigneur Throckmorton, die Verhandlungen habe ich in meiner Eigenschaft als Botschafter des Königs von Frankreich geführt – in der Überzeugung, eine solche Heirat sei das Beste für das Verhältnis unser beider Länder. Bei all meiner Zuneigung für England obliegt es nicht mir, für seine Zukunft Sorge zu tragen.«

Throckmorton nickte verstehend, während er nun doch seinen Löffel in die glibberige Masse gleiten ließ. »Gewiss, Euer Exzellenz. Aber angenommen, Ihr verfügtet über Verbindungen zu einer geeigneten Nachfolgerin für Königin Elisabeth – um nicht zu sagen, *allerbeste* Verbindungen?« Er sah auf und sein Blick traf sich mit dem des Gesandten, der sich eben mit seinem Mundtuch die Lippen abtupfte. »Wäre es dann nicht Eure Christenpflicht, alles in Eurer Macht Stehende zu tun, um uns Engländern in dieser Angelegenheit einen großen Dienst zu erweisen?«

Castelnau ließ sich nicht anmerken, ob er die Anspielung seines Gastes verstanden hatte. Bis heute und trotz aller politischer Verwicklungen verband ihn eine enge Freundschaft mit Maria Stuart.

Er räusperte sich und legte das Mundtuch beiseite. »Nun, falls ich derlei Verbindungen zu einer von Ihnen beschriebenen königlichen Person hätte, Monseigneur . . .«, wich er geschickt aus, »so wäre das weitere Vorgehen eine Entscheidung, die ich gewiss nicht heute Abend zu treffen bräuchte. Zumindest nicht, ehe Eure verehrte Königin nicht selbst zu einer Entscheidung gelangt ist, was den Herzog von Anjou angeht. – Hat mein Koch mit dem Rotwein-Gelee nicht Euren Geschmack getroffen?«

24

Leonora, du musst mir helfen!« Mit diesen hastig hervorgesprudelten Worten empfing Nicholas das Zigeunermädchen, als es an einem Dezembertag die Seitentür zur Mauernische aufriss. Wann immer Leonora sich von den Verpflichtungen losmachen konnte, die ihre Mutter ihr auferlegte (nervtötende Dinge, wie bei der Wäsche zu helfen, Strümpfe zu stopfen oder Bohnen zu schnippeln), kam sie atemlos nach Mortlake gerannt, wissbegierig und immer besorgt, etwas verpasst zu haben. Und während Nicholas über den Aufgaben schwitzte, die ihm der Magus morgens gab und abends überprüfte, fraß Leonora sich durch ein Buch nach dem anderen.

»Womit denn?«, keuchte sie nun, außer Atem und erhitzt vom schnellen Laufen.

»Der Magus hat für mich als Prüfung eine Schnitzeljagd vorbereitet, aber ich kann schon mit der ersten Aufgabe nichts anfangen!« Er fuchtelte mit einem beschriebenen Stück Papier vor ihrer Nase herum. Leonora folgte seiner Hand mit Blicken, dann schnappte sie sich seinen Unterarm und riss ihm die Notiz aus der Hand. »Zeig her.«

Scharlachrot und gülden das Gewand,
in Flammen gehüllt, verbrannt.
Die Asche im Nest aus Zimt,
daraus erneut den Himmel erklimmt.

»Das ist doch leicht«, rief sie sogleich aus, »das ist ein Phönix!«

Als Nicholas sie nur ansah, machte sie mit ausgebreiteten Armen flatternde Gesten. »Dieser Vogel, der in Flammen aufgeht und dann aus seiner Asche wiederaufersteht!« Sie runzelte die Stirn. »Wenn das eine Schnitzeljagd ist – dann müsste es hier irgendwo so einen geben. Denk nach, du kennst doch Haus und Garten gut!«

»Pffft«, machte Nicholas und schloss die Lider, suchte in den Bildern in seinem Kopf nach etwas, das auf diese Beschreibung passen könnte. »Ähm, an der Südfront hat es so ein komisches Federviech, in Stein gehauen.«

»Dann komm!« Leonora packte ihn bei der Hand und zerrte ihn hinter sich her.

Sie stapften durch den knöcheltiefen Schnee um das Haus herum. An der Hauswand, die nach Süden zeigte, waren schemenhaft Umrisse zu erkennen, darüber ein hervorspringender Vogelkopf mit geöffnetem Schnabel, porös und rissig, von Neuschnee überstäubt.

»Siehst du«, erklärte Leonora, als sie die Rillen im Stein mit dem Finger nachzeichnete. »Das ist der Vogelkörper . . . Hier die ersten Flammen und da unten ist sein Nest aus Zimtgehölz.« Sie hob den Kopf. »Fass doch mal in den Schnabel hinein.« Gehorsam stellte sich Nicholas auf die Zehenspitzen und streckte sich, soweit es ging. Er grinste, als seine Fingerkuppen auf knisterndes Papier stießen.

»Mal sehen, was der Magus sich als Nächstes ausgedacht hat. – Ha, das ist was für mich: Latein«, frohlockte er, als er die Nachricht aufgefaltet hatte und nach einem ersten flüchtigen Blick Leonora unter die Nase hielt.

MORBUS ERRATUM HIRTARET

»Und was heißt das?« Leonora rieb sich die Nasenspitze, die sich in der Kälte rötete.

»*Morbus* heißt Krankheit, *erratum* bedeutet Fehler und *hirtaret* ist ... das kommt von ... na, von *hirtare* eben!«

»Schön, aber was heißt das übersetzt?« Leonora vergrub ihre Hände unter den Achseln und trat von einem Bein auf das andere. *Hirtare ... hirtare ...* Nicholas grübelte fieberhaft, aber ihm fiel nicht ein, ob und wo er diesem Wort schon einmal begegnet war.

»Kannst du nicht ein bisschen schneller nachdenken?«, maulte Leonora und wippte ungeduldig auf und ab. »Mir ist kalt!«

Hirtare ... »Lass uns wieder hineingehen«, sagte Nicholas tonlos. Mit langem Gesicht schlurfte er hinter Leonora her, die es eilig hatte, wieder ins halbwegs Warme zu kommen.

In ihrem gemeinsamen Schlupfwinkel blätterte Leonora weiter in dem Buch, das sie am Tag zuvor zu lesen begonnen hatte, während Nicholas finster auf das Papier mit den verwünschten lateinischen Worten starrte. Sein Kopf fühlte sich schon an wie in alle Richtungen durchgeschüttelt, aber die Lösung der Aufgabe ließ weiter auf sich warten. Kein Geistesblitz schlug ein. Allmählich dämmerte Nicholas, dass mehr dahinterstecken musste als nur eine Übersetzung. Und dass *hirtare* vielleicht kein echtes lateinisches Wort war.

»Was machst du da?« Leonora hob erschrocken den Kopf, als sie ein ratschendes Geräusch vernahm. Entgeistert sah sie zu, wie Nicholas die Aufgabe in lauter kleine Fetzen zerriss. Mit der Zunge beulte er seine Wange aus und hob den Zeigefinger, als das Häufchen vor ihm lag. »Wirst gleich sehen!«

Er hatte das Papier so zerteilt, dass auf jedem Stückchen noch genau ein Buchstabe stand, und diese begann er erst zu sortieren, dann durcheinanderzuschieben. Leonora runzelte die Stirn, schüttelte den Kopf und widmete sich mit hochgezogenen Augenbrauen wieder ihrer Lektüre.

»Ha!« Leonora machte einen Satz auf ihrem Stuhl, als Nicholas einige Zeit später mit der Faust auf den Tisch schlug. Er lächelte breit. »Ich hab's raus!«

Leonora flitzte um den Tisch herum. »*Thea-trum Or-bis Ter-ra-rum*«, buchstabierte sie aus den Buchstaben, die Nicholas zu neuen Worten zusammengesetzt hatte.

»*Das Theater der Welt*«, erklärte Nicholas ihr stolz. »Das war ein Anagramm – die Buchstaben der Wörter hat der Doktor neu zusammengewürfelt.«

»Und du bist sicher, das ist richtig so?« Leonora sah ihn zweifelnd von der Seite her an.

»Werden wir herausfinden!« Dieses Mal nahm er Leonora bei der Hand und zog sie hinter sich her, durch den schmalen Durchgang in die Bibliothek.

»Nicholas, nein, wenn mich hier jemand sieht!«, wandte Leonora quietschend ein. »Ich gehöre doch gar nicht hierher!«

»Dann lassen wir uns eine passende Ausrede einfallen!«

Leonora war auch schon verstummt. Denn während sie an Nicholas' Hand neben ihm einherstolperte, verdrehte sie den Kopf nach allen Seiten und bestaunte mit offenem Mund Bücher, Bücher, noch mehr Bücher, offene Türen und die Zimmer dahinter, bis Nicholas sie in eines davon hineinschob. Ähnlich wie Nicholas bei seinem ersten Besuch in diesem Raum starrte Leonora nun gebannt auf die Karten an den Wänden und den großen Globus in seinem Gestell.

»Hier, siehst du!« Aufgeregt tippte Nicholas auf den riesigen Atlas auf dem Tisch in der Mitte. Leonora trat zu ihm und sah ihm über die Schulter. »Das muss er gemeint haben. Das Theatrum Orbis Terrarum.«

»Aber was davon – oder darin?«

Nicholas schüttelte den Kopf. »Ich weiß es nicht.« Er schlug den Atlas auf und blätterte Seite um Seite um. Aufmerksam ließ er seinen Blick über jede einzelne davon wandern und Leonora tat es ihm gleich. »Wonach genau suchst du?«, wisperte sie schließlich.

»Eine Markierung, eine Notiz, eine Zeichnung – etwas dergleichen.«

Leonora überlegte, dann schüttelte sie den Kopf. »Nach allem, was du mir über den Magus erzählt hast, kann ich mir nicht vorstellen, dass er in einem solch kostbaren Buch herumkritzeln würde. Schon gar nicht um einer Schnitzeljagd willen. Außerdem: Hätte er dann nicht noch in der Aufgabe etwas dazugeschrieben? Dir einen konkreteren Hinweis auf die entsprechende Seite gegeben?«

Nicholas kaute auf seiner Unterlippe herum. Leonoras Gedankengänge klangen plausibel, doch so einfach wollte er sich von seinem Weg nicht abbringen lassen. »Aber wo in drei Teufels Namen könnte man denn sonst in einem Buch eine Nachricht verstecken?«

Leonora zog die Nase kraus. »Vielleicht hast du die Nachricht falsch entschlüsselt. Oder es gibt ein zweites Buch mit diesem Titel – oder . . .« Sie bemerkte Nicholas' gekränkten Ausdruck in den Augen gar nicht; stattdessen musterte sie den dicken Wälzer. Entschlossen steckte sie ihre schlanken Finger in die Höhlung zwischen Buchrücken und dem Seitenfalz, pulte darin herum.

»Was zum Kuckuck –«, rief Nicholas, als sie triumphierend ein zusammengerolltes Papier herauszog. »Theatrum Orbis Terratum«, trällerte sie mit blitzenden Augen.

»Terrarum«, verbesserte Nicholas sie brummig und griff nach der Nachricht. Er stöhnte auf, als er sie entrollte.

»Oje«, meinte Leonora nur, als sie den Wirrwarr von Zahlen und Buchstaben erblickte, der sich auf vier Zeilen verteilte.

»Diesen Code habe ich noch nie gesehen«, schluckte Nicholas und auch Leonora blickte betroffen. Doch so schnell gab sie sich nicht geschlagen. »Zu jedem Code muss es doch auch einen Schlüssel geben, oder?« Nicholas nickte, Ratlosigkeit im Blick.

»Doch ein zweites Buch?«, schlug sie nicht minder ratlos vor.

Nicholas starrte sie verblüfft an, dann schnipste er vor ihrer Nasenspitze mit den Fingern, dass Leonora zusammenzuckte. *»Orbis Terrarum«,* rief er, »heißt wörtlich *das Weltenrund.«* Er grinste über das ganze Gesicht und auch in Leonoras Augen blitzte Verstehen auf. Doch sogleich runzelte sie die Stirn. »Der große oder der kleine Globus?« Noch ehe Nicholas seine Meinung kundtun konnte, war sie zu dem kleineren der beiden Erdbälle marschiert und betrachtete ihn prüfend. »Glaubst du, man kann ihn auseinandernehmen?«

Nicholas trat zu ihr und holte tief Luft. »Versuchen wir es.« Gemeinsam tasteten und drückten sie an dem bemalten Holzball herum, bis er fast von selbst aus der Halterung sprang, in der er mittels zweier Metallstifte an seinen Polen gehalten wurde. Leonora hielt ihn unterhalb des Äquators fest und Nicholas konnte die Nordhalbkugel mühelos abdrehen, die über ein innen liegendes Gewinde aufgesetzt war. »Wir sind ganz schön gerissen«, kicherte Leonora, als Nicholas den zusammengefalteten Papierstreifen herausfischte. Schnell hatten sie den Globus wieder zusammengebaut und an seinen angestammten Platz gerückt. Bewundernd sah Leonora zu, wie Nicholas sich Feder und Tinte schnappte und mithilfe des Schlüssels die Aufgabe enträtselte. Immer wieder zuckte sie zusammen, wenn sich über den Gang Schritte näherten. Doch das Glück war ihnen hold und sie blieb unentdeckt.

»Hast du's?«, drängelte sie dennoch.

»Ja«, seufzte Nicholas und hielt ihr den Bogen hin. Verärgert gab sie ihn zurück, nachdem sie ein paar Mal die Augen zusammengekniffen und ihn sich mal näher, mal weiter weg vors Gesicht gehalten hatte. »Du musst mir das schon vorlesen, dein Gekrakel und Gekleckse kann ja kein Mensch entziffern!« Nicholas räusperte sich und trug den Vers vor.

Reicher Tränenstrom so hell
An seinem Ursprung, seinem Quell
Am silbern schimmernd' Band
Die Suche dann ein Ende fand.

»Wir sind so gut wie am Ziel«, hauchte Leonora.

»Aber nur, wenn wir wissen, wo wir hinmüssen«, grummelte Nicholas. *»Tränen,* das ist Wasser, schön. Aber die Themse ist lang und der Uferbereich des Grundstücks misst auch nicht nur fünf Schritte. Ich wüsste jedoch nicht, wo dort ein *silbern schimmernd' Band* sein sollte. Der Kiesweg vielleicht?«

Leonora wickelte eine ihrer Locken um den Zeigefinger, während sie nachdachte. »Aber wenn *Tränenstrom* den Fluss meint, können wir doch nicht an dessen *Ursprung* gelangen ... Oder willst du die Themse bis dorthin hochschwimmen?« Nicholas antwortete nicht und Leonora grübelte weiter. »Ein Brunnen vielleicht?«

Nicholas schüttelte den Kopf. »Ergibt keinen Sinn, im Garten ist keiner ...« Er seufzte noch einmal und stopfte die Papiere in seinen Wamsausschnitt. »Viel Zuversicht habe ich zwar nicht, aber lass uns zum Fluss hinuntergehen.«

Er steckte die Nase zur Tür hinaus, spähte in alle Richtungen, ob die Luft auch rein war. Dann winkte er Leonora, ihm zu folgen. Statt den Weg einzuschlagen, den sie vorhin genommen hatten, bog er nach links ab und sie schlüpften durch eine der Seitentüren in den Garten hinaus.

»Je nachdem, wann der Magus die Schnitzeljagd vorbereitet hat, sind vielleicht noch seine Spuren im Schnee zu finden«, sagte Leonora hoffnungsvoll. Aber außer den Fischgrätmustern, die die Amseln in der weißen Decke hinterlassen hatten, und den tieferen Tupfen einer hinterhergeschlichenen Katze war nichts zu sehen. Der Schneefall am frühen Morgen hatte alles mit einem frischen Daunenkleid überzogen. Auch jetzt segelten schon wieder einzelne Flocken vom bleischweren Himmel.

»Und nun?«, schniefte Nicholas, teils aus Enttäuschung, teils weil seine Nase in der Kälte lief, als sie unten am Ufer standen. Betreten starrte Leonora auf ihre Stiefelspitzen, die unter den schneefeuchten Rocksäumen hervorschauten, dann aufs Wasser. Zwei Blesshühner mit ihren Maskengesichtern paddelten im Kreis umeinander herum, als wüssten sie ebenfalls nicht, wo es für sie langging. Ein Schwan breitete seine Schwingen aus, ließ sie in wildem Stakkato halb aufs Wasser, halb gegen die Luft klatschen. Er nahm Anlauf, trampelte mit seinen Flossen über die Oberfläche, bis er sich mit pfeifendem Geräusch in die Luft erhob. Leonora sah ihm nach und machte dabei einen solch langen Hals, dass der Schwan sie sicher vor Neid in die Wade gebissen hätte.

»Ich weiß, wo wir hinmüssen«, jubelte sie, packte Nicholas am Ärmel und zerrte ihn hinter sich her. Mit langen Schritten hüpfte sie durch den Schnee, der hinter ihr in Wolken aufstob, und sang dabei: »Rei-cher-Trä-hä-nen-strom-so-he-hell, an-seinem-Uu-huur-sprung, sei-nem-Que-hell . . .«

Nicholas hoffte, dass man sie vom Haus aus nicht beobachtete; Leonoras närrisches Verhalten war ihm doch gar zu peinlich. Als sie durch das verfallene Türchen in der Mauer hindurch waren, blieb Leonora ungefähr dort stehen, wo unter dem Schneemantel die Falltür schlummern musste.

»Reicher Tränenstrom«, verkündete sie atemlos und wies auf die Trauerweide, dann auf den Fluss. *»Am silbern schimmernd' Band.«*

»Das klingt ja reichlich weit hergeholt! Wie soll man darauf auch kommen?«, beschwerte Nicholas sich grimmig, auch wenn im winterlichen Zwielicht die Themse tatsächlich wie flüssiges Metall wirkte. Leonora verdrehte die Augen. »Das ist Poesie! Würdest du etwas für deine Bildung tun und ins Theater gehen, dann –«

Nicholas nutzte diesen Moment, in dem sie zu einem Vortrag ausholte, und spurtete grinsend los, hinunter zum Wasser. Mit einem Protestschrei setzte Leonora ihm nach.

»An seinem Ursprung, seinem Quell«, rief er aus, als er mit den Händen gegen den längs gerillten Stamm schlug. Leonora, die gleich nach ihm den Baum erreichte, marschierte im Rückwärtsgang darum herum, tastete die Rinde über den Wurzeln ab, zog die Stiefelhacken durch den Schnee. Ein gedämpftes *plock!,* als ihr Fuß gegen etwas stieß, ließ beide aufsehen und den Blick des anderen festhalten.

»*Die Suche dann ein Ende fand*«, raunte Leonora heiser vor Aufregung.

Sie hockten sich hin und schaufelten den Schnee beiseite, der ihnen in die Hände biss. Eine lackierte Holzschatulle kam zum Vorschein.

»Du«, flüsterte Leonora und schob sie ihm hin. Nicholas schüttelte den Kopf. »Nein, du!«

Mit einem tiefen Durchatmen klappte Leonora den Deckel auf. »Oh, schau doch!«

Gut verwahrt darin befanden sich kandierte Veilchen, eingefärbtes und zu Äpfeln, Birnen und Pflaumen geformtes Marzipan und anderes Zuckerzeug, genug, dass sie sich beide gründlich den Magen damit verderben konnten. Nicholas schob die Schatulle noch ein Stückchen näher zu Leonora.

»Halbe-halbe. Ohne dich hätte ich das niemals geschafft.« Er gab ihr einen leichten Stoß mit dem Ellenbogen und lächelte. Und dieses Mal war es an Leonora, verlegen ihren Blick abzuwenden.

25

»Gut, gut«, brummelte der Magus in seinen Bart, während er an seinem Schreibtisch die von Nicholas beschriebenen Seiten durchlas. Sein Schüler stand neben ihm, die Hände auf den Rücken gelegt, den Kopf gesenkt, augenscheinlich ein Muster an Bescheidenheit und Demut. Doch er konnte nicht verhindern, dass seine Blicke immer wieder zu dem Brief wanderten, den Dr. Dee gerade beendete, als Nicholas an die Tür geklopft hatte.

Nicholas hatte viel gelernt, während sich das Jahr seinem Ende zuneigte. Er kannte die gängigen Verschlüsselungsmethoden und ihre Abwandlungen; verstand sich darauf, Siegel so kunstfertig abzulösen und an der Unterseite wieder anzuschmelzen, dass der Brief für den Laien unversehrt aussah, und seinen ersten eigenen Code hatte er auch schon zurechtgebastelt. Nicht perfekt, aber immerhin. Es lag ihm viel daran, dass der Doktor abends mit seinem Tagwerk zufrieden war. Jede Aufgabe war ein kleines Abenteuer und mit dem Wagnis verbunden, sie zu lösen oder aber kläglich zu scheitern. Immer öfter spürte er, wie ein prickelnder Schauder durch ihn hindurchjagte, versetzte ihn die Herausforderung in einen fieberhaften Rausch, der erst abflaute, wenn er die Lösung vor sich liegen hatte. Dennoch hätte er nur auf der Streckbank zugegeben, dass er Gefallen daran gefunden hatte.

Ebenso wenig hätte er eingestanden, dass er nicht mehr nur das las, was ihm der Magus auftrug oder was er für seine Aufgaben brauchte. Leonora hatte ihn mit ihrem Eifer angesteckt und vor ihr wollte er nicht als kompletter Dummkopf dastehen.

An Giacomo Silvestris *Kleinem Handbuch der Chiffren, der Wissenschaft von Geheimschriften etc., gedruckt zu Rom A. D. 1526* war er gegen seinen Willen hängen geblieben. Ein Nachdruck von Aristoteles' *Das Geheimnis der Geheimnisse* folgte. Dann Girards *Geschichte Frankreichs* und ein Werk über Westindien (von dem mysteriöserweise nur Band drei aufzufinden war). Die noch fast neue Ausgabe der *Geschichte der Neuen Welt* schnappte er Leonora vor der Nase weg. Nachts las er bei Kerzenschein in seinem Bett, bis ihm die Augen zufielen. Und spätestens nach der aufregenden Schilderung der Eroberung Mittelamerikas durch Hernán Cortéz erschien ihm eine Karriere als Entdecker mindestens ebenso verheißungsvoll wie die eines Spions.

Und schon wieder schielten seine Augen wie von selbst nach dem Brief, während der Magus noch immer die Lösungen zu den Aufgaben durchsah.

Eure verehrte Majestät, stand ganz oben in der geschwungenen Handschrift Dees. *Betreffs Eures Anliegens vom 15. dieses Monats kann ich Euch derzeit bedauerlicherweise noch keine Neuigkeiten mitteilen. Ich erwarte derlei aber täglich und werde Euch unverzüglich . . .*

»Du spionierst doch nicht etwa auch mir hinterher, Nicholas?«

Der Junge fuhr zusammen und sah schuldbewusst seinen Meister an. Dees Mundwinkel zuckten und um seine Augen zeigte sich ein feiner Strahlenkranz, als er lächelte. »Ich sehe, dass dir etwas im Kopf herumgeht. Nur zu, frag ruhig! Mehr als Nein sagen werde ich nicht.«

»Wofür steht *Null-Null-Sieben?*«, platzte Nicholas sogleich heraus und deutete auf die Unterschrift des Briefes, die er gerade noch hatte ausmachen können, ehe ihn Dee ertappt hatte. Denn anstelle seines Namenszuges oder Initialen hatte der Magus zwei Kreise und eine Sieben daruntergesetzt.

»Ah, das!«, lachte Dr. Dee. Er legte Nicholas' Aufgaben beiseite und lehnte sich gemütlich zurück. »Dieses *Null-Null-Sieben,* wie du es nennst, ist mein spezieller Code für die Briefe an die Königin. Nur sie und ich wissen davon – und du ab heute. Wenn sie einen Brief mit diesem Kürzel erhält, weiß sie, dass nur ich ihn geschrieben haben kann.«

»Und wofür steht es?«

Die Augen des Magus blickten warm, fast wehmütig. »Die Königin ist bekannt dafür, Scharaden und allerlei Rätsel zu lieben. Und so geht auch meine Signatur auf ein altes Wortspiel zwischen Elisabeth und mir zurück. Es ist eine lange Geschichte.«

Nicholas beugte sich vor. Seine Augen funkelten vor Neugierde.

Dee konnte ein Lächeln nicht unterdrücken ob der Wissbegierde des Jungen. »Siehst du, ich hatte vor vielen Jahren einmal einen Schüler, Robert Dudley, heute Earl of Leicester«, begann er. »Er war die große Liebe Elisabeths, lange schon, bevor sie zur Königin gekrönt wurde.«

Nicholas runzelte die Stirn. »Aber die Königin ist doch nicht verheiratet und war es auch nie!«

»Das ist richtig«, stimmte Dee zu. »Sie konnten nicht heiraten, denn Dudley war bereits verheiratet. Eine Jugendtorheit, für die er bitter bezahlen sollte. Denn seine Frau Lady Amy Dudley starb.« Als der Magus Nicholas' verwirrten Gesichtsausdruck sah, fuhr er fort: »Du musst dazu wissen, dass Lady Amy schwer krank war. Sie hatte nur noch wenige Monate zu leben. Aber gestorben ist sie durch einen Sturz von der Treppe, unter reichlich mysteriösen Umständen.«

»Mord?«, warf Nicholas atemlos ein.

Dee wackelte mit dem Kopf. »Es deutet vieles darauf hin, ja. Aufgeklärt wurde ihr Tod nie. Zwar«, er seufzte schwer, »zwar wurde Robert Dudley nach einer offiziellen Untersuchung von jeglichem Verdacht freigesprochen. Er hätte auch gar keinen Grund für einen Mord gehabt, wusste er doch am Besten, dass Lady Amy ohnehin bald gestorben wäre – und dann wäre der Weg für eine Heirat mit Elisabeth frei gewesen. Aber sein Ruf war nach dem Tod seiner Frau dahin und Elisabeth hätte ihn nur ehelichen können, wenn sie dafür auf den Thron verzichtet hätte. Wahrscheinlich hätte sie sogar das Land verlassen müssen. Du weißt – *semper aliquid haeret.«*

»Etwas bleibt immer hängen«, murmelte Nicholas betroffen.

»Es war eine schwere Entscheidung für Elisabeth, daran erinnere ich mich noch sehr gut. Aber sie hat die Verpflichtung ihrem Land gegenüber schließlich über ihr eigenes Glück gestellt.« Der Magus ordnete die Falten seines Gelehrtengewandes und atmete tief durch. »Jedenfalls war es selbiger Lord Robert Dudley, der mich mit Elisabeth bekannt gemacht hat, und so wurde ich auch ihr Lehrer.«

»Ich habe denselben Lehrmeister wie die Königin?« Nicholas richtete sich unwillkürlich auf.

»Damals war sie noch nicht Königin«, gab Dee augenzwinkernd zur Antwort. »Und sie hatte auch noch andere Lehrer außer mir. Aber sie war sicher die klügste und fleißigste Schülerin, die ich je hatte.« Er räusperte sich, als ob ihm etwas in der Kehle steckte. »Es waren düstere Zeiten damals. Königin Maria Tudor war bestrebt, die Ketzerei in ihrem Land auszumerzen, und sie fürchtete Elisabeth, die als ihre jüngere Halbschwester in der Thronfolge am nächsten stand – genauso wie Elisabeth sich heute selbst vor Verschwörungen schützen muss. Unsere kluge Königin kennt also beide Seiten. Und genau wie ich weiß sie auch, wie es ist, unter dem Verdacht des Hochverrats im Tower gefangen zu sein.«

»Ihr wart im Tower?« Abgründe taten sich für Nicholas auf. Die Geschichten, die Dee erzählte, übten einen unwiderstehlichen Sog auf ihn aus.

»Nicht lange.« Dee schmunzelte. »Mir ist es gelungen, den obersten Inquisitor in ausführlichen Gesprächen meiner Treue zu Königin Maria Tudor zu versichern. Bis ich freikam, war ich seine rechte Hand.« Ein Schatten zog über sein Gesicht und seine Stirn zerfurchte sich, als durchliefe ihn ein Schmerz. »Ich denke nicht gerne daran zurück. Aber was ich damals erfuhr, half uns, die Zeit bis zum Tod Maria Tudors heil zu überstehen. *Uns* – das war der Kreis um Elisabeth, der sie in jenen finsteren Tagen unterstützte. Weil wir wussten, mit ihr würde England eine Königin haben, die es verdiente.«

»Aber wie habt Ihr das mit dem Inquisitor – ich meine . . .« Nicholas verstummte, als Dee warnend den Zeigefinger erhob. »Das ist eine andere Geschichte, Nicholas, und das behalte ich einstweilen für mich. Zurück zu *Null-Null-Sieben!* Lord Robert Dudley unterzeichnet seine Briefe ebenfalls codiert: zwei Kreise mit je einem Punkt darin. Sie stehen für seinen Spitznamen – ›die Augen der Königin‹. Meine zwei Kreise stehen ebenfalls für Augen. Aber ohne die Punkte, denn sie sehen nicht auf die gleiche Art wie die Augen anderer.«

»Weil Ihr ein Teil von Walsinghams Netz seid?«, kam zögerlich Nicholas' Schlussfolgerung.

Wohlwollend nickte Dee. »Heute ja. Früher jedoch, weil ich durch meine Zeit im Ausland und meine Tätigkeit Verbindungen knüpfen und Dinge in Erfahrung bringen konnte wie nur wenige. Und die Sieben ist meine Glückszahl, die Zahl der Magie und des verborgenen Wissens, das ich in den Dienst der Königin stelle.« Während er sprach, faltete er den Papierbogen, versiegelte ihn und übergab ihn Nicholas. »Genug der alten Geschichten. Sei so gut und übergib ihn einem der Hausdiener, dass er ihn nach Whitehall bringen lasse.«

Nicholas verließ das Arbeitszimmer ebenso nachdenklich wie unruhig. Ihm schwindelte fast, dass er einen Brief an die Königin höchstselbst in den Händen hielt. Was der Magus ihm erzählt hatte, musste er erst einmal verdauen – und gleichzeitig fieberte er darauf hin, Leonora am morgigen Tag berichten zu können, was er alles erfahren hatte.

Die wird Augen machen . . .

26

D*ie Weihnachtszeit kam und im festlich mit Stechpalmenzweigen und Efeuranken geschmückten Haus zu Mortlake wurde bis zum Dreikönigstag gefeiert. Mit Musik und Tanz, Schweinebraten und mince pie* – einer Pastete, gefüllt mit in Rum getränkten Korinthen, Äpfeln und Sultaninen. Man vergnügte sich mit allerlei Spielen, bei denen sich jeder bereitwillig zum Narren machte. Allen voran der Magus selbst, der sich beim Herausfischen der Rosinen aus der Schüssel entflammten Weinbrandes sowohl zwei Finger als auch den Mund gehörig verbrannte. Ähnlich ausgelassen beging man den Jahreswechsel, zu dem kleine Geschenke ausgetauscht wurden. Mit hochrotem Kopf überreichte Leonora Nicholas ein rotes Halstuch mit eingestickten Kleeblättern und Hufeisen. (Wobei sie verschwieg, dass es sich um einen Rest des Stoffes handelte, den sie von dem gestohlenen Geld gekauft hatte). Nicht minder verlegen revanchierte er sich mit einem grünsamtenen Haarband, bei einem fliegenden Händler erstanden, der mit seinem bepackten Karren den Weg nach Mortlake gefunden hatte. Außer einem kurzen »Danke« hatte keiner von beiden etwas zu sagen gewusst und verlegen waren sie gleich darauf ihrer Wege gegangen, Nicholas ins Haus zurück, Leonora in Richtung des Zigeunerlagers.

O rdnung . . ., seufzte Sir Francis Walsingham im Stillen, als er sich ächzend vor Dees Schreibtisch niederließ. Er bemühte sich, den Papierwust auf und neben dem Tisch des Magus nicht allzu genau in Augenschein zu nehmen. . . . *Ordnung ist doch das halbe Leben!*

Die Januarkälte setzte diesen Winter Walsinghams gichtkranken Gliedern besonders zu und der Ritt nach Mortlake war ihm schwer geworden.

»Schön, verehrter Doktor«, begann er und wandte sich Dee zu. »Was Ihr mir über die Pläne zur Erforschung der Nord-West-Passage eben in Eurem Kartenzimmer gezeigt habt, war sehr aufschlussreich. Jedoch habe ich Euch noch aus einem anderen Grund aufgesucht.«

»Euer Leiden?« Dee machte ein mitfühlendes Gesicht und setzte sich ebenfalls. »Ich habe bereits einen Krug Salbe –«

Doch Walsingham winkte ungeduldig ab. »Später, später. Zuerst die wichtigen Dinge. Ich habe den jungen Mann zu mir bestellt, den Ihr mir empfohlen habt. Den Studenten aus Cambridge. Er scheint eine recht – nun ja – schillernde Persönlichkeit zu sein. Ein sehr heller Kopf, ohne Zweifel!« Walsingham klopfte ein paar Mal bestätigend mit seinem Spazierstock auf den Boden. »Spricht hervorragend französisch, denkt schnell und um etliche Ecken herum und verfügt über ein durchaus einnehmendes Wesen. Dennoch –« Er legte den Kopf schräg und kniff die Augen zusammen.

Dee drohte ihm scherzhaft mit dem Zeigefinger. »Sagt nur nicht, seine Leidenschaft für das Theater stimme Euch argwöhnisch!«

Walsingham hob begütigend seine Hand. »Meine private Abneigung gegen solcherlei Zerstreuungen nehmen keinerlei Einfluss auf meine Entscheidungen! Nein, er erscheint mir . . . eine Spur zu wagemutig, fast schon leichtsinnig.«

Phelippes, der sich mit einem Stehplatz in der Ecke begnügen musste, da für einen dritten Stuhl einfach kein Platz mehr vorhanden gewesen war, schnaubte zustimmend.

»Ich würde es gerne mit ihm versuchen«, fuhr Walsingham fort. »Allerdings wäre es von Vorteil, einen zweiten Agenten in der französischen Gesandtschaft zu haben. Jemand Unauffälliges, der ihn beobachtet und mir regelmäßig Bericht erstattet.«

Der Magus lehnte sich in seinem Stuhl zurück und atmete zufrieden durch. »Wie es die Vorsehung will, hätte ich in ein paar Monaten in der Tat einen zweiten Agenten für diese Aufgabe bereit.«

»So?« Walsingham stützte beide Hände auf seinen Stock und lehnte sich mit aufmerksamem Blick vor.

»Ein Junge von dreizehn Jahren, sehr neugierig, sehr gewitzt. Ich unterrichte ihn gerade.«

»Ein Junge?« Einen Moment lang sah es so aus, als traue Sir Francis seinem Gehör genauso wenig wie seinen gichtkranken Knochen.

Dee schmunzelte. »Nicht irgend*ein* Junge. Er ist ein Findelkind und hat sich auf den Straßen der Stadt mit Diebstählen, kleinen Gaunereien und Taschenspielertricks durchgeschlagen. Recht erfolgreich sogar. Ich habe ihn zu mir geholt und bin sehr angetan von dem, was ich bislang gesehen habe.«

»Mein lieber John!«, erwiderte Walsingham gereizt. In seiner Verärgerung vergaß er Gicht und sonstige Zipperlein und begann, mit den Fingern einen schnellen Galopp auf den Griff seines Stockes zu trommeln. »Seid Ihr noch bei Trost? Nicht genug, dass ich mich mit Glücksrittern und Grünschnäbeln von der Universität herumplagen muss! Nun soll ich auch noch ein *Kind* anstellen? Was werdet Ihr mir als Nächstes bringen – einen Säugling in Windeln?«

»Warum lasst Ihr es nicht auf einen Versuch ankommen, Sir?«, ließ sich Phelippes aus seiner Ecke vernehmen. Sein Dienstherr, der Einmischungen hasste, warf ihm einen zornfunkelnden Blick zu, doch Phelippes ließ sich nicht einschüchtern. »Was ist unauffälliger als ein Junge?«, fuhr er unverdrossen fort. »Für Botengänge wird er allemal taugen. Und falls er Dummheiten machen sollte, wird ihn niemand vermissen.« Den betroffenen Blick Dees ignorierte Phelippes ganz einfach.

Walsingham zögerte. Seine Miene drückte allergrößte Zweifel aus. In all den Jahren ihrer Bekanntschaft hatte schon manch ein Einfall des Magus ihn dazu bewogen, den Kopf zu schütteln. Aber das hier war der Gipfel! Ein Kind als Spion loszuschicken!

Andererseits – blieb ihm denn eine Wahl? Wenn Dee keinen anderen Agenten zur Hand hatte, musste er sich wohl oder übel mit dem begnügen, was ihm vorgeschlagen wurde

»Einen Blick kann ich ja mal auf den Wunderknaben werfen«, knurrte Walsingham schließlich, wider besseres Wissen. »Wo kann ich ihn mir ansehen?«

Dee lächelte. »Er müsste in der Bibliothek sein.«

»Komm schon, du verflixtes Biest.« Nicholas balancierte waghalsig auf der obersten Sprosse der Bibliotheksleiter, den Arm lang ausgestreckt nach einem Buch, das sich ganz oben zwischen zwei anderen verklemmt hatte und das sich kaum herausziehen lassen wollte. Leonora, die ein Stückchen kleiner war als er und ihn um Hilfe gebeten hatte, wartete ungeduldig am Fuß der Leiter auf ihre neue Lektüre.

Die beiden waren mutig geworden in den letzten Tagen, wagten sich immer wieder gemeinsam aus ihrem Winkel, hinein in die Bibliothek, um neue Nahrung für Leonoras scheinbar unstillbaren Lesehunger zu beschaffen.

»Nun, wie ich sehe, wird hier fleißig gelernt«, ertönte eine Männerstimme unmittelbar neben ihnen.

Leonora fuhr erschrocken herum und auch Nicholas zuckte

zusammen. Just in diesem Moment flutschte das störrische Buch unerwartet mühelos zwischen seinen beiden aufdringlichen Nachbarn heraus. Nicholas kam unvermittelt ins Schwanken und während er noch an der Leiter Halt suchte, glitt ihm der Band aus den Fingern.

Das Buch beschrieb einen eleganten Bogen, sauste um Haaresbreite an dem Fremden vorbei und klatschte mit viel Getöse auf den Fußboden.

»Ent-entschuldigt, Sir«, stotterte Nicholas und machte sich eiligst daran, die Leiter hinabzuklettern. Der Mann wirkte vornehm, aber auch düster und das lag nicht allein an seinem schmucklosen Gewand mit der steifen Halskrause. Es waren die Schatten und Linien, die sich in seinem wettergegerbten Gesicht abzeichneten, und die sichtbare Müdigkeit in seinen dunklen Augen. Obwohl er sich mit der einen Hand auf einen Stock stützte, bückte er sich geschmeidig nach dem Buch, dem er nicht mit einem einzigen Wimpernzucken ausgewichen war. Nachdenklich wog er es in der Hand.

»Bücher«, sagte er nach einer kleinen Pause, »Bücher sind im Grunde nur tote Buchstaben. Leben wird ihnen erst eingehaucht, wenn ihr aufmerksam der Stimme des Verfassers lauscht. Wenn ihr sie als Verbindung zwischen Menschen begreift. Dann erst könnt ihr wahres Wissen erlangen.« Er reichte das Buch Nicholas, der es zögerlich entgegennahm. Der prüfende Blick, mit dem der Fremde ihn bedachte, war ihm zutiefst unangenehm. »Ich hoffe, ihr beide werdet euch das immer vor Augen halten.«

Nicholas nickte stumm, genauso wie Leonora, doch der Fremde beachtete das Mädchen nicht weiter. Einzig den Jungen fixierte er, mit einem sonderbar stechenden Blick, der Nicholas durch Mark und Bein ging.

Ihm erschien es wie eine halbe Ewigkeit, bis der merkwürdige Mann endlich seinen Kopf zum schweigenden Gruß senkte und seinen Weg fortsetzte. Der sich entfernende Klang seiner Schritte war untermalt vom *tock-tock* seines Spazierstocks.

Nicholas blinzelte ein paar Mal verwundert, als er ihm nachblickte. »Was sagt man dazu?«, grollte er schließlich. Er gab sich alle Mühe, sich nicht anmerken zu lassen, wie sehr ihm das Herz in die Hose gerutscht war. Fragend schaute er Leonora an, die so dicht ans Bücherregal zurückgewichen war, als wolle sie darin verschwinden. Das Zigeunermädchen war ganz weiß um die Nase, als sie mit großen Augen seinen Blick erwiderte.

»Das – das war Walsingham«, hauchte sie tonlos.

Nicholas schluckte trocken. »Woher weißt du, dass –« Seine Stimme versagte.

»Du scheinst nicht wirklich viel von London gesehen zu haben«, tadelte sie ihn, doch sie klang kleinlaut und nicht so schnippisch wie gewöhnlich. »Den kennt doch jeder.«

Nicholas starrte die offen stehende Tür an, durch die Walsingham verschwunden war. Walsingham – der wohl mächtigste Mann Englands. Manche sagten gar, er verfügte in Wahrheit über mehr Macht als die Königin selbst. Jetzt verstand Nicholas, weshalb dieser Mann so gefürchtet war und warum viele ihn mit einer schwarzen Spinne verglichen. Er hatte tatsächlich eben Sir Francis Walsingham gesehen. Die schwarze Spinne, höchstpersönlich.

»Was der wohl hier wollte?«, fragte er sich halblaut.

27

Eisblumen erblühten vor den Fenstern und ein frostiger Nordwind fauchte ums Haus. Ungehalten rüttelte er an den hölzernen Läden, ließ locker gefasste Scheiben leise klirren, als beleidigte ihn höchstpersönlich die Anwesenheit des Bauwerks. Nicholas knetete seine Hände, sowohl um sie zu wärmen als auch um seine Angst niederzukämpfen. In seinem Magen rumorte es und er starrte verzweifelt auf das Blatt mit französischen Vokabeln, die der Magus ihm aufgegeben hatte.

Heute war kein guter Tag, das hatte er schon beim Aufstehen gewusst. Am Morgen hatte er seine erste Französischstunde gehabt und sich bis auf die Knochen blamiert. Unvermittelt hatte der Magus ihn mit einem Wortschwall der schnörkeligen Sprache überschüttet und ihn dann abwartend angesehen. Und Nicholas, der nur ein paar Fetzen davon verstanden hatte, hatte den Blick ungefähr so wissend erwidert wie ein wiederkäuender Ochse in einem Pferch. Dr. Dee war dann einzelne Worte mit ihm durchgegangen, hatte sie mehrfach wiederholt, aber Nicholas hatte nur hochrot herumgestottert und kein einziges davon behalten. Das waren nicht Worte, wie er sie in den Straßen Londons aufgeschnappt hatte. Sie waren viel schwieriger im Gedächtnis zu behalten, und sie in einem ordentlichen Satz zusammenzufügen, das schien gleich ganz unmöglich.

Wenn er sie geschrieben sah, so wie jetzt gerade, ging es besser, denn er konnte vieles mithilfe seines Lateins ausknobeln. Doch sobald es ans Sprechen ging, hatte er das Gefühl, dass seine Zunge zu einem mehrfachen Knoten wurde.

Nicholas seufzte, rutschte unruhig auf seinem Stuhl hin und her und schielte zu Leonora hinüber, die wie üblich ihre Nase in ein Buch gesteckt hatte. Natürlich hätte er sie fragen können, ob sie ihm half, aber das war ihm zu peinlich. Schließlich war er derjenige, der zur Schule gegangen war, der Latein und Griechisch konnte, und er fürchtete, dass sie ihn auslachen würde.

Reiß dich zusammen, ermahnte er sich selbst und wandte sich wieder seinem Blatt zu. Doch die Worte in Dees Handschrift machten keinen Sinn, waren wenn auch keine sprichwörtlichen böhmischen, so eben französische Dörfer. Schließlich verschwammen die Buchstaben ganz vor seinen Augen. Er seufzte wieder.

»Du schaust, als hätte dir der Magus dein eigenes Todesurteil vorgelegt.« Leonora kicherte.

Nicholas rang sich ein gequältes Lächeln ab. »So in etwa, ja.«

»Zeig her.« Ehe er das Blatt mit den Händen zudecken konnte, hatte Leonora es sich geschnappt. Sie runzelte die Stirn. »Ist doch gar nicht so –« Sie unterbrach sich und biss sich sichtlich auf die Zunge.

Nicholas zog eine Grimasse. Er wusste ohnehin, was sie hatte sagen wollen, und wünschte sich nichts sehnlicher als ein Mauseloch, in das er sich umgehend verkriechen konnte.

»Na ja«, meinte Leonora schließlich gnädig, »dafür, dass ich mit dir hier in der Bibliothek sitzen und lesen darf, könnte ich mich ja auch erkenntlich zeigen.«

Und das tat sie. Auf ihre ganz eigene Art und Weise.

»Nein, nein, nein«, zeterte Leonora Stunden später und raufte sich ihre Locken, bis sie einem zerrupften Vogelnest glichen.

»Mehr Gefühl! Du sagst das Richtige, aber es klingt, als wenn Eisen auf Stein trifft! Französisch ist weich und leicht!« Sie gestikulierte wild in der Luft herum.

Nicholas starrte sie nur an und fragte sich, ob er schon einmal solch ein Feuer in ihren dunklen Augen gesehen hatte, seit er sie kannte.

»Gefühl, Nicholas, da muss *Gefüüüühl* hinein! Verstehst du?« Atemlos hielt sie inne und kniff die Augen zusammen. »Sag mal, hörst du eigentlich, was ich sage, oder erzähle ich das alles der Wand hinter dir?«

»Was?« Nicholas zuckte zusammen. Seine Zunge fühlte sich an wie ein Klumpen aus Lehm und sein Kopf war hohl und leer wie das Innere des hölzernen Globus im Kartenzimmer. Leonora stieß die Luft in einem langen Seufzer aus. »Schön, das Ganze noch mal von vorne. Sprich mir nach . . .«

An diesem Abend mochte Nicholas das Huhn nicht so recht schmecken. In seinem Hals steckte ein merkwürdiger Kloß und sein Magen schien irgendwie verdreht. Er war froh, als der Magus endlich die Tafel aufhob und er sich selbst überlassen blieb. Der Haushalt von Mortlake war etwas in Unordnung geraten seit der Niederkunft von Mistress Dee mit einem weiteren Sohn vor wenigen Tagen. Doch heute kam Nicholas das sehr gelegen. Forschende Blicke oder gar besorgtes Nachfragen von Jane Dee hätte er wahrlich nicht brauchen können. Ruhelos wanderte er durch das Haus, dann durch den verschneiten Garten.

Das Wetter hatte sich beruhigt. An einem tintenschwarzen Himmel glitzerten Myriaden von Kristallsplittern, warfen bleiches Licht auf die weißen Hauben der Bäume und Sträucher, ließen die Schneedecke der Erde aufleuchten.

Dass er zum Gartentor hinausgetrottet war, den Pfad außen an der Mauer entlang und durch das Dorf, bemerkte er erst, als er von Weitem Feuerschein sah. Unschlüssig verharrte er einen Moment auf der Stelle, häufte mit dem Stiefel Schnee zu einem Hügel auf, ehe er langsam weiterging. An einer alten Platane machte er halt und in ihrem Schutz spähte er die leichte Böschung hinab.

Der Widerschein der Flammen beleuchtete die hölzernen Wagen, die mit kunstvollen Ornamenten verziert waren. Er konnte die Silhouetten mehrerer Pferde und die Umrisse von Menschen ausmachen. Durch die kristallklare Luft drangen Stimmen zu ihm hinüber, in einem Tonfall, der Nicholas fremd war. Dann ein Lachen und er hätte schwören können, es sei das Leonoras gewesen, unverkennbar in seinem hüpfenden Takt.

Nicholas' Herz schlug schneller und ein Gefühl der Sehnsucht zerrte tief in seinem Inneren. Heiß schoss ihm das Blut ins Gesicht, als ihm bewusst wurde, was er hier tat.

Schäm dich, Nicholas, schalt er sich selbst, *Freunden spioniert man nicht hinterher!* Doch nur widerwillig löste er sich von der rauen Rinde und seine Beine schienen ihm schwer wie Blei, als er sich auf den Rückweg durch die einsame Winternacht machte.

28

»Die Königin! Die Königin ist hier!« Der Ruf eines Hausdieners pflanzte sich durch die weitläufigen Räume fort und wurde in Windeseile weitergetragen. Die Köchin ließ ihre Schöpfkelle fallen, die Magd das Huhn, das sie soeben gerupft hatte, die Studenten ihre Bücher. Alles, was in Mortlake Beine hatte, stürmte los, drängelte sich durch die Eingangstür ins Freie.

Auch Nicholas und Leonora sprangen von ihrem Tisch in der Nische der Bibliothek auf und rannten hinaus. Sie quetschten sich zwischen der Vorderfront des Hauses und den Schaulustigen hindurch, die sich vor dem Portal versammelt hatten, in respektvollem Abstand zur königlichen Entourage in der Mitte der breiten High Street. Nicholas und Leonora suchten sich einen Platz ganz am Rande der Menge, aber es achtete ohnehin niemand auf sie.

»Oh, Nicholas, schau doch«, flüsterte Leonora hingerissen und packte ihn beim Arm, »schau, wie schön sie aussieht!«

Einzelheiten konnte Nicholas nicht erkennen, dafür standen sie in zu großer Entfernung. Was er sah, war eine überschlanke Frauengestalt in grünem Samt und schwarzer Seide, hoch zu Ross, umgeben von ihren ebenfalls berittenen Höflingen. Das brandrote Haar war zu kleinen Locken aufgesteckt, auf denen ein keckes Hütchen mit einer lang geschwungenen Feder thronte. Die milchige Februarsonne reflektierte ihre helle Haut, ließ sie weißer wirken als das Fell ihres mächtigen Schimmels.

Ein Raunen brandete auf, als der Magus am Portal erschien. Wie es seine Art war, schritt er schnell die Treppe hinunter und geradewegs auf die Königin zu. Er verbeugte sich tief, und als er sich wieder aufrichtete, küsste er ihre behandschuhte Rechte mit den funkelnden Ringen, die sie ihm entgegenstreckte.

»Mein geschätzter Doktor«, trug der eisige Wind ihre Stimme zu Nicholas und Leonora herüber. »Sir Francis Walsingham war so freundlich, mich in sein Landhaus nach Barn Elms einzuladen, um dort mit ihm zu speisen. Da sich Mortlake auf dem Weg dorthin befindet, erschien es mir naheliegend, hier kurz zu rasten. Nicht zuletzt, um Euch meine Glückwünsche zur Geburt Eures Sohnes auszusprechen. Wollt Ihr mich nicht ein Stück des Weges begleiten?« Obwohl sie eine Frage gestellt hatte, klang es nach einer königlichen Anordnung.

Auf Dees Schulter gestützt, glitt die Königin elegant aus dem Sattel und übergab einem der Höflinge die Zügel ihres Pferdes. Grüßend hob sie die Hand zu den versammelten Menschen hin. »Gehabt Euch wohl, ihr lieben Leut!«, rief sie ebenso fröhlich wie huldvoll und der Haushalt von Mortlake antwortete ihr mit lautem Jubel und in die Luft geworfenen Mützen.

Munter schritt die Königin voraus, die High Street von Mortlake entlang, den Magus an ihrer Seite. Die Pferde der Höflinge und Hofdamen folgten in langsamerer Gangart und gebührendem Abstand, ganz so, als sei es alltäglich, dass die Königin in der Öffentlichkeit zu Fuß spazieren ging.

Obwohl Nicholas wusste, dass die Königin und der Magus alte Vertraute waren, regte sich Argwohn in ihm. Und ihm war, als habe er gerade einer Szene in einem Theaterstück beigewohnt. Die Menge der Schaulustigen zerstreute sich langsam, kehrte nur widerwillig und unter eifrigem Geschnatter und Gelächter ins Haus und an die Arbeit zurück.

»Was ist?«, hörte er Leonora neben sich fragen. Nicholas schüttelte leicht den Kopf, während er mit zusammengekniffenen Augen der Königin und Dee nachblickte. »Ich weiß es nicht«, murmelte er. »Etwas kommt mir komisch vor.« Er brütete noch ein paar Herzschläge lang vor sich hin. »Ich glaube, da ist etwas im Busch.«

Was wollte die Königin wirklich in Mortlake? Mortlake, das laut Doktor Dee ein Hauptknotenpunkt in Walsinghams Spionagenetz war? Nicholas wusste es nicht. Aber er schwor sich, es herauszufinden.

»Ich liebe solche Auftritte«, ergriff die Königin das Wort. Um sicherzugehen, dass niemand ihr Gespräch belauschen konnte, war sie ins Altgriechische gewechselt, das sie ebenso fließend beherrschte wie Latein und Französisch.

»Eine hübsche Vorstellung, die Ihr da eben zum Besten gegeben habt«, bekräftigte der Magus mit einem leisen Lachen.

»Nicht wahr?« Königin Elisabeths sorgfältig gezupfter Brauenbogen zuckte belustigt. »Solcherlei bereitet mir doch immer aufs Neue größtes Vergnügen!«

Die ungewöhnliche Prozession lockte auch im Dorf Neugierige an und die Königin hob nach links und rechts die Hand. Nur wer genau hinsah, konnte hinter ihrer aufgesetzten Maske hoheitsvoller Freundlichkeit die Anspannung entdecken.

»Ihr seid wahrhaftig in mancher Hinsicht noch die Gleiche wie damals.«

»Ach, John«, seufzte sie und ein müder Schatten huschte über ihr Gesicht. »Täuschen und Tarnen, das sind doch die wichtigsten Dinge, die ich in meiner Stellung als Königin beherrschen muss. Ich fürchte, eines schönen Tages wird das Theater die einzige Zerstreuung sein, die mir das Leben noch zu bieten hat. Der Zahn der Zeit nagt unerbittlich an uns allen ... Ich muss jeden Tag mehr Schminke auftragen lassen, um die Illusion der ewig schönen jungfräulichen Königin aufrechtzuerhalten. Mein Magen plagt mich und der Bader hat mir erneut einen schadhaften Zahn gezogen. Ihr ...«, Dee streifte ein Seitenblick, »Ihr allerdings scheint jedoch kaum zu altern. Habt Ihr in einem Eurer Laboratorien etwa ein Verjüngungselixier zusammengemischt und es mir verschwiegen?« Der Magus schmunzelte und ein echtes Lächeln schien in ihrem Gesicht auf, als sie mit einer anmutigen Bewegung abwinkte. »Schon gut, ich will es lieber nicht so genau wissen.« Ihre Miene verdüsterte sich erneut. »Ihr seid zu beneiden um Eure Familie. Drei gesunde Kinder! Eure Gattin ist noch jung, der kleine Roland wird gewiss nicht das letzte gewesen sein.«

»Ja«, der Magus atmete zufrieden durch, »ich danke dem Herrn jeden Tag aufs Neue, dass er mir eine solch geduldige und kluge Frau geschenkt hat. Und Euch danke ich, dass Ihr uns Euren Segen gegeben habt.«

»Nur weil mir das Schicksal nicht Ähnliches vergönnt hat, blicke ich nicht gleich missgünstig auf diejenigen, über denen es diese Art von Erfüllung ausgeschüttet hat.« Elisabeths braune Augen blickten warm, doch in ihrer Stimme schwang ein trauriger Unterton mit. »Zumindest noch nicht«, setzte sie mit beißendem Spott hinzu. »Ihr schriebt mir gestern, Ihr hättet Neuigkeiten über *Monsieur?«*

Monsieur – so nannte sie im engen Kreis den Herzog von Anjou. Sofern sie ihn nicht in zärtlicher Herablassung als »meinen Frosch« bezeichnete, weil er ihrer Meinung nach diesem Tier ähnelte.

Dee nickte und seine Augenbrauen stießen über der Nasenwurzel zusammen. »Allerdings keine guten, wie ich fürchte. Sein Sturm auf Antwerpen ist kläglich gescheitert. Nur er und ein paar seiner Männer entkamen lebend.«

Der Herzog von Anjou hatte sich nach seiner überhasteten Abreise aus England in ein gewagtes Abenteuer gestürzt. In seinem Wahn, ein eigenes Königreich zu besitzen, hatte er sich bereit erklärt, Rebellen in den Niederlanden gegen den dort regierenden spanischen König Philipp zu Hilfe zu kommen, der die Protestanten dort unerbittlich verfolgen ließ. Die Niederländer waren mit ihrer Bitte um Hilfe auch an die englische Krone herangetreten, doch Königin Elisabeth hatte abgelehnt, aus Sorge um Verwicklungen mit Spanien.

Elisabeth seufzte. »Nun, mit dieser Niederlage hat Anjou sich vor der ganzen Welt zum Narren gemacht!«

»Wenn das nur alles wäre«, seufzte der Magus. Er machte eine kleine Pause, ehe er seine Worte mit Bedacht wählte. »Aus zuverlässiger Quelle wurde mir zugetragen, dass es um seine Gesundheit nicht zum Besten steht. Eine schleichende Krankheit, wie man sagt.«

»Ihr könnt beruhigt offen mit mir sprechen, John, das müsstet Ihr doch nach all den Jahren wissen.«

Der Magus stieß den Atem laut aus. »Wie man mir die Symptome beschreibt, gibt es keine Hoffnung auf Genesung. Ich schätze, er hat noch ein, zwei Jahre vor sich, keinesfalls mehr.«

Elisabeth starrte zu Boden und für einen Moment wirkte sie hilflos. »Was ratet Ihr mir?«

»Ihr seid die Königin – wie könnte ich Euch raten?«, neckte er sie liebevoll.

»Was wird der französische Hof tun, wenn ich diese geplante Allianz platzen lasse? Was der König von Spanien? Was die Anhänger meiner Cousine Maria Stuart?« In ihrer Erregung schritt die Königin schneller voran, sodass selbst der sonst so flotte Dr. Dee Mühe hatte, auf gleicher Höhe zu bleiben.

»Das können wir derzeit nicht voraussagen«, antwortete Dee wahrheitsgemäß.

»Immer diese lästigen Entscheidungen«, murmelte Elisabeth und hob angestrengt den Blick zum diesigen Himmel. »Entscheidungen, deren Folgen so ungewiss sind und von denen jede einzelne mich Kopf und Kragen kosten kann.«

Sie schwiegen, während sie weitergingen. Nur das Knirschen loser Steinchen unter ihren Sohlen war zu hören und hinter ihnen das Schnauben der Pferde, die leisen Gespräche des Gefolges.

»Gut«, die Königin atmete hörbar aus, »ich werde mich öffentlich von ihm distanzieren.« Sie blieb auf der Höhe eines der letzten Häuser des Dorfes stehen und wandte sich dem Magus zu. »Im Grunde bin ich ohnehin zu alt, um jetzt noch das Bett mit einem Jüngling zu teilen, der mein Sohn sein könnte. Und ich bin froh, wenn diese Heiratskomödie endlich vom Tisch ist.« Ihr Gesichtsausdruck schwankte zwischen Belustigung und Verzweiflung, schlug dann in ruhigen Ernst um. »Danke, John. Ich bin froh, dass ich Euch an meiner Seite weiß.« Sie winkte einem der Höflinge, der sofort mit ihrem Pferd herbeieilte und ihr in den Sattel half. Die Königin nahm die Zügel zur Hand und setzte sich zurecht.

»Da trifft es sich ja gut, dass ich gleich Walsingham über meine Entscheidung in Kenntnis setzen kann. Wenn ich auch nicht sonderlich auf seine Predigt erpicht bin, dass er von *Monsieur* ohnehin nie viel gehalten hat.« Völlig unköniglich verdrehte sie die Augen und ließ den Schimmel antraben. Für einen Augenblick schien die ungestüme Prinzessin längst vergangener Tage noch einmal auf, ehe Elisabeth wieder von Kopf bis Fuß majestätische Ernsthaftigkeit darbot.

Nachdenklich blickte Dee ihr hinterher, wie sie umgeben von ihren Höflingen in Richtung von Barn Elms ritt. Wahrlich – es wurde Zeit, dass Walsingham Agenten in die französische Gesandtschaft schickte.

29

Es war Mitte Februar, eine Woche nach der aufsehenerregenden Stippvisite der Königin, und Nicholas schwitzte gerade über einer Übersetzung aus dem Französischen, als der Magus in die Nische gestürmt kam.

Erschrocken sah Nicholas auf. Etwas Außergewöhnliches musste vorgefallen sein. In den gut zweieinhalb Monaten, die er nun schon hier seine Tage verbrachte, lesend und schreibend und brütend, war es noch nie vorgekommen, dass Dr. Dee an diesem Ort erschienen war.

Nicholas schickte ein Dankgebet zum Himmel, dass Leonora wohl aufgehalten worden war und noch nicht ihm gegenübersaß. Falls der Magus davon wusste, dass sie heimlich in Mortlake ein- und ausging, als sei es ihr zweites Zuhause, so hatte er es bislang mit keiner Silbe erwähnt. Und Nicholas hielt es für angebracht, seinerseits tunlichst den Mantel des Schweigens darüberzubreiten.

»Schnell, Nicholas, wir haben Besuch!«, verkündete Dr. Dee freudestrahlend.

»Wir?« Nicholas konnte sich nicht vorstellen, wer den Doktor und gleichzeitig ihn selbst sehen wollte.

»Sir Francis Walsingham möchte dich gerne kennenlernen.«

Nicholas schluckte. Seine Knie waren ganz wackelig, als er den Stuhl zurückschob und seinem Lehrmeister hinterhereilte.

»Warum – ich meine, was will er –?« Die Gedanken, die ihm durch den Kopf wirbelten, purzelten nur bruchstückhaft und ungeordnet aus seinem Mund.

»Das wird er dir gleich alles persönlich sagen«, erwiderte Dee lediglich.

Sie schlugen den Weg zum Speisezimmer ein, aber kurz vor der Tür blieb der Magus abrupt stehen. »Nur eines, Nicholas . . . Ein Ratschlag, den ich selbst vor vielen, vielen Jahren von einem meiner Professoren bekommen habe und den ich nun an dich weitergeben möchte: Nichts ist von Belang, solange es nicht aufrichtig gemeint ist.« Er legte Nicholas kurz die Hand auf die Schulter, dann bugsierte er ihn in den Raum und schloss die Tür hinter ihm.

Sir Francis Walsingham saß an dem Tisch, an dem die Familie Dee und ihre Gäste ihre Mahlzeiten einzunehmen pflegten. Vor ihm standen zwei Becher heißen, nach Zimt und Nelken duftenden Weines und ein Teller mit Gebäck, den er aber unberührt gelassen hatte. Nicholas erinnerte sich daran, dass es so etwas wie Umgangsformen gab, und verneigte sich leicht.

»Guten Tag, Sir«, grüßte er schüchtern.

Wie an jenem Tag in der Bibliothek musterte Walsingham ihn eindringlich, ohne ein Wort zu sagen. Nicholas wäre am liebsten im Boden versunken unter diesem Blick. Doch dann atmete er tief durch und sah Walsingham unverwandt in die Augen.

»Nun, wir haben uns bereits vor einiger Zeit zum ersten Mal gesehen«, begann Walsingham schließlich. »Und da jeder weiß, wen er vor sich hat, können wir uns die üblichen Vorstellungsformalitäten sparen. Nimm Platz.«

Gehorsam setzte sich Nicholas ihm gegenüber und Walsingham schob ihm einen der beiden Becher zu, ehe er sich in seinem Stuhl zurücklehnte.

»Ich nehme an, Dr. Dee hat dir alles Wesentliche erzählt. Er hat dich mir aufs Wärmste empfohlen, aber ich würde mir gerne selbst ein Bild von dir machen.« Unvermittelt wechselte er ins Französische und fragte Nicholas, womit er denn seine Zeit in Mortlake verbracht und was er alles gelernt hatte.

Danke, Leonora, seufzte Nicholas im Stillen, als er zunächst zögerlich, dann immer fließender zu antworten begann. Er verhaspelte sich nur ein- oder zweimal, und als das französische Wort für »Schnitzeljagd« ihm partout nicht einfallen wollte, umschrieb er es großzügig. Walsingham hörte aufmerksam zu, nickte dann und wann und stellte Zwischenfragen.

»Dein Französisch ist also ordentlich, schön«, bemerkte Walsingham abschließend und wieder auf Englisch.

Ordentlich? Nicholas war empört. Er selbst fand es hervorragend, noch dazu, weil er es in der kurzen Zeit so schnell gelernt hatte. Aber er wagte nicht zu widersprechen.

Walsingham betrachtete den Ring mit dem schwarzen Stein an seiner Hand, die den Spazierstock umfasst hielt. »Sag mir – warum würdest du gerne für mich arbeiten?«

»Na ja«, fing Nicholas zögerlich an, ohne dass er wusste, was er antworten sollte. *Nichts ist von Belang, solange es nicht aufrichtig gemeint ist,* hallte die Stimme des Magus in ihm wider. Ob das auch für derlei Fragen galt?

»Weil ich es mir spannend vorstelle, Spion zu sein, abenteuerlich!«, stieß er hastig hervor. »Und weil – weil ich glaube, dass es gut ist, wenn Elisa. . .«, er stockte, »ich meine, wenn Ihre Majestät weiterhin regiert. So sagt es jedenfalls der Doktor.« Innerlich schnitt sich Nicholas selbst eine Grimasse. *Großartig – so hätte auch ein Achtjähriger antworten können!*

»Nun, ein glühender Protestant oder ein fanatischer Anhänger der Königin scheinst du ja nicht gerade zu sein«, entgegnete Walsingham trocken. Und als er sah, dass Nicholas zu einer Erwiderung ansetzte, hob er beschwichtigend die Hand. »Was nicht notwendigerweise von Nachteil sein muss! – Ich denke, ich habe genug gesehen, danke.«

Durchgefallen, so ein Dreck!, dachte Nicholas betrübt und stand auf. Er besann sich gerade noch darauf, sich abermals zu verneigen und eine Verabschiedung hinzumurmeln.

»Der genaue Zeitpunkt ist noch ungewiss«, ließ sich Walsingham erneut vernehmen. »Halte dich dennoch bereit!«

Ungläubig sah Nicholas ihn an. Das olivfarbene Gesicht Walsinghams blieb regungslos, wie aus Stein gemeißelt.

»Danke, Sir – Ihr werdet es nicht bereuen!« Er konnte ein erleichtertes Grinsen nicht unterdrücken.

»Derlei Aussagen pflege ich immer erst hinterher zu treffen«, knurrte Walsingham, »was eindeutig klüger und verlässlicher ist. Bestell dem Magus meine besten Wünsche!«

Erst als Nicholas die Tür hinter sich geschlossen hatte, erlaubte er sich einen Luftsprung und flitzte in Richtung des Westflügels, um erst dem Magus und dann Leonora (sofern inzwischen eingetrudelt) von diesem Gespräch zu berichten.

Sir Francis Walsingham stützte den Ellenbogen auf die Armlehne und strich nachdenklich mit dem Fingerknöchel über seine Lippen. Seine Gedanken wanderten zu den beiden kleinen Söhnen, die seine erste Frau Ann mit in die Ehe gebracht hatte. Er hatte sie geliebt wie sein eigen Fleisch und Blut und früh durch einen tragischen Unfall verloren. Etwas in ihm sträubte sich, den Jungen in ein mögliches Verräternest zu schicken. Und doch sagte ihm sein Instinkt, dass dieser Nicholas Christchurch genau der Richtige für die Aufgabe war, mit der er ihn betrauen würde. In all den Jahren hatte er eine hervorragende Menschenkenntnis erworben, die es ihm erlaubte, eher darauf zu achten, wie jemand sprach, als darauf, was derjenige sagte.

Nicholas' scheinbare Unbeholfenheit, seine Jugend waren die perfekte Tarnung und in der Tat schien er sehr gewitzt zu sein. Stillschweigend zollte Walsingham Dr. Dee Anerkennung für seine Wahl. Nicholas würde das denkbar beste Gegenstück zu jenem Studenten aus Cambridge sein, der unter falschem Namen in der französischen Gesandtschaft Augen und Ohren offen halten sollte.

Was sind dies nur für Zeiten, philosophierte er vor sich hin, *in denen wir schon Kinder mit solch gefährlichen Missionen betrauen müssen!* Doch wie die Zeiten nun einmal waren, gab es keinen Platz für derlei Sentimentalitäten. Und deshalb verspürte er auch keinerlei Gewissensbisse, dem Gesandten Castelnau, seinem alten Freund aus Pariser Tagen, einen Spitzel ins Haus zu schicken.

Er griff nach der Glocke auf dem Tisch, um nach einem der Hausdiener zu läuten, damit dieser ihn aus dem Haus geleitete, wie es sich für einen Mann seines Standes geziemte.

Leonoras Augen wurden immer größer, als Nicholas ihr die Unterredung mit Walsingham schilderte. Die übertriebene Gestik und Mimik, in der er abwechselnd seinen und Walsinghams Part darstellte, ließ sie immer wieder in Kichern ausbrechen oder überrascht die Luft anhalten.

»Ich wusste es!«, rief sie schließlich aus, als Nicholas sich in seinen Stuhl fallen ließ, atemlos von seiner Darbietung. »Bald bist du ein echter Spion!«

Nicholas grinste nur und lehnte sich mit verschränkten Armen zurück. Leonora dagegen konnte nicht an sich halten und zerrte begeistert an seinem Ärmel. »Das ist alles so aufregend!«

Und in der Tat, das war es. Denn obschon Nicholas sich einen gelassenen Anschein zu geben versuchte, ließ ihm die bloße Vorstellung von dem, was passieren würde, ein Prickeln den Nacken hinabjagen. Irgendetwas ging da vor sich am Königshof, das ein Eingreifen des Geheimdienstes unbedingt notwendig machte, dessen war er sich sicher. Und er – Nicholas Christchurch – würde bald seinen ersten Auftrag als Spion haben!

Liber Tertius
Spione in Salisbury Court

Nun, tu es tapfer und sei verschwiegen.

Christopher Marlowe,
Edward II.

30

Anfang April Anno Domini 1583

»Gib auf dich acht, mein Junge!«

Die Worte des Magus hallten lange in Nicholas nach. Auch jetzt noch, während er zwischen hellgrünen Salatköpfen und Bündeln junger Karotten im Lastkahn eines der Bauern im Dorf saß, der gemächlich die Themse abwärtsschipperte. Gestern, spätabends, war endlich ein berittener Bote mit der heiß ersehnten Nachricht Walsinghams eingetroffen, Nicholas solle sich bei Tagesanbruch auf den Weg machen. In der Nacht hatte er kaum ein Auge zubekommen vor lauter Aufregung. Gleichwohl war ihm der Abschied von Mortlake unsäglich schwergefallen. Noch immer vermeinte Nicholas, die kurze Umarmung von Mistress Dee zu spüren, den ermutigenden Druck von Dr. Dees Händen auf seinen Schultern. Und noch immer plagte ihn derselbe Kloß im Hals wie in der Stunde des Abschieds.

Sobald sich der morgendliche Dunst gelichtet hatte, glitzerte die Sonne auf dem Strom. Silberreiher standen unbeweglich wie zerbrechliche Figuren aus Metall im flachen Uferbereich und Schwäne ließen sich anmutig im Kielwasser des Kahns treiben. Die Felder, Wiesen und Wälder entlang dem Flusslauf glänzten im hellen Grün des Frühlings und bald kamen die ersten Häuser Londons in Sicht.

Die unzähligen Fenster des königlichen Palastes von Whitehall blinkten verheißungsvoll unter den Dächern, Zinnen und

Türmchen, blinzelten hinaus auf den weitläufigen Park und den Fluss. *Wie es sich wohl hinter so vielen Fenstern leben mochte, in so vielen Zimmern?,* schoss es Nicholas durch den Kopf. Er hatte den Besuch der Königin in Mortlake noch in lebhafter Erinnerung. Auch wenn er sie nur aus der Ferne zu Gesicht bekommen hatte, so hatte sie doch einen tiefen Eindruck bei ihm hinterlassen.

Der Kahn setzte seinen Weg fort, entlang den Adelshäusern, die ihre verzierten Fassaden und großzügigen Gärten stolz am Flussufer präsentierten, an Mauern, die vom Reichtum und von der feinen Lebensart ihrer Besitzer kündeten.

Als das Boot schließlich am Kai von Blackfriars anlegte, um von dort seine Fracht in die vornehmen Villen und zum Markt zu bringen, ging Nicholas von Bord und winkte sich das nächstbeste Fährboot heran.

»Nach Deptford, bitte«, rief er atemlos, als er das Bündel mit seinen Habseligkeiten hineinwarf und selbst hinterhersprang.

»Deptford?« Der Fährmann schob seine zerknautschte Ballonmütze ins Genick und musterte Nicholas misstrauisch: die Stiefel und mattblauen Strümpfe zu einer dunkelgrünen Pluderhose, das lederne Wams über dem Hemd und die braune Kappe. Alles sauber und fast neu, aber weder so neu noch so modisch, dass es übertrieben gewirkt hätte.

Anscheinend fiel die augenscheinliche Prüfung von Nicholas' Zahlungsfähigkeit zufriedenstellend aus, denn der Fährmann nickte. »Kommt aber noch Zuschlag drauf«, fügte er dennoch mit einem Knurren hinzu. »Sind schließlich über drei Meilen und außerhalb des Stadtgebiets obendrein!«

»Hier, das müsste Euch genügen.« Nicholas kramte einen Threepence hervor und drückte die Münze in eine der schwieligen Pranken des Fährmannes. Dieser brummte wohlwollend, tauchte die Ruderblätter ins Wasser und legte sich in die Riemen.

Und wieder zogen die Kaimauern der Stadt vorbei, nur unterbrochen von den Steinstufen, die vom Wasser hinauf zu den Gassen führten – Gassen, die sich zwischen schmalen, hohen Häusern hindurch ins Innere der Stadt drängten. Wie mahnende Zeigefinger reckten sich die vielen Kirchtürme aus dem Häusermeer und über den Dächerwogen empor.

Unwillkürlich musste Nicholas lächeln, als sein Blick auf den klotzigen Steinbau von St. Paul's fiel, der das Stadtbild beherrschte. Er dachte an Leonora und die Umstände, unter denen sie sich das erste Mal getroffen hatten.

Es war nun schon über einen Monat her, dass sie mit ihrer Familie in die Stadt zurückgekehrt war – kaum dass der Schnee gänzlich geschmolzen war. Nicholas hätte wohl nur unter Androhung von Folter zugegeben, dass sie ihm fehlte, aber jetzt machte sein Herz einen Sprung. In London würde er sie endlich wiedersehen!

Auf dem Wasser herrschte reger Verkehr. Kleinere Schiffe schossen eilig dahin, die Segel im Wind gebläht, Pinassen und Schaluppen. Nicholas verrenkte sich den Hals nach einer Dreimastbark, die mit ihrem spitzen Kiel das Wasser durchschnitt. Kunstvoll bemalte Pavillons, oft mit edlen Stoffen verhängt, verbargen und schützten ihre noblen Passagiere auf Gondeln, jenen im fernen Venedig nachempfunden. Flache Kähne beförderten Fässer, Kisten, Strohballen. Auf einem davon war gar eine lebende Ziege angebunden, die unbehaglich vor sich hin meckerte. Auf der rechten Uferseite glitt Southwark vorüber. Ein kleiner Stich der Sehnsucht pikste Nicholas in die Seite und er fragte sich, ob dort wohl noch alles so war wie früher.

»Holla«, grüßte Nicholas' Fährmann einen Kollegen, der

zwei Gäste von einem Ufer ans andere übersetzte. »Schönes Wetter heute! Ist gut fürs Geschäft!« Der andere antwortete mit einem zustimmenden Rufen.

Das Ruderboot schob sich unter die London Bridge, die Nicholas zum ersten Mal aus diesem Ehrfurcht gebietenden Blickwinkel sah. Wenn etwas »wahrhaftig« London war, so war es diese Brücke, deren mächtige Pfeiler aus Stein sich bis tief in das Flussbett gruben, um so den Gezeiten und Strömungen standzuhalten. Gleichmütig trugen sie ihre schwere Last: einen eigenen kleinen Stadtteil, der die beiden Ufer überspannte. Hohe Häuser, die Wohnraum und Läden beherbergten, voller Leben und Geschäftigkeit. Erker, Balkone, Fenstersimse waren dicht gepackt und aufeinandergetürmt, ragten so weit über die Grundmauern hinaus, dass Nicholas damit rechnete, jeden Moment würde etwas davon abbröckeln und neben ihnen ins Wasser klatschen.

»Deptford, eh?«, wandte sich der Fährmann an Nicholas, offenbar zu einem Schwätzchen aufgelegt. »Suchst Arbeit dort?«

Nicholas nickte, froh darum, dass ihm die passende Antwort schon in den Mund gelegt worden war.

In Deptford erwartet dich ein gewisser Monsieur Henri Fagot. Nicholas hatte kein einziges Wort von den Anweisungen vergessen, die Dr. Dee ihm gegeben hatte.

Er ist dein neuer Dienstherr. Als sein Laufbursche wirst du dann mit ihm in die französische Gesandtschaft am Salisbury Court Einlass bekommen.

»Fahr ja oft runter in der letzten Zeit«, plauderte der Ruderer weiter. »Öfter als noch vor ein, zwei Jahren. Arbeit gibt's in den Docks und drum herum genug, hab ich mir sagen lassen. Nur Mut – 'n junger Bursche wie du findet dort allemal was!«

Warum sollen wir uns gerade in Deptford treffen?, hatte Nicholas den Magus gefragt.

Nun, in Deptford landen Schiffe aus Schottland, Spanien und den Niederlanden. Es wimmelt nur so von Seeleuten und Reisenden vom Kontinent. Fremde Gesichter sind dort unverdächtig. Und denk daran, du kommst schließlich aus Frankreich!

»Vielleicht zieht's dich ja mal noch auf See raus. Wie unseren Drake – jetzt *Sir* Francis Drake. Hab's selber gesehen, wie die Königin ihn geadelt hat, fast genau vor zwei Jahren. Dort«, der Fährmann deutete mit einem Rucken des Kopfes hinter sich, in Richtung des noch unsichtbaren Deptford, »im Hafen. Riesenfest, Bankett und Menschenauflauf, mein lieber Schwan! Und sein Schiff *Golden Hind* hat die Königin gesegnet, kann man jetzt besichtigen im Trockendock. Gibt ja so Spinner, die sich Splitter von den Holzbalken mitnehmen, zur Erinnerung an einen solchen Besuch. Drake, dieser Teufelskerl – einmal rund um die Welt! Solche Helden braucht das Land, Junge – da kannst dir mal ein Beispiel dran nehmen!«

Der Fluss machte eine scharfe Biegung und krümmte sich zu einer engen Schlaufe. Jetzt tauchten nur noch vereinzelt Häuser links und rechts des Ufers auf. London lag hinter ihnen und die Grafschaft Kent begann.

Entlang dem flachen Ufer streckten Korbweiden ihre flaumigen gelben Kätzchen in die Frühlingssonne. Hier war das Wasser tief, die Strömung schnell und stark, doch der Fährmann blieb auf Kurs. Dick wie Paketschnur traten die Adern an den Unterarmen hervor und an seiner rot geschwitzten Schläfe pochte es.

Nicholas hielt den Atem an, als die Docks von Deptford auf der rechten Seite auftauchten. Vor den Schuppen und Speichern der Lagerhäuser reihte sich Schiffsleib an Schiffsleib –

Karavellen, Galleassen, Brigantinen. Ein dichtes Geflecht von Masten, Spieren, Tauen und zusammengerollten Segeln wölbte sich darüber.

Peppercorn konnte Nicholas entziffern, *Rainbow* und *Arethusa*. Hammerschläge drangen herüber, das Ritsch-Ratschen von Sägen, Befehlsrufe und ihre Antworten. Es roch nach aufgequollenem Holz, nach Leim und Teer, nach frischen Sägespänen. Abenteuer lag in der Luft, Fernweh, und Nicholas vermeinte, den modrigen Salzgeruch des Meeres zu riechen, das er noch nie gesehen hatte.

»So, da wären wir«, ließ sich der Fährmann vernehmen, als er den hölzernen Steg anlief. Drei junge Männer mit wettergegerbten Gesichtern warteten schon ungeduldig darauf, einzusteigen und nach London gebracht zu werden. »Viel Glück, mein Junge!«

»Danke«, gab Nicholas artig zurück, als er mit seinem Bündel unter dem Arm über den Rand hinauskletterte und den Steg betrat. Zu gerne hätte er einen Rundgang durch die Docks gemacht und sich das sagenumwobene Schiff des Freibeuters Drake angeschaut. Doch dafür war keine Zeit. Schließlich befand er sich nicht auf einem vergnüglichen Ausflug, sondern auf dem Weg zu seinem ersten Auftrag. Er war Spion, im Dienste Ihrer Majestät Königin Elisabeth!

Unweit der Docks schien Deptford ein geschäftiges kleines Städtchen, mit den Werkstätten der Tischler und Segelmacher, den Krämerlädchen und der Schmiede. Schreiber aus den Lagerhäusern eilten an Nicholas vorbei, ihre gebündelten Listen in der Hand. Überall standen Matrosen, warfen sich Brocken in fremden Sprachen zu oder spannen ihr Seemannsgarn.

Doch in seinem Herzen war Deptford noch immer ein Dorf.

Eine Ansammlung von Häusern rings um den Gemeindeanger, dahinter der sogenannte *Strand* – eine weite Fläche Marschlandes, dessen feuchtes Gras weithin duftete. Einzelne Gehöfte schmiegten sich in den Flickenteppich aus Feldern mit Rüben, Kohl, Färberwaid und Krapp. Und in den Obstgärten entfalteten die Zweige zaghaft die ersten Blüten, als trauten sie dem Frühlingswetter noch nicht so recht.

... such das Haus von Amtmann Bull auf, am Deptford Strand ...

Im Dreieck zwischen Strand, Fluss und Dorfrand gelegen, war das Haus der Bulls recht stattlich anzusehen, mit einem Garten, der bis hinunter zum Wasser reichte. Ein Bursche, ein paar Jahre älter als Nicholas, war gerade damit beschäftigt, lustlos die Stufen zum Eingangsportal mit einem Reisigbesen abzukehren.

Nicholas holte tief Luft. Seine Kehle war staubtrocken und seine Knie zitterten. Jetzt galt's! *Du bist Franzose,* erinnerte er sich selbst an die Rolle, in die er von nun an zu schlüpfen hatte. *Ein französischer Laufbursche! Eh voilà – dein Auftritt!*

Entschlossen trat Nicholas auf den Burschen zu. *»Pardon«,* begann er selbstbewusster, als er sich fühlte, und fuhr auf Englisch mit dickem französischem Akzent fort: »Iiisch bin auf der Suchö nach Monsieur Fagot. Henri Fagot. Er iiist Gast in diesäm 'aus.«

Der Bursche stützte sich in aller Seelenruhe auf seinen Besen und musterte Nicholas abschätzig von Kopf bis Fuß. »Und wer bist du?«

»Iiisch bin Nicholas.« Er sprach es auf französische Art aus: ohne »s«, dafür mit gedehntem »a« am Ende. »Iiisch bin sein neuär – wie sagt man noch – Laufburschö. Er erwartet miiisch.«

Sein Gegenüber starrte ihn weiter nur an.

Gleich was passiert, wem du gegenüberstehst – halt unter allen Umständen an deiner Rolle fest!, hörte Nicholas die Stimme des Magus wie aus weiter Ferne.

»Na dann«, ließ sich der Bursche endlich vernehmen. Mit einem Rucken des Kopfes bedeutete er Nicholas, ihm zu folgen, und setzte sich gänzlich ohne Eile in Bewegung.

In der Eingangshalle wurde Nicholas an eine Hausmagd weitergereicht, die mit hochrotem Kopf und auf Knien den Boden schrubbte. »Der Knirps hier sucht einen Gast namens *Fa-gooh.«*

Ohne die beiden auch nur eines Blickes zu würdigen, fuhr die Magd fort, energisch die Seifenlauge auf dem Boden zu verteilen. Sie vermittelte den Eindruck, das geometrische Muster der Fliesen entfernen zu können, wenn sie nur fest und lange genug mit der Bürste hantierte. Dass ihr das bis jetzt noch nicht gelungen war, schien sie als persönliche Beleidigung aufzufassen.

»Ach ja?«, fauchte sie dementsprechend schlecht gelaunt eines der Vierecke an. »Und du meinst, ich müsste wissen, wo sich dieser *Fagooh* aufhält?« Sie richtete sich auf und drohte dem Burschen mit der triefenden Bürste, dass dicke Tropfen und Schaumspritzer durch die Gegend flogen. »Wenn die gnädige Frau so weitermacht, kann sie von mir aus gerne ein Gasthaus eröffnen. Dann aber ohne mich, dann kündige ich! Endgültig!« Unwirsch warf sie die Bürste hin und stand ächzend auf. Sie schnappte sich den Eimer, der an ihrer Seite stand, und kippte einen Schwall Lauge auf den Boden, der klatschend in Nicholas' Richtung schwappte. Eilig machte er einen Satz rückwärts, um mit seinen guten Stiefeln nicht im Nassen zu stehen zu kommen.

Eine rundliche Frau mittleren Alters kam durch eine der Türen angetrippelt. Der hohe Spitzenkragen ihres grauen Kleides verbarg jede Andeutung von Hals, sodass es schien, als rollte ihr Kopf in einem aufgeschnittenen Trichter herum, während sie ihn heftig hin- und herbewegte. »Roddie – Nellie«, jammerte sie, »Ihr solltet mir doch auf der Stelle Bescheid geben, sobald der Bursche unseres Gastes eintrifft!«

Magd und Bursche scherten sich offensichtlich wenig um Ergebenheitsbezeugungen ihrer Herrin gegenüber, sondern hefteten ihre Blicke verstockt auf den nassen Boden. Die Stimme Mistress Bulls kletterte noch ein Stückchen höher auf der Leiter mit Klagelauten. »Muss ich mich denn um alles alleine kümmern in diesem Haus?« Es klang, als wollte sie jeden Augenblick in Tränen ausbrechen. Stattdessen wedelte sie jedoch Nicholas hektisch mit einer ihrer Patschhände heran. »Komm, Junge, komm, hier entlang!«

Mistress Bull ist weitläufig mit mir verwandt und auf der anderen Seite ihres Familienzweigs auch mit Lordschatzmeister Burghley verschwägert. Sie gehört zu unserem Kreis und stellt ihr Haus gerne für solcherlei Treffen zur Verfügung. Ein Haus, von dem wir sicher sein können, dass es frei von unerwünschten Lauschern ist.

Nicholas warf den beiden Dienstboten voller Genugtuung einen Blick zu, als er über die Pfütze mit Seifenlauge hinwegstieg und Mistress Bull folgte. Sie gingen durch dieselbe Tür, durch die die Hausherrin in die Halle gekommen war, hinein in ein kleines Zimmer mit Kamin und einem riesigen Sessel. *Komisch,* dachte Nicholas und zog prüfend die Nase kraus, *im Kamin brennt gar kein Feuer und trotzdem riecht es hier angekokelt . . .*

»Bei aller Gastfreundschaft«, richtete Mistress Bull nun ihr Klagelied an Nicholas, »bei allem Verständnis – so jemanden kann ich in meinem Haus doch nicht dulden, nicht wahr? Solch ein Ausbund an Flegelhaftigkeit, an Ungehobeltheit!

Nein, bei aller Güte nicht! Bestell das meinem geschätzten Vetter in Mortlake, wenn du ihn das nächste Mal zu Gesicht bekommst!«

Nicholas überlegte fieberhaft, was um alles in der Welt er denn angestellt haben könnte in den wenigen Augenblicken, seit er das Haus betreten hatte, das Mistress Bull so über ihn schimpfen ließ. Doch als diese an der zweiten Tür des Kämmerchens stehen blieb und weiterlamentierte, begriff er.

»Mit allem habe ich ihn versorgt, mit Wein und Braten und Brot, ihn gar in meine beste Stube gesetzt. Und zum Dank qualmt er mir diese nun voll. Den Gestank werde ich nie wieder herausbringen, nie wieder! Nein, das ist zu viel, ganz einfach zu viel! Dies ist schließlich ein ehrbares Haus und keine heruntergekommene Hafenkaschemme! Sieh zu, dass du ihn schleunigst hier herausbringst, ehe er mir noch das Dach über dem Kopf anzündet!« Sprach's und riss mit einer Leidensmiene, die einer Märtyrerin würdig gewesen wäre, die Tür auf. Hätte Nicholas nicht geistesgegenwärtig einen Satz über die Schwelle gemacht, wäre er zwischen Türblatt und Rahmen eingeklemmt worden, als Mistress Bull die Tür sogleich wieder zufallen ließ.

Gleich darauf schnappte der Junge nach Luft. Tränen liefen ihm die Wange hinab und er musste mit der Hand den bläulichen Qualm beiseitefächeln, der zum Schneiden dick war.

Mit zusammengekniffenen Augen spähte er durch den Nebel und es dauerte ein wenig, bis er endlich ausgemacht hatte, was hier die Luft verpestete. Es war eine tönerne Pfeife, wie Nicholas sie bislang nur bei den Seeleuten aus Spanien und Portugal gesehen hatte, die in Southwark ihre Heuer auf den Kopf gehauen hatten. Diese Pfeife hier steckte zwischen den Lippen eines bärtigen Mannes, der sich in einen Stuhl gelümmelt und die staubigen Stiefel über Kreuz auf den Tisch gelegt hatte.

»Monsieur Fagot?«, krächzte Nicholas zweifelnd. Der Mann war noch recht jung, Anfang zwanzig vielleicht, mit zerzaustem, struppigem Haar in einem schmutzigem Mausbraun. Sein Bart sprießte spärlich in seinem weichen Gesicht und sein Wams war verblichen und fadenscheinig, Hose und Strümpfe fleckig. Einen Agenten, der sich im Auftrag Walsinghams als Gast im Hause des Gesandten dessen Vertrauen erschleichen sollte, hatte Nicholas sich etwas anders vorgestellt. Schneidiger und weitaus weniger liederlich in seiner Erscheinung.

»*Oui,* derselbe«, kam die Antwort mit einer angenehm tiefen Stimme, die leicht aufgeraut klang.

»Ich bin Nicholas, Euer neuer Laufbursche. Zu Euren Diensten«, sprudelte Nicholas in dem flüssigen, leicht provençalisch angehauchten Französisch hervor, das er sich bei Leonora abgelauscht hatte, und machte eine hastige Verbeugung.

Fagot legte das zerfledderte Büchlein beiseite, in dem er eben noch gelesen hatte. Die Pfeife wanderte von einem Mundwinkel in den anderen, während er Nicholas eindringlich musterte. Die großen braunen Augen blickten nicht unfreundlich, aber in ihnen tanzte, wenn man genauer hinsah, ein spöttisches Funkeln.

»So, so«, ergriff er schließlich das Wort und nahm endlich die Pfeife aus dem Mund, »du bist das also . . . Sieh mal einer an! Der alten Spinne aus der Seething Lane scheint das Geld auszugehen. Denn was schickt sie statt eines zweiten Spürhundes? Einen Welpen!« Er legte den Kopf in den Nacken und lachte aus vollem Hals.

Nicholas setzte zu einer gekränkten Erwiderung an, doch

Fagot winkte amüsiert ab. »Schluck runter, was auch immer dir gerade auf der Zunge liegen mag! Wir werden uns schon vertragen, während ich nach den Leichen im Keller vom Gesandten Castelnau Ausschau halte und du meine Post an Walsingham überbringst.« Er nahm die Füße vom Tisch, stand auf und schulterte einen Seesack, der neben dem Stuhl auf dem Boden bereitgestanden hatte. »Nichts wie weg hier – dieses Haus ist zum Sterben langweilig!«

31

Das soll die französische Gesandtschaft sein?« Nicholas machte ein langes Gesicht.

Mit dem Fährboot waren er und Fagot zurück nach London gefahren, bis nach Whitefriars. Von dort hatten sie nicht weit zu gehen gehabt: ein Stück an der Innenseite der Kaimauer entlang, dann zwischen hohen Umfassungsmauern hindurch die schnurgerade, steil ansteigende Water Lane hinauf, im Zickzack um ein paar Häuserecken herum und sie waren da.

Salisbury Court war das größte Haus am gleichnamigen Platz: ein langes, verschachtelt wirkendes Gebäude mit einem Bogengang vor dem Hauptportal und einer Galerie im Stockwerk darüber. Ein Haus, dessen einzelne Teile nicht so recht zueinanderpassen wollten, ganz so, als hätte jeder seiner Besitzer ihm nacheinander einen eigenen unverkennbaren Stempel aufzudrücken versucht. Wie die Häuser, die es umgaben, schien es auch schon bessere Zeiten gesehen zu haben und für eine Botschaft des Königs von Frankreich wirkte es erstaunlich schäbig.

»Abwarten«, ließ sich Fagot vernehmen. »Man beurteilt ein Buch auch nicht nach dessen Einband.« Es waren die ersten Worte, die er seit Deptford sprach. Die Fahrt über hatte er schweigend in seinem zerlesenen Büchlein geblättert, sodass Nicholas sich reichlich überflüssig vorgekommen war. Immer wieder hatte er dazu angesetzt, Fragen zu stellen und ein Gespräch in Gang zu bringen. Doch Fagot hatte ihn jedes Mal mit einem ungnädigen Knurren zum Verstummen gebracht.

»Eines noch«, fügte Fagot nun hinzu und sein Gesicht spiegelte konzentrierte Ernsthaftigkeit wider. »Damit wir uns abstimmen können . . . Ich bin gestern aus Frankreich angereist und habe mich in Deptford nach einem möglichen Burschen erkundigt. Du wurdest mir empfohlen und seit heute stehst du in meinen Diensten. Du weißt nicht, woher genau ich komme, noch was ich in der Botschaft zu tun habe. Genauso wenig bin ich im Bilde über dich. Ich weiß nur, dass man mir dich als ehrlich und zuverlässig beschrieben hat. Dass du ursprünglich aus Frankreich stammst, nun schon eine Weile hier lebst und beide Sprachen sprichst. So ist es sicherer, für uns beide. Was du den anderen Dienstboten für Geschichten auftischen wirst, ist allein dein Bier. Haben wir uns verstanden?«

»Jawohl«, murmelte Nicholas. Ihm war flau zumute. Er kam sich vor wie ein Schauspieler, den man vor ausverkauftem Haus auf die Bühne schubste, ohne dass er seinen Text kannte.

»Auf geht's also!« Fagot zupfte sich mit einer Hand sein jämmerliches Wams zurecht. *Als ob es das noch herausreißen würde,* dachte Nicholas verächtlich. Doch da der Herr im Himmel kleine Sünden auf der Stelle zu strafen pflegt, schwang Fagot den Seesack von seiner Schulter und warf ihn stattdessen Nicholas ins Genick, der prompt unter dessen Gewicht in die Knie ging und aufkeuchte.

»Du dachtest doch nicht allen Ernstes, ich trage den selbst?«, hörte Nicholas Fagot spötteln, während der Junge noch darum rang, im Gleichgewicht und auf beiden Beinen zu bleiben. »Wenn ich schon einen Laufburschen habe, muss sich das für mich auch lohnen!«

Vornübergebeugt schleppte Nicholas sich und den Seesack vorwärts. *Was zum Teufel hat er da drin? Ziegelsteine? Sand? Eine ganze Bibliothek?* Seine Sicht beschränkte sich auf die Rückseite von Fagots Stiefeln, die über das Pflaster marschierten, dann Stufen emporstiegen, sich zu einem Paar blank polierter gesellten – die eines Türhüters, wie Nicholas vermutete. Eine breite Schwelle folgte, dann ein grau-weiß gefliester Boden.

Manche Stellen waren uneben, abgenutzt von unzähligen Füßen, die hier entlanggekommen waren. Durch viele der Fliesen liefen Sprünge, ein oder zwei fehlten ganz. Fagot blieb stehen und Nicholas ebenfalls. Gerne hätte er den Sack abgesetzt, um sich zu strecken und zu verschnaufen. Doch er fürchtete, dann seine Last nicht wieder geschultert zu bekommen. Sein Hemd unter dem Wams war bereits schweißnass und klebte ihm unangenehm am Rücken.

Aus seinem Augenwinkel sah er ein Paar eleganter Schnallenschuhe auf Fagot zukommen. Nicholas hob den Blick, soweit er es vermochte, doch höher als zu der blaugrauen Wamsbrust über den blauen Pluderhosen und den weißen Strümpfen kam er nicht.

»*Frère* Henri, welche Freude, Euch in meinem Haus begrüßen zu dürfen!«, hörte Nicholas den Mann sagen, der zu den Schnallenschuhen gehörte und bei dem es sich wohl um den französischen Gesandten handeln musste. Nicholas horchte auf. Der Botschafter hatte Fagot *Frère,* »Bruder«, genannt, wie man es bei Mönchen tat!

»Die Freude ist ganz auf meiner Seite, Euer Exzellenz«, kam die Antwort Fagots.

Höfliche Erkundigungen nach Reise und Wohlbefinden wurden ausgetauscht, scheinbar eine Ewigkeit lang. Nicholas' Knie begannen, unter seiner Last zu zittern, als Fagots Gegenüber endlich die erlösenden Worte sagte: »François hier wird Euch auf Euer Zimmer begleiten. Er wird Euch auch den Weg zu meinem Arbeitszimmer zeigen, auf ein Wort und eine kleine Erfrischung.«

Nicholas hätte beinahe erleichtert aufgestöhnt, als sich Fagot in Bewegung setzte und er hinter ihm herschlurfen konnte. Als sie dann allerdings bereits den zweiten Treppenabsatz erklommen hatten und sie immer noch nicht am Ziel angelangt waren, verfluchte er Henri Fagot aus tiefstem Herzen.

Noch nie hatte Nicholas eine einfache, rissige Türschwelle so sehr ersehnt wie diejenige im dritten Stockwerk, über die er im Gefolge von Fagot und François, dem Hausdiener, stolperte. Mit einem lauten Seufzen ließ er den verflixten Seesack an Ort und Stelle niederplumpsen und rieb sich abwechselnd seine wunden Schultern.

Fagot lachte. »Jaja, die Jugend von heute, nichts mehr gewöhnt!« Er warf dem Hausdiener einen vielsagenden Blick zu und dieser stimmte beifällig in sein Lachen ein. Fagot entließ ihn mit einem gnädigen Nicken und wandte sich ebenfalls zur Tür. Nicholas' finstere Miene schien ihn nicht weiter zu kümmern. »Kannst dich jetzt erst mal erholen, heute werde ich deine Dienste sicher nicht mehr benötigen«, setzte er schon im Hinausgehen versöhnlich hinzu.

Während Nicholas seine Arme ausschüttelte, die sich taub anfühlten, und sein verschobenes Rückgrat wieder in eine Linie zu bringen suchte, sah er sich um. Es gab ein Bett in einem Alkoven und einen Waschtisch. Auf der gegenüberliegenden Seite, unter dem Fenster, befand sich ein größerer Tisch samt Stuhl, Schreibutensilien und Kerzenleuchter. Daneben, rechts der Tür, ein Schrank, der aussah, als brächen ihm gleich die morschen Füße weg. Und in die letzte Ecke des Kämmerchens war ein bezogener Strohsack gequetscht, der schon auf die Entfernung entsetzlich unbequem aussah.

»Schätze, der ist für mich gedacht«, seufzte Nicholas missmutig und warf sich der Länge nach darauf. Er rollte sich auf seinen schmerzenden Rücken und starrte an die krummen Deckenbalken, während er in einem ganzen Meer von Selbstmitleid versank. »Was soll's«, seufzte er schließlich erneut, aufmunternd dieses Mal. »Ich habe schon an schlimmeren Plätzen geschlafen! Das Brot eines Spions ist nun einmal ein hartes – kommt sicher auch wieder anders . . .«

Lange hielt er es jedoch nicht auf seinem armseligen Lager aus. Zu verlockend schien ihm die Aussicht, seine Nase in jeden einzelnen Winkel der Gesandtschaft zu stecken. Und so marschierte er wenig später hocherhobenen Hauptes durch die Flure, spähte durch offen stehende Türen in Zimmer hinein. Sollte man ihn dabei erwischen, so hatte er sich schon die passende Ausrede zurechtgelegt – es sei sein erster Tag hier und er habe sich schlicht und ergreifend verlaufen in diesem großen Haus. Und das entsprach ja zumindest zur Hälfte durchaus der Wahrheit.

Die Schäbigkeit des Äußeren setzte sich im Inneren des Hauses fort: stumpfe Holzböden, wurmstichige Balken und fleckige, durchgelaufene Teppiche. Stein, der bröselte, und so alte Möbel, dass Nicholas es nicht auf einen Versuch hätte ankommen lassen, sich schwungvoll in einen der Stühle fallen zu lassen. Die Botschaft des Königs von Frankreich wirkte zusammengewürfelt, vernachlässigt und angegammelt, ohne dass von ihr ein ähnlich verwunschener Zauber ausging wie dies in Mortlake der Fall gewesen war.

Mortlake . . . Nicholas' Magen zog sich sehnsüchtig zusammen und er war äußerst dankbar, dass das sogleich nachfolgende hohle Rumpeln in seinem Bauch ihn auf andere Gedanken brachte. Seit den paar Bissen in den frühen Morgenstunden, die er in seiner Aufregung hinuntergewürgt hatte, hatte er nichts mehr zu sich genommen.

Er wollte sich gerade in die Richtung bewegen, in der er die Küche vermutete, als ein Diener in Livree an ihm vorübermarschierte, eine schwere silberne Platte geschultert. Es war Nicholas ein Leichtes, sich von hinten an ihn heranzupirschen und mit links ein Pastetchen, mit rechts ein Hühnerbein herunterzufischen. Als sich der Diener verwirrt umsah, weil er einen Luftzug verspürt hatte, erblickte er nur einen Burschen im Lederwams, der staunend die Deckenmalerei der Halle betrachtete, die Arme andächtig auf dem Rücken verschränkt. Der Bedienstete schüttelte den Kopf und murmelte etwas von *ungebildeten Landeiern,* als er seinen Weg fortsetzte.

Hungrig machte Nicholas sich über seinen Imbiss her, während er weiter durchs Haus stromerte. Den säuberlich abgenagten Hühnerknochen versenkte er in einer hübsch bemalten Vase, die nutzlos auf einem Kaminsims stand. Unvermittelt fand er sich in der Bibliothek des Hauses wieder, ein kleiner dunkler Raum, der selbstredend keinem Vergleich mit der Bücherwelt in Mortlake standhalten konnte. Doch auf Nicholas übten die in ihren Regalen aneinandergereihten Buchrücken den unwiderstehlichen Sog des Vertrauten aus. Er wischte beide Hände an seinen Hosen ab und zog eines der Bücher heraus, blätterte mit einem wohligen Aufseufzen darin herum und betrachtete die Zeichnungen von Himmelskörpern und Weltensphären.

»Stell das sofort zurück!« Nicholas zuckte zusammen und starrte erschrocken den schmalen Mann in der grauen, gegürteten Kutte an, der durch den Raum auf ihn zustürmte. Das blasse, hagere Gesicht mit den umschatteten Augen war in grimmiger Entschlossenheit verzogen.

»Ich – ich wollte es mir nur anschauen«, beteuerte Nicholas. »Ich gehe auch sorgfältig damit um!«

»Nein, nein, hinfort mit diesem Schund, pfui!« Der Mann riss Nicholas das Buch aus der Hand, warf es zu Boden und trampelte mit seinen Sandalen darauf herum. »Schmutz ist das, allerärgster Schmutz! Schade um das Papier, die Druckerschwärze! Ekelhafter Schund und Schwachsinn!«

Schwachsinn ist ein gutes Stichwort, ging es Nicholas durch den Kopf, als er entgeistert dem Mann bei seinem Toben zusah. Schließlich stieg dieser von den malträtierten Seiten herab und kickte das Buch verächtlich zur Seite. Schwungvoll strich er sich die dunklen Haarsträhnen zurück, die ihm zottelig in sein bartlosen Milchgesicht hingen. Er drohte Nicholas mit dem Finger. »Solcherlei Zeug verklebt einem den Verstand, wenn man es liest. Besonders in deinem Alter!«

Nicholas überlegte, ob es wohl sehr unverschämt sei, den Mann zu fragen, welche Bücher er demnach in seiner Jugend gelesen hatte. »Wer seid Ihr?«, erkundigte er sich stattdessen einfach. Der Mann hatte französisch gesprochen, aber mit einem harten Akzent, den Nicholas nicht so recht einzuordnen vermochte.

Der Mann reckte sich zu seiner ganzen (nicht besonders beeindruckenden) Größe und schob die Hände über Kreuz in die weiten Ärmel seiner Kutte. »Ich bin Giordano Bruno, derzeit Resident in diesem weltoffenen Haus. Einst war ich Dominikanerbruder in Neapel, dann Professor der Philosophie, der Astronomie und der Physik nach Aristoteles, selbiges zuletzt in Paris. Und ich dichte auch«, fügte er würdevoll hinzu und senkte seine Stimme zu einem Flüstern. »Aber in Frankreich hat man meine Arbeit nicht zu schätzen gewusst. Die Menschen sind dort noch nicht so weit.«

»Ah ja«, war alles, was Nicholas darauf zu erwidern hatte.

»Der menschliche Verstand ist so klein, so begrenzt. Nur wenigen gelingt es, dessen Schranken zu überwinden und die Wahrheit zu erkennen.« Er zog seine Hände wieder hervor und deutete auf das Buch, das ihn so erzürnt hatte. »Darin steht nichts als alter Aberglaube!« Bruno hob die eine Hand und gab mit den Fingerspitzen den Takt seiner Worte vor, während er mit der anderen schnelle Kreise beschrieb, sodass Nicholas ganz schwindelig wurde beim Zusehen. »So ist die Erde nicht der Mittelpunkt eines eingegrenzten Weltalls, oh nein! Das Weltall ist unendlich, weil nur ein solches einer allmächtigen und unendlichen Gottheit entsprechen kann. Alles andere wäre einer solchen nicht würdig. Und daher muss es auch unendlich viele Lebewesen auf anderen Himmelskörpern im All geben. Die Welt, wir Menschen, alles, was wir in der Natur sehen, ist das Ergebnis eines einzigartigen, wunderbaren Zufalls. Wie eine gigantische, kosmische Explosion, vom Nichts zum All!« Mit verklärtem Gesicht breitete er seine Arme aus.

Nicholas rang sich ein höfliches Lächeln ab. »Das klingt ja sehr – ähm – unfassbar.«

»Das ist es auch!« Bruno nickte eifrig. Er sah sich hastig nach allen Seiten um und schob sich dann näher an Nicholas, so nahe, dass sein Atem ihn streifte.

»Wenn ich meine Schriften veröffentliche, könnte das den Papst in große Erklärungsnot bringen«, flüsterte er Nicholas heiser zu.

»Das scheint vielleicht kein so guter Einfall zu sein«, wandte Nicholas zaghaft ein. Wer am Weltbild und an den Lehren des Papstes zu rütteln wagte, wurde vom Vatikan als Ketzer mit dem Flammentod bestraft, das wusste er. Bruno schwieg einen Moment und seine Miene war zugleich voller Ernst und heiterer Gelassenheit, als er bestimmt entgegnete: »Das muss es mir wert sein.«

Die beiden sahen sich an, wie in stummem Einverständnis, und Nicholas dachte bei sich, dass dieser Bruno vielleicht gar nicht so verrückt war, wie es zuerst den Anschein gehabt hatte. Nur eben beseelt von einer fast übermenschlichen Leidenschaft für seine Gedankenwelt. Und wer weiß: Vielleicht mochte er sogar recht haben mit seinen Theorien.

»Ich hoffe ja darauf«, fuhr Bruno mit erneuten Seitenblicken fort, »eine Einladung zu einem großen Mann der Wissenschaft hier in der Gegend zu erhalten.« Er senkte seine Stimme noch weiter, bis sie kaum mehr zu hören war. »Flussaufwärts lebt der große Doktor Dee, dessen Arbeiten ich seit Jahren bewundere. Es heißt, er besitze eine der größten Bibliotheken der gesamten Christenheit!«

Nicholas spürte, wie es ihm einen Stich gab. »Ich –« Er gestikulierte hilflos hinter sich. »Ich muss dann weiter. Hat mich gefreut, Master Bruno.«

Er fühlte sich leer und müde, als er davonschlich. Spione hin, sonderbare Gäste her: In dieser Stunde war Nicholas einfach ein dreizehnjähriger Junge, gequält von Heimweh nach dem einzigen Zuhause, das er kannte.

32

Aufstehen, Bürschchen, raus aus den Federn!«

»Grnggg«, machte Nicholas und drehte sich auf die andere Seite. Erst sehr spät war er in einen bleiernen Schlaf gefallen, den Kopf zwischen piksendem Strohsack und buckligem Kissen vergraben, um Fagots nervtötendem Schnarchen zu entgehen.

»Hopp, raus jetzt!« Nicholas' Bettstatt schlug unter ihm aus wie ein bockiger Gaul, als Fagot wiederholt dagegentrat.

»Is' doch noch dunkel«, nuschelte Nicholas, als er ein Augenlid anhob und es sogleich wieder zuklappte.

»Das ist dem Herrgott gleich. Wäre ein schlechter Einstieg, gleich am ersten Morgen das Lesen der heiligen Messe zu versäumen.«

Messe? Nicholas fuhr kerzengerade in die Höhe. Fagot, der sich gerade einen heraushängenden Hemdzipfel in die Hose stopfte, lachte. »Schau nicht so, als stünde der Teufel leibhaftig vor dir! Dass dies ein gut katholisches Haus ist, hättest du dir doch denken können.«

Nicholas wollte einwenden, dass er keinerlei Ahnung davon hatte, wie er sich in einem katholischen Gottesdienst zu verhalten hatte. Aber da er annahm, dass Fagot dies nicht als Ausrede gelten lassen würde, krabbelte er mit einem flauen Gefühl im Bauch von seinem Strohlager herunter.

Die winzige Kapelle unten im Haus war heillos überfüllt. So schöpfte Nicholas Hoffnung, es würde nicht weiter auffallen, wenn ihm im Ablauf der Messe ein Patzer unterlief. Noch dazu war der Raum nur schwach von einer Hand voll Kerzen erleuchtet. Wie er es bei Fagot neben sich sah, tupfte er am Eingang den Finger in die Schale mit Weihwasser und bekreuzigte sich mit einem angedeuteten Kniefall.

Fagot marschierte geradewegs zur vordersten Bankreihe. Ein in Grün und Silber gekleideter Herr mit schwarzen Locken begrüßte ihn überschwänglich. Der Art, wie dieser Fagot einem anderen ähnlich prächtig gekleideten Herrn daneben vorstellte, entnahm Nicholas, dass es sich dabei um den Hausherrn und französischen Botschafter Monsieur Castelnau handeln musste, der sie am Vortag empfangen hatte und von dem er bis jetzt lediglich die Schnallenschuhe zu Gesicht bekommen hatte.

Auch Giordano Bruno in seiner schäbigen grauen Kutte hatte sich zu ihnen gesellt. Auf die restlichen Bänke verteilte sich der Hausstand von Salisbury Court, der zum Großteil ebenfalls noch nicht sonderlich wach wirkte. Nicholas quetschte sich in die vorletzte Bankreihe, in der noch ein Plätzchen frei war. Aufmerksam blickte er sich um.

Ursprünglich musste das hier ein ganz gewöhnlicher Raum des Hauses gewesen sein. Auf der linken Seite befanden sich drei hohe, spitzgiebelige Fenster, hinter deren Butzenscheiben gerade das erste fahle Licht dämmerte. In die breite Nische der Rückwand hatte man ein immens großes, goldgerahmtes Ölgemälde gehängt, das zeigte, wie Moses die Gesetzestafeln empfing. Davor war ein Hochaltar mit Christuskreuz gestellt worden, verschwenderisch mit Blattgold überzogen. In der einen Ecke befand sich ein aus Holz geschnitzter, bemalter Heiliger, der segnend die Hand hob, in der anderen eine Madonna mit blauem Gewand.

Nicholas musste an Pastor Hardcastle denken, der sich gerne über die katholische Messe ereifert hatte. Unsägliches papistisches Brimborium, hatte er gewettert, in einem Tonfall, als würde er über eine Teufelsanbetung sprechen. Als Nicholas überlegte, was Hardcastle wohl dazu sagen würde, wenn er wüsste, wo sich sein ehemaliger Zögling nun befand, musste er insgeheim grinsen. Doch ganz wohl dabei war ihm dennoch nicht.

Der Geistliche trat vor den Altar und eröffnete die Messe in lateinischer Sprache. Nicholas begann, Blut und Wasser zu schwitzen bei dem Gedanken, irgendeinen Einsatz zu verpassen, für ein Gebet, ein Lied oder dergleichen. Doch nichts geschah, außer dem einschläfernden lateinischen Wortfluss.

Verstohlen musterte Nicholas die Umsitzenden. Ein Mann ließ eine Kette aus Holzperlen durch die Finger gleiten. Lautlos bewegte er dabei die Lippen. Doch etwas war seltsam daran und Nicholas schaute genauer hin. Was der Mann vor sich hin murmelte, waren nicht die Worte des Geistlichen. Nicholas blickte sich um, linste in die Bank vor und hinter sich und er begriff, dass die meisten hier Anwesenden gar kein Latein verstanden.

Unversehens geriet er ins Grübeln. Es schien ihm ungerecht, einen Gottesdienst in einer Sprache abzuhalten, die die Gläubigen nicht verstanden. In der Art von Gottesdienst, die er kannte, war das anders. Hardcastle hatte ihm auch darüber einmal einen Vortrag gehalten.

König Heinrich hatte nach seinem Bruch mit dem Papst bereits begonnen, die Liturgie der neu gegründeten Kirche ins Englische übertragen zu lassen. Sein jüngster Sohn Eduard hatte dann das fertiggestellte *Book of Common Prayer* veröffentlichen lassen. In diesem war alles zusammengefasst, was die protestantische Kirche Englands ausmachte – auf Englisch. Elisabeth hatte dies nach ihrer Thronbesteigung mit nur geringen Änderungen übernommen. Dennoch wolle sie nicht die Seelen der Menschen ergründen, hatte der Magus erzählt. Angesichts dessen, was Nicholas über den Zwist von Katholiken und Protestanten in England und im übrigen Europa wusste, fand er es mächtig großzügig von Elisabeth, dass die Franzosen hier in der Botschaft ihren Glauben ausüben durften. Mochte dieser ihm selbst auch noch so seltsam anmuten.

Als unter Scharren und Stoffgeraschel alle aufstanden, sprang Nicholas ebenfalls hastig auf die Füße. Erst verwirrt, dann erleichtert, stellte er fest, dass die Messe schon vorüber war. Inmitten der nach draußen drängenden Menge ließ er sich einfach vorwärtsschieben. Er war schon beinahe über der Schwelle, als er noch einmal den Kopf wandte. Vorne, beim Altar, stellte Castelnau gerade Fagot dem Geistlichen vor, der die Messe abgehalten hatte. Nicholas drückte sich in den Schatten des Türrahmens und machte einen langen Hals. Der merkwürdige Bruno schritt vorbei, die Hände in die Ärmel seiner Kutte geschoben, als sei er noch immer ein Ordensbruder.

»Wichtige Gespräche, wie mir scheint«, raunte er Nicholas im Vorübergehen mit einem verschwörerischen Blinzeln zu. Tatsächlich schien der Geistliche hocherfreut über die Bekanntschaft des Gastes und verwickelte Fagot in ein angeregtes Gespräch. Castelnau hörte zu, nickte, warf dann und wann einen kurzen Satz dazwischen. Dann verabschiedete er sich von beiden mit Gesten des Bedauerns und hastete zur Tür.

»Bonjour, Eure Exzellenz«, murmelte Nicholas mit einer Verbeugung, als der Botschafter auf seiner Höhe war.

»Bonjour«, murmelte Castelnau nicht unfreundlich, aber reichlich gleichgültig und ohne Nicholas eines zweiten Blickes zu würdigen. Er schien es sehr eilig zu haben.

Jetzt ließen sich der Geistliche und Fagot auf der vordersten Bank nieder. Nicholas stand zu weit entfernt, um mehr als Geraune verstehen zu können. Suchend schaute er sich um, doch nirgendwo konnte er einen Winkel entdecken, in dem er sich hätte verstecken können, um das Gespräch der beiden zu belauschen.

Missmutig trollte er sich schließlich in Richtung der Küche. Es wäre nur recht und billig, für diesen unsanften Tagesbeginn mit einer anständigen Mahlzeit entschädigt zu werden.

Die Sonne stand schon hoch am Himmel, als Nicholas neugierig durch Salisbury Court streifte. Sein Frühstück hatte vorwiegend aus einem recht merkwürdigen Brei mit einer Unmenge an Zucker bestanden, aber wenigstens fühlte er sich einigermaßen gesättigt.

Seine Aufgabe hier bestand eigentlich nur darin, für Fagot auf Abruf bereitzustehen. Doch da sein neuer Dienstherr weder in der verwaisten Kapelle noch im übrigen Haus aufzufinden war, beschloss Nicholas, seine Zeit sinnvoll zu nutzen. Herumschnüffeln war zwar nicht ausdrücklich Teil seines Auftrags – aber ausdrücklich verboten hatte es ihm schließlich auch niemand! Und wenn er ehrlich war – es war aufregend, sich unter falschem Namen in der Botschaft einzuschleichen. Aber wie viel aufregender mochte es sein, wenn er herausbekam, *weshalb* sie überhaupt hier waren!

»Heda, was suchst du hier?«, schnauzte ihn ein Bursche an, als er gerade die Tür zu einem der Salons öffnete.

»Ich – äh –, ich suche meinen Herrn, Monsieur Fagot. Habt Ihr ihn gesehen?«, entgegnete Nicholas geistesgegenwärtig und mit gekonnter Unschuldsmiene.

»Nee. – Hast hier trotzdem nix verloren! Salon ist nur für Herrschaft und Gäste.«

»Lass ihn doch«, grinste ein zweiter Bursche, der mitten im Raum auf einer Trittleiter stand und den schmiedeeisernen Kronleuchter an der Decke mit den Kerzen neu bestückte. »Ist doch spannend in so einem großen Haus! Kennt er sicher noch nicht. Solange er unsereins nicht zu viel zwischen den Beinen herumläuft und seine Griffel vom Tafelsilber lässt . . .«

Nicholas rang sich ein verkniffenes Lächeln ab und setzte seinen Weg fort.

In der Halle lieferte ein Bote gerade einen Stapel Briefe ab. Nicholas' Herz schlug rasch, doch noch ehe er einen zweiten Blick drauf werfen konnte, kam auch schon ein schmallippiger Mann herbeigeeilt und kassierte sie ein. Der Ausdruck in seinem Gesicht, die Art, wie er die Finger um das Papier schloss, verhieß, dass er sie nicht ohne Weiteres aus der Hand geben würde. Und er machte auch nicht den Anschein, als ob er besonders gnädig zu einem ihm hinterherschleichenden Laufburschen wäre. Im Austausch für den Packen Post gab der Sauertopf dem Kurier einen einzelnen Brief und eine Münze mit. Der Bote verbeugte sich und murmelte etwas, das wie *Monsieur le Secretaire* klang. Aha, der Sekretär des Botschafters, kombinierte Nicholas. Und ihm entfuhr ein sehnsüchtiges Seufzen, als er abwechselnd den Männern hinterherblickte, wie sie mit ihren jeweiligen Briefen davongingen.

Nicholas zog einen Flunsch, kickte einen unsichtbaren Stein vom Boden und trottete weiter auf seiner Suche nach etwas, das verdächtig sein könnte oder nach Verschwörung riechen mochte.

33

Sir Francis Walsingham schritt ungeduldig auf und ab. Mit dem milden Aprilwetter waren auch seine Gichtschmerzen abgeklungen und er konnte auf die Hilfe seines Stocks verzichten. Doch das hallende Geräusch seiner Absätze auf dem Steinboden zerrte an seinen ohnehin angespannten Nerven und er blieb stehen. Er hasste es, wenn die Königin ihn erst zu sich bestellte und dann hier warten ließ. Mit einem tiefen Durchatmen, das ihn beruhigen sollte, ließ er seine Blicke durch den Vorraum wandern. Die Wandteppiche mit den Jagdszenen, der mannshohe Kandelaber in der Ecke, die aufgereihten Stühle – alles an diesem Ort war ihm zutiefst vertraut. So oft und so lange hatte er hier schon seine kostbare Zeit totgeschlagen, während er auf Einlass gewartet hatte. Derart vertraut, als handelte es sich um ein Zimmer in seinem eigenen Haus und nicht um eines im königlichen Palast zu Whitehall.

Vorwurfsvoll starrte er den uniformierten Wächter neben der Tür an, als ob die Verzögerung ganz alleine ihm anzulasten sei. Doch dieser zeigte sich unbeeindruckt, stand unverrückbar stramm, die Augen halb geschlossen, als lauschte er einem fernen Geräusch. Und in der Tat ging im nächsten Moment ein Ruck durch ihn hindurch; er riss die Tür auf und verbeugte sich so tief, dass sein Helm beinahe den Boden berührte.

»Michel!«, rief Walsingham unwillkürlich aus, als er sah, wer da eiligen Schrittes die Gemächer der Königin verließ, gleichermaßen Überraschung und Freude in seiner Stimme.

»Francis«, kam die ebenfalls beglückte Antwort des französischen Botschafters Castelnau. »Wie ich sehe, hat die Gicht ihre Klauen von Euch genommen, das freut mich doch sehr! Befindet sich Mistress Ursula wohl? Und Eure Tochter?«

»Beide vollauf mit Hochzeitsvorbereitungen beschäftigt, wie Frauen eben so sind. Im Spätsommer, den jungen Sidney, eine glänzende Partie! Ihr seid selbstredend auch eingeladen . . . Eure Gattin . . .«

Nur wer beide sehr gut kannte, hätte unter der aufrichtigen Herzlichkeit, mit der sie sich die Hände schüttelten und Neuigkeiten austauschten, etwas anderes durchschimmern gesehen. Ein Lauern im Blick, ein vorsichtiges Abwägen, was der andere wusste und was einen jeden von ihnen zu einer Audienz bei der Königin gebracht hatte.

». . . wohlauf, will dieses Jahr wieder nach England übersiedeln. Die Buben bleiben aber in Frankreich, nur die beiden Mädchen kommen mit, sind ja noch recht klein. Ihr müsst uns dann einmal besuchen kommen! Zu schade, dass wir beide uns so wenig sehen . . .«

»Ja, die lästige Arbeit«, seufzte Walsingham, »nichts als Arbeit. Aber der Herr lässt doch immer wieder unsere Wege einander kreuzen, nicht wahr?«

Sollte Castelnau aus diesen Worten Walsinghams eine versteckte Warnung herausgehört haben, so ließ er sich dies nicht anmerken. »In der Tat, so ist es. Dann auf bald, Francis.«

»Eine Königin lässt man nicht warten. Auch nicht ein Sir Francis Walsingham!« Der zierliche Fuß Elisabeths tappte ungeduldig in seinem leichten Pantoffel aus bestickter cognacfarbener Seide auf den Boden.

Mittelschwere Gereiztheit, diagnostizierte Walsingham, als

er sich vor der Königin verbeugte. »Vergebt mir, Eure Majestät. Wenn ich auch Euch die größere Ergebenheit schulde, so wäre es dennoch grob unhöflich gewesen, den französischen Gesandten mit nur zwei Worten abzufertigen. – Und äußerst unklug obendrein«, setzte er mit einem Funkeln in den Augen hinzu, als er sich wieder aufrichtete. Elisabeth musterte ihn schweigend und ihre schlanken, beringten Finger trommelten einen zackigen Takt auf den Rock ihres bräunlich changierenden Kleides.

»Lasst uns allein«, winkte sie den Wachmann hinaus, der sich gehorsam verneigte und zu dem Wächter auf der anderen Seite der Tür gesellte.

»Nun, Sir Francis – ich sehe Euch an, dass Ihr vor Neugierde geradezu berstet, was ich mit dem Gesandten Castelnau zu besprechen hatte.« Kokett legte Elisabeth den Kopf mit der wohl ondulierten Frisur schräg.

Walsingham lächelte säuerlich. Gerade dieser spielerische Tonfall war es, der ihn rasend machen konnte, ebenso wie ihre Launen und ihre Unentschlossenheit in manchen Dingen. Es war bei Hofe kein Geheimnis, dass Elisabeth und Walsingham einander persönlich nicht sonderlich mochten. Doch Walsinghams Loyalität stand über seinen Zu- wie Abneigungen, und ungeachtet ihrer allzu menschlichen Schwächen, hielt er Elisabeth für eine fähige Herrscherin. Die Königin wiederum war zu klug, als dass sie nicht gewusst hätte, wie wichtig Walsinghams Können und Wissen für sie war. Und so sah sie ihm sogar die Kränkung nach, dass er ihrem sprühenden weiblichen Charme immer nur kühle Gleichgültigkeit entgegenbrachte.

»Wenn Eure Majestät mich über die Unterredung mit dem Botschafter in Kenntnis setzen wollen, so habe ich gewiss nichts dagegen einzuwenden«, entgegnete Walsingham geschraubt.

»Ein schlechtes Gewissen wollte er mir einreden«, ereiferte sich die Königin, die offensichtlich nur darauf gewartet hatte, ihrem Unmut Luft machen zu können. »Ein schlechtes Gewissen, weil ich öffentlich mit *Monsieur* gebrochen habe!«

Wie ungeschickt von Castelnau, dachte Walsingham und ein Anflug von Enttäuschung über das wenig diplomatische Verhalten seines alten Freundes streifte ihn. Er wusste aus eigener Erfahrung, dass Misserfolge dazugehörten, gleich wie viel man auch in eine vielversprechende Unternehmung investierte.

»Und er suchte herauszufinden, wie ich es mit den Niederlanden hielte . . .«, fügte sie hinzu und es klang mehr nach einer Frage.

Walsingham wartete ein paar Herzschläge, ehe er vorsichtig erwiderte: »Nun, sollte Eure Majestät sich entschließen, doch noch Truppen in die Niederlande zu entsenden –«

»Nein, Walsingham, tausend Mal nein!« Elisabeth begann, aufgeregt im Zimmer auf und ab zu marschieren. »Ich lege mich nicht derart offensiv mit Philipp von Spanien an!«

»Es würde Englands Position in den Augen sämtlicher Protestanten im In- und Ausland stärken, kämt Ihr unseren Glaubensbrüdern in den Niederlanden gegen König Philipp zu Hilfe«, hakte er unverdrossen nach.

Energisch tippte Elisabeth auf den Tisch, auf dem sich ihre Korrespondenz ausbreitete. »Zuallererst bin ich meinem eigenen Volk verpflichtet, Sir Francis! Und mein Volk trägt keinen Nutzen davon, wenn ich einen Krieg mit Spanien heraufbeschwöre. Auch nicht um der armen Niederländer willen!« Sie zögerte einen Moment. »Jedenfalls nicht im Augenblick.« Sie atmete tief durch. »Außerdem fühlte Castelnau scheinbar vor, ob die Verhandlungen über eine Freilassung Maria Stuarts nicht wieder aufgenommen werden könnten. Ich hatte so etwas geahnt, deshalb habe ich Euch eben zu dieser Stunde herbestellt.«

Walsingham ging ein paar Schritte auf und ab, in Gedanken versunken. Er achtete scheinbar nicht auf den eindringlichen, fast erwartungsvollen Blick der Königin.

Castelnaus Vorstoß war ein zweischneidiges Schwert. Für Walsingham stand unverrückbar fest, dass eine Freilassung Maria Stuarts nicht infrage kam. Denn wenn sie tatsächlich als freie Frau Schloss Sheffield verlassen würde, wäre es nur eine Frage der Zeit, ehe ihre Getreuen die Lunte am Pulverfass des Bürgerkrieges zündeten. England würde in Flammen aufgehen.

Andererseits – was, wenn man zum Schein die Verhandlungen aufnehmen würde? Walsingham war nur zu bewusst, dass die gefangene Maria Stuart weiterhin unter dem Heiligenschein einer Märtyrerin saß. Ihre Inhaftierung gab auch so schon genug Anlass zu beträchtlichen Unruhen.

Dem könnte man am besten einen Riegel vorschieben, indem man eine gewisse Bereitschaft signalisierte, Maria Stuart entgegenzukommen. Welche Gefahr ginge man damit schon ein? Die Verhandlungen würden sich ohnehin ewig in die Länge ziehen. Zeit genug für Walsingham, dafür zu sorgen, dass er Maria Stuart endgültig aus dem Spiel werfen konnte. Zeit, in der ihre Anhänger hofften, abwarteten, vielleicht Fehler begingen. Nachdenklich strich er sich mit dem Fingerknöchel über den Bart, ehe er bedächtig nickte. »Es wäre in Erwägung zu ziehen.«

Elisabeth starrte ihn entsetzt an. »Ausgerechnet Ihr ratet mir das, Walsingham?« Ihre Stimme war nur mehr ein heiseres Flüstern. Ein kleines Schmunzeln huschte über Walsinghams Gesicht.

»Ausgerechnet ich, ja. Ich bin für diese Verhandlungen – aber nur unter der Bedingung, Maria Stuart möge von jeglichem Anspruch auf den englischen Thron absehen. Zumindest zu Eurer Majestät Lebzeiten.« Walsingham gratulierte sich im Stillen zu diesem brillanten Schachzug, mit dem er unter den Anhängern der Schottin die Spreu vom Weizen trennen konnte. Wer Maria Stuart aufgrund ihrer Person und ihres Schicksals frei sehen wollte, gäbe damit Ruhe. Diejenigen jedoch, die sie nur als Marionette benutzen und anstelle von Elisabeth als Königin einsetzen wollten, würden aufgescheucht werden und sich zum Handeln gezwungen sehen – und sich dadurch verraten.

Elisabeth schluckte und wandte sich hastig um. Sie trat ans Fenster, verharrte dort unbeweglich einige Augenblicke lang. »Wenn Ihr das von mir verlangt . . . dann verlangt Ihr von mir, mein eigenes Leichentuch zu weben. Mir ist die Unbeständigkeit des Volkes bekannt, Sir Francis. Immer missfällt ihnen die Herrschaft, die sie gerade haben. Und mit einem Auge schielen sie schon auf die Person, die nachfolgen wird. Vielleicht sind die Menschen von Natur aus so«, seufzte sie.

»Aber bedenkt, meine Königin: Dieses Vorgehen hielte eure Gegner für einige Zeit in Schach. Und wir gewännen Zeit – unglaublich kostbare Zeit.«

Elisabeth sah ihn über ihre Schulter hinweg an. »Was für einen Plan habt Ihr hinter meinem Rücken bereits ausgeheckt, Walsingham?«

»Einen vorzüglichen, Majestät.« Er neigte leicht sein Haupt.

»Schon gut«, schnaubte Elisabeth und richtete ihren Blick

wieder hinunter auf den Park. »Ich will es lieber nicht so genau wissen. Das regt mich nur wieder auf.« Schweigen senkte sich über den Raum. Walsingham sah, wie Elisabeths Hände auf ihrem Rücken sich zu Fäusten ballten und wieder öffneten. Schließlich, nach einer kleinen Ewigkeit, nickte sie und wandte sich halb um. »Schön, von mir aus. Gehen wir es an, Walsingham.«

Walsingham liebte Schach, das Spiel der Könige. Taktieren und Täuschen – das waren Dinge, in denen er wahre Meisterschaft besaß. Maria Stuart in ihrem hoffärtigen Stolz würde den Verzicht auf den englischen Thron niemals akzeptieren, dessen war er gewiss. Mehr noch: Sie würde diese Bedingung als Beleidigung auffassen und sich an Elisabeth dafür zu rächen suchen – mit allen Mitteln. *Oder Mittelsmännern,* dachte Walsingham zufrieden, als er sich mit einer Verbeugung aus dem Gemach der Königin zurückzog.

Und ihm fiel der Stoßseufzer ein, der dem vorigen König der Franzosen einmal in einem Gespräch über Maria Stuart entfahren war: *Ach, die arme Närrin – sie wird nie mit ihren Intrigen aufhören, bis sie eines Tages deshalb noch ihren Kopf verlieren wird.*

34

Es war sein vierter Tag in Salisbury Court und Nicholas saß in der Küche beim Mittagsmahl. Der gesamte Hausstand hatte sich um den großen, schartigen Tisch gequetscht. Jedes Mal, wenn der Bursche neben Nicholas den Löffel zum Mund führte, stieß dessen Ellenbogen Nicholas schmerzhaft zwischen die Rippen. Unhörbar seufzte Nicholas und ließ wieder und wieder den Inhalt seines Löffels in die Suppenschale zurückrinnen. Er sehnte sich nach Mortlake zurück, und das nicht nur wegen des guten Essens dort.

Hungern musste auch in Salisbury Court niemand. Doch die Trennung zwischen »oben« und »unten« im Haus war deutlich abgegrenzt. Was von den luxuriösen Speisen für die Herrschaft übrig blieb, wurde unter dem Personal verteilt. Streng nach Rangordnung natürlich. Und wenn es Botschafter Castelnau und seinen Gästen besonders gut geschmeckt hatte, hatten die Niedrigstehenden unter den Dienstboten das Nachsehen.

Kammerdiener zu sein war besser als einfacher Laufbursche und zwischen dem Kammerdiener eines adligen Gastes und dem Laufburschen eines Henri Fagot lagen Welten. Mehr als einmal war Nicholas das Wasser im Mund zusammengelaufen, als er die Teller der Diener anderer Gäste mit seinem eigenen verglichen hatte.

Für das, was die zweite Köchin für das niedrige Personal zusammenpanschte, durfte man nämlich keinen empfindlichen Magen besitzen. Die Suppe roch stark nach Fisch, doch die glitschigen Bröckchen darin ähnelten selbst mit großer Fantasie nichts, was Nicholas bekannt vorgekommen wäre.

»... und denn sagt dieser Monsieur Dingsbums zu mir, es sei zu kalt im Zimmer, er kann nich' schlafen, wenn er kein' vorgewärmten Ziegelstein im Bett hat. Ich also eb'n noch mal hoch und bring ihm einen. Immerhin kriecht ich Trinkgeld 'für, gar nich' schlampig, ganzen Threepence!« –

»Olivier, denk dran, den Wein für heute Abend rechtzeitig aus den Fässern abzufüllen, lieber zu viel als zu wenig!« –

»Haste schon gehört, unten am Kai ham se letzte Nacht einen zu Tode geprügelt! Doch, hab's vorhin auch erst ...« –

»Seine Exzellenz hat für morgen Abend Reh bestellt, für sieben Personen, und Pilzsuppe, wo um alles in der Welt soll ich um diese Jahreszeit ...«

Während Nicholas mit einem Ohr den Tischgesprächen auf Französisch lauschte, ließ er seine Blicke reihum über die Gesichter schweifen. Er konnte sie schon gut zuordnen: der Chefkoch, der nur für den Botschafter und seine Gäste zuständig war und durch die Küche stolzierte wie ein Pfau. Besagte zweite Köchin mit ihren Mägden und dem stets mufflig dreinblickenden Küchenjungen, der stumm zu sein schien und zweifellos schwerhörig. Denn die Köchin musste erst alles keifend dreimal wiederholen, ehe er sich träge in Bewegung setzte. Die drei Mädchen, die für den Zustand der Zimmer verantwortlich waren, und die beiden Stallburschen. Einer der insgesamt vier Wachmänner, die abwechselnd das Hauptportal hüteten. Der Kammerdiener des Botschafters, dann Hausdiener François und die beiden jungen Männer, die ganz oben in der Hackordnung des Hauses angesiedelt waren: Sie durften in feinen Wämsern mit eingestickten Wappen auf der Brust dem Botschafter und seinen Gästen bei Tisch servieren. (Und Kerzen auswechseln, wie Nicholas beobachtet hatte.) Im Gegensatz zu ihm schienen sich alle pudelwohl zu fühlen in Salisbury Court.

Nicholas unterdrückte einen erneuten Seufzer und rührte unlustig in der ekligen Brühe herum. Doch die plötzliche Stille ließ ihn hochschrecken. Alle am Tisch hatten ihre Mahlzeit unterbrochen und sahen ihn erwartungsvoll an. Nicholas antwortete mit einem fragenden Gesichtsausdruck.

»Ich will wissen, ob dir meine Suppe wohl nicht gut genug ist«, donnerte schließlich die Köchin vom Kopfende herab.

Nicholas holte tief Luft und machte ein paar unbeholfene Schlenker mit der freien Hand, ehe ihm nichts Besseres einfiel, als kleinlaut hervorzubringen: »Doch, sie ist . . . vorzüglich.« Er zwang sich zu einem Lächeln, um dann – unter den gebannten Blicken des Personals – todesmutig einen Löffel des schleimigen, schon kalten Zeugs hinunterzuwürgen.

»Als Laufbursche eines armen Priesters kann er ja kaum was Besseres gewöhnt sein«, scherzte der Bursche neben ihm und biss herzhaft in eine Scheibe Brot. Der Schluck Suppe schwappte in Nicholas' Kehle wieder hoch, schoss ihm in die Nase. Er prustete und hustete, was zum Glück im wieder einsetzenden Geklapper und Geschnatter unterging.

Als Nicholas über die Hintertreppe wieder ins dritte Stockwerk hinaufstieg, knurrte sein Magen lautstark. Gleichzeitig war ihm aber speiübel und er hätte jede Wette gehalten, dass für die Suppe ein zähes Seeungeheuer zerschnipselt und gekocht worden war, dessen Stückchen jetzt in seinem Bauch wild umherzappelten. Aber das war nicht allein der Grund für seine Übelkeit. *Als Laufbursche eines armen Priesters . . .* Diese Bemerkung war es, die ihm nicht mehr aus dem Kopf gehen wollte.

»Wo zum Teufel hast du gesteckt?«, ranzte Fagot ihn an, als er das Zimmer betrat. Innerhalb kürzester Zeit war es ihm gelungen, den Tisch mit allerlei Büchern, Papier und Tintenklecksen zu übersäen. »Ich habe schon überall nach dir gesucht! Muss ich auch noch ein Kindermädchen für dich anstellen?«

»Ich war unten in der Küche, zum –«, setzte Nicholas gekränkt zu einer Verteidigung an. Er wurde aus Fagot und seinem Gebaren einfach nicht schlau.

»Schon gut«, winkte Fagot ab, »ich will heute mal nicht so sein. Du musst mir einiges aus der Stadt besorgen. Einen Packen Papier von Follywolle's und zwei Bücher, die ich bei Master Strangewayes bestellt habe, beide in St. Paul's. Und bei Topsfield's auf der Cheapside lässt du mir den hier«, er wedelte mit seinem leeren Tabaksbeutel, bevor er ihn achtlos auf den Tisch warf, »wieder füllen. Zwei Unzen – und schau dem alten Gauner beim Abwiegen genau auf die Finger! Er hält sich für besonders schlau und geizt gerne mit seinem Kraut.« Aus seinem Wams kramte er eine Anzahl Münzen heraus und ließ sie auf den Tabaksbeutel fallen. Ohne ein weiteres Wort stand er auf und ging.

Nicholas sammelte die Münzen ein und reckte dabei seinen Hals. Wie von selbst folgten die Finger seinen Augen und blätterten in den aufgeschlagenen Büchern. »Eine Tragödie von Sophokles, auf Griechisch . . . und Gedichte von Catull, in Latein . . .«, murmelte er vor sich hin. Auf den Blättern waren Passagen aus den Büchern notiert, durchgestrichen, umgeändert. Anmerkungen standen daneben, jeweils in derselben Sprache wie Lektüre und Notizen, wie »zu weitschweifig!«, »guter Satz!« oder »brauchbar«.

Als Laufbursche eines armen Priesters . . . Wieder dachte Nicholas daran, was der Bursche beim Mittagsmahl gesagt hatte. Bedienstete eines Hauses hatten ihre Augen und Ohren überall – war Fagot demnach tatsächlich ein katholischer Priester? Aber als Spion von Walsingham – das erschien Nicholas undenkbar. Und doch: *Frère Henri,* fiel ihm die Begrüßung Castelnaus wieder ein.

Sein Blick fiel auf den Seesack, der halb leer und zerknautscht vor dem Schrank lag. Er spitzte die Ohren, doch vor der Tür war alles ruhig. Ehe Nicholas es sich versah, kniete er auf dem Boden und wühlte in dem Beutel aus Segeltuch. Zwei Hemden fand er darin, Strümpfe, dann ein voluminöses Stoffbündel, schwarz und rau. Als er es mit beiden Händen auseinanderzog, fiel ihm ein hölzernes Kruzifix an einer Kordel entgegen. Mit aufgerissenen Augen betrachtete er den schwarzen Stoff in seinen Händen. Tatsächlich! Ein Priestergewand! Nicholas schluckte, verharrte so ein paar Herzschläge, ehe er alles so hastig zurückstopfte, als könnte er sich daran die Finger verbrennen.

Nun hatte er es doppelt so eilig, nach St. Paul's zu kommen. Doch die Aufträge Fagots waren nicht das Einzige, das er dabei im Sinn hatte.

35

Auch wenn Mortlake in den vergangenen Monaten zu seinem Zuhause geworden war, genoss Nicholas es in vollen Zügen, wieder in den turbulenten Straßen Londons unterwegs zu sein. Hier lagen seine Wurzeln und sein Herz schlug im gleichen Takt wie das pulsierende Leben der Stadt. Als sei er ein Fisch im Meer, schwamm er munter durch die Flut an Menschen, Karren, Pferden, die sich durch die Straßen und über die Plätze ergoss.

»Topsfields Gewürzsäckchen« hielt, was das bemalte Schild über der Tür versprach. Das Geschäft war klein und unscheinbar, doch wer über die Schwelle schritt, wurde überwältigt von einem Gemenge an Düften und Aromen. Der verhutzelte Abraham Topsfield schwankte auf seinen Säbelbeinen durch den Laden, als befinde er sich noch immer an Deck eines Schiffes, das über die Weltmeere segelte.

Doch mittlerweile war er Herr über mannigfache Gewürze und Gewächse aus Übersee. Er handelte mit Kardamom aus Indien und mit Zimtstangen, die über Portugal aus Ceylon kamen. Mit süß duftenden Vanilleschoten aus der neuen Welt und verschiedenen Pfeffersorten, weiß, schwarz, grün, rot, rosafarben. Er führte die nahezu unerschwinglichen Muskatnüsse und Muskatblüten von den Banda-Inseln, zitronig-scharf riechende Ingwerwurzeln und Piment aus Jamaika und auch die brandneuen Güter Kakao, Kaffeebohnen – und eben auch Tabak. Unter Nicholas' gestrengen und aufgesetzt fachmännischen Blicken krümelte Topsfield sogar nach dem

Abwiegen noch ein paar Tabakfäden extra in Fagots Lederbeutel.

Als der Junge wieder auf die Cheapside hinaustrat, sah er auf der anderen Straßenseite den Langen Tom vorüberschlendern. Das einstmals kanariengelbe Wams, das er wie Nicholas in der lauen Frühlingsluft offen trug, war zu einem schmutzigen Senfton vergammelt. Er schaute verblüfft, als Nicholas auf ihn zukam. »He, lang nich' mehr gesehn«, grüßte Tom ihn mit einem Rucken des Kopfes. »Haste 's Revier gewechselt?«

Nicholas schüttelte den Kopf. »Bin aus dem Geschäft ausgestiegen. Lohnte sich irgendwie nicht mehr so richtig.« Er badete im Gefühl des Triumphs, als er sah, wie Tom sein Lederwams ebenso neugierig wie neidisch musterte. Und er bemerkte gar nicht, dass er den alten Jargon der Straße nicht mehr benutzte. Nur dass sich die englischen Worte komisch auf der Zunge anfühlten, nachdem er in den vergangenen Tagen nur noch französisch gesprochen hatte.

»Was machste denn jetzt?« Wieder ein Rucken des Kopfes.

»Ich bin im – ähm – Kurierdienst«, umschrieb Nicholas sein neues Tätigkeitsfeld großzügig.

»Na dann«, gab Tom gedehnt zurück. »Man sieht sich sicher.«

»Gewiss.« Nicholas hob die Hand und wandte sich zum Gehen. Aus einem plötzlichen Einfall heraus drehte er sich noch einmal um. »Falls ich mal einen kleineren Auftrag für dich haben sollte – würdest du das machen wollen?«

»Für Penunze?« Nicholas nickte.

Tom zuckte locker mit der Schulter. »Warum nicht.«

»Gut. Ich komme vielleicht irgendwann darauf zurück.«

Nicholas' Schritte wurden immer schneller, je näher er dem klotzigen Steinbau von St. Paul's kam, bis er beinahe rannte.

Erst auf dem Platz vor der Kathedrale ging er langsamer, blieb schließlich stehen und sah sich suchend um. Endlich huschte ein breites Lächeln über sein Gesicht.

Da – dort drüben war sie!

Eine ältliche Matrone drückte ihr gerade eine Münze in die Hand und sie bedankte sich artig mit einem Knicks. Aus der Art, wie die Frau frohgemut weiterwatschelte, ihren Korb mit Gemüse und Blumen vor- und zurückschwang, im selben Takt wie ihre umfangreichen Röcke, schloss Nicholas, dass Leonora ihr nur Gutes aus der Hand gelesen hatte.

Vielleicht hatte Leonora seine Blicke gespürt, denn sobald sie das Geld in ihre Schürzentasche hatte gleiten lassen, hob sie den Kopf und das Strahlen, das sie ihm entgegenschickte, gab ihm das Gefühl, als schiene die Sonne noch ein wenig heller als noch wenige Augenblicke zuvor. Mit roten Wangen stürmte sie ihm entgegen.

»Nicholas – endlich!«, rief sie aus, als sie mit einem letzten Hüpfer vor ihm stand.

Ihm fiel auf die Schnelle keine passende Erwiderung, keine Begrüßung ein. Stattdessen grinste er Leonora nur an und kam sich reichlich linkisch vor. Aber auch ihr sonst so flottes Mundwerk schien plötzlich wie gelähmt zu sein, während sie selbst von einem Bein aufs andere trat und unruhig herumzappelte.

»Komm, ich muss dir was zeigen!«, platzte sie endlich heraus und zerrte ihn am Ärmel hinter sich her. In dem rechten Winkel, in dem sich Längs- und Querschiff der Kathedrale trafen, blieben sie stehen. Hier war es dämmrig und kalt; die hohen Mauern hielten jegliche Sonne fern. Es lag sogar noch ein schmutziges, verkrustetes Restchen Schnee auf dem Pflaster.

Leonora sah ihn mit funkelnden Augen an. »Die Zeit ist mir

ganz schön lang geworden, hier in London«, gab sie zu. »Und ich habe viel über das nachgedacht, was du und ich in Mortlake gelernt haben.« In ihrem Blick stand eine Sehnsucht, die er selbst nur zu gut kannte, wenn er an die Monate bei Dr. Dee dachte. »Und ich habe mir überlegt, wie wir uns in Zukunft Nachrichten zukommen lassen können. Eine, die nur wir nutzen und von der sonst niemand weiß.«

Nicholas musterte sie fragend und sah sich dann um. Er kannte sie gut genug, um zu wissen, dass sie ihn nicht zufällig in diesen Winkel geschleppt hatte. Aber was führte sie im Schilde?

»Rätst du's, rätst du's?«, quengelte sie voller Begeisterung, und als er sie nur verständnislos ansah, schnipste sie mit den Fingern. »Ha, ich wusste es!«

Sie reckte sich und tastete in die Fugen eines der eckigen Steine der Fassade. Das Fundament der alten Kirche war aus großen Steinquadern errichtet. So dicht, wie sie beide jetzt hier standen, reichte es Nicholas gut bis auf Brusthöhe, darüber hatte man kleinere Steine verbaut. Einen solchen zog Leonora jetzt mit einem knirschenden Geräusch heraus und präsentierte ihm stolz die Höhlung dahinter. »Eh voilà!«

»Donnerwetter«, entfuhr es Nicholas. »Wenn ich dich nicht antreffe –«

». . . und es gibt etwas Wichtiges, dann schreibst du mir eine Nachricht und legst sie hier hinein! Und umgekehrt genauso. Ewig habe ich die Mauern nach einem solch lockeren Stein abgeklopft!« Stolz schob Leonora den Stein wieder an seinen ursprünglichen Platz und kramte in ihrer Schürzentasche. »Hier.« Sie hielt ihm einen Bleistiftstummel entgegen und ein paar ausgefranste Papierreste. »Ich trage das Gleiche jetzt auch immer mit mir herum.«

Nicholas nickte anerkennend, als er beides einsteckte. Doch bevor er noch etwas sagen konnte, schnappte sie sich auch schon wieder seinen Ärmel. »Runter, zum Fluss! Und dann erzählst du mir von dir. Ich will alles ganz genau wissen!«

Gemeinsam liefen sie zur Themse hinunter und auf den Steinstufen am Fluss machte Nicholas sich endlich daran, Leonora von all seinen Abenteuern in Salisbury Court zu berichten.

Als er am Ende seiner Schilderung angekommen war und von seinem Fund in Fagots Seesack berichtete, schlug Leonora entsetzt die Hände vor dem Mund zusammen. »Meinst du, er ist wirklich ein katholischer Priester?«, hauchte sie dahinter hervor. »Im Geheimdienst Ihrer Majestät?«

Nicholas hob die Achseln. »Ich weiß es nicht. Zumindest offiziell läuft er nicht mit dem Talar herum.« Er kniff die Augen zusammen und sah den Booten und Kähnen zu, die über den Fluss zogen. »Könnte natürlich zur Tarnung dienen. Er schmuggelt sich als Geistlicher in die Gesandtschaft ein und kann so besser spionieren . . .«, überlegte er halblaut.

»Aber warum trägt er den Talar dann nicht im Haus?«, gab Leonora zu bedenken und Nicholas nickte zustimmend. »Da ist was dran.«

»Meinst du, Walsingham weiß davon? Oder«, sie sog die Luft scharf ein und rüttelte Nicholas an der Schulter, »oder Fagot spielt ein doppeltes Spiel! Vielleicht arbeitet er nur zum Schein für Walsingham! In Wirklichkeit steht er auf der anderen Seite!«

Fagot – ein Doppelagent? Nicholas ließ sich Leonoras Vermutung durch den Kopf gehen. Schließlich schnaubte er verächtlich. »Das würde ich ihm sogar noch zutrauen!«

Leonora stand auf. »Doppelagent hin oder her«, sagte sie

und seufzte lang. »Wir kommen kein Stück weiter, wenn wir nicht einmal genau wissen, was genau Fagots Auftrag ist und weshalb Walsingham ihn in die Botschaft geschickt hat.«

Nicholas erhob sich ebenfalls und schüttelte seine Beine, die vom langen Sitzen auf den harten Steinen ganz taub geworden waren. »Verlass dich darauf«, sagte er hoffnungsvoller, als er sich eigentlich fühlte. »Das kriegen wir schon noch raus. Ganz sicher.«

Doch am späten Abend auf seiner Schlafstatt war es mit Nicholas' Zuversicht nicht mehr so weit her. Es war schon spät am Abend, doch Nicholas fühlte sich noch immer nicht schläfrig. Er hatte das magere Kissen in den Rücken gestopft und die Beine auf dem Strohsack ausgestreckt. Im Schein einer Kerze, die neben ihm auf den Dielen stand, übte er ein paar seiner alten Tricks mit den Karten, die er in den vergangenen Monaten so sehr vernachlässigt hatte. Dabei wanderten seine Gedanken immer wieder zu dem, was hier in der Gesandtschaft vor sich gehen mochte. Wenn Walsingham zwei Agenten (*Na gut . . . eineinhalb!)* hierhergeschickt hatte, hatte er gewiss einen konkreten Verdacht. Bis jetzt schien jedoch alles harmlos. Jedenfalls für die Botschaft eines Landes, das England und seiner Königin nicht sonderlich grün war.

Aber was wusste Nicholas schon, mit wem Castelnau zu tun hatte, mit wem er sich traf – was besprochen wurde, was in der Korrespondenz stand, die das Haus erreichte und wieder verließ? Fagot hingegen hatte vielleicht schon das eine oder andere darüber gehört. Fagot, der so viele Stunden im Arbeitszimmer des Botschafters verbrachte, der mit Castelnau ausritt und mit ihm auch schon eine Vergnügungsfahrt auf der Themse unternommen hatte. Fagot, der gerade unten bei einem Bankett mit dem Botschafter und seinen Gästen zusammensaß.

Nicholas legte die Karten beiseite und starrte müßig in die Luft. Irgendetwas lauerte seit heute Nachmittag in einem fernen Winkel seines Hirns, etwas, das er vergessen hatte, das aber mit den Geschehnissen hier in der Botschaft zusammenhängen musste.

Wann hatte er das erste Mal von Fagot gehört? Das war gewesen, als Dr. Dee ihm den Auftrag gab, nach Deptford zu reisen.

Doch halt – stimmte das denn? Plötzlich fuhr Nicholas von seinem Lager hoch.

Einzelne Wortfetzen kamen ihm in den Sinn, einem Raunen gleich – kaum mehr als der erste Lichthauch beim Entzünden einer Kerze, ehe der Docht Feuer fängt und sich mit einer Flamme umhüllt.

Ein Maulwurf . . . Gesandtschaft . . . mit einer List . . .

»Ich Schaf«, rief Nicholas unvermittelt aus und starrte verblüfft in das Dunkel außerhalb des Lichtkreises. In Gedanken kehrte er nach Mortlake zurück, stand wieder vor dem Arbeitszimmer des Magus, hörte dessen Stimme und die des spinnenbeinigen Besuchers.

. . . der Sprache mächtig . . . kann ich Eurem Herrn behilflich sein . . . Student . . .

»Verflixt noch eins!« Nicholas raufte sich die Haare. »Woher kam dieser Student noch mal?« Aufgeregt sprang er von seinem Lager hoch und ging auf und ab, während er vor sich hin murmelte. »Natürlich! Schon damals ging es um uns! Walsingham hat einen Agenten gebraucht und der Magus hat ihm Fagot empfohlen . . . und mich gleich mit . . .«

Immer neue Gedanken flatterten Nicholas zu, wie Spielkarten, die man von einem hohen Turm herabsegeln ließ. Manche trieben ab, einige aber legten sich zu denen, die schon unten angekommen waren, und auf wundersame Weise passten sie zueinander.

»Die Notiz auf Dees Schreibtisch . . . *Ag.frz.Gesdft.* – das stand für *Agent – französische Gesandtschaft.* Walsingham war ja auch erwähnt.« Doch es fehlten noch etliche Karten, damit sich ein Muster erkennen ließ. »Was zum Kuckuck bedeutet *ChrM?* Könnten es Initialen sein? Dann wäre Fagot nicht sein richtiger Name.«

Nicholas seufzte. Nun, diese Schlussfolgerung war nicht gerade der Lichtblick, den er sich erhofft hatte. Schließlich würde Fagot auf solch einer heiklen Mission wohl kaum seinen richtigen Namen benutzen, oder?

Nicholas hob die Hand und ging die Möglichkeiten durch, indem er sie an den Fingern abzählte. »Fakt ist, der Doktor würde niemanden empfehlen, dem er nicht vertraut«, sagte er zu sich selbst. »Andererseits: Wenn ich an das Ekelpaket Kelley denke – dem würde ich auch jegliche Falschheit zutrauen! Fagot könnte also den Magus durchaus getäuscht haben . . .« Er hob den dritten Finger. »Was aber, wenn die Buchstaben *ChrM* etwas ganz anderes bedeuten?« Er hielt inne. Es fuchste ihn, dass er hier nicht weiterkam, sich seine Gedanken nur noch im Kreis drehten.

Schritte polterten durch den Korridor heran, schwer und ungleichmäßig. Die Tür flog auf und Fagot stolperte über die Schwelle. Beinahe wäre ihm der Kerzenleuchter aus der Hand gerutscht. »Hoppala«, hörte Nicholas, dann ein herzhaftes Rülpsen und ein Kichern. »Junge, Junge, die können vielleicht trinken, die Franzosen. – Huch«, machte Fagot, als er den Kerzenschein bemerkte. »Das Bürschchen ist ja noch auf!«

»Abend«, meinte Nicholas trocken und hob die Hand zum Gruße. Selbst wenn Fagot nicht so unsicher auf seinen Beinen gestanden hätte – der süßlich-dumpfe Dunst vergorenen Traubensaftes, der zu ihm herüberwaberte, hätte Nicholas alles über Fagots Zustand verraten.

»Stört dich dann ja sicher nicht, wenn ich noch arbeite«, ließ sich Fagot mit erstaunlich klarer Sprache vernehmen. Ohne eine Antwort abzuwarten, schlug er die Tür zu und schlingerte in Richtung des Tisches. Heftig setzte er die Kerze ab, schälte sich ächzend aus seinem Wams und ließ es achtlos auf den Boden fallen, ehe er sich setzte. Die Einkäufe, die Nicholas für ihn getätigt hatte, fegte er einfach vom Tisch. Es rummste, polterte und das Wechselgeld klimperte über den Boden.

Nicholas zog die Augenbrauen hoch. Er war aus allen Wolken gefallen, als der Papierhändler in St. Paul's für den Packen Papier mit fünfzig zusammengebundenen Blättern einen Sixpence von ihm verlangt hatte. Für einen Sixpence hätte Nicholas auch auf dem Markt wahlweise ein Pfund Lamm- oder Rindfleisch bekommen, zwei Brotlaibe oder zwei Dutzend Eier und sogar noch ein paar Pennys übrig gehabt! Von drei Päckchen Spielkarten für dasselbe Geld gar nicht zu reden . . . Und auch die Bücher – zwei lateinische Gedichtbände – waren nicht wirkliche Schnäppchen gewesen.

Dann herrschte Stille. Nur das leise Kratzen einer Feder über Papier war zu hören.

Die Franzosen, hatte er gesagt. Nicht *wir* Franzosen.

Nicholas kaute auf seiner Unterlippe herum, dann stand er entschlossen auf und ging zu Fagot hinüber.

»Verzeiht, Monsieur Fagot – aber dürfte ich mir eines Eurer Bücher ausleihen? Ich kann nicht schlafen und würde gern ein wenig lesen. Natürlich nur eines, das Ihr nicht dringend benötigt.«

Fagot hielt mit dem Schreiben inne und sah Nicholas überrascht an. Er blies sich eine Haarsträhne aus dem Gesicht. »Meine Bücher sind alle in Latein oder Griechisch.«

»Das macht nichts. Ich kann beides.«

Fagot sah ihn nur an. Nicholas bemerkte den fieberähnlichen Glanz in seinen Augen. Doch darunter schimmerte etwas Warmes, Unverfälschtes, was Nicholas an ihm noch nicht gesehen hatte. Seine Lippen zuckten, verzogen sich zu einem Lächeln. »Nun gut. Weil du's bist.« Er wandte sich dem Stapel Bücher zu, nahm eines nach dem anderen in die Hand, murmelte die Titel vor sich hin.

»Was schreibt Ihr da?«, wagte Nicholas zu fragen. Fagot machte eine vage Geste. »Oh, ich bilde mich zu meinem eigenen Vergnügen weiter. Schadet bekanntlich nie. Hier, Vergil, der müsste dir gefallen.« Nicholas bedankte sich und kehrte zu seinem Strohlager zurück. Natürlich war seine Hoffnung vergebens gewesen, dass Fagot (oder wie er auch immer heißen mochte) seinen Namen vorne in das Buch geschrieben hatte. Dumm schien er ja nun wirklich nicht zu sein!

Während Nicholas in den Seiten blätterte, wanderten seine Blicke immer wieder zu dem hellen Hemdfleck im schummrigen Raum hinüber. Und er dachte bei sich, dass Fagot vielleicht doch gar kein so übler Kerl war.

36

Was Nicholas die nächsten Tage doch wieder erheblich in Zweifel zog. Damit seine Tarnung als Laufbursche glaubhaft wirkte, jagte Fagot ihn kreuz und quer durch die Stadt. Obwohl Salisbury Court so dicht am Wasser lag und Nicholas oft ein Fährboot flussabwärts nahm, befürchtete er doch, vorzeitig die Sohlen seiner Stiefel durchgelaufen zu haben. Bald schon musste er wieder zu Topsfield's; gleich darauf hierhin, getrocknete Aprikosen kaufen, kurze Zeit später dorthin für eine Tüte Haferplätzchen. Bei verschiedenen Buchhändlern suchte Nicholas die Bücher heraus, die Fagot ihm zu besorgen auftrug. Waren sie nicht vorrätig, bestellte er sie und holte sie am nächsten oder übernächsten Tag dort ab. Und Papier, immer neues Papier – Fagot verbrauchte Unmengen dieses Luxusgutes! Nicholas begann sich zu fragen, woher sein abgerissen wirkender Zimmergenosse so viel Geld zur Verfügung hatte. Offensichtlich zahlte Walsingham ordentlich. Wenn auch Nicholas selbst bislang keinen müden Penny von ihm erhalten hatte.

Auf dem Trockenen saß er dennoch nicht. Das Geld, das er in Mortlake verdient hatte, kam ihm jetzt sehr zupass. Denn die Küche in Salisbury Court erwies sich auch weiterhin als manchmal gewöhnungsbedürftig und so kehrte er oft vorsorglich auf seinem Rückweg in einem der Gasthäuser ein, wenn ihm auch die mitleidigen Blicke der anderen Gäste etwas peinlich waren, während er sich hungrig wie ein Wolf auf den Eintopf oder die Würstchen mit Erbsen stürzte.

Dennoch verging die Zeit wie im Flug. Noch nie war in Nicholas' Leben so viel passiert. Er und Leonora trafen sich fast jeden Tag. Sie saßen dann auf der untersten Steinstufe des Kais, baumelten mit den Beinen und ließen sich von der Aprilsonne wärmen. Sie schwatzten, lachten, schmiedeten Pläne und dachten sich die wildesten Geschichten über Salisbury Court, Castelnau und Fagot aus. Oder sie blickten schweigend den Booten und Kähnen hinterher, die auf der Themse verkehrten. Der einzige Wermutstropfen war, dass Nicholas im Haus der Gesandtschaft bislang einfach nichts gefunden hatte, was ihn auch nur im Entferntesten eine Verschwörung wittern ließ.

Salisbury Court schien ein ausgesprochen langweiliges Haus zu sein. Auch der gepflegte Garten mit den getrimmten Bäumen und Sträuchern, den ordentlich geharkten Kieswegen, der stets abgeschlossenen Pforte und den ausgezirkelten Blumenrabatten schien bar jeglichen Geheimnisses. Und dem Rätsel Henri Fagot war Nicholas ebenfalls keinen Schritt näher gekommen.

Deswegen war er umso aufgeregter, als er eines Tages Zeuge eines unerwarteten Ereignisses wurde. Vielleicht war es Zufall, vielleicht aber auch Schicksal, dass er Leonora an diesem Vormittag nicht vor St. Paul's angetroffen hatte und unerwartet früh von seinem Botengang zurückkehrte. Er bog just in jenem Moment um die Ecke, als ein Reiter sein schäumendes Pferd vor dem Portal zügelte. »Jean Mousnier, Kurier des Königs von Frankreich! Meldet mich unverzüglich dem Botschafter!«, bellte er den Hausdiener an, der eilfertig katzbuckelte und dann nach seinem Herrn rannte.

Nicholas spürte, wie sich seine Haare im Nacken aufstellten. Er zwang sich, mit genauso verdrießlicher Miene weiterzuschlendern wie zuvor, die Schmalseite des Hauses entlang, die zum Dienstboteneingang führte. Kaum war er über die Schwelle, flitzte er die schmale Stiege im hinteren Teil des Hauses hinauf, rannte den Korridor entlang und stürmte ohne anzuklopfen in das Zimmer, das er sich mit Fagot teilte.

»Ein Kurier, vom König von Frankreich«, verkündete er atemlos.

Fagot war, wie so oft, über irgendwelche Blätter gebeugt, die er eifrig beschrieb. Er sah kurz auf, ehe er die Feder wieder in das Tintenfass tunkte und wortlos weiterkritzelte.

»Monsieur, ich habe –«, begann Nicholas noch einmal mit Nachdruck.

»Augenblick noch«, murmelte Fagot geistesabwesend.

Ungeduldig trat Nicholas von einem Bein auf das andere. Es war ihm unbegreiflich, wie Fagot nicht die gleiche Erregung empfinden konnte, die Nicholas beinahe platzen zu lassen schien. Endlich war Fagot am Ende der Seite angelangt, setzte den letzten Punkt und legte die Feder beiseite. Großzügig kippte er Sand aus der Streubüchse auf das Papier mit der noch nassen Tinte und schüttelte es dann nachlässig über dem mit Binsen bestreuten Boden aus.

Das war typisch für ihn – Fagot war (gelinde gesagt) ein Ferkel, was den Zustand des Zimmers anging. Doch Nicholas hatte heute keine Muße, sich darüber aufzuregen. Angespannt wartete er Fagots Antwort ab.

Doch der äußerte sich noch immer nicht. Aufmerksam musterte er die beschriebenen Seiten, bündelte ein paar von ihnen und faltete sie zusammen, um sie in den Ausschnitt seines angestaubten Wamses zu stecken. Die restlichen Papiere schob er zu einem Packen zusammen, den er in den tintenbeschmierten Händen hielt, als er aufstand.

»Nun«, begann er lang gezogen. »Ein Kurier des Königs von Frankreich, sagst du?« Es schien nicht wirklich eine Frage zu sein. »Da trifft es sich vielleicht gut, wenn ich hinuntergehe und Seine Exzellenz Monsieur Castelnau bitte, mir seinen Garten zu zeigen, was meinst du? Ich habe von jeher ein brennendes Interesse an französischer Gartenbaukunst verspürt . . .« Er schnitt eine Grimasse und hielt den Papierstapel an die Kerzenflamme. Es knisterte; die Kanten verfärbten sich bräunlich und begannen zu rauchen, ehe die ersten Flämmchen daran zu nagen begannen und aufloderten. Er nickte Nicholas zu. »Wichtige Korrespondenz lässt der Botschafter übrigens unverzüglich in ein Fach in der Wand bringen, hinter einem Porträt des Königs von Frankreich. Der Schlüssel dazu liegt unter dem Tintenfass auf seinem Schreibtisch.« Fagot blies die Kerze aus und zwinkerte Nicholas zu. Auf dem Weg zur Tür ließ er den brennenden Papierstapel achtlos in den erkalteten Kamin fallen.

Nicholas' Herz schlug rasch, als er die Tür hinter sich zufallen hörte, und er zögerte für einen winzigen Augenblick. Dann stürzte er vorwärts und griff beherzt ins Feuer, erwischte gerade noch eines der Blätter, ehe es vollständig in Flammen und Rauch aufgegangen war. Mit dem Stiefel trat er die Glut aus und klaubte das angesengte, brüchige Papier wieder vom Boden auf. Erst dann machte er sich auf den Weg.

In einem dunklen Winkel des Hausflurs spähte Nicholas durch das geöffnete Glasfenster mit dem Wabenmuster hinunter. Als er Fagot und Castelnau unten den Kiesweg entlanggehen sah, zwischen den Beeten mit Tulpen und weiß und blau blühenden Hyazinthen hindurch, wartete er noch einige Herzschläge lang. Dann marschierte er zügig in Richtung von Castelnaus Arbeitszimmer. Er bemühte sich, den

Anschein zu erwecken, als müsste er etwas Dringendes für seinen Herrn erledigen. Aber die beiden Dienstmädchen, die schwatzend mit frisch gestärktem Bettzeug über dem Arm an ihm vorübergingen, nahmen ohnehin keinerlei Notiz von ihm.

Vor dem Arbeitszimmer angelangt, warf er einen Blick nach links und rechts und schob dann vorsichtig die Tür auf. Der Raum war leer, Castelnaus Schreibtisch tadellos aufgeräumt. Nicholas huschte durch den Türspalt hindurch und ließ die Tür nahezu geräuschlos wieder zuschnappen. Sein Blick fiel sofort auf das Gemälde an der Wand, beleuchtet von den Sonnenstrahlen, die durch die hohen Fenster fielen. Es zeigte einen etwas blässlichen jungen Mann, dem der gefältelte steife Kragen über dem goldbestickten Wams die Luft abzuschnüren schien. Vielleicht war ihm auch die überdimensionale Samtmütze zu schwer oder die gewaltige Feder daran, die fast schon eine ganze Vogelschwinge war. Jedenfalls schaute er nicht besonders glücklich drein.

Nicholas lupfte das schwere Tintenfass aus ziseliertem Silber und nahm den Schlüssel an sich.

»Pardon, Euer Hoheit«, entschuldigte er sich vorab beim königlichen Abbild, als er am schnörkeligen goldenen Rahmen zu tasten begann. Fast von selbst schwang das Porträt von der Wand weg. Auf der linken Seite war der Rahmen mit einer Reihe gut geschmierter Scharniere an der Wand befestigt. *Vertrauensselig mögen die Franzosen ja sein,* dachte Nicholas bei sich, *aber durchaus praktisch veranlagt*. Eine Tür aus schwarzem Eisen war in die Wand eingemauert und im Handumdrehen hatte Nicholas sie mit dem Schlüssel geöffnet. Obwohl das Porträt von großem Format war, hatte man das Geheimfach dahinter verhältnismäßig weit unten angebracht, da der französische Botschafter selbst von eher kleinem Wuchs war. Ein Glück für Nicholas, der gut an den Inhalt des Faches heranreichte.

Eine Menge Briefe lag in dem Versteck, flache und dickere Päckchen, mit geöffneten Siegeln, manche mit Bändern zu Stapeln zusammengebunden. Nicholas hätte sie zu gerne allesamt durchstöbert, aber je schneller er sich hier wieder davonmachen konnte, desto besser. Obenauf lag, was er gesucht hatte: ein dickes Paket mit dem zerbrochenen Siegel des französischen Königs. Er durchsuchte es rasch, fand aber wenig Bemerkenswertes. Schreibkram eben: hier ein paar neue Gesetze und Anordnungen, dort Neuigkeiten aus dem Königreich und vom königlichen Hof. Aber das Paket enthielt auch einen Brief, der ein anderes Siegel trug – und unterzeichnet war es vom Herzog von Guise.

Der Herzog von Guise ... Ein Verwandter von Maria Stuart, dem daran gelegen war, diese auf dem englischen Thron zu sehen. Der Magus hatte erzählt, dass die Familie der Guisen großen Einfluss auf den französischen König ausübte. Und nun schmuggelte einer von ihnen auch schon heimlich Briefe mit der königlichen Post! Gespannt faltete Nicholas das Schreiben auf und überflog es.

... empfehle ich mich hiermit Eurer Exzellenz ... mit der dringlichsten Bitte, die Angelegenheiten der Königin von Schottland so vertraulich voranzutreiben, wie es in Eurer Macht steht ... Als Zeichen unserer Wertschätzung und Dankbarkeit ... die Überschreibung der Pfründe St. Dizier, welche eine Summe von eintausendfünfhundert französischen Livres jedes Jahr abwirft ...

Nicholas pfiff leise durch die Zähne. Er hatte keine Vorstellung davon, wie viel eintausendfünfhundert Livres wert sein mochten. Aber das war auch nicht nötig. Castelnau nagte gewiss nicht am Hungertuch, sodass er auf Geldgeschenke angewiesen wäre.

Allein die Tatsache, dass der Herzog von Guise dem Botschafter ein solches Angebot machte, und die Art, wie er es formuliert hatte, schrien förmlich nach Bestechung. »Wenn etwas aussieht wie ein Frosch«, murmelte er vor sich hin, »quakt wie ein Frosch und grün ist wie ein Frosch – dann ist es auch einer!« Es war eine Sache, von Verschwörungen zu hören, und eine andere, einen Hinweis darauf schwarz auf weiß in den Händen zu halten. Doch innerlich jubelte er. Denn solche Dinge waren es, auf die Walsingham hoffte. Und nun ging es auch noch um niemand Geringeren als die Königin von Schottland – um Maria Stuart!

Nicholas musste sich zusammenreißen, um seinen eigentlichen Auftrag vor lauter Aufregung nicht aus den Augen zu verlieren. Er prägte sich den Wortlaut des Schreibens gut ein, dann legte er alles so zurück, wie er es vorgefunden hatte, und schlich sich aus dem Zimmer.

»Soll ich das gleich überbringen?«, fragte Nicholas gut zwei Stunden später. Fagot war von seinem Spaziergang mit Castelnau zurückgekehrt und schrieb nun den Inhalt des herzoglichen Briefes nach Nicholas' Worten nieder. Nicholas musste mächtig an sich halten, um ihm nicht das Papier unter der Feder wegzureißen und auf der Stelle loszustürmen, damit er es in der Seething Lane abliefern konnte. Fagot schüttelte jedoch den Kopf. »Nein, das hat noch ein paar Tage Zeit. Ich habe läuten hören, dass vielversprechender Besuch eintreffen wird. Erst will ich abwarten, was sich dadurch noch herausfinden lässt. Einstweilen kannst du mir die dort putzen.« Fagot deutete auf seine Stiefel, die unordentlich neben dem Tisch lagen und an deren Sohlen und Schäften feuchte Erdklumpen klebten, als sei er damit durch sämtliche Blumenbeete gestapft. »Ich habe etwas Persönliches in der Stadt zu erledigen. Und räum hier endlich mal auf! Diese blöden Puten von Dienstmägden machen auch nur das Nötigste.« Er verstaute die Notizen in seinem bestickten Wams und eilte auf seinen Schnallenschuhen hinaus.

Nicholas starrte wütend auf die Stiefel und gab ihnen einen Tritt, dass sie über den Boden schlitterten und in einem Knäuel in der Ecke liegen blieben. *Dir werd ich's zeigen, du Lackaffe,* tobte er im Stillen. *Ich bin Agent und Laufbursche, kein Schuhputzer!* Hinter zusammengebissenen Zähnen hieß er Fagot sämtliche Schimpfnamen, die ihm einfallen wollten, und er war drauf und dran, die Stiefel einfach in ihrem erbärmlichen Zustand zu belassen. Oder sie zum Fenster hinauszuwerfen. Doch dann traf ihn ein Geistesblitz und mit einem zufriedenen, fast schon hinterhältigen Grinsen putzte er voll heldenhafter Großmut Fagots Stiefel so blank, dass er sich beinahe darin spiegeln konnte.

Leonora schniefte leise. Die Aufführung hatte gerade erst begonnen, aber sie hatte die tragische Geschichte von Lord Cuthbert und Frideswida, der Metzgerstochter schon fünfmal gesehen und wusste daher, wie es ausgehen würde. Schon bei den allerersten Werbungsversuchen Cuthberts stiegen Leonora die Tränen in die Augen. Sie musste dabei immer daran denken, dass am Schluss Frideswidas Vater vor den Augen seiner Tochter den jungen Adligen mit dem Fleischermesser erstechen würde; woraufhin Frideswida ihm das Messer entreißen und erst ihn und dann sich selbst töten würde. Und das alles wegen eines dummen Missverständnisses.

Im Grunde ein wirklich schlechtes Theaterstück, das musste

Leonora selbst zugeben, aber sie fand es trotzdem furchtbar traurig. Und da war sie nicht die Einzige: Der Innenhof war bislang immer zum Platzen voll gewesen.

Neben dem Stück interessierte Leonora jedoch vor allem Lord Cuthberts wunderschönes Wams von scharlachroter Farbe. In die Puffärmel waren Schlitze eingearbeitet, durch die das goldene Futter hervorblitzte. Und am tragischen Ende trug der blässliche Hering von Jüngling, der mit einer blonden Zopfperücke die Frideswida darstellte, das Kleid, das Cuthbert ihm (oder vielmehr ihr) geschenkt hatte. Für Leonora war dieser Auftritt der absolute Höhepunkt des Stückes und sie schnappte immer aufs Neue nach Luft, wenn sie das veilchenblaue Gewand mit der Silberstickerei erblickte.

Mehrstimmiges, brüllendes Lachen riss Leonora aus ihrer Versunkenheit – just in dem Moment, in dem der schneidige Cuthbert vor Frideswida auf die Knie sank, um ihr seine Liebe zu gestehen. Empört wandte sie den Kopf, um zu sehen, welche Rüpel es wagten, die romantische Stimmung derart brutal zu stören. Sie schluckte, als ihr Blick auf die Gruppe junger Männer fiel, und ihr Herz schlug schneller. *Er* war heute also auch wieder da!

Leonora war froh, dass sie sich noch rasch in ihrem Wagen umgezogen hatte, ehe sie ins Theater geflitzt war. Mit ihrem orangeroten Rock, der blauen Bluse und der Schürze aus demselben Stoff brauchte sie sich nicht zu schämen. Sie putzte sich rasch die Nase, kaute hinter dem Taschentusch ein paar Mal auf den Lippen herum, damit diese Farbe bekamen, und kniff sich zum selben Zweck verstohlen in die Wangen. Sie schüttelte ihren Lockenkopf zurecht und schob sich dann geschickt seitwärts durch die Menge vor der Bühne.

Nur zwei dicke Frauen trennten Leonora nun noch von *ihm*.

Sie stellte sich auf Zehenspitzen, um größer zu wirken, und nahm die Schultern zurück. Wie sie es bei den feineren Damen gesehen hatte, betupfte sie zierlich mit ihrem zusammengeknüllten Taschentuch die Augenwinkel und bemühte sich um einen beseelten Gesichtsausdruck. Immer wieder huschte ihr Blick seitwärts.

Leonora kannte so ziemlich alle Orte Londons, an denen für zahlendes Publikum gespielt wurde, wie ihre Schürzentaschen. Wenn es sie nicht nach Southwark zog, ging sie so wie heute ins *Bull,* an der Bishopsgate Street, ins *Bell* oder ins *Cross Keys* – alles Gasthäuser, in deren schattigen Hinterhöfen einfache, nicht sonderlich große Bühnen aufgebaut waren. Dann gab es noch das *Blackfriars' Theatre,* im Bau eines ehemaligen Klosters. Manchmal war ihr sogar der Weg nach Shoreditch nicht zu weit, eine gute Meile vor den Stadttoren gelegen. Das *Theatre* und das *Curtain* waren große runde Bauten aus Holz und Putz, teilweise sogar überdacht.

Auf der nackten Erde drängte sich das einfache Publikum um die Bühnen, während von den ringsum laufenden Galerien das besser gestellte und zahlungskräftigere Publikum herabschaute. Leonora kannte die Namen der Truppen – die Earl of Leicester's Men oder die Kompanie, die sich nach ihrem Förderer, dem Earl of Worcester, benannt hatte. Sie schwärmte wie alle Mädchen für Richard Burbage, dessen Vater das *Theatre* gehörte, und lachte über die Späße des Komikers Richard Tarlton, bis ihr der Bauch wehtat.

Leonora besaß schon eine ganze Sammlung aus Flugblättern und Plakaten besonders gelungener Aufführungen, die sie wie einen Schatz unter ihrer Koje im Zigeunerwagen hortete.

Auch wenn sich das Theater großer Beliebtheit erfreute, gab

es doch nur wenige Gesichter im Publikum, die Leonora mit schöner Regelmäßigkeit wiedersah. *Seines* war eines davon und insgeheim ertappte sich Leonora in letzter Zeit immer wieder, wie sie verstohlen nach ihm Ausschau hielt.

Meist zog er Stücke vor, in denen es um Mord und Totschlag ging, um Könige und Reisen in ferne Länder. Dann kam er alleine und hatte den Blick unverwandt auf die Bühne gerichtet. Immer wieder zog er einen Bleistift hinter seinem Ohr hervor und kritzelte etwas auf ein zusammengefaltetes Blatt Papier, bevor er weiter aufmerksam lauschte.

Leonora entfuhr ein hingerissener Seufzer. Gut sah er aus, wie sie fand, groß und breitschultrig, erwachsen vor allem. Er hatte etwas Wildes, Verwegenes, war nicht so schmierig-glatt wie die adeligen Helden der Aufführungen es oft waren. Aber das Schönste waren seine dunklen Augen, die ruhig und ernst blicken konnten oder wie jetzt spöttisch auffunkelten.

»Nee, Kit«, einer seiner Begleiter schlug ihm auf die Schulter, dass ihm das Bier aus dem Krug schwappte, »das müssen wir uns heute nicht antun, dieses schleimige Gesülze. Lass uns gehen!« Er machte ein würgendes Geräusch in Richtung Bühne und unter Gelächter drückten sie sich rücksichtslos durch die schimpfenden Zuschauer in Richtung Ausgang.

Leonora seufzte erneut, herzzerreißend diesmal. Nicht eines Blickes hatte er sie gewürdigt! Immerhin wusste sie jetzt, wie er hieß – *Kit*. Ein Spitzname vermutlich, aber das war doch immerhin schon ein Anfang! Sie senkte die Augen auf den gerüschten Ausschnitt ihrer Bluse, in der sich so rein gar nichts wölbte. Wahrscheinlich war das der Grund, weshalb er sie nicht beachtet hatte. Leonora sank in sich zusammen. Wie gerne hätte sie sich in diesem Moment den kleinen Finger abgehackt, um schon älter zu sein. Sechzehn vielleicht . . . Sechzehn schien ihr ein gutes Alter zu sein – wesentlich besser jedenfalls als ihre kümmerlichen dreizehn.

Als Frideswidas Vater schließlich mit seinem Messer auf Lord Cuthbert losstürmte, heulte Leonora haltlos in ihr Taschentuch, vor lauter Kummer über ihr eigenes Elend.

37

Mit Herzklopfen stand Nicholas am nächsten Tag vor dem imposanten Haus in der Seething Lane. Dennoch marschierte er ohne Zögern auf eine der beiden Wachen vor dem massiven Eingangstor zu. Ihre blau-weißen Uniformen mit den gestreiften Pluderhosen leuchteten im Sonnenlicht und ihre Helme und Schwerter blitzten grell auf.

»Gott zum Gruße. Mein Name ist Nicholas Christchurch. Ich möchte zu Sir Walsingham«, verkündete Nicholas selbstsicher. Die beiden Wachen sahen sich belustigt über seinen Kopf hinweg an. »Gewiss doch«, sagte der eine dann betont langsam, als hielte er Nicholas für nicht ganz richtig im Oberstübchen. »Nur hat unser Herr keine Zeit für kleine Jungs wie dich.«

»Verzeiht – ähm – Master«, begann Nicholas von Neuem (und fragte sich, ob Torwachen vielleicht einen besonderen Titel trugen), »ich bin einer seiner Leute.«

Der Wachmann, der Nicholas am nächsten stand, hob die Augenbrauen, während sein Nachbar ungeniert losprustete. Er beugte sich zu Nicholas herab und schnitt ein Gesicht. »Aber gewiss, der junge Herr – und ich bin der Kaiser von Amerika!«

Doch Nicholas ließ sich nicht ins Bockshorn jagen. »In Amerika gibt es keinen Kaiser«, antwortete er daher trocken, und ehe er sich damit eine Backpfeife einhandelte, fuhr er hastig fort: »Ihr scheint mich noch immer nicht zu verstehen, guter Mann. Ich soll Eurem Herrn das hier«, er wedelte dem Wachmann mit einem zusammengefalteten Blatt vor der Nase herum, »unverzüglich und persönlich übergeben. Oder wollt Ihr das Wagnis auf Euch nehmen, dass diese wichtige Nachricht Euren Herrn zu spät oder gar nicht erreicht?« Nicholas fand, dass das sehr erwachsen geklungen hatte und durchaus eines Henri Fagot würdig gewesen wäre. Befriedigt sah er das unsichere Flackern in den wasserblauen Augen des Wachmanns.

»Nun gut«, murrte dieser nach kurzem Überlegen. »Aber warte hier und rühr dich ja nicht von der Stelle!« Er öffnete das Tor einen Spalt weit, schob sich hindurch und schloss es wieder hinter sich. Nicholas pfiff betont lässig ein lautloses Liedchen vor sich hin und musterte sowohl die Fassade des Hauses als auch den zweiten Wächter mit Kennermiene, nur um letzteren noch ein wenig zu ärgern.

Geraume Zeit verging, ehe der erste Wachmann das Tor von innen öffnete und es Nicholas aufhielt. »Ist gut, kannst rein!«, knurrte er Nicholas zähneknirschend an.

Ein triumphierendes Lächeln auf dem Gesicht, ging Nicholas federnden Schrittes an ihm vorbei und betrat den Innenhof. Walsinghams Haus war ganz ohne Zweifel kein Vergleich zur schäbig wirkenden Botschaft in Salisbury Court.

Die Fensterscheiben blinkten frisch geputzt, die Mauern sahen aus wie abgeschrubbt und der wilde Wein, der diese überrankte, war ordentlich zurechtgestutzt. Vom Pflaster des Hofs hätte man gar essen können, so sauber war es. Ein Hausdiener in Livree empfing ihn an den Stufen zur Eingangstür, die von einer Girlande Klematis umgeben war, an der sich gerade die ersten blauen Blüten öffneten. Staunend folgte Nicholas dem Diener durch den Flur, die Treppe hinauf und in das erste Stockwerk. Noch nie war er in einem solch schönen und noblen Haus gewesen. Dunkles, poliertes Holz und makelloser

Stein, dicke Teppiche in warmen, gedämpften Farben. Möbel mit kunstvollen Schnitzereien, hauchdünnes Glas und makelloses Silber. Alles erlesen und sichtbar teuer, aber keineswegs prunkvoll oder gar protzig. Viel zu schnell für Nicholas' Geschmack machte der Hausdiener vor einer Tür halt, klopfte respektvoll und öffnete sie. Das Herz schlug Nicholas bis zum Hals, als er eintrat. Sanft wurde die Tür hinter ihm geschlossen und er stand in Walsinghams Kontor.

Sir Francis Walsingham saß an seinem Schreibtisch über den morgendlichen Briefen, als er das Klopfen an der Tür hörte. Er war neugierig, was für Informationen über die Vorgänge in der Botschaft Nicholas ihm aus Fagots Feder überbringen würde.

»Nicholas«, sprach er ihn zur Begrüßung an, »der Schützling unseres Magus!«

Der Junge, der vor ihm stand, hatte die Schultern gestrafft und sah Walsingham trotzig an, so als wolle er sich rechtfertigen, an diesem Ort zu sein. Er sah eingeschüchtert aus, offensichtlich von der Größe und der Eleganz des Raumes, und doch trat er nun festen Schrittes vor den Schreibtisch. Er verneigte sich kurz und reichte Walsingham die Notiz. »Hier, Sir, etwas Neues aus Salisbury Court.«

Walsingham nahm das Blatt mit einem Nicken entgegen und wies auf den Stuhl gegenüber. »Nimm doch solange Platz.«

Gehorsam kletterte Nicholas auf den ledergepolsterten Stuhl mit der hohen Lehne. Er wischte seine Handflächen verstohlen an den Hosenbeinen ab, schob sie dann unter die Oberschenkel und baumelte sachte mit den Füßen.

Walsingham überflog das Geschriebene und sah dann hoch. »Das ist nicht die Handschrift Fagots«, sagte er und musterte den Jungen, der plötzlich rot wurde.

»Nein, Sir, das ist meine.« Walsingham lehnte sich abwartend zurück, als der Junge ihm schilderte, wie er an den Brief des Herzogs von Guise gekommen war. »Ich – ich dachte, es sei wichtig, dass ich Ihnen das aufschreibe und unverzüglich bringe«, fügte er abschließend hinzu.

Walsingham nickte bedächtig. »In der Tat, in der Tat.« Seine Augen wurden schmal. »Wie geht es mit dir und Fagot?«

Erneut schoss Nicholas das Blut ins Gesicht. »Es – es geht so . . .«, antwortete er betont vage. Walsingham nickte verstehend. Er strich mit der Hand über die geschnitzte Armlehne.

Früher als erwartet zeigte es sich, dass er seine beiden Agenten richtig eingeschätzt hatte. Fagot, der Maulwurf, der sich in den engsten Kreis des Botschafters vorpirschen sollte, es aber mit seinen Pflichten Walsingham gegenüber nicht so genau nahm. Und Nicholas mit seiner Neugierde und Gewissenhaftigkeit, die anscheinend noch durch Fagots Wesen verstärkt hervortraten. Walsingham dachte an Dr. Dees alchemistische Experimente. Zwei verschiedene Substanzen wurden vermengt und erhitzt, verbanden sich zu einer neuen, edleren Substanz. Wahrscheinlich war es nicht einmal das Schlechteste, wenn Nicholas sich durch Fagot angestachelt fühlte, diesen als Spion überflügeln zu wollen . . .

»Siehst du, Nicholas . . . Manchmal ist es unklug, ja gefährlich, als Agent zu ehrgeizig zu sein und sein eigenes Spiel spielen zu wollen.« Nicholas wurde wieder dunkelrot und wollte zu einer Verteidigung ansetzen. Doch Walsinghams Hand, die sich leicht hob, ließ ihn sich auf die Lippen beißen. »Aber man sollte nie die Loyalität zu einem anderen Agenten über diejenige zu seinem Auftraggeber stellen. In diesem Fall hast du richtig gehandelt.« Er zog eine Schublade seines Schreibtischs auf, kramte in etwas herum, das leise klimperte, und schob schließlich ein Halbkronenstück über den Tisch.

»D-danke, Sir!« Nicholas sah so aus, als traute er sich beinahe nicht, die Silbermünze einzustecken. Walsingham konnte sich vorstellen, was er dachte. Eine halbe Krone musste für den Jungen ein Vermögen sein.

»Halt mich weiter auf dem Laufenden«, verabschiedete er Nicholas und winkte ihn hinaus.

An der Tür wandte der Junge sich noch einmal um. »Wie geht es dem Magus?«

Walsingham nickte ihm zu. »Bestens. Ich werde ihm Grüße von dir bestellen, wenn ich ihn das nächste Mal sehe.«

Als er wieder alleine war, legte Sir Francis Walsingham den Kopf gegen die Lehne und starrte aus dem Fenster.

Der Herzog von Guise war ihm kein Unbekannter. Es war die Nacht zum 24. August 1572 gewesen, ein Sonntag und der Tag des heiligen Bartholomäus. In Paris stürmten der Herzog von Guise und seine Männer das Haus von Admiral Coligny, Anführer der französischen Protestanten. Sie zerrten ihn aus seinem Bett und ermordeten ihn kaltblütig, so wie in den folgenden Stunden auch alle seine Getreuen. Der Funke sprang auf die Straßen der Stadt über, wo ein blutgieriger Mob Jagd auf seine protestantischen Mitbürger machte. Tausende Opfer waren zu beklagen, als sich in den letzten Tagen des Monats August der lang angestaute religiöse Hass entlud. Die Tore der Stadt hatte man geschlossen; doch die Leichen trieben die Seine hinab, trugen so die Kunde des Massenmords durch das Land und mit ihnen die Saat des Blutrauschs: nach Toulouse und Bordeaux, nach Lyon, Bourges, Rouen und Orléans.

Sir Francis Walsingham war zu jener Zeit der englische Gesandte in Paris gewesen. Er hatte es dem Mut und der Treue von Freunden zu verdanken, dass er dieses Massaker in einem Versteck unbeschadet überlebt hatte. Aber vielen Menschen, die er kannte, war dieses Glück nicht vergönnt gewesen. Hätte jemand in diesem Moment einen Blick auf Walsinghams Gesicht erhaschen können – er hätte gesehen, dass ihm das Grauen jener Tage noch lebhaft in Erinnerung war.

Der Herzog von Guise war zu allem fähig, das wusste Walsingham. Und auch, dass dieser keine Grenzen kannte, den ihm so verhassten Protestantismus mit Stumpf und Stiel auszurotten. Vieles hing nun davon ab, welche Antwort Castelnau dem Herzog geben würde. Würde er sich bestechen lassen und in Sachen Maria Stuart tätig werden? Walsingham konnte es nicht mit Sicherheit sagen. Aber er hatte noch nie etwas dem Zufall überlassen. So nahm er die Feder zur Hand und schrieb an einen seiner Informanten in Paris, mit der Bitte, Guise noch genauer im Auge zu behalten als bisher.

Nach seinem Besuch bei Walsingham war Nicholas in überschäumender Hochstimmung. Jetzt fühlte er sich so richtig als Spion und voller Stolz präsentierte er Leonora am Fluss die halbe Krone. Sein erster Lohn als Agent!

»Nicht schlecht«, bemerkte sie anerkennend und völlig ohne Neid. »Das hat Fagot aber wirklich verdient, dass du ihm diese Frechheit so heimgezahlt hast!« Ihre Augen blitzten wütend.

Nicholas schwieg einen Augenblick und kaute auf seiner Unterlippe herum. »Ich muss dir noch etwas zeigen.« Er zog das Blatt hervor, das er am Tag zuvor vor dem Flammentod gerettet hatte. »Das wollte er verbrennen.« Gut die Hälfte der Seite war noch erhalten. Zwar angesengt und krümelig, aber dennoch gut lesbar.

Sie zwingen uns, ohn' Unterlass uns selbst zu verzehren
Bis wir die allerreifste ~~Ernte~~ Frucht begehren
Die ~~größ~~ höchste Seligkeit, das einz'ge Glück
Die süße Wonne einer ~~Königs~~ Herrscherkron' auf Erden

»Verse«, murmelte Leonora erstaunt, »englische Verse.«

»Es ist das Erste auf Englisch, das ich aus seiner Feder sehe. Ich habe ihm über die Schulter geschaut – seine Notizen für Walsingham schreibt er auf Französisch und sonst nur Latein und Griechisch.«

»Aber warum sollte ein Franzose auf Englisch dichten?«, grübelte Leonora, dann erhellte sich ihr Gesicht. »Vielleicht hat er ja ein Herzliebchen irgendwo in der Stadt?«

Nicholas prustete los. »Der doch nicht! Du treibst dich eindeutig zu viel im Theater herum!« Leonora errötete und senkte verlegen ihren Blick.

»Nein, Leonora, das glaube ich nicht. Vielleicht wollte er sich nur einmal darin üben . . . oder . . .« Seine Stimme senkte sich zu einem heiseren Flüstern. »Oder er ist tatsächlich nicht der, der er zu sein vorgibt!«

Als wenig später Nicholas in dem Fährboot saß, dass er sich für den Rückweg nach Salisbury Court herangewunken hatte, drehte er sich noch einmal um. Es schnitt ihm ins Herz, wie verloren Leonora auf der Steintreppe stand und wie sehnsüchtig sie ihm nachblickte. Der Wunsch, ihn begleiten zu können, war ihr überdeutlich ins Gesicht geschrieben. Leonora beneidete ihn um seine Freiheit, gänzlich tun und lassen zu können, was er wollte. Während er manchmal gerne lieber Eltern und Geschwister gehabt hätte. *Wie ungerecht doch manches im Leben verteilt war . . .*

38

Der April zeigte sich in diesem Jahr von seiner launischen Seite. Bereits in der Nacht hatte es zu regnen begonnen und von da an goss es in Strömen, zwei volle Tage lang. Die Feuchtigkeit drang durch sämtliche Ritzen und Fugen des Hauses, ließ Nicholas frösteln. Sehnsüchtig drückte er sich am Fenster die Nase platt. Irgendwo zwischen diesen unzähligen Dachfirsten und Giebeln unter dem bleigrauen Himmel saß Leonora jetzt vielleicht auch ähnlich trübselig herum. Nur eben in einem hölzernen Wagen und nicht in der französischen Gesandtschaft. Bei diesem Sauwetter setzte man nur einen Fuß vor die Tür, wenn man unbedingt dazu gezwungen war und die Geschäfte vor St. Paul's würden bei diesem Wetter ohnehin nicht zum Besten stehen.

Nicholas seufzte.

»Mich dünkt, da verzehrt sich einer in unschuldsvoller Leidenschaft«, ertönte Fagots Stimme hinter ihm. Wie immer hatte er den unvermeidlichen Pfeifenstiel im Mund und verpestete mit seinem Tabak die Luft. »Hat Amors Pfeil ins Schwarze getroffen?«

»Ich – wie – was?« Nicholas fuhr herum, puterrot. »Blödsinn!«

Fagot warf ihm einen wissenden Blick durch den Qualm hindurch zu, gluckste in sich hinein und ließ ohne Unterbrechung die Feder weiter über das Papier gleiten. Nicholas musterte seinen Zimmergenossen, wie er sich über den Tisch beugte und schrieb. Ihm schien trotz des nasskalten Wetters warm zu sein. Sein Wams hatte er abgelegt und die Ärmel seines Hemdes aufgekrempelt; die kräftigen Hände waren tintenverschmiert.

»Lieb... äh –, schätzt der Botschafter die Dichtkunst ebenso wie Ihr?«, fragte Nicholas, teils aus Verlegenheit, teils aus echter Neugierde. Fagot blickte auf und sah ihn unverwandt an. Langsam legte er die Feder beiseite und lehnte sich zurück. Nachdenklich zog er ein paar Mal an der Pfeife und schickte fette Rauchringe in die Luft. Nicholas räusperte sich dezent und wedelte unauffällig den bläulichen Dunst von sich weg. Fagot nahm die Pfeife aus dem Mund und betrachtete sie angelegentlich. »Hat Walsingham dich beauftragt, mich auszuspionieren?« Seine Stimme klang hart und überlaut in Nicholas' Ohren.

»Nein«, beteuerte Nicholas auf der Stelle.

Fagot grinste. Er schien sich prächtig zu amüsieren. »Selbst wenn es so wäre, würde es mich nicht wundern. Die schwarze Spinne in der Seething Lane traut ohnehin niemandem. Wahrscheinlich nicht einmal sich selbst ... Es ist bekannt, dass er oft zwei Agenten auf dasselbe Ziel losschickt, damit diese sich gegenseitig auf die Finger schauen. Ach«, mit einem zufriedenen Stöhnen streckte er die Beine von sich, »muss das ein trauriges Leben sein, derart von Misstrauen gegenüber allem und jedem zerfressen zu sein wie unser guter alter Walsingham! Wenigstens ist er nicht knauserig, wenn es um den Lohn geht!«

»Wenn Euch jemand hört, Monsieur!«, zischte Nicholas. Er war empört über die unverschämte Art, mit der Fagot über Walsingham sprach. Überdies schien es ihm sträflich leichtsinnig, solche Reden in einem Haus zu führen, das quasi Feindesland war. Jederzeit konnte sich ein unliebsamer Lauscher vor der Tür einfinden. Fagot legte den Kopf zurück und lachte. »Mach dir nicht gleich ins Hemd, Junge! Worin läge denn der

Reiz, Spion zu sein, wenn nicht im Kitzel der Gefahr, des Tänzelns am Abgrund? Und wie fade wäre doch das Leben ohne die Würze eines Wagnisses!« Immer noch lachend, schüttelte er den Kopf und vertiefte sich wieder in seine Schreiberei.

Oh ja, Fagot schien das Wagnis als solches in der Tat sehr zu lieben! Nicholas' Blick schweifte über den Fußboden, der mit zerknüllten Blättern übersät war. Inzwischen machte Fagot sich nicht mehr die Mühe, seine englischsprachigen Gehversuche als Dichter zu verbergen oder gar zu verbrennen. Ganz offen ließ er Gedichte herumliegen und Szenen eines Theaterstückes – irgendwas um eine Königin mit einer unglücklichen Liebe, *nichts Aufregendes,* wie Nicholas fand.

Inwendig schüttelte Nicholas den Kopf über den Leichtsinn Fagots. Und dennoch beeindruckte ihn die unbekümmerte Dreistigkeit, die dieser dabei an den Tag legte.

Am Spätnachmittag drehte Nicholas eine Späherrunde durch das Haus, wie es ihm inzwischen zur Gewohnheit geworden war. Er bummelte in aller Seelenruhe durch den Korridor im ersten Stockwerk, als er das Geräusch einer sich öffnenden Tür und Stimmen vernahm. Flink huschte er in den nächstgelegenen Raum. Durch den Türspalt spähte er in den Flur hinaus. Aus dem Arbeitszimmer des Botschafters traten der Hausherr und Fagot.

». . . wie besprochen. Bis morgen dann, in der Messe«, hörte Nicholas Castelnau sagen, während die beiden sich in Richtung der Treppe bewegten. Sie verabschiedeten sich herzlich und gingen dann ihrer Wege, Castelnau nach unten, Fagot nach oben. Es erschien Nicholas reichlich nachlässig von Castelnau, dass er sich offensichtlich in völliger Sicherheit wähnte, dass er es nicht für nötig erachtete, die Tür seines Arbeitszimmers verschlossen zu halten. Doch ganz persönlich fand er das einen sehr entgegenkommenden Wesenszug des Botschafters.

Er wartete noch einen Moment, dann sauste er über den Korridor. Vorsichtig öffnete er die Tür und linste in den Raum. Trübes Dämmerlicht drang durch das Fenster hinein.

Niemand da. Mit einem frohlockenden Grinsen stahl er sich hinein und rieb sich voller Vorfreude die Hände. »Dann wollen wir doch mal sehen, was Seine Exzellenz an Neuigkeiten in seinem Fach aufbewahrt.«

Schwungvoll griff er nach dem Tintenfass. Er hielt es gerade in der einen, den Schlüssel in der anderen Hand, als sich draußen Stimmen und Schritte näherten.

Nicholas fuhr zusammen. Hastig warf er den Schlüssel zurück an seinen Platz, stellte das Tintenfass darauf und sah sich nach einem Versteck um. Unter dem Schreibtisch mit den beiden gepolsterten, hochlehnigen Stühlen würde man ihn sofort entdecken, selbst im schwindenden Rest des trüben Tageslichts. Der Kabinettschrank auf seinen gedrechselten Beinen war so niedrig, dass Nicholas sich unmöglich hätte darunterschieben können. Doch dann fiel sein Blick auf das Fenster und er schickte ein Stoßgebet zum Himmel, dass Castelnau oder vorherige Bewohner des Hauses Geld übrig gehabt hatten, um sich den Luxus von Vorhängen zu gönnen. Und gespart hatte man daran weiß Gott nicht: Die bodenlangen Portieren aus kobaltblauem Samt waren üppig bemessen. Derart üppig, dass sie sich nicht vollständig zurückziehen ließen, sondern sich in großzügigen Falten um die Kante des Fenstersimses bauschten und dahinter eine Nische schufen.

In zwei Sätzen war Nicholas am Fenster, sprang auf den Sims und kauerte sich hinter den Vorhang. Sein Herz hämmerte schmerzhaft gegen seine Rippen und er zwang sich, möglichst ruhig und geräuschlos zu atmen.

»Wie bereits gesagt«, hörte er die Stimme Castelnaus, als die Tür aufging, »bitte ich Euch um Vergebung, dass ich Euch zuerst in meine bescheidene Schreibstube bitte, Monseigneur. Aber unser Gespräch ist zu wichtig, zu vertraulich, als dass es für mehr als vier Ohren bestimmt wäre.«

Nicholas unterdrückte ein Grinsen, als er die seinen umso mehr spitzte.

Stühle scharrten, Holz und Leder knarzten, als sich der französische Gesandte und sein Besucher setzten. Offensichtlich zogen sie es vor, sich im Halbdunkel zu unterhalten. Denn Nicholas konnte in dem Ausschnitt des Raumes, den der Rand des Vorhangs ihm noch enthüllte, keinen Widerschein einer Laterne oder eines Leuchters sehen. Was ihm doch sehr verdächtig erschien, ihn aber hoffen ließ, so leichter unentdeckt zu bleiben.

Eine kleine Pause entstand, ehe der Gast antwortete. Wie Castelnau bediente er sich des Französischen, aber Nicholas meinte, einen englischen Akzent zu erkennen. »Nun, Euer Exzellenz, ich nehme an, Eure Einladung mag damit zusammenhängen, dass die Karten neu gemischt wurden.« Seine Stimme jagte Nicholas eine Gänsehaut über den Rücken. Sie klang hart und metallisch, bohrte sich unangenehm in Nicholas' Gehörgang.

»In der Tat, Monseigneur Throckmorton.« Nicholas musste sich auf die Lippen beißen, um nicht loszulachen. *Throckmorton – welch unglaublich gestelzt klingender Name!* »Ich weiß nicht, ob Euch die Kunde erreicht hat, dass ich in die neu angesetzten Verhandlungen um die Freilassung Maria Stuarts eingebunden bin. Eine Freilassung zu festen und annehmbaren Bedingungen.«

Throckmorton schnaubte vernehmlich. »Was träumt Ihr des Nachts, Euer Exzellenz? Verhandlungen? Sie werden sich wie die Male zuvor im Sande verlaufen. Königin Elisabeth ist störrisch wie ein altes Maultier, was das anbetrifft!«

»Eure Abneigung gegen Eure amtierende Königin ist mir bekannt. Dennoch muss ich Euch zustimmen, was den Verlauf der Verhandlungen angeht. Es zeichnet sich bereits ab, dass Königin Elisabeth unseren Wünschen ablehnend gegenübersteht. Und leider«, ein Stoßseufzer des französischen Gesandten war zu hören, »leider erregen die Forderungen von englischer Seite das Missfallen Maria Stuarts. Ich will meine Hoffnung auf eine gütliche Einigung der beiden Parteien nicht leichtfertig fahren lassen. Doch fürchte ich, auf lange Sicht wird kein Kompromiss zustande kommen.«

»Was schlagt Ihr also vor, Exzellenz?« Nicholas fand, dass dieser Throckmorton hinterlistig klang. Der Gesandte schob seinen Stuhl zurück und begann auf- und abzugehen. Nicholas drückte sich noch enger an den kalten Stein. Er hoffte inständig, Castelnau möge nicht einfallen, zum Fenster hinausblicken zu wollen, wo es ohnehin nichts mehr zu sehen gab außer dem Regen, der in der Abenddämmerung an der Scheibe herabperlte.

»Dazu muss ich ein wenig ausholen, Monseigneur Throckmorton. In erster Linie bin ich Franzose und meine ganze Treue gilt meinem Land und seinem König. Dieser ist ebenso wenig glücklich über die geplatzten Heiratspläne zwischen Ihrer Majestät und dem Herzog von Anjou wie ich. Nun, über verschüttete Milch soll man bekanntlich nicht weinen, folglich verschwende ich keinen Gedanken mehr daran.« Dennoch schwang in seiner Stimme ein Unterton von Bitterkeit mit. »Unabhängig davon sind der König wie die gesamte Familie Guise weitaus unglücklicher darüber, dass Maria Stuart nach wie vor auf Schloss Sheffield festgehalten wird. Da nun ungewiss ist, ob und wann die Verhandlungen über ihre Freilassung zu einem Ende kommen, müssen folglich auch andere Möglichkeiten in Betracht gezogen werden. Es gibt gewichtige Stimmen in Schottland, die Maria Stuart als Königin zurückfordern. Dies wäre auch im Sinne Frankreichs, das sich eine Verbesserung der diplomatischen Beziehungen dorthin wünscht.«

»Warum erzählt Ihr mir dies, Exzellenz?«

»Vergebt mir, Monseigneur, aber ich habe mir die Freiheit erlaubt, Erkundigungen über Euch einzuholen. Ich weiß, Ihr habt beste Kontakte zu Anhängern Maria Stuarts im In- und Ausland. Kontakte, die nützlich sein können, um ihr ein Leben in Freiheit zu ermöglichen. Und das ist es doch, was Ihr ebenso begehrt, wie ich es begrüßen würde.«

Throckmorton schwieg. Das Knirschen des Lederpolsters verriet, dass er sich in seinem Stuhl zurechtsetzte, ehe er fragte: »Woher Euer plötzlicher Sinneswandel? Dieser Vorstoß von Eurer Seite, mir entgegenkommen zu wollen?«

»Seht, Monseigneur«, seufzte Castelnau, »ich habe den Eindruck gewonnen, Ihrer Majestät der Königin liegt bei Weitem nicht so viel daran, mit Frankreich zu einer Übereinkunft zu gelangen, wie sie sich immer den Anschein gibt. Im Grunde spielt Elisabeth doch ihr eigenes Spiel. Ich bin dessen müde, wie ein Bauer auf dem Schachbrett hin- und hergeschoben und ständig vertröstet zu werden.«

»Falls allerdings Maria Stuart freikommt – auf welche Weise auch immer – und Ihre Majestät noch keine Regelung zur Thronfolge getroffen haben sollte . . .«

»Dies«, unterbrach ihn Castelnau unerwartet heftig, »ist eine rein englische Angelegenheit und nichts, womit ich mich zu befassen wünsche!«

Sehr schlau, dachte Nicholas, *so ist er fein raus, ganz gleich, welche Pläne Throckmorton auch immer mit Maria Stuart und Elisabeth haben wird!*

Wieder gab es eine kleine Pause, ehe Throckmorton leise entgegnete: »Ich bin überwältigt, dass Ihr ausgerechnet meine Wenigkeit in Euer Vertrauen zieht. Doch sagt mir: Wie kann ich Euch dabei dienen?«

Schleimer! Nicholas unterdrückte ein angewidertes Schaudern.

Castelnau schien stehen geblieben zu sein, denn Nicholas konnte keine Schritte mehr hören.

»Es gibt in der Tat etwas, bei dem ich Eure Hilfe benötigen könnte. Etwas, von dem Ihr bislang keine Kenntnis habt. Niemand weiß davon – nur ein verschwiegener Bote, ein Kontaktmann in Yorkshire und vor allem mein Sekretär.« Nicholas hielt unwillkürlich den Atem an, um keine einzige Silbe zu verpassen. »Seit gut einem Jahr gibt es einen Postweg nach Schloss Sheffield zu Maria Stuart.« Hätte Nicholas nicht schon die Luft angehalten, wäre sie ihm jetzt ohnehin weggeblieben.

»Wie geheim ist dieser Postweg?« Auch Throckmorton klang atemlos.

»So geheim, dass selbst Sir Francis Walsingham nichts davon weiß. Versteht mich nicht falsch . . .« Castelnau kehrte auf dem Absatz um und marschierte in die andere Richtung. Nicholas konnte sein helles Wams im Schummerlicht des Raumes aufleuchten sehen, als er mit eindringlichen Gesten seine Worte an Throckmorton unterstrich. »Nichts liegt mir ferner, als Sir Francis Walsingham oder die Königin selbst zu hintergehen. Oder gar einer Verschwörung gegen Ihre Majestät Vorschub leisten zu wollen. Denn sollte dergleichen jemals ans Tageslicht kommen, wäre der Schaden für Maria Stuart ungleich größer als jeglicher Nutzen aus der geheimen Korrespondenz.«

»Ich kann Euch nicht so recht folgen, Exzellenz. Weshalb habt Ihr sonst diesen geheimen Postweg –«

»Nicht ich, Monseigneur. Hauptsächlich mein Sekretär Courcelles.«

Nicholas rümpfte die Nase. *Das war ja mal wieder typisch – gleich den Schwarzen Peter den Untergebenen zuschieben!*

»Mit meinem Wissen und meiner Hilfe allerdings. Wie Ihr selbst schon einmal so treffend bemerkt habt, pflege ich seit Langem eine enge Verbindung zu Maria Stuart. Es schien mir . . . nicht recht, dass Sir Walsingham ungehindert Einsicht in ihre private Post nehmen sollte. Außerdem halte ich es für gefährlich, so gefälschten Briefen Tür und Tor offen zu halten. Fälschungen, die Maria Stuart zum Verhängnis werden könnten. Aus diesem Grund bin ich sehr erleichtert, ihre Briefe und die für sie bestimmten in guten Händen zu wissen.«

»Ich verstehe. Eure Exzellenz, ich kann in Worten nicht ausdrücken, wie froh ich bin, uns endlich im selben Boot zu wissen.«

Nicholas unterdrückte ein Keuchen. *Na wartet,* dachte er bei sich. *Walsingham wird es euch von unten anbohren – wollen wir wetten?*

»Doch gewährt mir noch eine Bitte«, fuhr Throckmorton fort.

»Nur zu, sprecht!« Castelnau wanderte zurück und aus Nicholas' Blickfeld.

»Verschafft mir eine Besuchserlaubnis für Schloss Sheffield.« Throckmortons Flüstern klang für Nicholas wie das Zischen einer Schlange. »Wenn Ihr in Eurer Eigenschaft als Botschafter für mich anfragt und Eure guten Verbindungen zu Walsingham mit in die Waagschale werft . . .«

»Ich werde Sir Francis Walsingham unverzüglich darum ersuchen.«

Ein Rascheln über und vor ihm schreckte Nicholas auf. Etwas ruckte an den Vorhängen und Nicholas brauchte einen Herzschlag, ehe er begriff. Castelnau musste die Zugluft der undichten Fensterrahmen ebenso gespürt haben wie Nicholas, dessen Rücken sich schon ganz starr vor Kälte anfühlte. Da er von Castelnau nichts sah, wurden die Vorhänge wohl durch einen Seilzug bewegt, der offensichtlich etwas klemmte. Im nächsten Moment rauschten die beiden Samtbahnen zusammen, wirbelten dabei feine Stäubchen und Flusen auf. *Nein, bitte nicht – nicht jetzt!*, flehte Nicholas stumm und drückte mit Daumen und Zeigefinger seine Nasenflügel zusammen, die bebten und zuckten.

»Ihr seid selbstredend heute Abend mein Gast zu Tisch, Monseigneur Throckmorton. Die Messe beginnt gleich«, konnte Nicholas die Stimme des Botschafters hören, gedämpft durch den dicken Stoff, während er weiter gegen den Niesreiz ankämpfte. »Und ich möchte Euch noch mit einem unserer Hausgäste bekannt machen. Ein junger Mann aus Paris, Henri Fagot, der sich unserer Sache angeschlossen hat. Gewiss werdet Ihr –«

Die Tür klappte zu. Nicholas zählte stumm vor sich hin, krampfhaft bemüht, Zeit zu gewinnen. *Eins, zwei, dr. . .*, dann brach es aus ihm heraus. Mit einem gewaltigen, explosionsartigen Niesen purzelte er vom Fensterbrett, in die Vorhänge hinein, die ihn im Fall auffingen. Schniefend und prustend versuchte er, seine Arme und Beine zu sortieren, rappelte sich schließlich hastig auf und wickelte sich aus dem muffig riechenden Stoff. Einen Augenblick stand er atemlos lauschend im Zimmer. Ein erleichterter Seufzer entfuhr ihm, als alles still blieb.

Nun, in Salisbury Court war doch weitaus mehr los, als es zunächst den Anschein gehabt hatte! Von hier aus gingen also geheime Briefe nach Schloss Sheffield, zu Maria Stuart – Briefe, von denen Walsingham nichts wusste!

Doch das war bei Weitem noch nicht alles. Nicholas kam der Wortlaut des Briefes in den Sinn, den er drei Tage zuvor im Geheimfach dieses Zimmers gefunden hatte. Der Herzog von Guise hatte darin dem Gesandten eine fürstliche Belohnung zugesichert, wenn Castelnau Maria Stuart half. Und diese Versprechungen hatten offensichtlich ihre Wirkung nicht verfehlt. Denn Castelnau schien sich tatsächlich in der Zwischenzeit dafür entschieden zu haben, sich auf die Seite der Anhänger Maria Stuarts zu schlagen.

Doch wer war dieser mysteriöse Throckmorton? Offensichtlich ein Engländer, der finstere Pläne schmiedete ... Pläne, die vielleicht gar Ihre Majestät Königin Elisabeth in große Gefahr brachten. Eine Bedrohung, von der womöglich Walsingham noch nichts ahnte! Nicholas drehte es den Magen um bei diesem Gedanken und ihm wurde ganz schwindelig, als ihm klar wurde, über welches Wissen er mit einem Mal verfügte.

Ich möchte Euch noch mit einem unserer Hausgäste bekannt machen. Ein junger Mann aus Paris, Henri Fagot, der sich unserer Sache angeschlossen hat, klang es Nicholas noch in den Ohren. Nun war nicht allein zweifelhaft, wer Henri Fagot war, sondern auch, auf welcher Seite er stand. Hatte er zum Schein Castelnau vorgegaukelt, er unterstütze dessen Pläne für Maria Stuart? Oder war er gar ein echter Anhänger derselben und täuschte Walsingham?

Gleich, welche dieser beiden Möglichkeiten auch der Wahrheit entsprach: Nicholas entschied, Fagot auf keinen Fall etwas von diesem Gespräch zu erzählen, das er soeben belauscht hatte. Doch Walsingham – Walsingham musste es unbedingt wissen! Am besten sofort!

Nicholas setzte schon an, loszustürmen, als ihm einfiel, dass gleich die Messe begann. Einen Augenblick lang rang er mit sich, war versucht, sie ausfallen zu lassen. Doch dann besann er sich eines Besseren. Er durfte sich auf keinen Fall verdächtig machen – vor allem nicht vor Fagot, solange er nicht wusste, was dieser im Schilde führte.

Als Letzter flutschte er in die Hauskapelle hinein und drückte sich mit einem entschuldigenden Nicken nach links und rechts auf seinen angestammten Platz in der vorletzten Bankreihe. Ein augenscheinliches Musterbeispiel an Bravheit und Frömmigkeit, senkte er den Blick auf seine Hände, bereit, die Messe über sich ergehen zu lassen, so schwer es ihm in der Aufregung auch fiel.

Doch dann hörte er plötzlich Castelnaus Stimme und sah verblüfft auf. Wo war eigentlich der Priester?

»... möchte ich noch eine Ankündigung machen«, sagte der Gesandte gerade. »Da unser bisheriger Kaplan sich auf eine Pilgerreise nach Rom begeben hat, wird die Messe ab heute ...« In Nicholas' Ohren knackste es unangenehm. Offensichtlich hatte das Niesen etwas in seinem Kopf durcheinandergeschüttelt. Nicholas drückte und rubbelte mit beiden Zeigefingern vor dem Gehörgang herum, bis das unangenehme Geräusch verschwand. Mit dem Ergebnis zufrieden, sah er wieder auf und konnte gerade noch einen Schreckensruf hinunterschlucken.

Denn der neue Kaplan von Salisbury Court, in schwarzem Talar und mit Kruzifix um den Hals, war kein Geringerer als Henri Fagot.

39

Throckmorton also«, murmelte Sir Francis Walsingham in seinen Bart. Er schob seinen Stuhl zurück und machte ein paar Schritte. Er schien weniger überrascht, als Nicholas erwartet hatte.

»Ihr kennt ihn, Sir?« Nicholas schluckte. Sein Mund war staubtrocken und er fühlte sich völlig zerschlagen. Gestern Abend hatte er keine Gelegenheit mehr gefunden, sich aus dem Haus zu schleichen, und so hatte Nicholas in der vergangenen Nacht kein Auge zugetan. In den frühen Morgenstunden war es ihm dann endlich gelungen, in die Seething Lane zu eilen.

Walsingham blieb stehen, atmete tief durch und nickte bedächtig.

»In der Tat kenne ich Francis Throckmorton. Die Throckmortons sind eine sehr alte, englische Familie und der Graben zwischen Katholiken und Protestanten läuft mitten durch sie hindurch. Throckmortons Onkel war für seine Loyalität für die Prinzessin Elisabeth sogar im Gefängnis. Bis zu seinem Tod vor über zehn Jahren waren wir enge Freunde. Obwohl er auch mit Maria Stuart gut bekannt war.« Er kniff die Augen zusammen, als er Nicholas' überraschtes Gesicht sah. »Die Grenzlinien zwischen Freund und Feind sind leider nicht immer so scharf gezeichnet, wie wir sie gerne hätten, Nicholas!« Er räusperte sich. »Zurück zu Sir Francis Throckmorton. Er ist im Gegensatz zu seinem Onkel ein inbrünstiger Katholik. Meine Informanten berichten, er schart Anhänger um sich, die Königin Elisabeth stürzen wollen.«

»Werdet – werdet Ihr ihn verhaften?« Die Worte schienen Nicholas im Halse stecken bleiben zu wollen. Walsingham schüttelte den Kopf. »Noch nicht. Ich will erst wissen, was genau er im Schilde führt.«

»Und die Besuchserlaubnis auf Schloss Sheffield bei Maria Stuart?« Walsingham ging zum Fenster und stützte sich mit der Rechten am Rahmen ab. »Soll er haben«, sagte er leise, mehr zu sich selbst denn zu Nicholas, und trommelte einen schnellen Rhythmus auf die Kante zwischen Holz und Glas. »Soll er haben.«

Nicholas lief ob der Kälte in seiner Stimme ein Schauder den Rücken hinab. »Aber Sir, wenn er Maria Stuart doch befreien will, dann –«

Walsingham lachte auf, ein trockenes, dürres Lachen. »Es bräuchte schon etwas mehr als einen adeligen Narren, um Maria Stuart zu befreien. Nein, Nicholas – das alles ist erst der Anfang. Sollen sie sich in Sicherheit wiegen! Wir schlagen zu, wenn sie mit dem Ränkeschmieden am Ende angelangt sind. Dann, wenn sie sich gerade daranmachen, diese in vermeintlich ruhmreiche Taten umzusetzen.« Er verstummte und starrte aus dem Fenster.

Walsingham schwieg einen langen Moment und Nicholas hätte einen Sixpence für seine Gedanken gegeben. Schließlich wandte er den Kopf zu Nicholas. So abrupt, als sei ihm ein plötzlicher Einfall gekommen. »Throckmorton hat dich bislang mit Gewissheit nicht zu Gesicht bekommen?«

»Nein, Sir, da bin ich ganz sicher.«

Walsingham nickte »Gut. Sieh zu, dass das auch so bleibt.« Er blickte wieder brütend zum Fenster hinaus, tippte nur dann und wann ein paar Mal gegen den Fensterrahmen.

Als Nicholas sich vorsichtig von seinem Stuhl herunterschob, unsicher, ob er mit diesen Worten nun entlassen war oder nicht, knurrte Walsingham hörbar übellaunig: »Und bestell Fagot, er solle mir endlich seinen längst überfälligen Bericht zukommen lassen!«

Die Tür hatte sich kaum hinter dem Jungen geschlossen, als Walsingham langsam zurück an seinen Platz hinter seinem Schreibtisch ging und nachdenklich seine Feder in die Hand nahm.

So hatte sich seine Vermutung also bewahrheitet und es gab in der Tat eine undichte Stelle in der Überwachung Maria Stuarts! Walsingham schätzte es nicht, wenn nicht sämtliche Fäden durch seine Hände liefen. Die Post war der Schlüssel – wer die geheimen Briefe nach Schloss Sheffield zu Gesicht bekam, wusste, was gespielt wurde. Und von wem.

An ebendieser undichten Stelle musste er ansetzen.

»Aber warum hast du es ihm denn nicht erzählt?« Leonora schien sich gar nicht mehr beruhigen zu können. »Du kannst doch Walsingham nicht unterschlagen, dass Fagot jetzt als Kaplan tätig ist!«

Nicholas zuckte mit den Achseln und rupfte einen Grashalm aus einer Fuge zwischen den Steinstufen. »Weiß ich nicht«, brummte er. »Nur so ein Gefühl . . .«

Leonora zappelte neben ihm herum und starrte ihn empört von der Seite her an.

»Du willst alleine herausfinden, was mit Fagot ist, stimmt's?«, fragte sie schließlich und in ihrem nüchternen Tonfall hatte es den Klang einer Feststellung. »Und Walsingham beweisen, wie schlau und tapfer du bist!«

»Hmpf«, machte Nicholas nur und begann, mit den Stiefelsohlen über den Stein zu scharren. »Wäre das so falsch?«, fügte er nach einer Pause zögerlich hinzu und sah Leonora abwartend von der Seite her an.

Sie schüttelte den Kopf, dass ihre Locken in alle Richtungen flogen. »Denkst du manchmal auch nur für einen Penny nach? Wenn Fagot tatsächlich ein Doppelagent ist – was glaubst du, was er macht, wenn er spitzkriegt, dass du ihm auf der Spur bist? Denkst du, er schiebt dir einen Becher Wein hin und plaudert mit dir gemütlich über das Warum und Wieso? Für den wäre es doch ein Leichtes, dich abzumurksen und als verschnürtes Paket in die Themse zu werfen!« Ihre Augen brannten und es schien ihm fast, als schimmerte es feucht darin.

»Also –« Nicholas wusste nicht weiter und wich ihren Blicken verlegen aus. Auf eine Art machte es ihn stolz, dass sie ihn in solcher Gefahr wähnte.

»Wenn du es unbedingt ohne Walsingham machen willst, bitte. Aber auf keinen Fall ohne mich!« Urplötzlich saß sie ganz still, hatte sie ihre Stimme gesenkt, doch sie klang unerbittlich.

Nicholas lächelte und streckte ihr die Hand hin. »Gilt.«

Leonoras Mundwinkel zuckten und der Ausdruck ihrer Augen wechselte von zornig zu verschmitzt, als sie einschlug. Sie sprang auf und winkte mit erhobenem Arm ein Fährboot heran. »Ich muss los, ich bin schon spät dran.«

»Was hast du vor?«

Eine leichte Röte huschte über Leonoras Wangen und sie trat von einem Bein aufs andere. »Ich will noch ins Theater.« Erst jetzt bemerkte Nicholas, dass sie nicht ihre übliche Kluft trug, sondern einen gelben Rock mit blauer Borte und eine weiße Bluse. Er nickte verstehend und hob grinsend die Hand, als sie in das Boot hüpfte und ihm fröhlich zuwinkte.

Kam es ihm nur so vor oder ging sie dieser Tage wirklich

sehr oft ins Theater? Eine grüblerische Falte zeigte sich auf seiner Stirn, als er ihr nachblickte, bis sie nur noch ein winziger Farbtupfer war, der dem anderen Ufer zustrebte. Er schüttelte den Kopf über sich selbst. *Mädchen eben . . .*

Nachdenklich kaute er auf seinem Grashalm herum. Er verspürte wenig Lust, nach Salisbury Court zurückzukehren. Nicholas wusste nicht, wie er sich Fagot gegenüber verhalten sollte. *Wie bislang auch,* das wäre das Naheliegendste, aber Nicholas bezweifelte, dass ihm das jetzt noch gelingen würde. Fagot aus dem Weg zu gehen, war auf Dauer aber auch keine Lösung. Er brütete noch eine Zeit über diesem Problem, ehe er mit einem schicksalsergebenen Stöhnen aufstand, seine Hose ausklopfte und sich ebenfalls ein Boot heranwinkte.

40

Dem uneingeweihten Beobachter hätte die Prozession durch den umfriedeten Garten seltsam angemutet. Vorneweg schritt in majestätischer Haltung eine vorzeitig gealterte Dame in schwarzem Kleid und weißer Haube, halb Nonnengewand, halb Witwentracht. Sie lauschte den eifrigen Worten eines jungen Mannes neben sich, dessen safrangelbes Wams den Rotstich seines Haares noch kräftiger leuchten ließ. In gebührendem Abstand dahinter wandelten zwei ebenfalls nicht mehr junge Frauen, die Hände sittsam vor dem Schoß ihrer schlichten, aber keineswegs armseligen Kleidung verschränkt. Zwei Wachen folgten in ein paar Schritt Entfernung, die Mienen grimmig, ihre Rapiere griffbereit.

Doch es gab keine uneingeweihten Gäste auf Schloss Sheffield. Wer hier eingelassen wurde, kam nicht ohne Grund und wusste über die Verhältnisse und Regelungen bestens Bescheid. So auch Sir Francis Throckmorton, der am Tag zuvor Walsinghams Erlaubnis erhalten hatte, Maria Stuart besuchen zu dürfen, und unverzüglich in den Norden aufgebrochen war.

». . . aber sagt, Mylady, behandelt man Euch auch gut?«

»Was der Earl von Shrewsbury«, die Augen Maria Stuarts huschten zu den Fenstern des Schlosses hinauf, »mir eben so zugesteht. Ich darf hier im Garten spazieren gehen, mich im Bogenschießen üben, manchmal gar ausreiten oder auf die Beiz. Immer natürlich unter den wachsamen Augen des Earls und seiner Leute. Eine Fahrt in die Bäder von Buxton würde mir mal wieder bekommen, meine Gesundheit ist doch sehr angegriffen.« Sie seufzte. »Zumindest darf ich Euch heute empfangen. Endlich einmal Besuch persönlich für mich! Kein Besuch des Earls, dem er nur zu gerne seine berühmt-berüchtigte Gefangene präsentiert.« Ihre Stimme bebte vor zorniger Verachtung.

Throckmorton wollte zu einer Erwiderung ansetzen, doch Maria Stuart winkte ab. »Lasst es gut sein. Der Earl ist es nach all den Jahren wahrscheinlich ebenso müde, meinen Wärter zu spielen, wie ich es leid bin, die Gefangene zu sein. Er führt nur aus, was ihm aufgetragen wurde. Entschieden wird alles von Elisabeth, von Walsingham und Lordschatzmeister Burghley. Ansonsten bin ich alleine mit meinen Damen«, ein Blick über ihre Schulter streifte ihre treuen Gefährtinnen, die hinter ihnen eine erneute Runde über den Kiesweg antraten, »und meinen Hunden.« Sie bückte sich ächzend und nahm einen der Spaniels hoch, die zusammen mit winzigen Terriern hechelnd um ihren Rocksaum herumsprangen. »Nicht wahr, mein kleiner Liebling?«, gurrte sie in das goldene Fell des Tieres, das ihr mit seiner rosa Zunge über das Gesicht schleckte.

Throckmorton bemühte sich um ein höfliches Lächeln. Solcherlei kläffende Köter waren ihm ein Graus. »Ansonsten habe ich nur Vögel zur Gesellschaft, Turteltauben und Perlhühner, die ich in Käfigen züchte. Und wie gut ich sie verstehe, lebe ich doch selbst in einem!« Sie setzte den Hund wieder ab und sah ihm traurig hinterher, wie er davontrippelte, sein leicht plattes Näschen auf den Boden geheftet. Maria Stuarts Hand fingerte an dem Kruzifix aus Kristall herum, das an einer langen Kette um ihren Hals mit dem strengen weißen Kragen hing. »Wenn ich nicht die Tröstungen meines Glaubens hätte, wäre ich vermutlich schon längst verzweifelt.«

»Nun, Mylady«, unwillkürlich senkte Throckmorton seine

Stimme zu einem verheißungsvollen Flüstern, »vielleicht werden schon sehr bald Eure Gebete erhört werden . . .«

Nur ein leichtes Flackern in Maria Stuarts Augen verriet, dass seine Worte sie nicht unberührt gelassen hatten. Ansonsten richtete sie den Blick unverwandt auf eine Kletterrose am Spalier, die sie nun schon zum dritten Mal passierten. Obwohl es Anfang Mai war, entfaltete diese gerade erst scheu ihre Blättchen. »So ist es also wahr . . .«, flüsterte sie heiser. »Dank der Umsicht des Gesandten können meine Freunde mir ohne Gefahr und in offenen Worten schreiben, was sich außerhalb dieser Mauern zuträgt. Sie berichten, dass man es nicht länger hinnehmen wird, wie ich hier zu Unrecht festgehalten werde. Auch ohne dass ich meine Freiheit mit der Unterzeichnung eines Vertrages bezahlen muss, der kein geringeres Unrecht darstellt. Wer ist sie«, zischte sie giftig, »dass sie sich zur Herrin über mein Leben, meine Freiheit macht? Sind wir nicht beide vor dem Antlitz des Herrn gekrönt und gesalbt worden? Blutsverwandt, nahezu Schwestern!«

»Daran seht Ihr, Mylady, wie sehr Elisabeth Euch fürchten muss! Nur die wahrhaftig Schwachen haben es nötig, mit solcher Gewalt ihre Macht zu festigen!« Throckmorton beobachtete zufrieden, wie sich Maria Stuarts Züge verhärteten, während sie ihn zugleich mit einem dankbaren Blick bedachte. »Ich hatte eine vielversprechende Unterredung mit Seiner Exzellenz Monsieur Castelnau«, beeilte er sich hinzuzufügen.

»Castelnau«, murmelte Maria Stuart. »Castelnau ist ein braver Mann, der mir treue Dienste leistet. Aber im Grunde ist er ein Feigling, der niemals offen wagen würde, meine Cousine zu erzürnen. Ich weiß sehr wohl, dass er sie als Person mehr schätzt als mich. Sie, mit ihren Büchern und ihrem Latein und Griechisch, mit ihrer geschliffenen Rhetorik. Mit ihrem allzu männlichen Verstand in einem Frauenkörper. Doch was hat es ihr gebracht? Zumindest keinen Ehemann, während ich derer drei hatte!«

Throckmorton hütete sich, darauf zu antworten, doch er dachte bei sich, dass ein schwächlicher französischer Jüngling, ein Widerling von schottischem Lord und der Rebell, der eben jenen Lord ermordet hatte, nicht wirklich Ehemänner waren, auf die Maria Stuart sich etwas einbilden konnte.

»Deshalb habe ich Seine Exzellenz auch nicht in meine Pläne eingeweiht«, sagte Throckmorton stattdessen. »Meine Pläne – und die hochrangiger und mächtiger Persönlichkeiten im Ausland.«

Maria Stuart schwieg und schürzte die Lippen, atmete schließlich tief durch. »Ich nehme an, das ist der Grund für Euren Besuch?«

Throckmorton machte ein paar schnelle Schritte und kam vor Maria Stuart zu stehen. Er legte die Rechte auf sein Herz und setzte seinen treuseligen Blick auf. »Um Euch um Euer Vertrauen zu bitten und Mut zuzusprechen.«

Sie musterte ihn belustigt und konnte dennoch nicht ihre Freude verbergen über die galante Aufmerksamkeit, die er ihr gegenüber an den Tag legte. Wenn auch ihre von Dichtern und Sängern viel gerühmte Schönheit längst verblüht war, war Maria Stuart nichtsdestotrotz eine Frau. Obwohl sie sich das Lächeln verkniff, leuchtete ihr Gesicht auf.

»Euer Tag wird kommen – vielleicht schon sehr bald«, raunte er bedeutungsvoll.

Sie schritt an ihm vorbei, beschwingter als noch vor wenigen Augenblicken, und zupfte schweigend einen Rosenzweig ab, den sie zwischen den Fingern drehte.

»Castelnau lässt Euch aus seiner Privatschatulle übrigens

dieses hier schicken.« Er eilte hinter ihr her und zog einen Beutel aus dem Wams, der sichtlich schwer war. Throckmorton hatte es angewidert, wie die Wächter am Eingang zum Schloss zwischen den Goldstücken herumgewühlt hatten, nachdem sie ihm seinen Degen abgenommen und ihn nach versteckten Waffen abgetastet hatten. »Damit es Euch an nichts mangelt. Und Ihr zuversichtlich bleibt, dass Eure Freunde Euer gedenken.«

Maria Stuart winkte eine ihrer Hofdamen heran, die mit der Andeutung eines Knickses den Beutel entgegennahm und sich wieder zurückzog. »Das ist sehr freundlich von ihm, bestellt ihm das. Ich werde es ihm nicht vergessen.« Sie schien zu zögern, dann hauchte sie: »So, wie ich niemals diejenigen vergesse, die mir treu zur Seite stehen.«

Throckmortons Augen funkelten auf. Das waren genau die Worte, auf die er gehofft, weshalb er sich auf den Weg hierher gemacht hatte.

»Die Zeit ist um!«, rief eine der Wachen von der Mauer her.

»Wenn es nicht der Trommelwirbel vom Turm her ist, der mir den Tag einteilt, so sind es die Anordnungen des Earls«, seufzte Maria Stuart und streckte Throckmorton ihre Rechte hin. Als er sie nahm, fiel er gekonnt vor ihr auf die Knie und senkte sein Haupt. »Gehabt Euch wohl . . .« Er machte eine kleine kunstvolle Pause und sah ihr dann von unten herauf unverwandt in die Augen. »Eure Majestät«, flüsterte er heiser und nur für sie hörbar. Maria Stuart schluckte, entzog ihm rasch ihre Hand, die sich stattdessen um das Kruzifix krallte. »So Gott will«, murmelte sie, ehe sie davoneilte, gefolgt von ihren Damen.

Throckmortons Blick fiel auf den feinen Zweig des Rosenstrauchs, der Maria Stuart entglitten sein musste und nun auf dem Kiesweg lag. Ein hinterhältiges Lächeln schien in seinem Gesicht auf, als er aufstand und mit dem Absatz seines Stiefels die weichen weinroten Blätter genüsslich zertrat.

41

Die nächsten Tage vergingen für Nicholas wie im Flug. Er versuchte, seine Augen überall zu haben. Bis jetzt schien Fagot keinerlei Verdacht zu schöpfen, dass Nicholas sein Tun und Lassen genauer unter die Lupe nahm. Aber der junge Mann war ja auch sehr beschäftigt: Gespräche mit Castelnau, das Lesen der Messe, Beichten, die im Haus abgenommen werden wollten und neuerdings saß er auch manche Stunde mit diesem seltsamen Vogel Giordano Bruno in der Bibliothek zusammen. Lautstark unterhielten sie sich in einer Sprache, die wohl Italienisch sein musste – manche Wörter kamen Nicholas aus dem Latein bekannt vor. Aber was er im Vorüberlaufen davon aufschnappte, schien mehr mit Himmel und Erde und Dingen dazwischen zu tun zu haben, denn mit Königinnen oder Botschaftern.

Doch auch sonst blieb Nicholas nicht untätig.

Es war am dritten Abend nach seinem Besuch bei Walsingham, als Fagot ihn am Abend in die Bibliothek schickte, um Bücher zusammenzusuchen. Den hohen Stapel vor sich her balancierend, drehte er sich um, als er das klatschende Geräusch von Sandalen hinter sich hörte.

»Ah, da ist jemand fleißig, wie ich sehe! Brav, sehr brav!«, lobte Giordano Bruno und tätschelte begeistert das Buch, das obenauf lag.

»Die sind für Monsieur Fagot«, berichtigte Nicholas, während der ehemalige Mönch einem der Bücherschränke zustrebte. Bruno warf ihm einen verklärten Blick zu, lehnte sich zurück und machte mit beiden Händen eine ausholende Geste. »Monsieur Fagot, gewiss! Ein sehr interessanter Mann, unglaublich belesen.« Er zog einen dicken Wälzer hervor und tappte wieder zur Bibliothek hinaus.

Nicholas stand einen Moment verdutzt da und schüttelte dann den Kopf. Erst dann setzte er sich abermals in Bewegung, immer noch in Gedanken über Bruno und Fagot versunken. Erst am Ende der Halle bemerkte er, dass er schon an der Treppe vorbei war. Seufzend wollte er umkehren, als sich schnelle Schritte näherten. Es war Courcelles, der Sekretär Castelnaus, der im Gehen und mit grimmiger Miene einen Stapel Post durchsah.

Nicholas schielte zum Portal, wo draußen vor dem geöffneten Türflügel ein Kurier mit seinem Pferd wartete, dann grinste er breit. In der Halle war es dämmrig zu dieser vorgerückten Stunde und so sah der beschäftigte Sekretär nicht, wie sich ein Stiefelbein in seinen Weg schob. Er stolperte, die Briefe schossen in einer weißen Fontäne vorwärts und Nicholas warf den Bücherstapel einfach dazwischen.

»*Sacre bleu!* Du Trottel, so gib doch acht!«, zeterte der Sekretär in den höchsten Tönen.

»Vergebt mir, Monsieur, ich habe Euch nicht kommen sehen! Wie unachtsam von mir«, brabbelte Nicholas unterwürfigst und bückte sich hastig nach dem Durcheinander auf den Fliesen. Der Kurier eilte herbei, um behilflich zu sein, doch Nicholas war schneller.

Während der Sekretär, die Arme verschränkt, entnervt mit dem Fuß auf den Boden tappte, suchte der Junge eilig die Post zusammen und stand endlich auf, um sie dem Mann in einem fein säuberlich geordneten Stapel zu reichen.

»Asche auf mein Haupt, Monsieur.« Er machte einen ergebenen Diener.

Der Sekretär riss ihm die Briefe aus der Hand. »*Mon Dieu*, was ein Tollpatsch! Dummkopf!«, schimpfte er mit reichlich feuchter Aussprache.

»Jawohl, Monsieur, wie Monsieur meinen«, murmelte Nicholas gekonnt zerknirscht, sammelte seine Bücher auf und schlich davon. Mit einem Blick über die Schulter sah er, wie Courcelles hastig den Stapel durchsah, ob auch kein Brief fehlte, und sie dann dem Kurier übergab.

Nicholas jedoch hatte erfahren, was er wissen wollte. Für Maria Stuart oder Schloss Sheffield war kein Brief dabei gewesen.

Und nachdem er am nächsten Tag in aller Frühe eine günstige Gelegenheit nutzte, um sich in Castelnaus Arbeitszimmer zu schleichen und im Geheimfach hinter dem Porträt auch die eingehenden Briefe durchzusehen, war er sich seiner Sache ganz sicher.

Was er an Papieren fand, war mehr als nichtssagend. Verwaltungssachen, Höflichkeitsbekundungen diverser Künstler und Adeliger. Keine einzige Zeile, die auf Maria Stuart hindeutete. Für Nicholas der Beweis dafür, dass alle wichtigen Briefe nach Schloss Sheffield mittlerweile über den geheimen Postweg gingen. Und wenn er den finden wollte, musste er an ganz anderer Stelle suchen. Die Frage war nur, wo zum Teufel er anfangen sollte.

Am Nachmittag des vierten Tages nach seinem letzten Besuch bei Walsingham drückte Fagot Nicholas endlich einen Bericht in die Hand und schickte ihn damit in die Seething Lane.

Nicholas war erleichtert. Hatte er doch Walsinghams Befehl, Fagot zu mahnen, bislang nicht ausführen können, ohne seinen heimlichen Besuch in der Seething Lane zu erwähnen.

Aber weil Fagot sich anscheinend erlauben konnte, mit seinen Berichten an Walsingham zu trödeln, entschied Nicholas, dass auch ihm auf diesem Botengang durchaus ein Abstecher nach St. Paul's und dem Hafenkai zustand. Auf die eine Stunde mehr oder weniger kam es jetzt auch nicht an.

Leonora machte große Augen, als er Fagots Bericht aus dem Wams zog und ihr hinhielt. »Darf ich wirklich?«

Nicholas nickte. »Ich habe doch gesagt, wir machen das zusammen!«

»Aber Walsingham –«, wandte Leonora ein, der es sichtlich in den Fingerspitzen nach Fagots Bericht juckte.

». . . wird es nicht erfahren.« Allein das Strahlen auf Leonoras Gesicht, als sie ehrfürchtig den Brief entgegennahm, war es Nicholas wert, ihn ihr zu geben.

»Ohne Siegel und unverschlüsselt?« Eine Augenbraue Leonoras schnellte empor.

»Fagot meinte, das sei nicht nötig, da ich ihn ja persönlich Walsingham überbrächte. – Ich sagte dir doch, er ist ein leichtsinniger Pinsel!«

Sie faltete die Bögen vorsichtig auseinander und begann zu lesen, während Nicholas abwechselnd ihr über die Schulter sah, dann wieder auf die silbern glitzernde Themse hinaus, über der Möwen kreischend ihre Kreise zogen. Wort für Wort kannte er den Inhalt des Schreibens auswendig. Fagot hatte darin das nun schon einige Zeit zurückliegende Angebot des Herzogs von Guise festgehalten. Zudem die täglichen Besuche eines Schotten namens Fowler in der Botschaft, der für Castelnau schottische Kreise auskundschaftete, sowie ein weiterer Besuch des mysteriösen Throckmorton, der Maria Stuart in ihrem Gefängnis besucht und ihr persönlich Geld von Castelnau überbracht hatte.

»Jede Menge Schotten und immer wieder Maria Stuart«, murmelte Leonora, nachdem sie alles gelesen hatte, die Augen immer noch auf den Bericht gesenkt. »Bei euch scheint es wahrhaftig zuzugehen wie im Taubenschlag. Und Throckmorton war doch tatsächlich bei –« Sie stutzte, hob den Brief näher an ihr Gesicht und runzelte die Stirn.

»Was ist?« Leonora antwortete nicht, aber Nicholas sah, wie ihre Augen die Zeilen entlangwanderten, als wollte sie zwischen die Buchstaben kriechen. Ihr Blick blieb hier hängen, sprang dorthin, setzte wieder oben an.

»Ich glaube in der Tat nicht«, sagte sie schließlich langsam, »dass dein Fagot wirklich Franzose ist.«

»Er ist nicht *mein* Fagot«, knurrte Nicholas ungnädig, machte sogleich aber einen langen Hals. »Und wieso bist du dir auf einmal so sicher?«

»Schau hier«, sie hielt ihm den Brief hin und zeigte auf ein paar Stellen. »Und hier ... Das ist nicht ganz richtig. Kein Franzose würde so schreiben! Er schreibt gutes Französisch – aber es ist kein korrektes Schriftfranzösisch. In den Büchern, die ich in Mortlake gelesen habe, waren solche Formulierungen und Schnitzer nicht zu finden. Manches notiert er so, wie man es spricht, nicht so, wie man es schreibt. Wenn wir jetzt noch die Verse dazunehmen, die du aus dem Kamin gefischt hast ... Er muss Engländer sein!« Sie ließ den Brief sinken und starrte grüblerisch auf das Wasser. »Fagot«, murmelte sie vor sich hin. »Ich hatte mir zuvor keine Gedanken darüber gemacht ... Aber so richtig französisch ist dieser Name auch nicht.«

»Er klingt aber so!«, widersprach Nicholas und erntete dafür einen tadelnden Blick.

»Nicht alles, was französisch klingt, ist es auch wirklich!« Womit sie zweifellos recht hatte. Eifrig wedelte Leonora mit der Hand. »Hast du das angekokelte Papier da?« Nicholas trug es immer mit sich herum, weil er nicht wollte, dass es in fremde Hände gelangte – oder gar in die Fagots. Er hatte es sorgsam in ein vom Schreibtisch in Salisbury Court stibitztes leeres Blatt gelegt, das er nun vorsichtig auseinanderfaltete.

Leonoras Blicke wanderten von dem einzelnen Blattfragment zu dem Brief an Walsingham und wieder zurück. »Oberflächlich betrachtet würde man meinen, beides sei von unterschiedlichen Personen geschrieben worden. Aber wenn du genauer hinschaust – hier, das *g* und das *t* . . . und das *H* am Anfang eines Wortes . . . die Buchstaben sind sich sehr ähnlich, beinahe dieselben.« Sie kaute auf ihrer Unterlippe herum. »Also verstellt er seine Schrift . . .«

»Er schreibt Verse und Stücke auf Englisch, sein Französisch ist in einer anderen Handschrift und fehlerhaft . . . Henri Fagot ist demnach Engländer . . . tatsächlich ein dichtender Student, der Walsingham von unserem Magus empfohlen wurde, um als Franzose getarnt Castelnau auszuspionieren«, fasste Nicholas alles zusammen, was sie bislang zusammengetragen hatten.

»Moo-ment«, wandte Leonora mit erhobenem Zeigefinger ein. »Wir wissen nicht, ob er sich dem Magus und Walsingham gegenüber als Franzose Henri Fagot oder als Engländer ausgegeben hat. Wir wissen immer noch nicht, ob er tatsächlich Priester ist. Und vor allem wissen wir nicht, wer sich hinter Henri Fagot in Wirklichkeit verbirgt.«

»Und ob er nicht doch auf der falschen Seite steht«, ergänzte Nicholas bedrückt. Er setzte mehrfach an, bis er schließlich zögerlich hervorbrachte: »Ich frage mich auch, ob er mit Walsinghams Berichten so schlampt, weil es ihm einfach nicht wichtig ist. Oder – oder weil er gezielt Neuigkeiten zurückhält, um so den Franzosen einen Vorteil zu verschaffen.«

»Das könnte –« Leonara unterbrach sich und riss die Augen auf. »Was ist denn mit dir los?«, rief sie entgeistert aus.

Nicholas hatte urplötzlich schallend zu lachen angefangen. *»N-n-non scho-scholae, s-s-sed vitae dis-discimus«,* japste er.

Leonora schüttelte den Kopf. Was war denn plötzlich in ihn gefahren?

Endlich wischte er sich die Lachtränen aus den Augen. *»Nicht – nicht für die Schule, sondern – sondern das Leben lernen wir*. Ein blöder Spruch, mit dem Pastor Hardcastle mich immer traktiert hat. Der ist mir gerade eingefallen.« Als er sah, dass Leonora noch immer nicht begriff, grinste er. »Die vielen Aufgaben, die mir der Magus in Mortlake zum Lernen und Knobeln aufgegeben hat – dabei ging es nicht in erster Linie darum, mich zum größten aller Codeknacker zu machen! Er wollte mir beibringen, wie ein Spion zu denken, wie einer zu handeln. Alles, was wir hier machen«, er tippte auf die Bögen, die Leonora noch immer in der Hand hielt, »diese Gedanken, Überlegungen, Schlussfolgerungen – das wollte er mir beibringen.« Er machte ein Pause. »Ich würde jede Wette halten, er wusste die ganze Zeit, dass du mit mir in der Bibliothek sitzt. Und dass ich die Aufgaben der Schnitzeljagd nur mit deiner Hilfe lösen kann.«

Einen Moment lang sahen sie sich stumm an und dachten an den klugen Dr. Dee und das, was er offensichtlich vorausgesehen hatte, als er zuließ, dass Leonora sich heimlich an Nicholas' Unterricht beteiligt hatte.

Schließlich warf Leonora ihre Locken zurück und setzte eine hoheitsvolle Miene auf, die einer Königin Elisabeth würdig gewesen wäre. »Dann dürfen wir dem Magus aber auch keine Schande machen! Wir müssen uns dessen würdig erweisen, seine Schüler gewesen zu sein und all diese Rätsel lösen!«

42

Den 22. April 1583 kam ein Mann namens Herle zu uns, welcher berichtet hat, dass Monsieur der Botschafter sehr wohl wisse, dass die Engländer den Franzosen etwas vormachen und dass er denke, die Franzosen seien sehr getäuscht worden. Und dass er auch wisse, dass der König von Spanien und der von Frankreich dafür sind, dem ein baldig Ende zu bereiten ...

»Was meint er damit?« Leonora ließ den Brief sinken und sah Nicholas fragend an. Wieder einmal hatte Nicholas auf seinem Weg in die Seething Lane mit einem Bericht Fagots vor St. Paul's und bei Leonora haltgemacht. Doch dieser Bericht, der die Ereignisse des zu Ende gehenden Monats April und der ersten Maitage in Salisbury Court für Walsingham zusammenfasste, schien ihnen weitaus mehr Rätsel aufzugeben als der erste.

Nicholas zuckte mit den Schultern. »Ich weiß es nicht genau. Das Entscheidende ist aber, dass England den Schwarzen Peter zugeschoben bekommt und Frankreich und Spanien nicht gut auf Elisabeth zu sprechen sind.«

»Das hört sich gar nicht gut an.« Leonora schüttelte mit besorgter Miene den Kopf und versenkte sich wieder in das Schreiben.

Heute kam ein junger Edelmann des spanischen Botschafters mit der Nachricht, dass der König von Frankreich eine Übereinkunft mit dem König von Spanien anstrebe.

»Nein, gar nicht gut«, unterbrach Leonora erneut ihre Lektüre. »Nicht nur Frankreich, auch Spanien scheint sich gegen England wenden zu wollen.«

»Lies weiter«, drängte Nicholas, »das wirklich Spannende kommt erst noch!«

Des Weiteren hat heute ein junger Schotte namens Fowler im Haus des Botschafters diniert und ihm zwei goldene Ringe, besetzt mit Steinen (welche genau, vermag ich leider nicht zu sagen) gezeigt, die der Herzog von Lennox der schottischen Königin schicken lässt ... Ich hörte Castelnau sagen, er bedaure fast, jetzt in England zu sein. Und in Schottland würden bald wunderbare Dinge geschehen. Dinge, zu denen der Herzog von Guise und der Herzog von Lennox der Schlüssel seien. Dies war Teil eines Gesprächs zwischen dem Botschafter und einem englischen Edelmann, dessen Namen ich nicht herausfinden konnte.

Leonora überflog die restlichen Zeilen mit den Abschiedsgrüßen und der Unterschrift Fagots, dann drückte sie den beschriebenen Bogen mit abgewandtem Gesicht Nicholas wieder in die Hand. Sie wünschte, sie hätte den Brief erst gar nicht gelesen. Denn er verhieß Unheil für England.

In Schottland gärte und brodelte es – so viel war sicher. Weitaus mehr Sorge aber machte ihr, was sie über die Einmischung Spaniens gelesen hatte. Leonora wusste, dass mit dem spanischen König Philipp nicht gut Kirschen essen war. Er hatte schon einmal seine Hand nach England ausgestreckt, indem er Elisabeths ältere Halbschwester ehelichte – Maria Tudor, die Jahre vor Leonoras und Nicholas Geburt gestorben war. Nach ihrem Tod hatte er dann Elisabeth einen Heiratsantrag gemacht und es hieß, er habe es ihr nie verziehen, dass sie ihn ausgeschlagen hatte.

So schien es nur zu wahrscheinlich, dass König Philipp immer noch nach dem Inselreich gierte und sich demzufolge auf die Seite von Maria Stuart schlug, auch wenn es ihm natürlich nicht um die schottische Königin selbst ging, sondern nur darum, sie auf dem englischen Thron zu sehen, um seinen eigenen Einflussbereich zu vergrößern.

»Das darf einfach nicht sein!« Wütend hieb Leonora mit der Faust auf die Steinstufe unter ihr. »Schottland ist mir ja gleich – aber . . .« Sie rang sichtlich mit den Worten. »Mein Vater sagt, Elisabeth sei die beste Königin, die wir uns wünschen können. Sie lässt uns Zigeuner frei umherziehen. Ich glaube nicht, dass eine Maria Stuart das auch erlauben würde. Vermutlich will sie uns schon gar nicht im Land haben. Was man so hört, gestattet man uns in anderen Ländern nicht diese Freiheit.«

Mit einem Seitenblick musterte Nicholas Leonora und ein kalter Klumpen ballte sich in seinem Bauch zusammen, als ihm klar wurde, dass auf ihr diese drohenden Schatten ungleich schwerer lasteten denn auf ihm, allein durch ihre Zugehörigkeit zu den Zigeunern.

»Ich will auch keine andere Königin als Elisabeth«, pflichtete Nicholas ihr bei und wilde Entschlossenheit wallte in ihm auf. »Wir müssen verhindern, dass sie gestürzt wird!« Noch ehe er die Worte ausgesprochen hatte, merkte er, wie albern sie klingen mussten. Wer waren sie denn schon – ein Junge, der sich als Spion verdingte, und ein Zigeunermädchen. Doch der hoffnungsvolle Ernst, mit dem Leonora seinen Blick erwiderte, ließ ihn sich mit einem Schlag ungleich stärker und mächtiger fühlen.

»Das müssen wir!«, wisperte Leonora.

Wenig später schlenderten sie durch St. Paul's. Nicholas hatte entschieden, dass die Lage zwar ernst war, es aber vielleicht nicht auf eine Stunde ankam, die Walsingham den Brief früher oder später erhielt. Außerdem lag ihm viel daran, Leonora ein wenig aufzuheitern. Während sie hier an einer Bude stehen blieben und dort, waren ihre Sorgen zwar nicht vergessen, aber zumindest für diese Zeit in den Hintergrund gerückt. Wenn es ihnen auch ein mulmiges Gefühl machte, den Studenten, Gelehrten, Händlern beim Argumentieren, Plaudern, Tratschen und Feilschen zuzusehen, die vermutlich nichts von der Bedrohung ahnten, die über ihrem Land schwebte. Doch es gab etwas Naheliegenderes, das Nicholas und Leonora noch Rätsel aufgab.

»Konntest du noch etwas über Fagot herausfinden?«, wollte Leonora wissen, während sie in ihrem Papiertütchen mit gemischtem Konfekt herumkramte, das Nicholas ihr von seinem Agentenlohn spendiert hatte. »Nein«, seufzte er, »leider nicht.«

Leonora blickte zufrieden auf die Zuckermandel, die sie herausgefischt hatte, und begann, daran zu knabbern. »Ich habe noch einmal darüber nachgedacht«, nuschelte sie. »Fagot ist einfach kein richtiger Name«, begann sie ihre Erklärungen. »Wie du gesagt hast: Er klingt zwar französisch – aber das ist auch alles. Übersetzt bedeutet er Reisigbündel. Manchmal nennt man auch einen bärbeißigen Menschen so.«

Nicholas sah sie von der Seite an. »Na, nett ist Fagot wahrhaftig selten«, überlegte er. »Aber Reisigbündel . . . Ich weiß nicht so recht. Welchen Sinn soll das ergeben?«

Leonora verdrehte die Augen. »Ist doch ganz einfach. Die Katholiken bekämpfen die Protestanten, verbrennen manche von ihnen als Ketzer. Und woraus besteht ein Scheiterhaufen, hm?« Beifall heischend sah sie Nicholas von der Seite her an. Doch dieser hatte ihr gar nicht mehr zugehört. Wie vom Donner gerührt war er stehen geblieben und starrte mit offenem Mund auf einen Punkt irgendwo im Getümmel.

»Was ist?«, fragte Leonora verwirrt. Noch ehe sie erkennen konnte, was ihn hatte erstarren lassen, hatte er sie beim Arm gepackt und hinter eine der dicken Säulen gezerrt.

»Fagot«, flüsterte er ihr aufgeregt zu, »gleich am nächsten Stand! Betrachtet sich die dort ausgelegten Bücher!«

»Meinst du, er hat dich gesehen?«

Nicholas schüttelte den Kopf. »Nein, da bin ich mir sicher.«

Im Schutz der Säulen und der Rückseiten der Buden schlichen sie vorwärts, bis sie an der nächsten Säule angelangt waren. Dort machten sie lange Hälse und lugten um den glatten Stein herum.

»Der dort«, zischte Nicholas Leonora zu, »in dem dunklen Wams mit den fleckigen Knöpfen.«

»Den kenne ich«, platzte Leonora ohne nachzudenken heraus. »Vom Theater!« Ungläubig schüttelte sie den Kopf, raunte heiser: »Aber das ist nieee-mals Fagot!«

»Selbstredend ist er das! Wohnst du mit ihm in einem Zimmer oder ich?« Nicholas' Blick huschte von Fagot zu Leonora und wieder zurück. Warum nur schaute sie so enttäuscht drein?

»Ist er nicht!«, brüllte sie unvermittelt los, zornesrot und die Hände zu Fäusten geballt.

»Psst! Willst du, dass er uns hier –«, zischte Nicholas, verstummte dann mitten im Satz. Plötzlich ergab alles einen Sinn und er begriff. Vor allem auch den Ausdruck der Fassungslosigkeit in ihrem Gesicht. Er schluckte und etwas Heißes, Kochendes brodelte in ihm empor, nahm ihm die Luft und rumorte in seinem Magen, dass er glaubte, sich übergeben zu müssen. Hilflos sah er zu, wie Leonora herumwirbelte und davonrannte.

Leonora rannte, als wäre der Teufel hinter ihr her. Ihr war, als sei der Himmel über ihr eingestürzt. Königin Elisabeth, Maria Stuart und sämtliche Spione auf der Welt waren ihr mit einem Mal herzlich egal.

Wie oft hatte sie ihn in der letzten Zeit im Theater gesehen! Der Spitzname, mit dem ihn die Männer damals im *Bull* angeredet hatten, hatte sie heimlich übernommen.

Und jetzt das! Aber es gab keinen Zweifel: Ihr Kit aus dem Theater war Henri Fagot! Ein Blick und Nicholas' Beteuerung hatten genügt, um die beiden Teile zu einem Ganzen zusammenzufügen!

Erst vor dem Portal von St. Paul's hielt Leonora keuchend inne. Die Verwirrung und Verzweiflung stand ihr ins Gesicht geschrieben, sodass sie mancher Passant neugierig musterte.

Traurig sah das Mädchen den Menschen hinterher, die bei diesem schönen Wetter den Platz vor der alten Kathedrale zahlreich bevölkerten. Tränen schossen ihr in die Augen, als sie beobachtete, wie ein Bursche seiner Angebeteten – wohl nur wenig älter als Leonora – verlegen einen Strauß Veilchen überreichte und diese errötend ihr Näschen darin vergrub. Alle Welt schien glücklich und sorglos und so kam sich Leonora nur noch einsamer und verlassener vor. So glücklich und sorglos, als rotteten sich nicht derzeit Franzosen und Spanier zusammen, um England ihren Willen aufzuzwingen und an Elisabeths Thron zu sägen.

»Reiß dich zusammen«, fauchte Leonora sich selbst an. »Hier geht es schließlich um mehr als um deine kindischen Schwärmereien!« Das half. Sie kramte ihr Taschentuch hervor, wischte über die Tränenspuren im Gesicht und putzte sich geräuschvoll die Nase.

»Bin ich dämlich«, stöhnte sie auf, als ihr unvermittelt einfiel, dass dies eine günstige Gelegenheit gewesen wäre, dem mysteriösen Fagot – oder vielmehr Kit – nachzuschleichen und so mehr über ihn herauszufinden – wäre sie nicht in einem solchen Aufruhr aus St. Paul's hinausgestürmt.

»Ich krieg's raus«, schniefte sie, »ich krieg raus, wie er wirklich heißt! Was Nicholas kann, kann ich schon lange!« Energisch schüttelte sie ihre Locken, zupfte sich Bluse und Schürzenband zurecht und stürzte sich ins Getümmel. So lange war sie schließlich noch nicht hier draußen und die Wahrscheinlichkeit, dass er sich noch irgendwo in der Umgebung aufhielt, war nicht allzu gering.

Mit aufmerksamen Blicken schlängelte Leonora sich durch die Menschenmenge. Einerseits, weil sie jetzt nicht ausgerechnet ihrer Mutter oder ihrer Tante über den Weg laufen wollte; andererseits, weil sie nach Kits struppigem Haarschopf und seinem abgeschabten Wams Ausschau hielt.

Und als hätte der Himmel ihr heimliches Gebet erhört, dauerte es nicht lange und sie konnte ihn tatsächlich in der Ferne ausmachen.

»Vielleicht ist heute doch trotz allem dein Glückstag, Leo!«, flüsterte sie und setzte hinterher.

Kit eilte auf den alten Kirchhof zu, wo an einem der moosüberzogenen Grabsteine ein junger Mann ungefähr im selben Alter schon auf ihn wartete. Das blonde Haar ordentlich gekämmt, das flaschengrüne Wams zwar alt, aber sauber, begrüßte er Kit überschwänglich. So überschwänglich, dass sie sich wohl gut kannten. Der Blonde überschüttete Kit mit einem Wortschwall, den dieser nur mit beständigem Nicken beantwortete. Gemeinsam machten sie sich auf den Weg und Leonora heftete sich an ihre Fersen, voll grimmiger Entschlossenheit, das Rätsel Henri Fagot ein für alle Mal zu lösen.

Nicholas stand unbeweglich noch immer am selben Fleck, kämpfte gegen Zorn und Übelkeit an. Als er sich schließlich umwandte, war von Fagot nichts mehr zu sehen. Wie unter einem Bann wanderte er ziellos durch die Menschenmenge, schaute hierhin und dorthin, ohne jedoch wirklich etwas wahrzunehmen. Er marschierte weiter und merkte nicht, dass seine Schritte schneller wurden und ihn aus der Kathedrale trugen.

Doch statt sich zu Walsingham in die Seething Lane zu begeben, wandte Nicholas sich unwillkürlich in die entgegengesetzte Richtung. Seine Gedanken waren noch immer nur bei Leonora und Fagot, und ehe er sich versah, war er wieder vor Salisbury Court angelangt.

Zögernd trat er von einem Bein auf das andere, unschlüssig, was er tun sollte. Fagot zu begegnen – das war wahrlich das Letzte, wonach ihm der Sinn stand.

Kurz entschlossen nahm er den Weg durch die Halle, hinaus in den Garten. Verdrießlich lief er den Kiesweg hinab, kickte hier ein Steinchen zur Seite und dort ein anderes. Bis hinunter zur Mauer lief er, die sich Salisbury Court mit dem benachbarten Buckhurst House teilte, dann innen an der Mauer entlang. Hier konnte man schon die nahe Themse riechen.

»Nicht in die Rosen treten!« Nicholas erstarrte. Sein Blick fiel zuerst auf seinen rechten Fuß, der sich tatsächlich gerade anschickte, in eines der Beete zu steigen. Dann auf den alten Gärtner, den er hier schon zwischen den Blumen und Sträuchern hatte herumfuhrwerken gesehen. Dieser drohte Nicholas gar nicht scherzhaft mit seiner Harke. »Bist du das wohl, der über Nacht immer wieder alles zertrampelt?«

»Nein«, antwortete Nicholas wahrheitsgemäß und zog seinen Fuß schnell wieder zurück.

Der Gärtner knurrte halb besänftigt und begann wieder, den Boden unter dem Fliederbaum am Rand des Gartens zu lockern, dessen Blütenkerzen im dichten Laub kurz vor dem Aufbrechen waren. »Den ganzen Tag hegt und pflegt man, und ehe man es sich versieht, ist in dieser Ecke alles wieder umsonst gewesen! Eine Schande ist das, früher hätte es so etwas . . .«

Nicholas blinzelte. Er befand sich im äußersten Winkel des Gartens, in dem sich die beiden Umgrenzungsmauern trafen – die zu Buckhurst House hin und diejenige, die neben der Water Lane einherlief. Sein Blick fiel auf die kleine Gartenpforte, die er bei seinem ersten Rundgang abgeschlossen vorgefunden hatte. Damals schien sie nicht weiter interessant zu sein, da sie auf die Water Lane hinausging – eine ganz gewöhnliche Gasse, wie Hunderte andere auch in der Stadt. Doch jetzt – *jetzt* . . . Ein Ausdruck der Verblüffung zog über sein Gesicht; dann klatschte er sich mit der flachen Hand vor die Stirn und lachte. Er sah sich nach dem Gärtner um. »*Merci,* Monsieur«, jubelte er und sprang in großen Sätzen zum Haus zurück.

»Narren«, brummte der Gärtner kopfschüttelnd vor sich hin. »Narren und Trampel, so weit das Auge reicht! Hab's dem Botschafter schon mehrfach gesagt, immer wieder.« Seine Augen wurden schmal, als er eine Schnecke erblickte, die sich an jungen, eben aus der Erde empordrückenden Blättchen zu laben gedachte. Er packte die Harke fester und schlug kaltblütig zu. »War auch höchste Zeit, dass wir die Wachhunde gekriegt haben!« Mit zufriedenem Gesicht pflügte er die Überreste der Schnecke unter.

Leonora war flau zumute, als sie sich durch die Zuschauer im Innenhof des *Bel Savage* schob. Und das lag keineswegs an der üblen Mischung aus Schweiß, ranzigem Fett, Bier und Zwiebeln, die dick wie Irish Stew zwischen den Mauern stand. Sondern vielmehr daran, dass sie Fagot und seinen Freund aus den Augen verloren hatte, als sie vor dem Eingang ihre Schürzentasche nach einem Penny durchwühlt hatte. Kurz vor dem Ende der Aufführung noch das komplette Eintrittsgeld bezahlen zu müssen, war in ihren Augen reinste Halsabschneiderei. Doch um möglichst schnell in das Theater zu gelangen, hatte sie darauf verzichtet, einen Streit vom Zaun zu brechen, und zähneknirschend das Geld hervorgesucht. Und genau dadurch schien sie es vermasselt zu haben.

Suchend reckte sie den Hals, aber die beiden schienen wie vom Erdboden verschluckt. *Wenn sie nicht hineingegangen sind, müsste ich doch gesehen haben, wie sie ...* Ihr Atem stockte und sie hätte am liebsten laut gejuchzt.

Die beiden standen am rechten Bühnenrand bei einem Mann mittleren Alters, der Leonora vage bekannt vorkam. Dass er zum Theater gehörte, daran konnte sie sich noch erinnern, aber ihr wollte kein Name dazu einfallen. Vermögend sah er auf jeden Fall aus; sein dunkelblaues Wams war von guter Qualität und die goldenen Knöpfe blinkten.

Leonora bahnte sich ihren Weg durch das Publikum, indem sie links und rechts heftige Knüffe und Püffe austeilte. Die empörten Aufschreie und die Kanonaden an recht unflätigen Schimpfwörtern perlten an ihr ab wie Wasser vom Gefieder einer Ente. Endlich hatte sie die erste Reihe erreicht, tauchte zwischen bestrumpften Beinen und voluminösen Röcken hindurch und hechtete unter die auf niedrigen Holzstelzen stehende Bühne. Bäuchlings robbte sie vorwärts, bis sie den Rand erreicht hatte. Sie hockte sich hin, schielte unter der Kante hervor und lächelte zufrieden, als sie Fagots abgeschabtes Wams erblickte.

».. . du musst wissen, Kit, unser Master Henslowe hier plant aus seiner nicht gerade leeren Schatulle den Bau eines neuen Theaters«, hörte sie den blonden Mann sagen.

Leonoras Mundwinkel zuckten. Jetzt wusste sie, woher sie den vornehmen Herrn im dunkelblauen Wams kannte. Henslowe, natürlich! Der bekannte Geldgeber vieler Aufführungen . . .

»In drei, vier Jahren soll es stehen«, fuhr der Blonde fort.« Mit größerer Bühne, mehr Platz für die Zuschauer und einer aufwendig geschnitzten Galerie. Theater im ganz großen Stil! Größer als die zwei vor der Stadt! *The Rose* soll es heißen . . . Ich sehe schon die Plakate für die Eröffnung vor mir, Master Henslowe: *The Rose präsentiert: Exklusive Welturaufführung von Dido, Königin von Karthago. Ein Drama voller Liebe, Hass und Leidenschaft – geschrieben von Christopher Marlowe!«* Er legte seinem Freund seine Hand auf die Schulter und wandte sich dann abermals an den vornehmen Henslowe. »Kit hier hat das Stück bald fertig und ich verspreche Euch nicht zu viel, Master Henslowe, wenn ich sage, es ist . . .«

Der Rest seiner Worte ging in Jubel und donnerndem Schlussapplaus unter. Als sich die Zuschauermenge allmählich zerstreute, krabbelte Leonora aus ihrem Versteck hervor und klopfte sich notdürftig den Staub von Bluse und Schürze ab.

Während Henslowe den beiden jungen Männern bedeutete, ihm in das Gasthaus zu folgen, hüpfte sie von dannen, ein stolzes Lächeln im Gesicht. Sie brauchte den dreien nicht länger auf den Fersen zu bleiben. Sie hatte alles erfahren, was sie wissen wollte.

43

Nicholas lümmelte beim Schein einer Kerze auf seinem Strohsack, schnippte unablässig eine Spielkarte in die Höhe und fing sie ohne hinzusehen wieder auf. Seine Blicke bohrten sich in den Rücken Fagots. Wenn es nach ihm gegangen wäre, hätte sein vorgeblicher Dienstherr mausetot vom Stuhl fallen müssen. Doch Fagot dachte gar nicht daran und das Kratzen der Feder auf dem Papier, das Gemurmel, wenn er über einer Formulierung brütete, ging Nicholas gehörig auf die Nerven.

Nach seinem Erlebnis im Garten hatte er noch einmal in der Seething Lane vorgesprochen, doch Walsingham hatte ihm ausrichten lassen, dass er erst am morgigen Tag Zeit für ihn hätte. So hatte er nur Fagots Bericht bei Walsinghams Sekretär abgegeben und war doppelt enttäuscht nach Hause geschlichen.

Und jetzt lag er hier untätig herum und hatte diesen Widerling vor Augen!

Den kenne ich! Vom Theater!, klang ihm Leonoras Ausruf noch in den Ohren.

Dazu ihr unmissverständlicher Blick – voller kindischer Bewunderung! Was fand Leonora nur an diesem Kerl? Fagot war doch alt, uralt, schon über zwanzig – mindestens! Er war ein Dreckfink, unfreundlich und herrschsüchtig, und für Nicholas' Begriffe sah er nicht einmal gut aus. *Da verstehe noch einer, was in Mädchen vorgeht . . .*

»Weshalb arbeitet Ihr für Walsingham?«, warf er unvermittelt in den Raum hinein. Ein leises Lachen vom anderen Ende war das Echo.

»Schau an . . .« Fagot wandte sich halb um und warf Nicholas einen amüsierten Blick zu, ehe er sich wieder über seine Schreiberei beugte. »Hast du heute eine Portion Neugierde gefrühstückt?«

»Vielleicht.« Nicholas war auf Streit aus und heute Abend war es ihm gleich, ob das vielleicht unklug für seine Pläne sein mochte.

Fagot legte die Feder beiseite, rückte seinen Stuhl herum und begann, seine Pfeife zu stopfen. »Nun, es ist doch spannend zu sehen, wer den Sieg letztendlich davontragen wird – die Rose oder die Distel. Und noch spannender ist es, mitten im Geschehen zu sein.«

»Wer?«

Fagot sah mit einem Glitzern in den Augen kurz zu Nicholas hinüber, während er im Pfeifenkopf herumpulte. »Meine Güte, die Spinne hat dich aber schlecht vorbereitet! Im vergangenen Jahrhundert fochten in England zwei Familien einen langen blutigen Krieg um die Herrschaft aus: die Yorks, die im Wappen die weiße Rose trugen, und die Lancasters mit der roten Rose. Daher nennt man ihn auch den Rosenkrieg. Elisabeths Großvater hat diesen Krieg vor knapp einhundert Jahren beendet und die Erbin der Yorks geheiratet. Seither tragen die Tudors eine rot-weiße Rose im Wappen. Und im Familienwappen der Stuarts ist eine Silberdistel. Hast du's jetzt verstanden?«

Klugscheißer! Eine Lektion in Geschichte war das Letzte, was Nicholas heute von Fagot gebrauchen konnte. »Aber Ihr müsst Euch doch für eine der beiden Seiten entschieden haben?«, bohrte er daher unerbittlich nach.

»Nein, warum?« Fagot grinste, schnappte sich den Kerzenleuchter und zündete sich seine Pfeife damit an. Nicholas hörte das Wachs der schräg gehaltenen Kerze auf den Boden tröpfeln.

»Weil – weil es doch darum geht, wer England regiert! Um Elisabeths Thron!«, verkündete er mit Nachdruck. Fagot zog prüfend an seiner Pfeife und lachte erneut. »Wie süß! Ein kleiner Ritter, für die Ehre des Vaterlands und seiner Königin! Hat Walsingham dich damit etwa geködert?«

Nicholas kochte vor Wut, vor allem auch, weil ihm auf die Schnelle keine passende Erwiderung einfallen wollte. »Süß« war so ziemlich das letzte aller Wörter, das er in Bezug auf sich selbst hören wollte. Fagot lehnte sich zurück und streckte die Beine von sich. »Ist ja nichts Verkehrtes daran, dem Königreich dienen zu wollen! Nur teile ich diese Denkweise nicht. Im Gegensatz zu dir treuem Untertan bin ich ein reichlich ehrloser und unpatriotischer Geselle. Die Königin von England ist mir herzlich egal – und die andere ebenso! Für mich zählt allein klingende Münze und gerne auch das eine oder andere Abenteuer als Dreingabe.« Er drohte Nicholas scherzhaft mit dem Pfeifenstiel. »Denk gar nicht erst daran, mich deswegen verpetzen zu wollen! Walsingham weiß das sehr wohl und er traut mir auch keineswegs.«

»Weshalb lässt er Euch dann für sich arbeiten?«

Fagot breitete die Arme aus und strahlte selbstgefällig. »Ganz einfach – weil ich brillant bin!« Dann wandte er sich wieder seinen Papierbögen zu.

Nicholas hatte genug; er spürte, wie sein Blut förmlich kochte. Hastig sprang er auf und stürmte zur Tür.

»Wo wird denn der kleine Patriot zu dieser späten Stunde noch hinwollen?« Fagots Stimme klang amüsiert.

»Der *kleine Patriot* muss mal«, rief Nicholas erbost, riss die Tür auf und ließ sie unter Fagots meckerndem Lachen hinter sich ins Schloss krachen.

Die Dunkelheit im Korridor erinnerte ihn daran, dass er seine Kerze stehen gelassen hatte. Aber wieder umkehren und Fagot einen erneuten Grund zu geben, sich über ihn lustig zu machen, wollte er nicht. Folglich tastete er sich durch die Finsternis vorwärts, stieß sich einen Ellenbogen, dann das Knie und auf der Treppe verfehlte er eine Stufe und wäre beinahe der Länge nach hinuntergesegelt, hätte er sich nicht im letzten Moment wieder fangen können. Mit jedem Schritt wurde sein Hass auf Fagot größer. *Ich würde ihm am liebsten den Hals umdrehen,* wütete Nicholas inwendig, *so eine richtige Abreibung hätte Fagot verdient! Einen Denkzettel müsste man ihm* – Am Fuße der Treppe blieb er unvermittelt stehen, als ihm die Begegnung mit dem Gärtner vom Nachmittag wieder einfiel. Mit einem Mal breitete sich ein Grinsen auf seinem Gesicht aus.

War das nicht die Gelegenheit, auf die er eigentlich gewartet hatte? Selbst wenn er nicht sofort in ihr Zimmer zurückkehrte, würde Fagot sich keine Gedanken machen – glaubte er doch bestimmt, Nicholas würde in irgendeinem Winkel hocken und vor sich hinschmollen.

Schmollen – von wegen!, dachte er und sein Grinsen wurde zu einem breiten Lächeln. *Da weiß ich etwas viel Besseres!*

Und so setzte er frohgemut seinen Weg fort, wobei er jedoch den Abort für die Bediensteten links liegen ließ und zur Seitentür nahe der Küche eilte, die sich zur Begrenzungsmauer hin öffnete. Von dort aus schlich er hinunter in den nächtlichen Garten.

Eine leichte Brise frischte auf, trieb eilig Wolken über den Himmel. Aufblitzende Sterne und ein schimmernder Halbmond gaben genug Licht, um sich ohne größere Unfallgefahr zwischen Bäumen und Beeten bewegen zu können. Ganz in der Nähe schlugen Hunde an, wie es sie in dieser Gegend zuhauf gab.

Mit klopfendem Herzen kauerte sich Nicholas unten an die Mauer gen Buckhurst House, unmittelbar hinter einem stacheligen Grünzeug, das zu einem mehr als mannshohen Kegel gestutzt war. So hatte er gute Sicht auf die Gartenpforte, ohne von dort aus auf den ersten Blick gesehen werden zu können.

Er hoffte inständig, dass seine Schlussfolgerungen richtig waren und er darüber hinaus heute einen guten Tag erwischt haben würde. Gespannt wartete er hinter dem streng riechenden Gewächs.

Lange Zeit tat sich nichts. Von fern erschallte der Stundenklang einer Kirchturmuhr und kurz darauf marschierte ein Nachtwächter die Water Lane hinauf. Nicholas konnte den forschen Tritt seiner Stiefel hören, das Klimpern der Glocke bei jedem Schritt. Die Krallen seines Hundes klickten eifrig über das Pflaster. Die Geräusche verklangen, als der Wächter oben um die Ecke bog. Dann war es wieder still.

Nicholas spitzte die Ohren und sein Herz schlug schneller, als er Kies knirschen hörte. Schritte näherten sich vom Haus her, und zwar sehr rasch. Unwillkürlich wandte Nicholas den Kopf, als er auch an der Außenseite der Mauer jemanden hörte.

Der Mann, der durch den Garten kam, verließ nun den Pfad. Als er sich raschelnd über den Rasen bewegte, auf die Pforte zu, konnte Nicholas das Profil von Sekretär Courcelles ausmachen. Vor der Pforte blieb dieser stehen, schien ebenfalls zu lauschen. Die Schritte auf der anderen Seite der Mauer waren verstummt.

»Ruhm sei der Silberdistel . . .«, raunte Courcelles an das Holz und ein Murmeln kam von jenseits des Türchens. Anscheinend das richtige, denn Courcelles nestelte einen Schlüsselbund hervor und schloss auf. Nicholas konnte nicht erkennen, was oder wer auf der anderen Seite wartete, denn der Torbogen lag in völligem Dunkel. Doch eines sah er genau: dass ein weiß aufleuchtender Umschlag hinein- und ein anderer hinausgereicht wurde, gerade als der Wind auffrischte. Die silbernen Lichtbahnen, die den Garten zart erleuchteten, wurden abgeschnitten, als Wolken den Mond verhüllten.

Nicholas hörte Flüstern, dann Schlüsselgeklirre und Geraschel, als sich wieder jemand durch das Gras und die Beete in Richtung des Hauses bewegte. In der Dunkelheit konnte er nichts erkennen, doch das Rascheln klang verdoppelt, während draußen jemand die Water Lane hinab zum Fluss ging. Also waren es zwei Männer – einer, der als Kurier für die nächtliche Post diente, und einer, der offenbar bei Tag hier nicht gesehen werden wollte!

Nicholas wandte seine Aufmerksamkeit zurück zu den Geschehnissen im Garten. Ein Windhauch trug Gesprächsfetzen zu Nicholas herüber, zu undeutlich, als dass er einzelne Worte hätte ausmachen können. Deutlich genug aber, dass er Courcelles Stimme von der anderen zu unterscheiden vermochte. Wenn ihm nur einfiele, wo er die zweite schon einmal gehört hatte! Sie war Nicholas nicht wirklich vertraut, aber auch nicht gänzlich fremd, klang metallisch unangenehm . . .

Plötzlich wusste er es. Nicholas musste sich zusammennehmen, dass er sich vor lauter Triumph nicht verriet. Die zweite Stimme gehörte zu niemand anderem als Throckmorton! *Ruhm sei der Silberdistel* . . . Das Losungswort war ein zusätzlicher Hinweis darauf, dass Nicholas nichts Geringeres entdeckt hatte als den geheimen Postweg zwischen Salisbury Court und Schloss Sheffield!

Er wartete, bis der Garten still dalag wie zuvor, und hastete dann zum Haus hinauf, voll erregter Vorfreude darauf, diese großartigen Neuigkeiten gleich morgen Walsingham zu berichten. Ein Grinsen flog über sein Gesicht – Monsieur Fagot war weiß Gott nicht der einzige helle Kopf in Salisbury Court! Abrupt blieb er stehen, als sich oben im Haus noch einmal eine Tür öffnete.

»... muss nur eben noch die Hunde ...«, konnte er klar und deutlich Courcelles sagen hören.

Hunde? Nicholas sah sich um. Seit wann gab es Hunde in Salisbury Court? *Nun, Nicholas Christchurch – seit wann schnüffelst du nächtens hier im Garten herum?*

Schrilles Gewinsel stieß in die Nachtluft, dann Scharren, Gebell und mehrfaches Pfotengetrappel. Nicholas schlich sich weiter vorwärts, hielt sich auf der linken Seite des Gartens, in der Hoffnung, unentdeckt an die Schmalseite des Hauses zu gelangen. Er hörte die Hunde schnuppern, schnauben, prusten. Dann schlug einer von ihnen an, zwei oder drei fielen mit ein und sie hetzten durch den Garten.

Nicholas spurtete los und nur der Fliederbaum, unter dem der Gärtner am Nachmittag herumgewerkelt hatte, versprach noch schnelle Rettung. Er angelte nach einer Astgabel, krabbelte mit den Füßen am Stamm, zog sich hinauf. Es war ein alter Flieder, der Stamm hart wie Eisen, doch die Zweige waren weich und biegsam.

»Graa-graagg«, machte Nicholas, als die Fliederkrone unter seinem Gewicht auf- und abwippte, als wollte sie ihn wie ein lästiges Krabbeltier abschütteln. Ein oder zwei der Äste brachen. Nicholas sackte ab, spürte den Luftzug zuschnappender

Fänge. Spritzer von Geifer trafen ihn im Gesicht, als die Hunde kläffend und knurrend den Stamm umtanzten. Umso fester klammerte er sich an die restlichen Zweige, zog sich ächzend wieder hinauf.

Aus dem Augenwinkel sah er Lichter im Haus aufflammen.

»Hurghhh!« Er spannte den Körper an und warf sich mit seinem gesamten Gewicht herum, sodass sich die Krone auf die gegenüberliegende Seite neigte, zur Mauer hin. Nicholas streckte sich und warf sich bäuchlings auf die Mauerkrone. Die zurückschnellenden Zweige peitschten ihm um die Beine, aber er spürte es nicht einmal. Zu erleichtert war er, sich in Sicherheit gebracht zu haben.

Die Hunde sahen das ein wenig anders. Enttäuscht, dass ihnen die sichere Beute durch die Fänge gegangen war, knurrten und bellten sie und sprangen die Mauer hoch. Jetzt waren auch Stimmen aus dem Garten zu hören, die rasch näher kamen.

Nicholas blickte hastig an der anderen Seite der Mauer herunter. »Uff, ist das hoch«, entfuhr es ihm, als er das Pflaster der Water Lane gute zehn Fuß unter sich sah. »Heiliger Sankt Nikolaus, steh mir bei«, betete er und sprang voller Gottvertrauen in die Tiefe.

Im ersten Moment nahm ihm der Aufprall den Atem, doch er wusste, dass er nicht viel Zeit verlieren durfte, sich zu fassen. Die Stimmen waren jetzt bereits ganz nahe.

Hastig rappelte er sich auf und stellte erleichtert fest, dass an ihm noch alles dran und heil war, abgesehen vom schmerzenden Allerwertesten. Die ersten Schritte humpelte er, fiel dann in einen schnellen Trab, die Gasse hinauf.

Erst als er vor dem Platz vor Salisbury Court angelangt war, blieb er stehen und sah hinüber zur Botschaft. Auf dieser Seite wirkte das Haus ruhig; alle Fenster waren dunkel. Größerer Aufruhr schien also ausgeblieben zu sein. Doch wie sollte er jetzt wieder hineinkommen? Der offizielle Dienstboteneingang lag zwar vor der Umfriedungsmauer, aber Nicholas vermutete, dass dieser nachts abgeschlossen sein würde. Und selbst wenn er offen sein sollte – Nicholas wollte es nicht wagen, sich heimlich ins Haus zu schleichen, solange er nicht abschätzen konnte, was hinter der ruhig scheinenden Fassade los sein mochte.

Er schlich näher, im Schatten der Häuser entlang, immer die Silhouette vor dem Portal im Auge behaltend, die auf- und abmarschierte. Wenig später näherte sich ein Lichtschein aus dem Hausinneren, dem ein zweiter Umriss folgte. Wachablösung!

». . . war nur falscher Alarm. Ein liebestoller Kater vielleicht oder ein Kauz. Blöde Köter!«, konnte er die Stimme des einen Wächters hören. Nicholas kicherte in sich hinein, als er einen Geistesblitz hatte.

Er wartete, bis der erste Wachmann sich unter lautem Gähnen zurückgezogen und der zweite sich bequem postiert hatte. Dann löste Nicholas sich aus der Hausfassade und torkelte in Schlangenlinien über den Platz. »Drei-heeei lustig' Gese-*hicks!* – hellen und drei-heeei lustig' Gesellen«, grölte er einen beliebten Gassenhauer in schrägen Tönen vor sich hin (und musste sich dafür nicht besonders viel Mühe geben), »und drei-heeei lustig' Gesellen solln wer sein!« Zwischen den einzelnen Silben schluckte er so viel Luft, wie er nur konnte. »I-hiiich im Wald, u-hunddu-huu aufm Grund und Dschä-hä-häck«, er stolperte die Treppe zum Portal hinauf, »schläft im Ba-haa-haum!« Mit der letzten Silbe hatte er endlich genug Luft im Bauch und gab einen herzhaften Rülpser von sich. Mit einem gespielt weinseligen Grinsen sah er den Wachmann an, der das Grinsen erwiderte.

»Guck sich einer den Kleinen unseres Kaplans an«, gluckste dieser, »voll bis obenhin!« Er setzte eine gespielt gestrenge Miene auf. »Du weißt dennoch, dass du den Dienstboteneingang benutzen solltest?«

Nicholas salutierte mit schlaffer Hand, die sogleich wieder Richtung Hosennaht hinabschlenkerte. »Ja-jawoll, Maschter Offissier«, nuschelte er und schwankte wie ein Rohr im Wind. *Lass ihn bitte nicht merken, dass ich weder nach Wein noch nach Ale rieche! Bitte!* Der Wachmann hatte sichtlich seinen Spaß. »Na komm, ich will mal nicht so sein.« Großmütig hielt er Nicholas den Türflügel auf.

»D-danke, S-s-söörr!«, hickste Nicholas und wankte durch das Portal.

»Komm gut nach oben! Und stell dir besser mal noch einen Eimer neben das Bett!«, hörte er den Wächter lachend hinter ihm herrufen. Gekonnt hangelte Nicholas sich unter viel Geächze und Gestöhne am Geländer die Treppe hinauf, bis er außer Sicht- und Hörweite war. Dann flitzte er die restlichen Stufen nach oben.

»Hast ja verdammt lange gebraucht«, empfing ihn Fagot mit hochgezogenen Augenbrauen.

»Ja, das war – äh – etwas Größeres«, antwortete Nicholas. Fagot lachte und wandte sich wieder seinem Theaterstück zu. »Hast etwas verpasst. Unten im Garten gab es vorhin eine schöne Unruhe. Anscheinend wollte jemand über die Mauer einsteigen. Gut nur, dass wir seit heute Mittag Wachhunde haben.«

»Ah, deshalb der Lärm . . . Ich hatte mich schon gewundert«, entgegnete Nicholas, als er sich auf seinen Strohsack warf, und konnte sich ein Grinsen nicht verkneifen.

44

Wie auf Kohlen saß Nicholas am nächsten Morgen in der Messe. Botschaftskaplan Henri Fagot hatte kaum das letzte »Amen« gesprochen, als Nicholas aufsprang und aus der Kapelle flitzte, als sei ein ganzer Schwarm Wespen hinter ihm her. Die Vorfreude, Walsingham das Geheimnis des Postwegs zwischen Salisbury Court und Maria Stuart zu enthüllen, verlieh ihm fast Flügel. Erst als der Kirchturm von St. Paul's vor ihm auftauchte, verlangsamte er seine Schritte. Bislang hatte er alle Neuigkeiten zuerst Leonora berichtet. Bis zum gestrigen Tag jedenfalls. Doch dann dachte er an ihren Gesichtsausdruck, als sie Fagot getroffen hatten, und ein kleines Teufelchen flüsterte ihm zu, sie ab jetzt außen vor zu lassen – mittlerweile bräuchte er ihre Hilfe doch gar nicht mehr ... Doch das Teufelchen hatte auch ein engelhaftes Gegenstück, das ihm heftigst widersprach, und diese Engelsstimme hatte verflixte Ähnlichkeit mit derjenigen Leonoras. Unwillkürlich musste Nicholas lächeln. »Geschäft ist Geschäft und Mädchen – nun, sind eben Mädchen«, seufzte er am Ende seiner Überlegungen. Er kam sich ungeheuer großmütig vor, als er sich vor der Mauer mit dem losen Stein hinkniete, um auf einem Papierfetzen eine Nachricht an Leonora zu schreiben. Als er den Stein herauszog, sah er am Ende des Hohlraums ein zusammengefaltetes Blättchen liegen.

»Na endlich – der liegt schon seit gestern Nachmittag darin!«, maulte eine ihm nur zu bekannte Stimme neben ihm.

»Leono- aah!«, rief Nicholas aus, als er gerade noch den Stein fester packen konnte, der ihm vor Überraschung beinahe auf die Zehen gepurzelt wäre. Sein Herz machte ganz ungewollt einen Hüpfer aufwärts.

»Ich hab's raus!«, sprudelte Leonora hervor, ohne sich um seine sauertöpfische Miene zu kümmern. »Ich weiß, wer Fagot in Wirklichkeit ist – und es war ganz einfach«, verkündete sie stolz. Sie zog Nicholas zur Seite und flugs hatte sie ihm berichtet, was sie tags zuvor im Theater erfahren hatte.

ChrM – Christopher Marlowe . . ., dachte Nicholas. Also waren die Buchstaben auf des Magus Notiz tatsächlich Fagots echte Initialen gewesen! Und er war fast ein wenig enttäuscht, dass des Rätsels Lösung nicht komplizierter gewesen war. Vielleicht auch um Leonoras Erfolg zu übertrumpfen, revanchierte sich Nicholas mit einer Erzählung seines nächtlichen Abenteuers im Garten, in der die Hunde beinahe so groß wie Kälber waren und eine ganze Schar messerwetzender Wachmänner Jagd auf ihn gemacht hatte. »Walsingham wird Augen machen, wenn wir ihm das alles gleich erzählen!«, fügte er schließlich hinzu.

»Das wird er!«, jubelte Leonora und blinzelte dann verwirrt. »Hast du eben *wir* gesagt?«

Vor dem Haus in der Seething Lane verließ Leonora der Mut. »Ich – ich glaube, ich werde doch lieber hier auf dich warten«, meinte sie zaghaft und sah ängstlich zu den beiden Wachposten hin.

»Nichts da!«, widersprach Nicholas. »Du hast es alleine herausgefunden, also wirst du es ihm auch erzählen!« Leonora schien zu spüren, dass Nicholas in dieser Angelegenheit wohl nicht mit sich reden ließe, und offenbar war sie trotz allen Herzklopfens mehr als neugierig auf den Mann, den sie nur einmal in Dr. Dees Bibliothek gesehen hatte.

Hastig fuhr sie sich über ihre Locken und über den gelben Rock mit der blauen Borte. »Dann los«, wisperte sie und schob ihre vor Aufregung feuchte Hand in die von Nicholas.

Oje, wie die kleinen Kinder, dachte er peinlich berührt. Und doch flatterte ein kleiner, glücklicher Schmetterling durch seinen Bauch.

Der eine Wachmann grinste, als er Nicholas wiedererkannte, und öffnete bereitwillig das Tor, obschon der zweite Wächter Leonora finster musterte. Nicholas bedankte sich mit einem würdevollen Nicken, die Augenbrauen blasiert bis fast an den Haaransatz hochgezogen.

Leonora schien an seiner Hand immer kleiner zu werden, während sie dem Hausdiener zu Walsinghams Kontor folgten. Als sie über die Schwelle traten, nahm gerade ein dünner blonder Mann mit pockennarbigem Gesicht Papiere von Walsingham entgegen und marschierte an ihnen vorüber, ohne sie auch nur eines Blickes zu würdigen.

Nicholas verneigte sich höflich vor Walsingham, und Leonora ließ seine Hand los, um ihre Röcke zu raffen und in einen Knicks zu versinken, der etwas zittrig geriet.

Walsingham musterte sie mit schmalen Augen. »Dich habe ich doch schon in Mortlake gesehen, in der Bibliothek«, sprach er Leonora statt einer Begrüßung an. »Ich vergesse nie ein Gesicht!« Leonora hatte offensichtlich keine Ahnung, was sie darauf hätte sagen können, und so knickste sie einfach erneut.

»Nun?«, wandte sich Walsingham an Nicholas, der sofort von seinen nächtlichen Beobachtungen im Garten berichtete. Walsingham hörte reglos zu und schwieg noch eine Zeit lang, nachdem Nicholas geendet hatte. *Zehn Goldkronen für seine Gedanken!*, dachte Nicholas.

»Ich nehme an, es hat einen guten Grund, weshalb ihr heute zu zweit hier erschienen seid«, ergriff er wieder das Wort und fasste abwechselnd Nicholas und Leonora ins Auge.

Die beiden tauschten einen kurzen Blick, ehe Nicholas tief Luft holte. »Es geht um Monsieur Fagot, Sir.«

Walsingham machte eine auffordernde Geste. »Nur zu, Nicholas.«

Er lauschte geduldig, während mal Nicholas, mal Leonora alles schilderten, was sie über Henri Fagot zusammengetragen und gemutmaßt hatten, während er das angesengte Blatt mit den Versen betrachtete, das Nicholas ihm hingelegt hatte.

». . . nur wissen wir eben nicht, ob er nicht doch vielleicht ein doppeltes Spiel treibt«, schloss Leonora mit roten Wangen und sah Zustimmung heischend zu Nicholas, der bestätigend in Richtung Walsingham nickte. Und wäre er nicht überzeugt gewesen, dass ein Sir Francis Walsingham niemals lachte – er hätte schwören können, sein Hüsteln hinter vorgehaltener Hand hätte wie ein unterdrücktes Lachen geklungen.

»Sieh einer an«, sagte Walsingham schließlich und Nicholas glaubte zu sehen, wie sein Bart zuckte. »Was dem französischen Gesandten bislang nicht gelungen ist, haben zwei Kinder zustande gebracht: nämlich die kunstvolle Tarnung eines meiner Agenten zu lüften.«

Unwillkürlich duckten sich Nicholas und Leonora, unsicher, ob das nun ein Lob sein sollte oder ob sie sich damit in gehörige Schwierigkeiten gebracht hatten. Walsingham lehnte sich zurück und faltete die Hände über seinem schwarzen Gewand. »Ich nehme an, ihr zwei werdet ohnehin keine Ruhe geben, bis ihr alles bis ins Kleinste herausbekommen habt.« Unter seinem gestrengen Blick schrumpften Nicholas und Leonora noch ein Stückchen. Doch das wissbegierige Glitzern in ihren Augen ließ sich nicht verbergen. Walsingham räusperte sich.

»Bevor Ihr Henri Fagot weiter hinterherspioniert und dadurch noch die Gegenseite auf ihn aufmerksam macht, erzähle ich Euch lieber die ganze Geschichte.« Er stand auf und begann im Kontor auf- und abzuschreiten, die Hände auf dem Rücken verschränkt. »Lange habe ich darüber nachgedacht, wie sich ein Maulwurf in Salisbury Court unterbringen ließe. Es musste jemand sein, der unverdächtig scheint – so unverdächtig, dass der Botschafter ihm vertrauen kann. Ihm vielleicht Dinge erzählt, die einem gewöhnlichen Besucher des Hauses sonst nicht zu Ohren kommen. Jemand, der sich meisterhaft zu verstellen weiß. Und wer könnte das besser als ein Schauspieler – als ein Mann, der Stücke schreibt und sich so in mehrere Personen hineinversetzen, mit deren Zungen sprechen kann?« Er nickte Nicholas zu. »Der Magus wusste von so jemandem. Christopher Marlowe, der an seiner Universität Theater spielt und das hier«, mit spitzen Fingern hielt er das Blatt mit den Versen hoch, »für seine Lebensaufgabe hält. Selbst mit Stipendium kostet ein Studium Geld und wer schreibt, braucht Bücher, Papier und Tinte. Marlowe brannte darauf, sich in das Abenteuer zu stürzen, und es war Castelnau selbst, der uns die Möglichkeit für eine perfekte Tarnung geliefert hat.« Walsingham ließ das Blatt wieder auf den Tisch fallen und wanderte zum Fenster. Rücklings gegen den Sims gelehnt, sprach er weiter. »Vor drei Jahren kam ein Jesuit namens Edmund Campion ins Land, der Hetzpredigten gegen Ihre Majestät Königin Elisabeth führte. Der Kronrat befürchtete Unruhen und einen Aufstand. Also wurde er festgenommen und – nun ja – verhört. Er gestand, eine Verschwörung gegen die Königin geplant zu haben, und wurde deshalb hingerichtet. Natürlich nahm man das im Ausland nicht ohne Weiteres hin – nur seltsamerweise äußerte ausgerechnet Castelnau keinerlei Protest. Obwohl es seine Pflicht gewesen wäre als Gesandter Frankreichs. Was mir so zugetragen wurde, empörten sich viele Katholiken über Castelnaus Verhalten. Seither trägt er an seinem schlechten Gewissen für diesen diplomatischen Schnitzer. Daher«, Walsinghams Lippen kräuselten sich befriedigt, »daher konnte er nicht Nein sagen, als Anfang diesen Jahres ein Abt per Brief bat, einen jungen Jesuiten namens Henri Fagot in der Botschaft aufzunehmen. Castelnau kam dieser Bitte nur zu gerne nach, um seinen Affront gegen das Jesuitenseminar wiedergutzumachen.«

»Wie habt Ihr das bewerkstelligt?«, fragte Nicholas atemlos vor Spannung. Walsingham lächelte bescheiden. »Der Brief wurde hier, in diesem Haus, geschrieben, unterzeichnet mit falschem Namen. Christopher Marlowe hatte genug Zeit, sich auf seine Rolle als Henri Fagot vorzubereiten. Den Namen hat er sich übrigens selbst ausgedacht – er scheint einen etwas seltsamen Sinn für Humor zu haben . . .« Walsingham schüttelte den Kopf und fuhr fort: »Da Jesuiten der Aufenthalt auf englischem Boden bei Todesstrafe verboten ist, gab er sich auch innerhalb der Botschaft nicht als solcher zu erkennen. Er trägt daher auch kein Ordensgewand, sondern gewöhnliche Kleidung. Eine Tarnung unter der Tarnung sozusagen. Dennoch hatte er für alle Fälle eine Priesterkluft im Gepäck. Schlau von ihm! Dass Castelnau einen Aushilfskaplan benötigen würde, wussten wir zuvor natürlich nicht. Aber damit hat uns die göttliche Fügung eine hübsche Trumpfkarte zugespielt. Und wie es scheint, ist es Marlowe – alias Fagot – sehr gut gelungen, bis in den engsten Kreis Castelnaus vorzudringen. Der Magus hatte recht, als er ihn mir als begnadeten Schauspieler empfahl, und ich muss sagen, dass Marlowe mich schon jetzt aufs Angenehmste überrascht hat. Ich bin sicher, er wird mir noch sehr wertvolle Informationen liefern.«

»Wie könnt Ihr jedoch sicher sein, dass er nicht zu den Anhängern Maria Stuarts übergelaufen ist?«, piepste Leonora, der vor Aufregung fast die Stimme wegblieb. Walsinghams Augenbrauen hoben sich kaum merklich. »Wirklich sicher sein kann ich mir nie, bei keinem meiner Agenten. Dieses Wagnis muss ich immer in Kauf nehmen. Daher ist es gut, dass ihr mir das alles erzählt habt. Augenblicklich gibt es keinen Grund, in ihm einen Doppelagenten oder Überläufer zu vermuten. Doch es kann nicht schaden, ihn genauer im Auge zu behalten. Ich fürchte«, er seufzte tief auf, »er gehört zu jenen flatterhaften Gesellen, die sich selbst immer die Nächsten sind. Die aus reinem Ehrgeiz und Abenteuergier gefährliche Spiele beginnen, die sie zwischen die Fronten und dadurch vorzeitig ins Grab bringen. Sofern sie nicht bei einem Saufgelage ein Messer zwischen die Rippen bekommen.« Walsingham verstummte, augenscheinlich in weitere Gedanken schwermütiger Natur versunken. Unvermittelt sah er Nicholas scharf an. »Kannst du dir vorstellen, dich in Throckmortons Haus einzuschleichen?«

Nicholas stockte der Atem. »Ich? Wie – ganz alleine?«

»Warum nicht? Du bist über alle Hintergründe im Bilde, Throckmorton kennt dich bislang nicht und du stellst dich offenbar ganz geschickt an.«

Hochrot vor Freude und Stolz nickte Nicholas voller Begeisterung. »Sehr gerne, Sir!«

»Gut, gut. Halt dich bereit und deine Augen und Ohren offen. Wenn es so weit ist, wird dich ein Bote abholen. So lange bitte keine nächtlichen Ausflüge mehr!«

»Aber – aber die Post –« Die Enttäuschung stand Nicholas überdeutlich ins Gesicht geschrieben.

»Nein, Nicholas. Wir dürfen nicht riskieren, dass Throckmorton dich doch noch zu Gesicht bekommt. Marlowe soll sich darum kümmern. Ab heute bist du nicht mehr ihm, sondern ohne diesen Umweg mir unterstellt. Die Nachrichten zwischen ihm und mir werden über den Abt von Henri Fagot laufen.«

Als sich die Tür hinter den beiden jugendlichen Spionen geschlossen hatte (jeder um eine blanke Silbermünze reicher), sann Walsingham noch eine Weile über diesen Besuch nach, der auch für den Kopf des Geheimdienstes ein recht ungewöhnlicher gewesen war. »Ein Taschenspieler und ein Zigeunermädchen«, murmelte er vor sich hin. Und er gestattete sich ein kleines Schmunzeln. *Ein Gaukler, eine Vagabundin und ein Schauspieler . . .*

Das Gesetz, das Vagabundieren unter Strafe stellte, kannte Ausnahmen. Zigeuner durften ebenso umherziehen wie Artisten und Theaterleute mit entsprechender Genehmigung. Das Volk liebte Theaterstücke mindestens ebenso wie die Königin und dennoch eilte den Schauspieltruppen ihr schlechter Ruf voraus. Wer nicht am selben Ort, unter den wachsamen Augen der Nachbarn wohnte und arbeitete, war von vornherein eines zweifelhaften Lebenswandels verdächtig.

Walsingham war kein Freund des Theaters. Er teilte zwar nicht die Auffassung der sittenstrengen Puritaner, dass die oft derben Stücke die Moral der Menschen untergruben. Dass sich im Gedränge vor der Bühne Krankheiten wie die gefürchtete Pest leichter ausbreiteten – nun, das traf auf alle Gelegenheiten zu, bei denen sich viele Menschen versammelten, wie auf Volksfesten, im Gottesdienst oder sogar bei Prozessionen zu Ehren der Königin. Nur hatte Walsingham tagtäglich so viel mit Schein und Sein zu tun, dass er seine Zeit nicht auch noch damit verbringen mochte, milchgesichtigen Jünglingen zuzusehen, wie sie in Frauenkleidern Edeldamen darzustellen versuchten. Allerdings gefiel ihm der Gedanke, dass Schauspiel und Spionage nicht nur einiges gemeinsam hatten, sondern sich vielleicht sehr geschickt verbinden ließen. Wer beim Theater war, kam viel herum, hörte und sah vieles. Welch bessere Tarnung gäbe es für die Spionage? Dass Theaterleute meist chronisch knapp bei Kasse waren und einem Zubrot sicherlich nicht abgeneigt sein würden, kam noch hinzu.

»Was mich das wieder kosten wird«, stöhnte Walsingham. Dennoch setzte er sich zurecht und schickte sich an, drei Briefe zu verfassen.

Der erste war für Edmund Tilney bestimmt, der bei Hofe für allerlei Lustbarkeiten zuständig war. Nicht zuletzt für das Theater und alles, was damit zusammenhing. Tilney lag Walsingham seit geraumer Zeit damit in den Ohren, endlich dafür zu sorgen, Ordnung in das unübersichtliche Wirrwarr von Schauspielern und Kompanien im Land zu bringen. Was Walsingham ihm nun schriftlich und höchstpersönlich zusicherte. Mit dem Hintergedanken, so auch die Kontrolle über die Schauspieltruppen zu erhalten. »Je nun . . . Wer noch nicht genug Arbeit hat, macht sich eben welche«, knurrte Walsingham sarkastisch, als er seinen Namen zackig unter die Zeilen setzte.

Der zweite Brief ging nach Frankreich, an seinen Vetter Thomas Walsingham. Dieser verdiente sich dort mit Kurierdiensten seine ersten Sporen für den Geheimdienst seines Verwandten. Selbst ein begeisterter Theatergänger, sollte Thomas seine Zelte dort in absehbarer Zeit abbrechen, um künftig Spione unter Schauspielern und Stückeschreibern anzuwerben.

Der dritte Brief schließlich würde von Phelippes gekonnt verschlüsselt und mit der Unterschrift eines Abtes versehen nach Salisbury Court zugestellt werden. Gerichtet war er an Henri Fagot und enthielt den Befehl, sich unverzüglich um die geheime Korrespondenz der Botschaft zu kümmern.

Zufrieden legte Walsingham die Feder beiseite. Die nächste Runde in diesem Spiel war eröffnet.

45

Unten auf der Straße angelangt, konnte Nicholas seine Freude nicht bezähmen und machte vor den argwöhnischen Augen der Wachposten einen Luftsprung über seine Beförderung. »Ist das nicht großartig? Ich, in seinem Haus! Früher oder später wird er sich verraten und dann können wir –«

»Nicholas«, fiel ihm Leonora ins Wort und jetzt erst sah er, wie bedrückt sie wirkte. »Ich hab dir vorhin etwas verschwiegen.« Sie schluckte sichtlich. »Wir ziehen weiter.«

Nicholas traute seinen Ohren nicht. »Wie meinst du das?«

»Meine Familie und ich. Wir ziehen weiter. Meine Mutter möchte den Sommer nicht in der Stadt verbringen. Wir fahren nach Kent, ans Meer. Ich weiß es auch erst seit gestern Abend.«

»Wann?«, brachte Nicholas nur heiser hervor. Leonora kämpfte sichtlich mit den Tränen. »Morgen schon.«

»Das geht nicht«, war das Erste, das Nicholas in den Sinn kam. »Sie müssen dich hierlassen!«

»Pffft, sei nicht albern«, gab Leonora zurück. »Du weißt genau, dass das unmöglich ist! Ich kann ihnen nicht erzählen, was wir die ganze Zeit über tun. Spione und Verschwörungen und Walsingham! Dann würden sie mich erst recht einpacken und möglichst weit wegfahren!«

»Dann – dann lauf einfach fort! Irgendwo werde ich dich schon unterbringen . . . Vielleicht kann ich dich sogar mit in das Haus schmuggeln – oder – oder –«

»Ausgeschlossen!« Leonora schüttelte heftig den Kopf. »Ich kann ihnen nicht solchen Kummer bereiten!« Nicholas schluckte. Seine Kehle war wie zugeschnürt.

»Du bist einfach feige«, stieß er rau hervor. »Bist eben doch nur ein Mädchen!« Kaum dass er den Satz beendet hatte, wusste er, dass er zu weit gegangen war. Ihre Augen sprühten Funken, als sie es ihm mit gleicher Münze zurückzahlte: »Und du weißt ja gar nicht, wie das ist, eine Familie zu haben!«

Einen Augenblick starrten sie sich an, erschrocken über sich selbst, wütend auf den jeweils anderen, gekränkt durch die harten Worte, die sie einander so unbedacht an den Kopf geworfen hatten.

»Fein«, presste Nicholas schließlich hinter zusammengebissenen Zähnen hervor. »Dann geh doch zu deiner Familie! Oder noch besser: Geh doch gleich zu deinem tollen Theater-Hecht Fag. . . äh – Marlowe!« Leonora schoss das Blut ins Gesicht, während Nicholas' Lautstärke zunahm. »Ich werd dich sicher nicht vermissen! Und brauchen – brauchen werd ich dich schon gleich dreimal nicht!«

»Du blöder Hund!«, schrie Leonora zurück. »Dir ist dein Auftrag wohl zu Kopf gestiegen! Aber du wirst schon noch sehen, was du davon hast!« Sie drehte sich auf dem Absatz um und stapfte davon.

Als Nicholas ihr nachblickte, bereute er seine Worte schon. Aber ihr hinterherzulaufen – das brachte er nicht über sich. Nackte Wut hatte ihn gepackt und so leicht ließ die sich auch nicht abschütteln. »Verdammter Mist«, fluchte er, »hier ist es so ordentlich, dass nicht mal was zum Wegkicken herumliegt!«

Etwas über zwei Wochen später, es war schon fast Ende Mai, trabte Nicholas missmutig in die Küche, um den Krug Wein zu holen, nach dem es Monsieur Fagot gelüstete. Ein Bursche von vielleicht siebzehn, den Nicholas hier noch nie gesehen hatte, unterhielt sich aufgeregt mit François, dem Hausdiener. Als sein Blick auf Nicholas fiel, strahlte er über sein ganzes pausbäckiges Gesicht und stürmte auf ihn zu.

»Nicholas, da bist du ja!«

Nicholas musste wohl sehr verdutzt ausgesehen haben, denn er überschüttete ihn sogleich mit einem französischen Wortschwall.

»*C'est moi,* ich bin's – Jacques, dein Cousin aus Villeneuf! Meine Briefe müssen verloren gegangen sein. Deshalb habe ich mich auf die Reise gemacht, um dich abzuholen! Deine Mutter ist schwer krank, ach je, es geht wohl bald zu Ende, und sie möchte dich noch einmal sehen. Hol deine Sachen, *vite, vite,* beeil dich!«

»*Mais oui,* aber ja«, entgegnete Nicholas, der begriffen hatte. Seine Aufregung war keineswegs gespielt und wirkte dadurch umso glaubhafter. »Warte hier, ich gebe nur schnell Monsieur Fagot Bescheid!« Wie der Blitz rannte er die Treppen wieder hinauf.

»Das ging aber schnell!« Verwundert sah sein Zimmergenosse von seiner Schreiberei auf, als Nicholas hastig seine Siebensachen zusammensuchte und sein Bündel schnürte. »Wollten sie dir unten keinen Wein geben oder hast du den fix selbst hinuntergeschüttet?«

Erhitzt richtete sich Nicholas auf. »Hiermit kündige ich in aller Form und ab sofort, Monsieur Fagot.« Er grinste verschmitzt und wechselte flüsternd ins Englische: »Oder sollte ich lieber sagen: Master Marlowe?« Die ganzen Tage hatte er es sich verkniffen, aber in diesem Augenblick konnte er sich nicht länger beherrschen.

Marlowes Mundwinkel zuckten, als er die Feder auf den Tisch warf, lässig den Arm über der Stuhllehne baumeln ließ und die Beine ausstreckte. Sein Hemd stand offen, war zerknittert und tintenfleckig. »Sieh an, sieh an. Walsinghams Welpe hat mich ausgetrickst!«, gab er ebenfalls auf Englisch zurück. »Bist ein cleveres Bürschchen! Hab dich wohl unterschätzt . . . Schade eigentlich, dass du gehst, hatte gerade begonnen, mich an dich zu gewöhnen.« Unter leisem Lachen begann er, umständlich seine Pfeife zu stopfen. Mit dem Kinn deutete er auf Nicholas' Bündel. »Neuer Auftrag?«

Nicholas nickte und Marlowe antwortete mit einem Grinsen. »Dann viel Glück. Ich sollte mich auch mal wieder an der Universität blicken lassen, sonst fliege ich noch in hohem Bogen dort hinaus. Und davor dürfte mich selbst ein netter Brief mit Walsinghams Siegel nicht bewahren. Meine Fehlzeiten in Cambridge sind inzwischen beträchtlich, kann ja froh sein, dass ich es als Sohn eines Schuhmachers überhaupt dorthin geschafft habe.«

»Und wer kümmert sich um . . .?« Nicholas ruckte mit dem Kopf in Richtung des übrigen Hauses. Marlowe kaute auf dem Mundstück seiner kalten Pfeife herum und sein Grinsen verbreiterte sich. »Das bringe ich in jedem Fall zu Ende. Momentan arbeite ich daran, mir den Sekretär unseres geschätzten Botschafters anzufüttern. Die beiden scheinen sich momentan nicht sonderlich grün zu sein. Vielleicht kann ich ihn davon überzeugen, die Seiten zu wechseln. Dann könnte ich nicht nur ungehindert Einsicht in die gesamte Post nehmen, sondern auch gefälschte Briefe hineinschmuggeln. Die schwarze Spinne wird mir dafür die Füße küssen!« Er stand auf. »Wir laufen uns bestimmt irgendwann noch einmal über den Weg! London ist ja manchmal ein Dorf, wie die ganze

Welt auch nur eine Bühne ist!« Er hielt inne und ein Leuchten schien in seinen Augen auf. »Guter Satz«, murmelte er begeistert, pfefferte seine Pfeife auf den Tisch, dass der halbe Tabak über die Kante auf den Boden bröselte, und kritzelte hastig auf dem Rand eines der Blätter herum. Schwungvoll fuhr er herum und drohte Nicholas scherzhaft mit dem Federkiel. »Spätestens bei der Aufführung meines ersten Stückes will ich dich im Publikum sehen!« Marlowe schien zu zögern, dann versetzte er Nicholas einen sanften, beinahe zärtlichen Nasenstüber. »Pass auf dich auf, Kleiner!«

»Ist versprochen«, lachte Nicholas und hob zum Abschied die Hand, mit der er gleich darauf verstohlen über seine Nase fuhr, um eventuelle Tintenflecken zu beseitigen. Er flog förmlich die Treppenstufen hinab und dachte, dass er Marlowe entschieden lieber mochte als Fagot. Einen Moment lang fragte er sich, was Leonora wohl gerade machte, die jetzt sicher schon viele Meilen von London entfernt war, und seine Laune verdüsterte sich. Hastig schob er den Gedanken an sie beiseite.

Als Nicholas gerade den letzten Treppenabsatz hinuntersprang, hätte er beinahe Giordano Bruno umgestoßen, der sich anschickte, nach oben zu gehen.

»Ah«, machte er, als er Nicholas' Bündel beäugte, »du verlässt uns also?«

»Ich –«, setzte Nicholas an, doch Bruno fiel ihm mit einer großen Geste ins Wort. »Ja, wenn die Welt ruft, muss man hinausziehen! Aber du kannst sicher sein, der Segen des Herrn ist mit den Tapferen.« Er zwinkerte Nicholas zu und schlappte in seinen Sandalen die Stufen hoch.

Nicholas runzelte die Stirn und sah ihm argwöhnisch nach. Fast hatte es den Anschein gehabt, Bruno wusste, wohin Nicholas aufbrach. Er schüttelte den Kopf, über sich selbst wie auch über Bruno. *Was ein Kauz!* Leichten Herzens flitzte er weiter, beherrscht allein von der prickelnden Vorstellung, dass für ihn das Abenteuer nun erst richtig begann.

Liber Quartus
In der Höhle des Löwen

Das Leben ist kurz und ungewiss:
Die Zeiten sind gefährlich . . .

Doctor John Dee,
Die Mathematische Vorrede, 1570

46

London, Ende Mai Anno Domini 1583

Betty Jackson fand, sie hatte es gut getroffen mit ihrer neuen Herrschaft. Als Köchin gehörte sie zum festen Inventar des schmalen, hohen Hauses am St. Paul's Wharf. So wie der ihr angetraute Walter Jackson, die Magd Ruby und der Schlaks von Hausdiener namens Henry. Im Laufe der Jahre hatte Mistress Jackson einige Mieter kommen und meistens lieber wieder gehen gesehen. Alles hatten sie hier schon gehabt: zänkische Hausfrauen, denen das Essen nie gut, die Zimmer nie sauber genug gewesen waren. Die sich dafür immer bitter über die hohen Ausgaben beklagt und jeden Penny dreimal umgedreht hatten. Seeleute, die ständig betrunken durchs Haus getorkelt waren und auf die frisch ausgestreuten Binsen am Boden gespuckt hatten. Einmal gar einen Händler, der die Zimmer zu Lagerräumen umfunktioniert hatte. Überall gestapelte Kisten und Säcke; tagein, tagaus waren Arbeiter und Kunden mit ihren schmutzigen Stiefeln treppauf, treppab gepoltert, hatten Böden und Türrahmen mit ihren Lasten zerkratzt.

Daher war Mistress Jackson auf das Schlimmste vorbereitet gewesen, als sich auf den vergangenen Herbst ein alleinstehender Gentleman als neuer Mieter angekündigt hatte. Doch sie war angenehm überrascht worden. Sir Francis Throckmorton machte erstaunlich wenig Arbeit. Er war ruhig und ordentlich, mäkelte nie am Essen und geizte nicht am Geld. Ein einziges Bankett hatte es gegeben, im vergangenen November, und er war so zufrieden mit allem gewesen, dass er einige Shilling extra bezahlt hatte. Und wenn er wieder für ein paar Tage verreiste, meldete sich Sir Francis Throckmorton ordnungsgemäß ab. Wahrlich, mit diesem Mieter hatten sie endlich einmal Glück gehabt!

So hatte Betty Jackson allen Grund, an diesem sonnigen Tag im Mai vergnügt vor sich hin zu summen. Ruby hatte die beiden Fenster der Küche geputzt, die nun sperrangelweit aufstanden. Die Rufe der Männer vom Kai um die Ecke drangen herein, die heiseren Schreie der Möwen, der Geruch von Flusswasser und frischem Fisch. Der Boden war geschrubbt und mit frischen Binsen bestreut, der Tisch mit den beiden Bänken und die Truhe in der Ecke feucht abgewischt. Der Kuchen, den sie soeben aus dem Ofen geholt hatte, war gelungen und verbreitete vom Fensterbrett aus seinen herrlichen Duft durch die ganze Küche.

»Mehr als ein oder zwei Stücke wird Mylord nach seiner Rückkehr morgen ohnehin nicht davon essen – bleibt also mehr als genug für uns alle übrig«, murmelte sie zufrieden. Schlagartig verfinsterte sich ihre Miene, als es an der Hintertür klopfte. Die Lage des Hauses mitten in der Stadt, direkt am Themseufer, war zwar sehr günstig für ihre Einkäufe und für Herrschaft, die viel Geschäftliches zu erledigen hatte. Andererseits lockte sie auch Hausierer und anderes Gesindel an.

»Na warte, dir werde ich . . .«, knurrte Mistress Jackson, schnappte sich für alle Fälle den Reisigbesen aus der Ecke und riss die Tür auf. »Wir kaufen nix!«, blaffte sie hinaus.

Der schmale blasse Junge von vielleicht dreizehn, der draußen stand, starrte sie erschrocken an.

»Ver-verzeiht, Ma'am«, stotterte er und wrang seine Kappe

in den Händen, »ich w-wollt nur höflichst anfragen, ob es . . .« Er schluckte und fuhr zaghaft fort: »Ob es in diesem Haus vielleicht Arbeit für mich gibt?« Seine Stimme machte einen verzweifelten Kiekser am Ende des Satzes.

»Arbeit?«, schnappte die Köchin zurück, mehr vor Überraschung denn echter Empörung.

Der Junge nickte. »Ich – ich kann alles«, sprudelte er hastig hervor. »Ich kann in der Küche helfen und fegen und ich bin stärker, als ich aussehe! Ich hab – ich hab nur in letzter Zeit nich' so viel zum Essen gehabt . . .« Betreten senkte er den Blick auf seine Mütze, die er inzwischen zu einer dicken Wurst zusammengedrillt hatte. Sein Kopf fuhr hoch, als sei ihm eben etwas eingefallen. Aus seinem Wams kramte er ein Schreiben hervor, das in seinen Fingern zitterte wie Espenlaub. Er hielt es der Köchin hin. »Hier, ich hab sogar 'ne Empfehlung!«

»Hm«, machte Mistress Jackson, schnappte sich das Blatt und hielt es dicht vor ihre knollige Nase. Sie konnte zwar nicht lesen, aber sie wusste gutes Papier von schlechtem zu unterscheiden. Und sie wusste auch, dass man niemandem ein Empfehlungsschreiben mitgab, der faul oder beim Stehlen erwischt worden war. »Hmhmhmmm«, brummelte sie, während ihr Blick zwischen dem Brief und dem Jungen hin- und herwanderte.

Trotz des sonnenwarmen Tages trug er ein ledernes Wams über seinem Hemd, als fröre er vor lauter Hunger. Das Leder war narbig und zerschrammt; der eine Ärmel hing nur noch an zwei Bändern am Rumpf, ließ eine notdürftig geflickte Stelle im Hemdstoff sehen. Strümpfe und Pluderhose waren so weit in Ordnung, aber schon etwas abgetragen und die Stiefel staubig und abgelaufen. »Mein Hausherr ist vor drei Wochen gestorben und die Erben mussten den Hausstand verkleinern.

Und – und weil ich der Jüngste war, hamse mich als Ersten rausgeschmissen«, hörte sie ihn seine missliche Lage erklären.

Mistress Jackson spürte, wie sie weich wurde. Sie hatte keine eigenen Kinder und der hungrige, bittende Ausdruck in den hellen Augen des Jungen rührte sie. Der Hausherr zahlte gut und auf einen Esser mehr oder weniger kam es in der Küche weiß Gott nicht an.

»Also schön«, meinte sie schließlich besänftigt und reichte ihm sein Empfehlungsschreiben zurück. »Mehr als ein paar Pence die Woche sind allerdings nicht drin! Wirst dich aber satt essen können und hast ein Dach überm Kopf!«

»Danke, Ma'am, vielen Dank!« Der Junge machte einen tiefen Diener und Mistress Jackson fürchtete, er würde sogleich in Tränen ausbrechen vor Dankbarkeit. »Ihr werdet's nicht bereuen, versprech ich hoch und heilig!«

So weit klappt schon mal alles wie am Schnürchen, dachte Nicholas, als er den von Phelippes geschriebenen Brief wieder verstaute, sein Bündel aufnahm und über die Schwelle trat.

Der Flammenschein der schweren Kandelaber brach sich in den geschliffenen Gläsern, ließ den Wein darin wie geschmolzene Rubine aufleuchten. Die silbernen Platten mit Fisch, Schinken und Braten waren unberührt und der Käse begann bereits zu schwitzen. Doch den elf Edelmännern, die um den Tisch herum versammelt saßen, stand an diesem Abend nicht der Sinn nach leiblichen Genüssen. Es war nicht die Furcht, belauscht zu werden, die ihre Stimmen dämpfte. Denn in diesem Haus in der Fleet Street konnten sie sich sicher und unter ihresgleichen wissen. Es war die erwartungsvolle Anspannung, die sie flüstern machte und ihre Kehlen austrocknete. Dieselbe, die sie unter dem Tisch mit ihren teuren Schnallenschuhen und Stiefeln scharren, mit ihren beringten Fingern auf Holz trommeln und die geriffelten Muster der Gläser nachziehen ließ.

Schlagartig verstummte jedes Wort, reckten alle ihre Köpfe zur Tür hin, als ihr Gastgeber Lord Paget den Raum betrat. An seiner Seite der junge Edelmann, dessen Eintreffen für diesen Abend angekündigt worden war. Seine staubbedeckte Kleidung und kotbespritzten Stiefel erzählten von einer weiten Reise über schlechte Straßen. Und obschon sein Gesicht unter dem kastanienfarbigen Haar übernächtigt wirkte, ging eine unermüdliche, fast schon fieberhafte Energie von ihm aus.

»Habt Dank für Eure Geduld, Mylords«, verkündete Lord Paget. »Und da ich diese nicht über Gebühr strapazieren will, möchte ich ohne viel Umschweife das Wort unserem Gast Sir Francis Throckmorton übertragen.« Mit einer Verbeugung überließ er ihm das Feld und setzte sich auf einen freien Platz am Rand der Versammlung. Throckmorton postierte sich am Kopfende der Tafel und schwieg ein paar Herzschläge, genoss die aufmerksamen Blicke der zwölf Augenpaare, die unverwandt auf ihn gerichtet waren.

»Mylords«, begann er schließlich feierlich und mit düsterer Miene, »und Freunde dieses Hauses! Es gibt schlechte Nachrichten, was unsere geplante Unternehmung angeht. Ich komme aus dem Süden, wo mich ein Bote des Herzogs von Guise erreichte. Der Herzog von Lennox ist vor zwei Tagen auf französischem Boden verschieden. Er wurde nur neununddreißig Jahre alt.« Ein Raunen hob an; mehrere Männer sogen scharf die Luft ein, ehe sie erregt mit ihrem Tischnachbarn zu tuscheln begannen.

»Verstarb er eines natürlichen Todes?«, warf einer der Edelmänner ein.

Throckmortons Augen wurden schmal. »Das wissen wir nicht.«

»Das war Walsingham!«, zischte ein anderer. »Da steckt die schwarze Spinne dahinter!« – »Brief und Siegel geb ich Euch darauf!«, stimmte ihm ein weiterer zu und leerte zornig sein Glas in einem Zug.

»Mylords«, Throckmorton hob die Hände, »sosehr mich das Ableben unseres Verbündeten auch dauert – dies ist keine Zeit, in der wir an unserem kleinen irdischen Dasein hängen dürfen! Kein Opfer darf uns zu groß, zu schmerzvoll sein, um unser Land ein für alle Mal den Klauen der protestantischen Ketzer zu entreißen! Wer sein Leben in diesem Kampf lässt, wird im Himmelreich tausendfach dafür belohnt werden und sein Name wird einen festen Platz in der irdischen Geschichtsschreibung Englands erhalten.« Als er sah, dass ihm die Edelmänner wie gebannt an den Lippen hingen, unterdrückte er ein triumphierendes Lächeln und fuhr fort: »Auch wenn unsere schottischen Brüder alle erdenkliche Hilfe verdienen, in den Schoß der Kirche zurückzukehren, so müssen wir zuvorderst an England denken. Sobald unser Land wieder sicher in katholischen Händen ist, wird es uns ein Leichtes sein, den Schotten beizustehen, ebenfalls ihr ketzerisches Joch abzuschütteln. Und so können – ja, müssen die Soldaten, die Lennox für seinen Kampf wollte, nun von uns in Anspruch genommen werden.«

»Von wie viel Mann sprecht Ihr, Mylord?«, warf einer der Männer ein.

»Der Herzog von Lennox hatte ursprünglich zwanzigtausend Söldner angefordert, für eine Zeit von achtzehn Monaten und dazu zwanzigtausend Kronen Bargeld. Angeboten hat der Herzog von Guise ihm sechs- bis achttausend Soldaten.«

Der Mann lachte höhnisch auf. »Sechs bis acht? Mylord, damit kämt Ihr nicht einmal fünfzig Meilen hinein ins Land, ohne dass königliche Truppen diese Söldner gleich wieder zerrieben hätten!«

Throckmortons Augen glitzerten. »Es werden mehr sein, Mylord – viel mehr!«

Zur selben Stunde hatte die Nachricht von Lennox' Tod auch Sir Francis Walsingham in der Seething Lane erreicht. Die Botschaft hatte ihn keineswegs überrascht.

»Wer sich so ungeschickt zwischen den Fronten bewegt, zahlt früher oder später seinen verdienten Preis«, murmelte er verächtlich vor sich hin.

Der Herzog von Lennox war zum Schein zum Protestantismus übergetreten. Dennoch hatte er weiterhin unbeirrt Pläne geschmiedet, Schottland den katholischen Glauben und Maria Stuart zurückzubringen, und hatte zuletzt von Frankreich aus seine Pläne für den katholischen Umsturz mithilfe des Herzogs von Guise vorangetrieben. Doch nun hatte sein verwinkelter, doppelbödiger Lebensweg ein jähes Ende gefunden. Auch wenn die genaueren Umstände seines Todes nicht bekannt waren, so lag für Walsingham die Vermutung nahe, dass jemand nachgeholfen hatte. »Und an wem bleibt der Verdacht des Meuchelmords wieder kleben?«, knurrte Walsingham. Über seinen Ruf, auch vor solchen Untaten nicht zurückzuschrecken, war er sehr wohl im Bilde. Dabei verabscheute er Gift und Meuchelmorde. Sich so eines Feindes zu entledigen, empfand er als stillos und unter seiner Würde. Dass man es ihm jedoch zutraute, man ihn deshalb nur umso mehr fürchtete, erfüllte ihn mit nicht geringem Stolz.

Eigentlich hätte er zufrieden sein müssen, dass mit Lennox'

Tod zumindest einer der vielen Unruhestifter aus diesem Spiel ausgeschieden war. Andererseits wusste Walsingham gerne, mit wem er es auf der anderen Seite zu tun hatte. Lennox war berechenbar gewesen und sein Tod war mehr als lediglich eine ausgestrichene Konstante in einer mathematischen Gleichung. Die Lage in Schottland schien mit jedem Tag unübersichtlicher zu werden und das würde über kurz oder lang auch Folgen für England haben.

Das Eintreten Phelippes' riss Walsingham aus seinen Gedanken. Mit finsterer Miene las er den Brief Henri Fagots, den Phelippes ihm entschlüsselt gebracht hatte, und warf ihn dann wütend auf den Schreibtisch.

»Es ist wie verhext!«, grollte Walsingham. »Als ob man in Salisbury Court Lunte gerochen hätte!« Kaum dass der geheime Postweg zwischen der französischen Gesandtschaft und Schloss Sheffield aufgespürt worden war, schien diese Quelle auch schon wieder versiegt zu sein. Und der Sekretär Courcelles, der Fagot erst vor Kurzem noch vollmundig Einsicht in die Korrespondenz Maria Stuarts versprochen hatte, wand sich wie ein Wurm, was das Einhalten dieser Zusage anging.

»Jede Wette, Courcelles wollte Fagot damit eine Falle stellen«, ereiferte sich Phelippes. »Sämtliche Papisten und Franzosen zusammengenommen sind nicht halb so niederträchtig wie ein einziger französischer Katholik!«

Walsingham schien ihm nicht zuzuhören. Mit den Fingerknöcheln seiner gefalteten Hände strich er sich unaufhörlich unter dem Kinn entlang. Die Enttarnung Fagots durch Nicholas hatte Walsingham im Nachhinein noch großes Unbehagen bereitet. Sollte nun auch Castelnaus Sekretär einen Spion hinter dem Habit des Aushilfskaplans wittern, war Fagots Aufenthalt dort eine gefährliche Sache.

»Was haltet Ihr von diesem Schreiber, den Fagot erwähnt?«, erkundigte sich Walsingham.

»Feron?« Phelippes zuckte mit den Achseln. »Ich habe mich umgehört. Scheint neu in Salisbury Court zu sein, aber eher ein kleines Licht.«

»Besser als nichts«, murmelte Walsingham. Die Möglichkeit, Castelnau habe sich dazu entschlossen, den Postverkehr einzustellen, hielt er für unwahrscheinlich. Offenbar hatte er einen anderen Weg gefunden, Maria Stuart Nachrichten zukommen zu lassen. Dass er Walsingham damit erneut einen Schritt voraus war, ärgerte diesen über alle Maßen. Mit fester Stimme fuhr er fort: »Fagot soll den Schreiber auf unsere Seite bringen. Gleich, ob er ihn mit Argumenten überzeugt, mit Geld oder einen Makel in seinem Lebenslauf ans Tageslicht zerrt. Irgendeine Leiche hat doch jeder im Keller. Und dann will ich Fagot aus diesem Haus heraushaben!« Er befürchtete, in Salisbury Court würde es für ihn nicht mehr viel zu holen geben. Und hoffte, Nicholas würde am St. Paul's Wharf mehr Erfolg beschieden sein.

47

Hier, Jungchen, iss, dass du wieder was auf die Rippen kriegst!« Mit diesen Worten hievte Mistress Jackson am nächsten Morgen ein mehr als großzügiges Stück vom Kuchen des Vortags auf Nicholas' Teller. »Wär doch eine Schande, wenn der umkommen würd'«, brummelte sie in sich hinein. »Nix hat Mylord davon angerührt, muss gleich schlafen gegangen sein, spät wie er kam. Und heut in aller Früh ist er schon wieder losgeritten, der arme Mann!« Der mürbe Boden, die saftige Füllung und die köstlich-dicke Zuckerkruste wollten Nicholas im Halse stecken bleiben, als die Köchin den hinterlistigen Throckmorton mit derart viel Mitgefühl bedachte. Doch er war bemüht, sich nichts anmerken zu lassen. »Wie ist er denn so? Mylord, meine ich«, nuschelte er mit vollen Backen und gleich darauf entfuhr ihm unwillkürlich ein wohliges Seufzen. Der Kuchen war wirklich vorzüglich! Außerdem fühlte Nicholas sich nahezu ausgehungert, obwohl das Abendmahl gestern ebenfalls nicht armselig ausgefallen war.

Doch seinen ersten Nachmittag im Hause von Sir Francis Throckmorton hatte er damit verbracht, bündelweise Holzscheite für den Herd in der Küche und ganze Eimer voll Wasser vom Brunnen auf dem Vorplatz ins Haus zu schleppen. Die ungewohnte körperliche Anstrengung hatte ihn mit knurrendem Magen aufwachen lassen und Muskelkater hatte er obendrein.

»Er ist ein sehr vornehmer, sehr angenehmer Herr«, plusterte sich Mistress Jackson stolz auf, wohl wissend, dass der Glanz der Herrschaft immer auch auf das Personal abfärbte.

»Aber du wirst wenig von ihm zu sehen bekommen. Er ist viel unterwegs«, ergänzte das Dienstmädchen Ruby. Sie hielt sich müde an ihrem Becher mit warmer Milch fest und unterdrückte ein Gähnen.

»Und womit verdient er sein Geld?«, bohrte Nicholas kauend weiter nach. Walsinghams Plan war ebenso einfach wie genial: Als Neuankömmling unter dem Personal des Hauses stand es Nicholas zu, offen eine gewisse Neugierde zur Schau zu stellen. So konnte er Fragen stellen, ohne sich dadurch verdächtig zu machen.

Hausdiener Henry lachte meckernd und kratzte den letzten Rest Porridge aus der Schüssel. »Besonders helle scheinste ja nicht zu sein! Gentlemen brauchen kein Geld zu verdienen – sie verwalten und vermehren nur ihr Hab und Gut!« Immer noch lachend schüttelte er den Kopf über Nicholas' einfältige Frage.

Der Junge zuckte leichthin mit den Achseln und stopfte sich den Mund mit Kuchen voll, um sich nicht zu einer bissigen Erwiderung hinreißen zu lassen. Auch wenn es ihm persönlich gewaltig gegen den Strich ging, für einen Einfaltspinsel gehalten zu werden, so wusste er doch, dass ihm nichts Besseres passieren konnte. Je beschränkter er sich gab, desto geringer war die Gefahr, dass man in ihm einen Spion vermutete.

»Den Throckmortons gehört ein großes Landgut in Kent«, sagte Mistress Jackson mit verklärtem Blick. »Nachdem sein Vater im vergangenen Jahr starb, kehrte er von seiner Studienreise über den Kontinent zurück, um den Besitz zu übernehmen. Seine Mutter kam mit der vielen Arbeit alleine nicht zurecht, hat er mir erzählt.« Sie seufzte beglückt auf angesichts eines derart pflichtbewussten und selbstlosen Sohnes und Nicholas unterdrückte den Anflug eines Brechreizes. »Und wie viel Arbeit er sich damit macht! Deshalb hat er sich auch nur dieses bescheidene Haus gemietet. Verschwendungssucht ist seine Sache nicht. Er ist ohnehin kaum hier, weil ihn die Geschäfte ständig auf Trab halten. Hier in der Stadt und draußen auf dem Land gibt es immer so viel für ihn zu tun, um den Familienbesitz am Blühen zu erhalten.«

Wer's glaubt, schnaubte Nicholas insgeheim und pickte mit gesenktem Kopf die letzten Krümel des verspeisten Kuchens auf.

Mit einem erneuten Seufzen erhob sich Mistress Jackson und begann, den Tisch abzuräumen. »Unsereins kann sich ja gar nicht ausmalen, wie viel Plackerei die Reichen mit ihren Ländereien und Arbeitskräften haben! Nein, wenn man das so hört – da möchte man doch keinen Tag tauschen wollen!«

Nicholas' Blick traf sich mit dem Rubys, die hinter dem Rücken der Köchin mit den Augen rollte, und er antwortete mit einem Grinsen. Seine Ankunft im Haus war vom übrigen Personal nicht unfreundlich, aber erstaunlich gleichmütig aufgenommen worden. So hatte Nicholas rasch die erste Grundregel begriffen, die hier herrschte: Was Mistress Jackson für richtig befand, war ohne Wenn und Aber beschlossene Sache. Widerspruch wurde nicht geduldet, das hatte er angesichts einer kleinen Auseinandersetzung um eine angeschlagene Schüssel zwischen Ruby und Mistress Jackson gestern ebenfalls schnell gelernt. Selbst der sonst so hochnäsig auftretende Henry schien sich vor der um zwei ganze Köpfe kleineren Köchin zu ducken. Master Jackson gar schien es völlig aufgegeben zu haben, auch nur ein einziges Wort verlauten zu lassen, so stumm wie er bei den Mahlzeiten am Tisch saß.

»Ruby, heute sind die Böden dran!«, befahl Mistress Jackson über ihre Schulter hinweg. »Nicholas soll dir dabei zur Hand gehen!«

Mit Eimer, Putzlappen, einem leeren Sack und Besen bewaffnet, verließen die beiden wenig später die Küche und arbeiteten sich von unten langsam nach oben. Auch wenn Nicholas das Zusammenkehren der Binsen wenig spannend fand, so erlaubte ihm diese Arbeit doch, sich genauer im Haus umzusehen. Am Tag zuvor hatte er nämlich nur die Küche zu Gesicht bekommen, die mit der angrenzenden Vorrats- und Gerätekammer fast das gesamte unterste Stockwerk einnahm. Platz blieb nur noch für einen reichlich dunklen Vorraum mit Steinboden und eine enge Treppe, die bereits zweieinhalb Schritt hinter der Eingangstür begann. Dieselbe Treppe war Nicholas am Abend zuvor hinter einer kerzenbewaffneten Ruby hinaufgeschlichen, über zwei weitere Stockwerke bis unters Dach. Dort hatte sie sich in ihr Kämmerchen verabschiedet, das neben dem der Jacksons lag. Henry war unten in der Küche geblieben, wo er sich auf einem Strohsack zur Nachtruhe zu begeben pflegte. Nicholas hatte sich der Länge nach auf das provisorische Lager unter der Dachschräge, direkt neben der Treppe, fallen lassen und war augenblicklich eingeschlafen.

Es war kein ärmliches Haus, aber auch nicht mit der Weitläufigkeit von Salisbury Court oder gar Mortlake zu vergleichen. Weil Raum knapp war am Kai, hatte man dieses Haus auf seinem nahezu quadratischen Grundriss in die Höhe gebaut. Mit seinen dicken Mauern ähnelte es einem Wehrturm, der misstrauisch auf die benachbarten Gebäude herabblickte. Ganz so, als wollte er sich darüber beschweren, dass ihm dieses Kroppzeugs zu sehr auf die Pelle rückte. Die kleinen Fenster verstärkten diesen Eindruck noch, und obwohl die Zimmer großzügig geschnitten waren, hatte das Innere des Hauses etwas Beengtes, Bedrückendes. So wirkte der Salon eine Treppe höher mit den dunkel getäfelten Wänden und der Kassettendecke trotz seiner Ausdehnung über das gesamte Geschoss finster und gedrungen. Da nützte auch der großzügige Balkon mit der steinernen Balustrade nicht mehr viel, wie Nicholas mit einem Blick durch die Scheiben befand. Wenn auch die Aussicht auf den Fluss ganz nett war.

»Sind das Mylords Gemächer?« Unwillkürlich verfiel Nicholas in ein Flüstern, als er und Ruby im zweiten Stockwerk anlangten. Stirnrunzelnd sah Ruby ihn unter ihrer Haube an und blies sich eine lose Strähne flachsblonden Haares aus dem erhitzten Gesicht. »Wer sollte sonst wohl hier wohnen?«

Kopfschüttelnd stieß sie die Tür zu dem Zimmer auf, das auf den Kai hinausging. Während Nicholas die klebrigen Halme auf den Dielen zusammenkehrte, ließ er seine Blicke verstohlen ringsum schweifen. Ein Schreibtisch stand in der Ecke zwischen zwei Fenstern, dahinter ein mit grünem, zerschrammtem Leder gepolsterter Lehnstuhl, gegenüber ein geschnitzter Schrank. Neben der Tür befand sich ein hochbeiniges Tischchen, in dessen Platte die schwarz-weißen Karrees eines Schachbretts eingelassen waren. Bemalte Zinnfiguren waren zu beiden Seiten des Spielfeldes aufgereiht, bereit für die nächste Partie.

»Während du hier kehrst, wische ich im Schlafzimmer feucht auf«, kündigte Ruby an. »Mylord mag dort keine Binsen, die piksen ihm zu sehr unter den Füßen.« Nicholas nickte und stopfte ein dickes Bündel der muffig riechenden Stängel in den grob gewebten Sack, der nun schon fast voll war. Er schielte hinüber zu der geöffneten Tür, die die beiden Zimmer miteinander verband. Vor einem Monstrum von Himmelbett mit geschnitzten Pfosten kniete Ruby auf dem Boden. Selbstvergessen summte sie ein Liedchen vor sich hin, während sie abwechselnd mit triefender Bürste und nassem Lappen das altersdunkle Holz bearbeitete.

Nicholas schob sich näher an den Schreibtisch, kehrte besonders sorgfältig jeden einzelnen Halm darunter hervor, während er die Tischplatte in näheren Augenschein nahm. Ein beschriebenes Blatt darauf konnte er als Mahnung eines Schneiders entziffern, ein anderes als Brief von Throckmortons Mutter, in dem sie sich über ihre Kammerzofe beklagte und vom Besuch ihrer Cousine berichtete. Ein Stapel Bücher lag ebenfalls darauf und Nicholas klappte den Deckel des obersten auf.

»Kannst du lesen?« Er fuhr herum. Ruby sah neugierig zu ihm hinüber, während sie den Türrahmen abrieb. Nicholas schüttelte hastig den Kopf, schlug das Buch wieder zu und kehrte eifrig weiter. Die Röte, die ihm ins Gesicht geschossen war, deutete Ruby wohl als Verlegenheit über diesen Mangel an Bildung. Jedenfalls zuckte sie mit den Achseln und rubbelte fest auf einer Stelle des Türrahmens herum. »Ist für unsereins auch besser so. Zu viel Wissen macht wirr im Kopf, wenn man nicht dafür geboren ist.« Nicholas schickte ein Stoßgebet zum Himmel, dass niemand im Haus durch einen dummen Zufall das Papier und den Bleistift in seinem Bündel entdecken möge, die für seine Nachrichten an Walsingham bestimmt waren.

Als sie gemeinsam den Raum mit nun sauber glänzendem Boden verließen, marschierte Ruby mit ihrem Eimer voller Schmutzwasser zielstrebig auf die Treppe zu.

»Was ist mit dem Zimmer dort?« Nicholas deutete auf die geschlossene Tür in der Verlängerung der Treppe. Ruby ruckte mit dem Kopf hinüber. »Das steht leer . . . Also, es gibt darin ein paar alte Möbelstücke, die aber abgedeckt sind. Mylord hatte keine Verwendung dafür. Wir haben dort beim Großputz im Frühjahr sauber gemacht, das tut's bis zum Herbst.«

Demnach besaß das Schlafzimmer keinen unmittelbaren Zugang zum Treppenhaus, wie Nicholas messerscharf schloss. Nur über das Arbeitszimmer kam man in das Gemach, in dem Throckmorton sein Haupt zur Ruhe bettete.

Nicholas brannte darauf, seine Nase in jeden Winkel des Hauses zu stecken, besonders in Throckmortons Schreibtisch und das verlassene Zimmer. Die größte Schwierigkeit würde jedoch darin bestehen, dass das Personal so übersichtlich war – lange würde er nie verschwinden können, ohne dass es jemand bemerkte, und die Gefahr, beim Schnüffeln erwischt zu werden, war dadurch beträchtlich. Er würde sich etwas einfallen lassen müssen.

»Pu, jetzt auch noch die frischen Binsen hinaufschleppen und verteilen«, jammerte Ruby, als sie die ersten Stufen hinabstapfte.

»Das kann ich doch machen«, erbot sich Nicholas rasch. Die Magd blieb stehen und warf ihm einen überraschten Blick über die Schulter zu. Nachdenklich rieb sie sich das Kinn an der Blusenschulter und nickte schließlich. »Gut. Wenn du das machen willst, bitte. Ich reiß mich nicht drum!«

Nicholas verbiss sich ein Grinsen, warf sich den Sack mit seinem stinkenden Inhalt über die Schulter und hüpfte hinter Ruby die Treppe hinab.

48

Die nächsten Tage präsentierte Nicholas sich im Haus als Musterbeispiel an Fleiß und Hilfsbereitschaft. Wann immer es etwas zu tun gab, erbot er sich freiwillig und voller Eifer, es zu erledigen. Sei es, Wachsreste vom Boden und von den Oberflächen der Möbel zu kratzen, die Treppen zu fegen oder Mylords Stiefel zu putzen. Nicholas war sich nicht einmal dafür zu schade, den Nachttopf des Herrn leeren zu gehen – auch wenn er sich weiß Gott etwas Angenehmeres hätte vorstellen können.

»Streber«, knurrte Henry und streckte dann doch wohlig seine langen Beine von sich, voller Zufriedenheit, dass ihm der eine oder andere Gang abgenommen wurde. »Guter Junge«, murmelte Mistress Jackson in sich hinein, nicht minder zufrieden.

So gab es für Nicholas genug Gelegenheit, zwischen seinen Dienstbotentätigkeiten in sämtliche Schubladen und hinter alle Türen zu spähen. Doch das Ergebnis war mehr als entmutigend. Nicholas hatte alle Gemälde angehoben und dahinter gelinst, den Schreibtisch auf Geheimfächer abgeklopft und das verlassene Zimmer mit den unter Leintüchern verborgenen Möbeln auf den Kopf gestellt. Nichts.

Er konnte sagen, wie viele Wämser in welchen Farben Throckmorton besaß. (Achtundzwanzig, um genau zu sein, und außer Rot war jede Farbe mehr als einmal vertreten.) Er wusste, wie viele Paar Pluderhosen im Schrank hingen und wie viele Stiefel er sein eigen nannte, wie viele Schnallenschuhe und wie viele Strümpfe. *Eitler Popanz*, dachte Nicholas, als er mit hochgezogenen Augenbrauen zum wiederholten Male die Schublade des Schreibtisches in Augenschein nahm, in der sich ein Durcheinander aus Mahnungen und Quittungen mehrerer Schneider und Schuhmacher befand, das täglich zu wachsen schien. Offensichtlich hielt Throckmorton im Gegensatz zu Mistress Jackson nichts davon, ein Haushaltsbuch zu führen. In der Lade ganz unten befand sich noch immer die schwarze Schatulle mit den silbernen Beschlägen, die Nicholas schon mehrfach in den Händen gehalten und probeweise geschüttelt hatte. Das helle Klimpern legte den Schluss nahe, dass Throckmorton darin sein Geld aufbewahrte. Aber Nicholas wollte es genauer wissen. Er zog einen Draht hervor, den er aus der Werkzeugkiste Master Jacksons entwendet hatte, und pulte damit im Schloss der Schatulle herum.

»Bist du dort oben fertig, Nicholas?«, drang die Stimme Mistress Jacksons nach oben. »Wir müssen uns beeilen, sonst sind die frischesten Waren auf dem Markt schon weg!«

»Augenblick«, rief Nicholas und packte mit einem unterdrückten Seufzen Schatulle und Draht wieder zurück an ihren Platz. Wie zur Rechtfertigung seiner Anwesenheit in diesem Raum fuhr er noch einmal mit dem Staubtuch über die Kante des Schreibtisches, dann trabte er hinunter.

»Nein, nein, Eure Schrumpel-Möhren könnt Ihr behalten, Master«, zeterte Mistress Jackson später auf dem Markt und Nicholas fürchtete, sie würde dem Gemüsehändler sogleich die schlaffen blässlichen Wurzeln um die Ohren schlagen. »Gebt mir ordentliche Ware oder wir kommen nicht ins Geschäft!« Der Gemüsehändler funkelte sie wütend an, zog dann aber gehorsam aus der Kiste hinter sich zwei Bund junger, leuchtend orangefarbener Karotten, deren Kraut noch nicht welk war. Nicholas nahm sie entgegen und legte sie zu den Gurken, dem Käse und dem Schinken in den geflochtenen Korb zu seinen Füßen. Ungeniert griff Mistress Jackson nach einer Zwiebel und wog sie prüfend in der Hand. Sie störte sich nicht im Geringsten an den bösen Blicken des Händlers, der es offensichtlich aber nicht wagte, sie deshalb zu rügen.

Nicholas bemühte sich, nicht ungeduldig von einem Bein auf das andere zu treten, während er darauf wartete, dass die Köchin ihre Einkäufe getätigt haben würde. Er beobachtete die Hausfrauen und Mägde, die beisammenstanden und tratschen, um den Preis für ein Huhn feilschten oder mit Argusaugen darüber wachten, dass der Speck auch gut durchwachsen war.

Einmal geriet Nicholas' Herz aus dem Takt, als sein Blick auf ein Mädchen in seinem Alter fiel, das gerade ein paar Münzen gegen einen Bund grünen Spargels tauschte. Unter ihrer spitzenumsäumten Haube schauten lange dunkle Locken hervor und Nicholas war schon versucht, zu ihr hinzulaufen und ihr auf die Schulter zu tippen, als sich das Mädchen umdrehte. Der Anblick des fremden Gesichts, blass und sommersprossig, mit blauen Kulleraugen, ließ Nicholas' Mundwinkel traurig nach unten sacken. Trübselig starrte er in den Korb, zu dessen Inhalt sich nun auch noch faustgroße Zwiebeln, Blumenkohl und zarter Spinat gesellt hatten.

Nicholas versuchte vergeblich, den Kloß in seinem Hals hinunterzuschlucken. Natürlich war es nicht Leonora gewesen. Leonora war in Kent, am Meer, und selbst wenn sie sich noch in London aufgehalten hätte, wäre da nach wie vor dieser hässliche Streit gewesen, der zwischen ihnen stand. Ein Streit, für den Nicholas sich noch immer in Grund und Boden schämte. Er war gemein zu ihr gewesen und er wusste nicht, wie er das jemals wiedergutmachen könnte, ohne dabei sein Gesicht zu verlieren. Sofern er Leonora überhaupt je wiedersehen würde ...

»Eier«, seufzte Mistress Jackson, als sie ihm zu guter Letzt die Radieschen reichte. »Eier brauche ich noch, dann habe ich alles.« Sie schaute sich um. »Haach, Mistress Sprottle, wie geht es Euch? Lange nicht mehr ...«, tschilpte sie, als eine zaundürre, ältliche Dame an den Stand trat.

Nicholas erkannte rasch, dass dies ein längeres Gespräch werden würde. »Ich geh schon mal vor, Mistress Jackson«, erklärte er, und auf das geistesabwesende Nicken der schnatternden Köchin hin nahm er den Korb auf und setzte sich in Bewegung. Doch statt den kürzesten Weg zum St. Paul's Wharf einzuschlagen, bog er hinter dem nächsten Häuserblock ab und hielt sich nordwärts gen Cheapside.

Er musste nicht lange suchen. Wie es seine Gewohnheit war, lungerte Tom vor den Fenstern der Läden herum. Seiner mürrischen Miene nach zu urteilen, liefen die Geschäfte derzeit eher mau.

»Bist jetzt unter die Dienstmägde gegangen?«, empfing er Nicholas mit einem ironischen Blick auf den prallvollen Einkaufskorb.

»Alles Tarnung«, erklärte dieser augenzwinkernd und zog aus seinem Hemd den sorgfältig gefalteten Brief hervor, den er heute Morgen auf dem stillen Örtchen verfasst hatte. »Kannst du mir den überbringen? Der muss zu Sir Francis Walsingham, in die Seething Lane. Er wird dich auch für diesen Botendienst entlohnen.«

Toms Hand, die sich schon nach dem Schreiben ausgestreckt hatte, blieb auf halbem Weg stehen und er sperrte Augen und Mund auf. »Walsingham? Du arbeitest für Walsingham?«

Die Mischung aus grenzenloser Bewunderung und Furcht, die er in Toms Gesicht erkennen konnte, schien Nicholas um einen ganzen Kopf emporwachsen zu lassen. Er grinste geschmeichelt. Doch er hütete sich, zu viel zu verraten.

»Mein Herr sendet den Brief an Sir Francis Walsingham«, sagte er daher bescheiden.

Voller Ehrfurcht nahm Tom den Brief entgegen und wog ihn nachdenklich in der Hand. Er runzelte die Stirn. »Weshalb bringst du ihn dann nicht selbst dorthin?«

»Weil ich mich nicht so lange von meinem – ah – Posten entfernen kann.«

Er hielt den Atem an, ob sich Tom mit dieser kryptischen Erklärung zufrieden geben würde, doch sein ehemaliger Rivale nickte nur verstehend, obwohl Nicholas ihm ansah, dass er vor Neugierde schier umkam. Offensichtlich wollte er sich keine Blöße geben.

Nicholas war froh, dass Tom nicht des Lesens mächtig war. Die bleistiftgeschriebenen Zeilen enthielten zwar wenig Wissenswertes – nur das bisschen, was Nicholas bislang im Haus gesehen und aufgeschnappt hatte, aber trotzdem war es besser sicherzugehen.

Wie er es nach seinem Aufbruch in Salisbury Court mit Walsingham verabredet hatte, war der Brief in einem Code verschlüsselt, in den nur sie beide und Phelippes eingeweiht waren. Darunter hatte Nicholas einen Grundriss des Hauses und der einzelnen Räume nebst deren Verwendungszweck gekritzelt. Den Brief auch noch zu versiegeln, wäre zu aufwendig und damit zu riskant gewesen. »Vielleicht kann ich ja ein gutes Wort für dich einlegen und mein Herr lässt dich künftig auch für ihn arbeiten«, schlug Nicholas in einem Anfall von Großmut vor. Tom sah ihn verblüfft an. »Das würdest du wirklich tun?«

»Klar, warum nicht«, entgegnete Nicholas mit einem Achselzucken. Und zum ersten Mal, seit er Tom kannte, blickte ihm dieser ohne Hinterlist in die Augen und lächelte ihn offen an. »Danke, das wäre mächtig anständig von dir!«

»Schon gut«, winkte Nicholas ab. »Ich komme wieder vorbei, sobald ich mich loseisen kann.« Er hob zum Abschied die Hand und eilte davon, so schnell es das Gewicht des Korbs an seinem Arm erlaubte.

Am Brunnen auf dem Vorplatz ließ Ruby gerade ihrer schlechten Laune freien Lauf, indem sie Wäschestücke gnadenlos untertauchte und sie auswrang, als würde sie jemandem genussvoll die Gurgel umdrehen. So vertieft war sie in ihre Arbeit, dass sie Nicholas' Gruß gar nicht mitbekam. Und so voll, wie der Zuber neben ihr war, würden heute noch einige Yards Stoff die gleichen Qualen erleiden müssen.

Als Nicholas über die Schwelle der Hintertür in die Küche trat, war von Mistress Jackson nichts zu sehen. Master Jackson jedoch hing wie ein nasser Sack in einem der Holzstühle, den altersgrauen Kopf in den Nacken gelegt, und schnarchte friedlich mit geöffnetem Mund vor sich hin. Leise stellte Nicholas den Korb auf dem Küchentisch ab. Auf Zehenspitzen schlich er zur gegenüberliegenden Tür und steckte die Nase in die Diele hinaus.

Henry stand außen an der Vordertür, die zum Kai hinausging. Spielerisch ließ er sie auf und zu schwingen, während er mit einer der Mägde aus der Nachbarschaft schäkerte, die immer wieder in schrilles Kichern ausbrach. Ein Lächeln flog über Nicholas' Gesicht und wie der Blitz schoss er die Treppe empor.

»Den Mutigen gehört die Gunst der Stunde«, frohlockte er,

als er in Throckmortons Zimmer die schwarze Schatulle aus dem Schreibtisch holte. Im Handumdrehen hatte er mit dem Draht das Schloss aufgestochert und klappte erwartungsvoll den gewölbten Deckel zurück.

In seinem früheren Leben hätte er sein Glück kaum fassen können, so viele Gold- und Silbermünzen auf einem Haufen zu sehen. Doch mittlerweile war er auf der Suche nach anderen Dingen: nach Briefen, nach Plänen für einen Umsturz. Nach irgendetwas, das ihm und Walsingham Einsicht in die Absichten Throckmortons erlaubte. Wo auch immer dieser solcherlei aufbewahren mochte – hier jedenfalls nicht, stellte Nicholas fest, nachdem er in der Schatulle herumgewühlt hatte. »Entweder verfolgen wir eine blinde Spur ... oder Throckmorton ist schlau, richtig schlau«, murmelte Nicholas vor sich hin, während er enttäuscht den Deckel wieder zuklappte und mit dem Draht den Mechanismus des Schlosses zurück in die Ausgangsposition fummelte.

Er hatte die Schatulle gerade an ihren Platz gestellt und die Lade zugeschoben, als Stiefelschritte die Treppe hinaufpolterten. Sie klangen schwer und müde und doch eilig. Nicholas blieb keine Zeit, aus dem Zimmer zu witschen, und so blieb er einfach wie gelähmt auf den Knien hocken, duckte sich auf allen vieren hinter den Schreibtisch, so gut er konnte.

Herein marschierte ein junger Mann mit kastanienfarbigem Haar. Wams und Pluderhosen waren staubig, das offen stehende Hemd durchgeschwitzt, die kniehohen Stiefel in erbärmlichem Zustand. Und natürlich fiel sein Blick sogleich auf den am Boden kauernden Nicholas.

»Was zum Teufel suchst du hier?« Der unangenehme Klang der Stimme räumte auch den letzten Zweifel aus dem Weg: Es handelte sich um Throckmorton höchstselbst. »Und wie kommst du in mein Haus?« Nicholas schluckte, als Throckmortons Hand an den Griff des Rapiers fuhr, das er an seiner Seite trug.

»M-mäuse«, krächzte Nicholas.

»Mäuse?« Throckmortons Augenbrauen strebten seinem Haaransatz zu.

»Mäuse«, bekräftigte Nicholas und krabbelte vom Boden hoch. Er machte einen ungelenken Diener und setzte sein allerdümmlichstes Gesicht auf. »Nicholas, Mylord . . . also, ich bin das, Nicholas, so h-heiße ich«, stotterte er gekonnt herum. »Bin neu hier, arbeite um Kost und Logis und ein bisschen Geld, dank Mistress Jacksons Nächstenliebe. Und ich sollte schauen, ob es hier Mäuse hat.«

Throckmorton kratzte sich am Kopf und überlegte sichtlich, ob er dem offenbar geistig minderbemittelten Jungen diese Geschichte glauben sollte. Sein Blick flackerte für einen Augenblick unsicher. Nicholas begriff, dass Throckmorton es nicht wagen konnte, übergroßes Misstrauen zur Schau zu stellen. Denn das hätte den Verdacht aufkommen lassen, er habe etwas zu verbergen.

»Schon gut«, erwiderte er schließlich barsch und wedelte ungeduldig mit der Hand. »Ein andermal! Jetzt will ich meine Ruhe. Schick mir Henry mit heißem Wasser und Ruby mit einer Mahlzeit. – Wird's bald?«, blaffte er, als Nicholas sich nicht unverzüglich in Bewegung setzte.

»Ja-jawohl, Mylord«, stammelte Nicholas ergeben und verneigte sich erneut. Er spürte, wie sich Throckmortons Blicke in seinen Rücken bohrten, als er gespielt unbeholfen davonstakste.

»Junge, Junge, das war knapp«, murmelte er vor sich hin, als er mit noch weichen Knien die Treppe hinabstolperte.

49

»Diese Schlange!« Sir Francis Walsinghams Gesicht zeigte eine ungesunde Röte und diese lag nicht allein in der Augusthitze begründet, der auch mit weit geöffneten Fenstern und Türen keine wirkliche Abhilfe zu leisten war. Dafür zog es und neben einem steifen Hals hatte er sich dadurch auch einen Schnupfen eingehandelt. Geräuschvoll blies er in sein Taschentuch. »Dieses hinterhältige, niederträchtige Weibsbild!«, giftete er dahinter hervor und brach gleich darauf in einen heftigen Niesanfall aus.

»Irgendjemand sollte ihr schleunigst das Genick brechen«, äußerte sich Phelippes mit einem zufriedenen Lächeln, ehe ihm einfiel, noch eiligst ein »Gesundheit, Sir!« hinzuzufügen.

»Diese Natter«, schniefte Walsingham, »welch Ungeheuerlichkeit!« Anlass für sein Wüten war ein Brief Maria Stuarts an Castelnau, der ihm als Abschrift zugespielt worden war. Henri Fagot war es während seiner letzten Tage in Salisbury Court tatsächlich gelungen, den Schreiber des französischen Gesandten auf ihre Seite zu ziehen. Es war nicht viel, was Feron an Briefen zu Gesicht bekam und kopieren konnte, und das meiste davon war nutzloser Plunder. Doch dieser eine Brief hatte es wahrhaftig in sich gehabt. »Sie besitzt die Dreistigkeit, Castelnau vorzuschlagen, man möge ihr doch schreiben, welch gute Dienste ich ihrer Sache leiste«, tobte Walsingham, »und dafür zu sorgen, dass dieser Brief verbreitet wird! Um meine Autorität zu untergraben! Um das Vertrauen der Königin in mich zu zerrütten!«

»Welche Boshaftigkeit«, stimmte Phelippes ihm hastig zu.

»Und als sei das alles nicht genug«, er wischte sich erneut mit dem Taschentuch über seine laufende Nase, »beordert mich Ihre Majestät in diplomatischer Mission nach Schottland. Nach Schottland! Von dort kam noch nie etwas Gutes für England, das ist von jeher so gewesen.« (Dass dies umgekehrt in der Geschichte beider Königreiche ebenso oft der Fall gewesen war, übersah Walsingham geflissentlich nur allzu gerne.) »Diesen ungeschliffenen, streitsüchtigen Leuten dort ist nicht zu trauen. Heute versprechen sie einem die Treue und schlagen einem morgen hinterrücks mit ihren Langschwertern den Kopf ab. Ich könnte . . .«, er machte eine schwungvolle Geste mit seinem zusammengeknüllten Taschentuch, ». . . ihnen das nachsehen, besäßen sie das charmante Temperament und die Anmut der Italiener. Ach, das wunderbare Italien!« Ein sehnsüchtiger Glanz schien in Walsinghams dunklen Augen auf, ehe diese sich wieder verdüsterten. »Aber die Schotten sind rohe Gesellen, ohne jegliche Kultur und Lebensart!«

»Nun, Sir, wenigstens dürft Ihr um diese Jahreszeit auch dort oben ein wenig Wärme erwarten.«

Walsingham gab einen unbestimmten Laut von sich, der ebenso ein unterdrücktes Niesen wie ein abfälliges Schnauben sein konnte.

Eine Reise nach Schottland war so ziemlich das Letzte, wonach ihm momentan der Sinn stand. Und innerlich zuckte er schon bei der reinen Vorstellung des Gezeters zusammen, das seine Frau unweigerlich anheben würde, sollte er deswegen die Hochzeit seiner Tochter im September versäumen.

Für Nicholas zog sich der Sommer wie die zähen Fäden von Baumharz, während er Kerzen auswechselte, Silber polierte, Böden fegte und Kisten mit Artischocken, Aprikosen und Kirschen schleppte. Es war ein hartes Brot, seine Tage und Wochen so zu verbringen, und ein trockenes noch dazu. Wann immer er konnte, durchstöberte er Throckmortons Gemächer, doch es wollte sich einfach nicht der kleinste Hinweis auf eine Verschwörung finden lassen. Langsam, aber sicher kam sich Nicholas für dumm verkauft vor. Allein die äußerst verdächtige Tatsache, dass Throckmorton niemals Post erhielt (von Rechnungen und Mahnungen, die beständig ins Haus flatterten, einmal abgesehen), war ein dünner Strohhalm, an den Nicholas sich noch klammerte.

In der Gluthitze drohte sein Gehirn auf die Größe einer Backpflaume zusammenzuschrumpfen. Und während Beine und Hände bei der Arbeit wie von selbst in Bewegung waren, knobelte er im Kopf neue Codes aus, übersetzte seine Gedanken in Latein, Griechisch und Französisch und wieder zurück, um halbwegs in Übung zu bleiben.

Nun war Throckmorton wieder verreist und Walsingham zu allem Überfluss ebenfalls, wie ihm die kleine Notiz Phelippes' verraten hatte, die ihm Tom gestern auf der Cheapside zugesteckt hatte.

»Schmeckt's dir nicht?«

Nicholas schreckte auf und lief rot an, als sein Blick dem ehrlich besorgten Mistress Jacksons begegnete. »Doch«, murmelte er betreten und rührte weiter in seiner geeisten Gemüsesuppe. »Ich habe nur keinen Hunger.«

»Ja, die Hitze«, seufzte die Köchin und tupfte sich mit dem Schürzenzipfel über ihr schweißglänzendes Gesicht. »Die macht uns allen zu schaffen. Du bist auch ganz blass um die Nase! Geh doch vor zum Fluss und vergnüg dich ein bisschen. Hier gibt's eh nichts zu tun, Mylord kehrt sicher nicht so bald zurück.«

Nicholas nickte, ohne große Begeisterung zu zeigen.

»Na komm schon!« Die feuchte Hand der Köchin tätschelte leicht die seine. »Mach dir einen schönen Nachmittag und für heute Abend koche ich dir dann einen Vanillepudding. Was sagst du dazu?« Die liebevolle Aufmerksamkeit, die Mistress Jackson ihm zunehmend schenkte, ließ Nicholas sich noch elender fühlen. Er hatte ein schlechtes Gewissen, dass er sich unter Vorspiegelung falscher Tatsachen hier eingeschlichen hatte. Dass er immer die Lauscher aufstellte, wenn sich das Personal unterhielt, in der Hoffnung, etwas mehr über Throckmorton herauszubekommen. Grund genug für ihn, sich nun doch mit einem schwächlichen Lächeln zu erheben und das Haus so schnell wie möglich zu verlassen.

Auf der Schwelle der offen stehenden Hintertür schlug ihm die Mittagshitze als dumpfe Wand entgegen und erschwerte ihm das Atmen. Über den Dächern flimmerte es. Nicholas kniff die Augen zusammen, um sie vor der gleißenden Helligkeit zu schützen. Auf dem Kai lagen die Kisten und Säcke in der prallen Sonne, während die Arbeiter sich schwitzend in die schmalen Schatten drängten. Mit Ale aus zinnernen Humpen vertrieben sie sich die Zeit, bis die ärgste Hitze des Tages vorüber war. Wenigstens rührte sich über der Themse ein Lüftchen – wenn es auch dem warmen Hauch eines Ofenfeuers glich. Selbst die Möwen schienen zu träge, als dass sie sich zum Himmel aufgeschwungen hätten, der wie emailliert glänzte. Stattdessen standen die Vögel regungslos auf den hölzernen Pollern im Wasser. Ein paar halbstarke Jungen suchten Abkühlung, indem sie sich aus ihren Kleidern schälten und johlend von der Ufermauer in den brackig riechenden Fluss sprangen. So hatte sich Nicholas im Sommer zuvor auch manch einen Nachmittag vertrieben, an dem es zu heiß für

Kartentricks gewesen war – wenn seine Schwimmkünste auch kaum über einfaches Hundepaddeln hinausreichten. Doch heute verspürte er wenig Lust, es diesen Jungen gleichzutun.

Unversehens fand sich Nicholas an ebenden Stufen wieder, auf denen er mit Leonora immer gesessen hatte. Es war erst im Frühling gewesen und doch schien es eine Ewigkeit her zu sein. Mit langem Gesicht setzte er sich und starrte auf den Fluss, über dessen leicht gekräuselter Oberfläche grelle Lichtblitze tanzten.

Nicholas fühlte sich einsam. Es gab niemanden, dem er von seinen Gedanken, seiner Niedergeschlagenheit hätte erzählen können. Tom hatte zwar zuverlässig die wenigen, dürren Berichte an Walsingham abgeliefert, aber Nicholas wagte immer noch nicht, ihn ins Vertrauen zu ziehen. Er vermisste Leonora schmerzlich und das nicht nur, weil er mit ihr über nahezu alles hatte sprechen können.

Wie es ihr gehen mag . . . Womit sie wohl den Sommer am Meer verbringt . . . Ob sie auch ab und zu an mich . . .

Nicholas verbot sich, diesen Gedanken weiterzuverfolgen. Und doch fiel ihm in diesem Augenblick ein, wie stolz sie gestrahlt hatte, als sie ihm das geheime Postfach in der Mauer von St. Paul's gezeigt hatte.

Er kramte Bleistift und Papier aus seinem Hemd, das ihm feucht am Rücken klebte.

Liebe Le

kritzelte er und strich es sogleich wieder durch. Erneut setzte er an und schrieb:

Ich habe oft schon an Dich

Wütend malte er einen schwarzen Balken darüber.

Seit über zwei Monaten bin ich nun schon

»Schwachsinn«, schimpfte er vor sich hin, zerknüllte das teure Papier und warf es in hohem Bogen ins Wasser. Ohne es auch nur eines zweiten Blickes zu würdigen, sprang er auf und verließ fluchtartig den Kai.

Sanft krümmte sich die Bucht zum Meer hin. Eine warme Brise strich über den Strand und die von Wind und Wasser abgeschliffenen Felsen der Grafschaft Sussex, im tiefsten Süden Englands. Dahinter schillerte das Meer in kräftigen Tönen von Blau und Grün, weiß gesäumt, wo sich die Wellen am Ufer brachen.

»Das ist die Stelle, von der ich Euch erzählte, Mylord.« Lord Arundel zügelte sein Pferd und wies auf den Küstenabschnitt vor ihnen. »Einem natürlichen Hafen gleich. Eine ganze Flotte könnte dort bequem landen.«

Sir Francis Throckmorton sah sich in aller Ruhe um, stemmte sich halb aus dem Sattel, um die Gegend ringsum genau in Augenschein zu nehmen. »Ich bin natürlich kein Fachmann in der Planung solcher Operationen«, ließ er sich schließlich vernehmen, »aber ich halte sie auch für absolut geeignet für unsere Zwecke.«

Arundel verzog seine Lippen zu einem zufriedenen Lächeln. »Da wären wir uns also einig.« Er atmete tief durch und ließ seinen Blick über das Meer wandern. »Es ist Zeit, dass die gottlose Herrschaft in diesem Land ein Ende findet. Zeit, dass die rothaarige Hexe Elisabeth die Zügel abgenommen bekommt.«

»Demnach kann ich mir Eurer Treue und Eures Beistands sicher sein?«

»Das könnt Ihr, Mylord«, antwortete Arundel mit fester Stimme. »Ich stelle den Truppen auch gerne mein Schloss und meine Vorratskammer zur Verfügung. Wenn Ihr wollt, schwöre ich Euch einen Eid auf die Heilige Schrift.«

Throckmorton lächelte. »Euer Wort als Ehrenmann genügt mir.«

»Das gebe ich Euch nur zu gerne«, erwiderte Arundel und streckte ihm die Rechte hin, in die Throckmorton einschlug. »Auf dass wir und unsere Verbündeten England sehr bald wieder in würdigen Händen wissen. Und Elisabeth im Tower.«

Throckmortons Lächeln wurde schmal. »Sofern sie diesen noch zu Gesicht bekommen wird.«

50

He, du da!«

Nicholas hievte den gefüllten Wassereimer vom Brunnenrand und wandte sich um. »Ja?«

Der braun gebrannte Mann, der einen schweißbedeckten Rotfuchs am Zaumzeug hinter sich herführte, sah sich suchend auf dem Vorplatz um. »Weißt du, in welchem dieser Häuser Sir Francis Throckmorton wohnt?«

»In meinem ... ähm, also, ich wohne mit ihm ... ich gehöre zu seinem Personal.«

»Welches davon ist es denn? Ich soll ihm was überbringen.« Der Brief in der Hand des Boten leuchtete verheißungsvoll in den Strahlen der Septembersonne auf.

Nicholas, du bist ein gottverdammter Glückspilz!, jubelte der Junge in sich hinein.

»Oh, das könnt Ihr mir geben, ich nehme es mit ins Haus«, erbot er sich eifrig.

Der Kurier zögerte sichtlich.

»Müsst Ihr noch entlohnt werden?«, hakte Nicholas nach.

Der Mann schüttelte den Kopf. »Nein, ist alles bezahlt, nur ... nur sollte ich es ihm persönlich übergeben.«

Nicholas setzte sein treuherzigstes Gesicht auf. »Das tut mir jetzt sehr leid für Euch, Master. Aber Mylord ist nicht zu Hause und wir wissen nicht genau, wann er zurück sein wird. Kann heute noch sein, vielleicht auch erst in ein paar Tagen.« Was ein sehr großzügiger Umgang mit der Wahrheit war, aber in Nicholas' Augen durchaus gerechtfertigt.

»Verflucht«, knurrte der Bote und rieb sich mit dem Handrücken über die Stirn. Misstrauisch musterte er den schmalen Jungen, der seinen Blick freundlich, aber ohne große Neugierde erwiderte. »Also schön«, brummte er schließlich und händigte Nicholas den Brief aus. »Wenn mein Auftraggeber mir allerdings Ärger macht, weil dein Herr den Brief nicht erhalten hat, komme ich höchstpersönlich vorbei und mach dich einen Kopf kürzer.«

Nicholas ließ seine Augen kreisrund werden. »Aber Master, ich –«

Der Bote grinste, als er sich wieder in den Sattel schwang. »War nur Spaß, seh ich doch, dass du 'ne ehrliche Haut bist!«

»So kann man sich täuschen«, sagte Nicholas leise zu sich selbst, als der Kurier in einer Staubwolke davongaloppiert war, steckte den Brief ein und schleppte den schweren Eimer frohgemut ins Haus.

»Wie, du willst schon zu Bett?« Mistress Jackson sah verwundert von ihrer Näharbeit auf, als Nicholas sich am Abend von seinem Platz in der Küche erhob, weit vor der üblichen Zeit.

»Er schwächelt heute«, stichelte Henry, »gähnt schon die ganze Zeit verstohlen herum.«

»Du wirst uns doch nicht krank werden?«, sorgte sich die Köchin.

Nicholas schüttelte den Kopf und riss den Mund zu einem weiteren täuschend echten Gähnen auf. »Nein, ich bin nur müde, das ist alles.«

»Na dann schlaf mal gut«, meinte Mistress Jackson herzlich und reichte ihm eine der beiden Kerzen vom Tisch. Unter lautem Schlurfen entfernte sich Nicholas.

Seit den Nachmittagsstunden brannte der Brief förmlich unter seinem Hemd. Bislang hatte sich keine günstige Gelegenheit ergeben und die Gefahr, dass Throckmorton zurückkehrte, wuchs mit jeder Stunde. Lautlos schlüpfte er in dessen Arbeitszimmer und setzte sich an den Schreibtisch. Wie er es in Mortlake gelernt hatte, löste er geschickt das Siegel ab und hielt den geöffneten Brief schräg in den Kerzenschein.

»Kinderkram«, murmelte Nicholas verächtlich, als er den einfachen Buchstabencode erkannte und ihn zu entschlüsseln begann.

Mein lieber Bruder,
verzeih mir, dass ich Dir gegen unsere Abmachung an diese Adresse schreibe. Aber meine Rückreise in die Heimat als Begleiter von Madame de Castelnau und ihrer Kinder wird längere Zeit in Anspruch nehmen als zunächst geplant. Und Du sollst unbedingt wissen, dass sich in meinem Gepäck ein Brief des Herzogs von Guise befindet, der Dir neue Türen öffnen wird. Bleib also zuversichtlich, denn unsere Stunde ist nahe.
In tiefster Verbundenheit,
Thomas Throckmorton

Nicholas jubilierte inwendig. Endlich eine Spur, nach all den Monaten! Er prägte sich die Worte gut ein, ehe er den Brief zusammenfaltete, das Siegel über der Kerzenflamme leicht anschmolz und wieder andrückte. Zufrieden betrachtete er sein Werk. »Na bitte, sieht doch aus wie neu.« Er lehnte das Schreiben an das Tintenfass, damit es für Throckmorton gut sichtbar sein würde, und schlich sich aus dem Zimmer.

Es traf sich gut, dass Mistress Jackson ihn am nächsten Tag um ein Säckchen Zimt und Vanilleschoten für einen Pflaumenkuchen schickte. Den Bericht an Phelippes, der den noch immer abwesenden Walsingham vertrat, hatte er Tom übergeben und so schlenderte Nicholas auf seinem Rückweg vom Gewürzhändler fröhlich pfeifend die Cheapside entlang.

Abrupt blieb er stehen, als er in der Ferne Henri Fagot ausmachen konnte. Oder vielmehr: Christopher Marlowe. Denn mit gekämmtem und gestutztem Haarschopf und in einem sichtbar neuen himmelblauen Wams ähnelte der Mann kaum mehr seinem abgerissenen Zimmergenossen in Salisbury Court.

Nicholas' Laune sauste in ein dunkles Kellergewölbe seines Gemüts. »Der hat mir gerade noch gefehlt«, grummelte er in sich hinein. Er zögerte, unsicher, was er tun sollte: grüßen und ein paar Worte wechseln oder das Weite suchen? Die Entscheidung war schnell getroffen und Nicholas huschte in einen Hauseingang, wo er stehen blieb, bis Marlowe federnden Schrittes vorübergegangen war.

Bestimmt ist er auf dem Weg ins Theater, überlegte Nicholas und etwas Beißendes fraß sich durch seine Magengrube.

Christopher Marlowe fühlte sich großartig. Fast so, als läge ihm die gesamte Welt zu Füßen. Heute Morgen hatte er die jüngste Zahlung aus Walsinghams Schatulle erhalten und gleich darauf das schicke Wams abgeholt, das er sich hatte anfertigen lassen. Nach einem Besuch beim Barbier schlenderte er nun genussvoll durch die Straßen der Stadt, deren quirlige Lebendigkeit seinen Pulsschlag jedes Mal aufs Angenehmste in die Höhe trieb. Ganz im Gegensatz zum verschlafenen Cambridge mit seinen vertrockneten Professoren und biederen Studenten.

Er konnte mit sich mehr als zufrieden sein. Obwohl er beträchtliche Fehlzeiten aufwies, waren seine Leistungen an der

Universität überdurchschnittlich. Und er hatte es schlau eingefädelt, dass Feron an seiner Stelle in Salisbury Court spionierte und ein gewisser Williams seine Nachrichten an Walsingham überbrachte. So blieb er ein wichtiger Knotenpunkt in Walsinghams Netz und konnte doch unauffällig im Hintergrund operieren, während er seine Zeit zwischen Cambridge und London aufteilte.

Ein Schatten glitt über sein Gesicht, als er sich an den einzigen Wermutstropfen derzeit erinnerte: sein Theaterstück. Beinahe vollendet, waren ihm Brüche und Unebenheiten darin aufgefallen. Einen Großteil davon hatte er verbrannt und sich zähneknirschend an eine neue Fassung gesetzt. Und weil es ihm immer ein Trost war zu sehen, welchen Mist andere Dichter zuweilen verzapften, reihte er sich in die Warteschlange vor dem *Cross Keys* ein.

Der zweite Akt hatte gerade begonnen, als er ein Zupfen an seinem Ärmel verspürte. Unwillig wandte er den Kopf.

»Master Marlowe«, piepste eine Mädchenstimme neben ihm, hörbar dünn vor Aufregung. »Verzeiht mein ungebührliches Benehmen – aber könnte ich Euch kurz sprechen? Unter vier Augen?«

Marlowe musterte das gebräunte Gesicht mit den dunklen Augen, umrahmt von einem ungebärdigen Lockenkopf. Er schätzte das Mädchen auf höchstens vierzehn Jahre. Marlowes Lippen verzogen sich zu einem charmanten Schmunzeln. »Für hübsche junge Ladys bin ich immer zu sprechen.« Er verneigte sich galant und mit einem Anflug von neckendem Spott in der Stimme. »Was ist Euer Begehr, holde Maid?«

Die Blätter verfärbten sich und die ersten Herbststürme hatten leichtes Spiel, sie büschelweise von den Bäumen zu rupfen, durch die Straßen der Stadt zu fegen und in ausgiebigen Regenfällen zu ertränken. Dann kam der Nebel, dick und klebrig. Nicholas fröstelte, als er auf die graue Fassade von St. Paul's zulief. Ein heller Schimmer über der bleiernen Himmelsdecke verriet, dass sich die Sonne damit abplagte, den dichten Schleier zu durchdringen. Doch heute wollte es ihr einfach nicht gelingen.

Wie so oft verrenkte sich Nicholas den Hals, ob er irgendwo zwischen den Passanten Leonora entdecken konnte, aber auch heute war seine Suche vergebens. Im Herbst hatte sie zurück sein wollen und der Gedanke, dass ihre Eltern ihre Pläne geändert hätten und von der Küste aus mit ihrem Wagen in einen anderen Teil des Landes weitergezogen wären, schnürte Nicholas' Kehle ein.

Seufzend trat er dicht an die Fassade der Kathedrale und griff nach dem losen Stein im Mauerwerk. Nach seinem ersten missglückten Versuch im Sommer hatte er es noch einmal gewagt, einen Brief an Leonora zu beginnen. Nichts Besonderes stand darin, nur Kleinigkeiten – Dinge, die er ihr gerne erzählt hätte, wäre sie vor ihm gestanden. Und diesen hatte er hinter der Höhlung des losen Ziegels verborgen, weil er nicht gewusst hatte, wo er ihn sonst hätte aufbewahren sollen. Weitere waren gefolgt, in unregelmäßigen Abständen. Schließlich war der Packen so dick gewesen, dass der Stein schon einen guten Inch aus der Mauer herausragte und Nicholas fürchten musste, dass er jemandem auffallen würde. Doch heute schloss er eben mit der Wand ab.

Vorsichtig sah sich Nicholas noch einmal um, dann zog er mit klopfendem Herzen den Stein heraus.

Seine Briefe waren fort; stattdessen lag ein gefalteter Zettel darin.

Bin zurück und auf einer heißen Spur. Lass Thr. nicht aus den Augen und halt Dich bereit! – L.

Nicholas entfuhr ein Freudenschrei. Seine Gesichtsfarbe wechselte von Rot zu Blass und wieder zurück. Unzählige Male huschten seine Augen über die wenigen Worte, versuchte er herauszulesen, ob sie nüchtern klangen, böse oder vielleicht gar mit Zuneigung geschrieben waren. Er erstarrte, als ihm seine eigenen Briefe einfielen. »Was hab ich denn da alles reingekritzelt?«, fragte er sich. Seine Miene verzog sich zu einer Grimasse. Plötzlich war ihm sein Geschreibsel furchtbar peinlich, zumal es sich jetzt in Leonoras Händen befand.

Mit einem gequälten Stöhnen steckte er Leonoras Zettel in sein Wams zu dem Brief, der für sie gedacht gewesen war, und schob den Stein zurück an seinen Platz. In diesem Augenblick war er froh, ihr nicht von Angesicht zu Angesicht gegenübertreten zu müssen.

51

Und bei Grimbald in der Threadneedle Street besorgst du mir sechs Ellen schwarzen Zwirns. Aber nur den doppelfädigen, der reicht völlig!«

Nicholas nickte und wiederholte im Gedächtnis die Liste der Dinge, die ihm Mistress Jackson soeben zu besorgen aufgetragen hatte. Sie stützte die Hände in die breiten Hüften und überlegte. »Was brauche ich denn noch . . .?« Sie horchte auf, als Stiefelschritte die Treppe herunterkamen, und eilte zur vorderen Tür der Küche.

»Ah, Mylord gehen aus . . .«, hörte Nicholas sie flöten. »Werdet Ihr denn zum Essen wieder zurück sein?«

Nicholas reckte den Hals und konnte einen kurzen Blick auf Throckmorton erhaschen, der erstaunlich schäbig in ein mausgraues Wams gekleidet war. Was ihm angesichts dessen sonstiger Eitelkeit reichlich merkwürdig vorkam. Throckmorton murmelte etwas Unverständliches.

Lass Throckmorton nicht aus den Augen . . . kamen Nicholas die Worte Leonoras wieder in den Sinn.

»Dann einen schönen Tag noch, Mylord«, zwitscherte die Köchin. Mit einem Seufzen kehrte sie zurück. »Ich weiß gar nicht, wofür ich mir immer die Mühe mache«, schimpfte sie leise und seufzte wieder. »Hoffentlich nimmt er wenigstens unterwegs einen kleinen Imbiss zu sich. Nicht dass er uns noch vom Fleisch fällt, ist er doch vorgestern erst wieder von einer seiner langen Reisen zurückgekehrt.«

Nicholas musste sich zwingen, beifällig zu nicken. Am liebsten wäre er Throckmorton sofort hinterhergestürmt, doch das war natürlich undenkbar.

Ungeduldig sah er Mistress Jackson an, die sich nachdenklich mit Daumen und Zeigefinger das Kinn rieb.

»Ist das alles, was ich besorgen soll?«, fragte er und trat von einem Bein auf das andere.

Die Köchin wiegte den Kopf. »Ja – nun. War sonst noch etwas? Lass mich überlegen . . . Hm . . . Hmhmhmmmmm . . . Nein, das war alles.«

Kaum hatte sie Nicholas eine Hand voll Münzen in die Hand gedrückt, war der auch schon aus der Küche und schoss zur Hintertür hinaus. Sollte die Köchin doch denken, was sie wollte – er hatte einen Auftrag zu erfüllen!

Doch das war leichter gesagt als getan.

»Verflixt«, murrte Nicholas. Denn von seinem Hausherrn war mittlerweile keine Spur mehr zu sehen. Er rannte um das Haus herum und flitzte über den Kai, war mit seinen Blicken überall.

Da! Dort drüben! Sein Herz hämmerte aufgeregt gegen seine Rippen, als er sah, wie gerade ein Fährboot ablegte, Throckmorton an Bord. Nicholas stürmte vorwärts, wich im letzten Augenblick einem Lastenträger aus, der ihm zornige Flüche hinterherschickte, und sprang in den nächsten bereitliegenden Kahn.

»Folgt diesem Boot dort, Master – aber unauffällig!«, keuchte er dem Fährmann zu und warf ihm einen Twopence entgegen. Der Mann blickte überrascht, grinste schließlich aber breit. »Dann halt dich mal fest, mein Junge!« Zackig tauchte er die Ruder ins Wasser und legte sich ins Zeug.

Nicholas duckte sich hinter der breiten Gestalt des Ruderers, der sich immer wieder über seine Schulter hinweg umschaute. »Sieht so aus, als ging's nach Southwark. Hat der dir was geklaut? Oder schuldet er dir Geld? Würd ich jetzt von dem so gar nicht denken. Na, geht mich ja auch nix an . . .«, fügte er schließlich eingeschnappt hinzu, als Nicholas ihm die Antwort auf seine Fragen schuldig blieb.

Am anderen Ufer kletterte Nicholas aus dem Boot. Fast ein Jahr war es nun her, dass er das letzte Mal in Southwark gewesen war, doch er merkte schnell, dass er das Viertel noch immer in- und auswendig kannte. Ein klarer Vorteil gegenüber Throckmorton, der immer wieder stehen blieb und sich suchend umsah. Nicholas ließ ihm einen großzügigen Vorsprung, bewegte sich im Zickzack zwischen den eng stehenden Häusern vorwärts. Urplötzlich war Throckmorton verschwunden.

»Mist, Mist, Mist«, entfuhr es Nicholas. In langen Schritten hastete er zur nächsten Straßenecke. Er schnappte nach Luft, als ihn eine Hand am Kragen packte und in eine dunkle, stinkende Gasse zerrte.

»Schnüffelst du mir hinterher?«, wetterte Throckmorton und schüttelte ihn. Nicholas zuckte zusammen, als ihn Speicheltröpfchen im Gesicht trafen. »My-Mylord«, stammelte Nicholas. »N-nein, wie kommt Ihr darauf?«

»Was willst du dann hier?« Noch ein Schütteln. »Ich . . . äh . . . ich . . . ich will ins Theater«, sprudelte er die erstbeste Ausrede heraus, die ihm einfiel, und mit Erleichterung spürte er, wie er wieder an Fassung gewann. Er setzte eine unschuldige, zerknirschte Miene auf und verfiel in ein verschwörerisches Raunen. »Ich sollte eigentlich für Mistress Jackson etwas in der Stadt besorgen, aber ich hab mir gesagt, fährst mal ins Theater nach Southwark rüber, nur für zwei Stunden. Bitte, Mylord, bitte erzählt es ihr nicht, bitte, sie wird sonst sicher böse!«, begann Nicholas, flehentlich zu betteln, selbst verblüfft darüber, dass er beinahe zu weinen anfing.

Throckmorton funkelte ihn an, doch dann nahm etwas anderes seine Aufmerksamkeit gefangen. Zwei zerlumpte, dreckverschmierte Gesellen hatten sich hinter ihnen postiert, sichtbar begierig darauf, sich in einem günstigem Moment in die beginnende Rangelei einzumischen. Beinahe hätte Nicholas erleichtert aufgeseufzt. Zeugen waren gewiss das Letzte, was Throckmorton jetzt gebrauchen konnte.

»Ich warne dich, Freundchen!« Throckmorton starrte ihm finster ins Gesicht. Nicholas hielt unwillkürlich den Atem an. Mistress Jackson verwendete eindeutig zu viel Zwiebeln in ihrer Küche!

»Du scheinst mir ein reichlich merkwürdiger Geselle zu sein. Wenn ich noch einmal das Gefühl habe, du führst etwas im Schilde, so spieße ich dich ohne viel Federlesens auf mein Rapier und brat dich wie ein Spanferkel über dem Feuer!«

»Verstanden, Mylord, verzeiht, Mylord!«, schluchzte Nicholas.

»Gut«, knurrte Throckmorton und ließ ihn endlich los. Nicholas ordnete Hemd und Wams und wischte sich nicht vorhandene Tränen aus dem Gesicht.

Vielleicht sollte ich wirklich zum Theater gehen – als Schauspieler wäre ich gar nicht mal so schlecht, schoss es ihm durch den Kopf. Doch so richtig stolz war er nicht auf seinen Auftritt. Das war knapp gewesen! Das nächste Mal musste er wirklich besser aufpassen!

Er wich hinter eine Hausecke zurück und beobachtete verstohlen, wie sich Throckmorton zielstrebig entfernte und dabei immer wieder argwöhnische Blicke über seine Schulter warf. Nicholas wartete ein paar Herzschläge, bis Throckmorton außer Sichtweite war. Dann sprintete er los. Am Ende der Gasse lugte er vorsichtig um die Mauer herum.

Throckmorton stand vor einem der Häuser, das ein ausgeblichenes Wirtshausschild zierte, und marschierte ungeduldig in engen Kreisen auf und ab. Offensichtlich wartete er auf jemanden. Nicholas schnappte nach Luft. Das konnte doch nicht wahr sein!

Abermals spähte er um die Ecke. Und tatsächlich – Throckmorton wartete noch immer unter dem Schild, das ein wohlvertrautes Kaninchen zierte.

Nicholas zögerte keine Sekunde. In Windeseile lief er ein Stück weit die Gasse wieder hinab, quetschte sich durch einen schmalen Torbogen und hetzte am Brunnen vorbei durch den Innenhof des Häuserblocks. Außer Atem riss er die Hintertür des Gasthauses zum Blauen Karnickel auf.

Erschrocken fuhr Mistress Cheddar an ihrem Herd herum, als Nicholas in die Küche stürzte. »Allmächtiger«, rief sie entsetzt. »Seh ich etwa ein Gespenst? Oder ist das wirklich –«

»Holt Ihr mir bitte Will? Es ist dringend!«, stieß Nicholas hervor. Mistress Cheddar brauchte einen Augenblick, ehe sie sich gesammelt hatte. »Gewiss doch!« Sie setzte ihre Pfanne ab, in der sie gerade Spiegeleier briet, und eilte durch die andere Tür in den Schankraum, während Nicholas versuchte, wieder zu Atem zu kommen. Die Tür schwang hinter ihr zu und sogleich wieder auf und mit ungläubigem Gesichtsausdruck schob sich die massige Gestalt Will Cheddars in die Küche, dicht gefolgt von seiner Frau, die noch immer ganz verwirrt dreinblickte.

Im nächsten Moment fühlte Nicholas sich so fest an die breite Brust des Schankwirts gepresst, dass er glaubte, er verfärbe sich gleich zu einer ähnlichen Schattierung wie das Schild vorne über der Tür.

»Gott sei's gelobt, Junge!«, dröhnte Will, als er Nicholas an den Schultern von sich schob und leicht schüttelte, bevor er sich mit einer seiner Pranken über die Augen wischte, die verdächtig feucht schimmerten. »Wir dachten schon, dir sei etwas zugestoßen! Ein Jahr bald haben wir dich nicht mehr gesehen! Wo hast du nur –«

»Will«, fiel ihm Nicholas ins Wort, »das erkläre ich Euch alles später! Jetzt brauche ich erst Eure Hilfe.« Er drängte sich an dem mächtigen Wirt vorbei, stupste die Tür leicht auf und lugte durch den Spalt in den Schankraum. Es war noch früh am Tag, das Gasthaus nur dürftig besucht.

Am Tresen saß ein Mann, der mit raumgreifenden Gesten einen Monolog führte, ohne zu bemerken, dass der Wirt nicht mehr dahinter stand, dem er gerade eben noch sein Herz ausgeschüttet hatte. Drei Männer würfelten an einem der Tische um Geld und unmittelbar daneben hatte ein anderer sein struppiges Haupt auf die Tischplatte gebettet, döste weinselig vor sich hin. Vorne neben dem Eingang zankten sich zwei Gäste darum, wer von ihnen die Zeche übernehmen sollte, und schoben sich in einem hitzigen Wortgefecht abwechselnd Münzen über den Tisch hinweg zu.

Nicholas winkte Will zu sich heran. »Siehst du den Mann, der dort vorne in der Ecke sitzt? Der mit den kastanienbraunen Haaren und dem grauen Wams, der ständig zur Tür schaut? Kannst du ihn irgendwie umsetzen, sodass ich ihn von hier aus belauschen kann?«

Will musterte ihn prüfend. »Warum belauschen? Führt er für gewöhnlich Selbstgespräche?«

»Er wird nicht lange alleine bleiben, das habe ich im Gefühl. Bitte, Will, es ist wirklich wichtig.«

»Das bekomme ich schon hin. Lass mich nur machen!« Will Cheddar räusperte sich, baute sich zur gesamten Größe seiner ohnehin schon beeindruckenden Gestalt auf und trat in den Schankraum.

»Gott zum Gruße, Sir«, konnte Nicholas gleich darauf seine dröhnende Stimme hören. »Was darf's für Euch sein?«

»Danke, ich warte noch. Ich bin hier verabredet«, antwortete Throckmorton eisig.

»Wichtige Geschäfte, eh?«, gab sich Will jovial. »Wollt Ihr Euch dann nicht mehr in den rückwärtigen Bereich setzen? Dort ist es ruhiger.« Es folgte ein gemurmeltes Zwiegespräch, dann ein Scharren, und als Nicholas erneut hinauslinste, sah er, wie Throckmorton sich im Gefolge von Will just auf jene Bank platzierte, die direkt neben Nicholas' Horchposten stand. Will kehrte hinter seine Theke zurück und blinzelte in Richtung Küchentür.

In der Tat dauerte es nicht lange, bis ein kleiner drahtiger Mann in die Schenke stolzierte. Seinen Kapuzenumhang hatte er tief ins Gesicht gezogen. Nur die spitze Nase über dem dünnen, gepflegten Bärtchen war noch gut zu sehen und diese rümpfte er deutlich sichtbar. Schließlich nickte er in Richtung Throckmortons, marschierte auf ihn zu und verschwand dann aus Nicholas' Blickfeld.

»Monseigneur Throckmorton, nehme ich an?«, zischelte er mit hoher Stimme. Er hatte einen merkwürdigen Akzent, der seine französischen Worte verkantete und flachschliff.

Nicholas beugte sich vor. Was konnte das für ein Landsmann sein? Ein bisschen erinnerte ihn die Aussprache an den ehemaligen Mönch Bruno aus der Gesandtschaft, doch er rollte das »R« viel stärker. Ein Spanier vielleicht? Ein Portugiese? Leonora hätte es bestimmt gewusst, fuhr es ihm durch den Kopf.

Der Mann hatte mittlerweile einen Stuhl zurückgeschoben und schien Platz zu nehmen. »Seid Ihr von allen guten Geistern verlassen, mich in eine solche – solche Spelunke zu bestellen?«, fauchte er leise.

»Herr Wirt, zwei Becher von Eurem besten Wein«, orderte Throckmorton bestimmt. Erst als Will deutlich hörbar die Humpen abgestellt und sich wieder hinter den Tresen verzogen hatte, antwortete er, gleichfalls auf Französisch: »Eben weil uns hier niemand vermuten wird, habe ich diesen Treffpunkt ausgewählt, Euer Exzellenz. Wo sonst könnten wir offen sprechen?«

Der Fremde knurrte. »Bildet Euch nicht allzu viel darauf ein, dass ich Eurem Vorschlag für diese Verabredung gefolgt bin. Ich bin nur hier, weil der Herzog Euch in den höchsten Tönen lobt«, gab er sich weiterhin verstimmt.

»Und ich bin dem Herzog voller Demut ergeben, dass ich dank seines Empfehlungsschreibens endlich auch persönlich Eure Bekanntschaft machen durfte, Don Bernardino.«

»Nun, wir wollen alle dasselbe, Monseigneur. Ihr, der Herzog, meine Wenigkeit und nicht zuletzt König Philipp, der mich schickt. – Der Herzog schrieb mir, Ihr hättet Verbündete gewonnen und geeignete Orte ausgekundschaftet?«

König Philipp! Also tatsächlich ein Spanier! Nicholas konnte vor Aufregung kaum stillhalten.

»In der Tat«, bestätigte Throckmorton jetzt nicht ohne Stolz. »Ich bin eben erst aus Worcestershire zurückgekehrt und auch dort stieß ich mit unserem Vorhaben auf offene Ohren.«

Der Fremde brummte, etwas versöhnlicher diesmal. »So seid unserer Anerkennung für Eure Bemühungen gewiss. Erstellt mir eine Liste mit den entsprechenden Namen. Und ich brauche Pläne und Karten.«

»Zu Euren Diensten, Exzellenz. Aber wie sieht es auf Eurer Seite aus?«, erkundigte sich Throckmorton.

»Seid unbesorgt. Die notwendigen finanziellen Mittel stehen bereit und auch aus der Schatulle des Heiligen Vaters werden wir einen nicht unbeträchtlichen Betrag erhalten. Er gibt uns seinen päpstlichen Segen für alles, was wir in Angriff nehmen, um dieses Land und all die armen Seelen von der ketzerischen Unterdrückung zu befreien.«

»Nun müssen wir uns nur noch auf den richtigen Zeitpunkt einigen«, ließ sich Throckmorton vernehmen. Er klang höchst zufrieden.

»Ihr werdet in den nächsten Tagen von mir hören, Monseigneur.« Das Kratzen der Stuhlbeine verriet, dass der Spanier aufstand.

»Zahlen!«, rief Throckmorton.

»Sind sie weg?«, fragte Nicholas flüsternd, als Will einen Moment später in die Küche kam.

Der Wirt nickte und kratzte sich am Kopf. »Das waren ja zwei nette Herzchen! Ich habe zwar kein Wort verstanden, aber besonders vertrauenerweckend wirkte keiner von beiden.« Besorgt sah er Nicholas an und tauschte einen Blick mit Mistress Cheddar, die nebenher in einer Schüssel Eier und Mehl verquirlte. »Du bist ganz blass um die Nase! Besser, du stopfst dir erst mal was Nahrhaftes hinter die Kiemen!«

Nicholas schüttelte den Kopf. »Nein, ich muss noch etwas erledigen.« Als er sich anschickte, gleich wieder davonzustürmen, hielt ihn Will unsanft fest. »In was bist du da reingeraten, Junge?«

Nicholas bemühte sich um ein munteres Lächeln, das reichlich schief geriet. »In nichts Ungesetzliches, Will, das kann ich dir versprechen!« Plötzlich spürte der Junge die Verantwortung wie eine schwere Last auf seinen Schultern. Was als verheißungsvolles Abenteuer begonnen hatte, war längst bitterer Ernst geworden. Die Einsätze waren hoch. Sowohl für Nicholas, der den Anflug eines Schauderns unterdrückte, als er sich daran erinnerte, wie Throckmorton ihn am Kragen gepackt hatte, als auch für England und seine Königin.

Er schluckte und fast hätte er Will, der ihn forschend ins Gesicht blickte, alles erzählt. Doch dann nahm er sich zusammen.

»Danke« war alles, was er hervorbrachte, ehe er aus der Hintertür in die Gasse hinauswischte. »Ich besuche Euch wieder, sobald das hier vorbei ist.«

Im Davonrennen konnte er nicht mehr hören, was Will in seinen Bart murmelte, während er ihm kopfschüttelnd hinterherblickte. »Gott schütze dich, Nicholas Christchurch!«

Sir Francis Walsingham hatte in seinen Privatgemächern unter einem Tuch geschwitzt, das er wie ein Zelt über eine Schüssel mit dampfenden Kräuterauszügen gebreitet hatte, als ihm Nicholas gemeldet wurde. Gesundheitlich angeschlagen war er nach Schottland gereist und ernsthaft krank war er zurückgekehrt.

Sein Schnupfen hatte sich verschlimmert, die Gicht zwickte ihn erneut und sein Magen rebellierte, verweigerte alles außer Haferschleim und Kamillensud. Vergessen waren jedoch all seine Gebrechen, als er in seinem Kontor mit steinerner Miene Nicholas' aufgeregt vorgebrachte Schilderung des Gesprächs in der Schenke in Southwark lauschte.

»Don Bernardino de Mendoza«, murmelte er nach einer Pause, lange, nachdem Nicholas geendet hatte. »Der Gesandte des spanischen Königs«, erklärte er Nicholas auf seinen fragenden Blick hin. »Ein Botschafter des Ungemachs, ein zänkischer, boshafter Giftzwerg. Mindestens ein solch unerbittlicher Feind aller Protestanten und Ihrer Majestät unserer Königin wie der Herzog von Guise und König Philipp von Spanien. Wenn nicht gar noch fanatischer als die beiden.«

»Es sieht nicht gut aus, oder?«, fragte Nicholas mit zugeschnürter Kehle.

»Nein, es sieht wahrlich nicht gut aus«, bekräftigte Walsingham mit einem tiefen Atemzug.

»Was werdet Ihr nun tun?«, bohrte Nicholas weiter. Walsingham schwieg, starrte den Becher mit der erkalteten Kräutermedizin an, den ihm seine Frau wortlos auf den Schreibtisch geknallt hatte, noch immer zornig wegen seiner Abwesenheit bei der Hochzeit.

Die diplomatischen Beziehungen mit Frankreich waren seit dem Spätsommer empfindlich abgekühlt. Castelnau hatte Walsinghams Reise nach Schottland als Einmischung und persönlichen Affront aufgefasst. Walsingham und Elisabeth hingegen schätzten es nicht sonderlich, dass Castelnau sich inzwischen in aller Offenheit dafür aussprach, Maria Stuarts Freilassung zu erwirken. Darüber hinaus hatte er sich dafür verwendet, gute Beziehungen zwischen der schottischen Königin und dem Schwiegersohn von Walsingham herzustellen.

Daraufhin hatte Elisabeth Castelnau empört zu sich zitiert und ihn beschuldigt, sich hinter ihrem Rücken mit Maria Stuart gegen sie zu verbünden. Kein kluger Schachzug, wenn auch menschlich verständlich, wie Walsingham fand.

Noch mehr Sorgen bereitete ihm, dass der französische Hof unter dem Einfluss des Herzogs von Guise sich nun mehr und mehr mit Spanien und der katholischen Partei in England verbündete. Was aus Salisbury Court an Nachrichten in die Seething Lane tröpfelte, bestätigte dies: Mendoza, den Nicholas heimlich im Gespräch mit Throckmorton belauscht hatte, ging dort inzwischen ein und aus und man vertrieb sich die Zeit mit allerlei lustigen Kartenspielen. Ganz so, als seien die Würfel bereits gefallen.

Alle Zeichen standen auf Sturm und die Frage lautete nicht mehr in erster Linie, *was* geschehen würde, sondern wann.

»Warten«, antwortete Walsingham daher schlicht, und als er die bange Fassungslosigkeit in Nicholas' Gesicht las, fügte er hinzu: »Vertrau mir!«

52

Man schrieb den 5. November und Nicholas hatte den Nachmittag damit zugebracht, im Salon ein halbes Dutzend Silberleuchter blank zu polieren. Als er wieder die Treppe zur Küche hinabging, drangen ihm Stimmengewirr und Gelächter entgegen. Neugierig steckte er den Kopf zur Tür hinein. Ruby, Henry, Master und Mistress Jackson umringten ein Mädchen, ungefähr in Nicholas' Alter, das halb abgewandt von der Tür stand. Was er von dem Mädchen sehen konnte, wirkte sauber und adrett: ein blaues Kleid mit weißen Ärmeln, passendem Schultertuch und gestärkter Schürze. Ihr Haar war gänzlich unter einer beinahe absurd voluminösen Haube verborgen. In ihrer Armbeuge hielt sie einen flachen, henkellosen Korb, der mit einem gewürfelten Tuch ausgelegt war.

»Nicholas«, rief Mistress Jackson mit vollem Mund und winkte ihn her, »koste auch einmal! Das ist ganz wunderbares Marzipan. Die kleine Miss hat gerade an die Tür geklopft, um es feilzubieten.«

Das Mädchen drehte sich zu ihm um und unter der Haube blickte ihm Leonora entgegen. Nicholas rang nach Luft. Sie war gewachsen im letzten halben Jahr, sah frisch und rosig aus, ihr Teint noch leicht gebräunt vom Sommer am Meer. In zierlichen Schritten tänzelte sie zu ihm heran, der noch immer wie angewurzelt auf der Schwelle stand.

»Hier, der junge Herr, einen Penny das Stück.« Sie lächelte charmant und drückte sich so dicht an ihn, dass der Korb ihn streifte. Während sie mit der freien Hand auf das Konfekt deutete, zählte sie der Reihe nach auf: »Äpfel, Birnen, Pfirsiche, Erdbeeren – alles aus feinstem Marzipan!« Nicholas starrte sie nur an. Unwillkürlich zuckte er zusammen, als ihn etwas am Handgelenk berührte.

»Ähm, ich hätte dann gerne – eh – einen Pfirsich«, sammelte er sich wieder, spielte gehorsam die ihm zugedachte Rolle in dieser Komödie. Leonora hob einen Zipfel des Tuches an; Nicholas ließ das hervorgekramte Geldstück daruntergleiten und nahm sich ein Stück des Konfekts. Mit einem koketten Lächeln und einem Knicks bedankte Leonora sich, verabschiedete sich freundlich von den anderen Hausangestellten, die ihr gute Wünsche mit auf den Weg gaben, und verschwand dann durch die Hintertür. Nicholas starrte noch immer auf den Pfirsich aus Marzipan in seiner Hand, der auf der warmen Haut schon pappig zu werden begann.

»Na, was machst du denn für ein Gesicht?«, rief Mistress Jackson ihn an. »Hat die Kleine dir den Kopf verdreht?«

Ruby brach in Gackern aus. »Ist aber auch ein hübsches Ding gewesen! Hat bestimmt Zigeunerblut in den Adern oder was Südländisches . . .«

Doch Nicholas hörte ihr gar nicht zu. Er entschuldigte sich nur hastig und verzog sich in einen stillen Winkel des Hauses. Dort entfaltete er den Zettel, den Leonora ihm heimlich im Schutz des Korbes in seinen Ärmel geschoben hatte.

Triff mich bei Einbruch der Dunkelheit unten am Kai. – L.

Nicholas hatte Mühe, die Stunden bis zum Abend totzuschlagen. Und auch während des Essens musste er sich beherrschen, seine zappelnden Beine ruhig zu halten und nicht einfach aufzuspringen. Wenn Leonora zu dieser List gegriffen hatte, um ihn sehen zu können – dann musste zweifellos etwas Bedeutsames vorgefallen sein! Endlich, nach einer scheinbaren Ewigkeit, räumte Mistress Jackson den Suppentopf und die Löffel beiseite.

»Wo wirst du jetzt noch hinwollen?«, fragte sie überrascht, als Nicholas zur Tür strebte.

»Ich – äh – wollte mir vor dem Schlafengehen noch ein wenig die Beine vertreten«, beeilte er sich um eine Erklärung. Und als er den halb misstrauischen, halb erzürnten Blick der Köchin sah, fügte er hastig hinzu: »Es liegt gewiss nicht an Eurer Kochkunst, aber manchmal habe ich doch Beschwerden nach dem Verzehr von Bohnen!« Leicht besänftigt brummelte sie eine Erwiderung vor sich hin, während sie sich unter lautem Geklapper wieder dem Geschirr widmete. Erleichtert schlüpfte Nicholas zur Tür hinaus.

Dick wie Mistress Jacksons Bohneneintopf stand der Nebel auf der Themse und den Kaimauern. Nicholas schauderte und das nicht nur wegen des klebrigen, kühlen Dunstes, der ihm unter die Kleidung kroch. Die voranschreitende Dämmerung verlieh der Szenerie etwas Unwirkliches. Wo sonst am Tag Gedränge herrschte und Geschäftigkeit, war es jetzt totenstill. Als hätte die düstere Wand alles Leben einfach verschluckt und nur ihn, Nicholas, verschont.

Er fuhr herum, als etwas an seinem Ärmel ruckte. »Leonora«, atmete er auf und stammelte: »Was – wie – ich meine, warum –«

»Ist Throckmorton im Haus?«, fiel sie ihm hastig ins Wort. Jetzt erst sah Nicholas, dass sie sich verkleidet hatte wie damals, bei ihrem nächtlichen Ausflug in Mortlake. Sie hatte ihr Gesicht geschwärzt, ihr wildes Haar unter einem Tuch verborgen und trug Hemd und Hose.

Nicholas schüttelte den Kopf. »Soviel ich weiß, nicht.«

»Gut. Wir haben keine Zeit für lange Erklärungen. Nur so viel: Throckmorton hat heute Nachmittag eine Nachricht in die französische Gesandtschaft geschickt. Er ließ Castelnau mitteilen, sein Kurier würde noch heute Nacht aus London aufbrechen, eine Verzögerung sei unmöglich.«

»Was soll das bedeuten? Und woher –«

Leonora schnaufte ungeduldig. »Ich weiß es von Kit Marlowe.« Nicholas bemühte sich, nicht auf den Stich zu achten, der ihm in die Eingeweide fuhr. »Marlowe ist seit ein paar Monaten außerhalb der Botschaft tätig, hat darin aber einen Mittelsmann, einen Schreiber Castelnaus. Dieser hat Wind von der Nachricht bekommen und Kit – oder Fagot, wenn du so willst – darüber informiert. Der hat mich geschickt, damit ich dir so schnell wie möglich Bescheid gebe. Walsingham hält sich und seine Leute bereit, für den Fall, dass wir etwas finden. Denn wenn Throckmorton es so eilig hat, einen Kurier zu entsenden, dann kann das nur bedeuten –«

». . . dass es so weit ist«, murmelte Nicholas nur und eine eisige Kälte breitete sich in ihm aus. »Und wenn es uns nicht gelingt, den Brief zu finden und abzufangen . . .« Er führte den Satz nicht zu Ende.

Leonora nickte. Ihr Miene war düster. Sie deutete die Gasse hinunter, wo im Dämmerlicht Throckmortons Haus wie eine Festung dalag. »Dann wird Throckmorton ihn noch heute Nacht dem Kurier übergeben. Und weiß der Himmel, was dann mit Ihrer Majestät passieren wird.«

»Noch ist Throckmorton nicht zurückgekehrt«, wandte Nicholas ein. »Das heißt, wir haben noch ein bisschen Zeit.«

Leonora nickte eindringlich. »Aber wie lange noch?«, fragte sie verzweifelt. Dann holte sie tief Luft. »Jetzt gilt's, Nicholas! Wir müssen Throckmorton zuvorkommen, ehe er wieder hier ist. Nur wenn wir das finden, was er losschicken will, gibt es noch Hoffnung. Und du bist der Einzige, der eine Ahnung hat, wo wir suchen sollen!«

Unwillkürlich blickte Nicholas hinter sich zu den hohen, schmalen Häusern und ihren einzelnen erleuchteten Fenstern. Sein Herz hämmerte in seiner Brust, während er blitzschnell Überlegungen anstellte. »In der Küche wird man sicher noch eine Weile auf sein. Ich könnte mich natürlich unter dem Vorwand, mich schlafen legen zu wollen, zurückziehen und dich durch die Vordertür hineinlassen . . .« Er unterbrach sich. »Aber das ist verdammt waghalsig! Wenn einer der anderen zu Bett gehen will – und ich liege gar nicht auf meinem Lager, dann –«

»Nicholas.« Leonora rüttelte ihn heftig am Arm. »Wir haben keine andere Wahl! Wir müssen es wagen!«

»Gut«, raunte er heiser, »bis gleich!« Er wandte sich zum Gehen, blieb dann aber doch noch einmal stehen. »Leonora, ich . . . wegen damals . . . es –« Hörbar rang er mit sich. Ihre kalten Finger fanden die seinen und drückten sie fest. »Ich weiß, Nicholas. Ich auch. Geh jetzt.« Und obwohl es dunkel war, hätte er schwören können, ein Leuchten in ihren Augen gesehen zu haben.

». . . und dann sagt der Wundarzt zu dem Mann: ›Hören Sie, Master . . .‹« Henry war gerade dabei, eine Runde seiner schmutzigen Witze zu erzählen, als Nicholas wieder durch die Hintertür trat. Mistress Jackson starrte ihn erschrocken an. »Du liebe Güte, Nicholas, du siehst ja ganz käsig aus! Ist dir nicht gut?« Er schüttelte den Kopf und strich sich über den Magen, in dem es nun tatsächlich rumorte. »Nein. Ich – ich glaube, ich werde mich hinlegen.«

»Soll ich dir einen Kräutertee machen – oder einen warmen Umschlag?« Die Köchin machte Anstalten, sich zu erheben. Nicholas winkte ab. »Nein, ist schon gut. Ich werde zu Bett gehen und morgen früh ist alles wieder in Ordnung.« Er nahm sich eine der Kerzen und wünschte den anderen eine gute Nacht. »Master, wenn Ihr hundert werden wollt, dann –«, hörte Nicholas noch, als er die vordere Tür der Küche leise schloss. Das hinter dem Türblatt aufbrandende Gelächter verriet, dass Henrys Pointe wohl angekommen war.

Nicholas flitzte zur vorderen Eingangstür und entriegelte sie von innen. Wie ein Schatten glitt Leonora hinein und auf Zehenspitzen schlichen sie die beiden Treppen zu Throckmortons Arbeitszimmer hinauf. Nicholas leuchtete ihnen den Weg um den Schreibtisch herum. Sorgfältig durchsuchte er sämtliche Fächer und Schubladen. Schließlich packte er die schwarze Schatulle auf den Tisch und öffnete sie geübt mit dem Draht. »Da ist nichts«, stellte er mit bitterer Enttäuschung fest, als ihm wieder nur die Geldstücke entgegenblinkten.

»Was ist mit Geheimfächern?«, flüsterte Leonora. Von weit unten konnten sie gedämpft ausgelassenes Lachen hören.

Nicholas schüttelte den Kopf. »Ich habe alles abgesucht! So etwas gibt es hier nicht.«

Leonora ging ein paar Schritte zum Türrahmen hinüber, der sanft vom Kerzenschein angeleuchtet wurde. »Was ist in diesem Raum?«

»Das ist sein Schlafzimmer«, murmelte Nicholas geistesabwesend. Er überlegte fieberhaft, ob Throckmorton womöglich seinen Kurier schon längst losgeschickt hatte oder die verräterischen Unterlagen vielleicht bei sich trug.

»Hast du auch unter seinem Bett nachgesehen?«, wollte Leonora wissen.

Nicholas gab einen abschätzigen Laut von sich. »Unter seinem Bett? Das kann ja wohl nicht dein Ernst sein!«

»Oh, Nicholas«, stöhnte sie auf, »sag bloß, du hast dort noch nie gesucht!«

»Geheimnisse unter dem Bett aufbewahren ist nur was für –« *Mädchen,* schluckte er den Rest des Satzes hinunter, als sein Blick Leonoras begegnete. »Schön«, meinte er achselzuckend, »sehen wir dort eben auch noch nach.«

Er ging durch die Tür, stellte die Kerze auf den Boden neben den Bettrahmen, kniete sich daneben und schob sich dann darunter. »Wie nachlässig, Ruby«, prustete er, als sein Gesicht die flusigen Wollmäuse streifte. Stück um Stück tastete er den Boden ab. »Hier ist nichts, sagte ich dir do–«

Seine Hand stieß an etwas Hartes, Kantiges. Er angelte danach und zog es mit sich unter dem Bett hervor.

»Eine Kassette«, raunte Leonora, die ihm nachgekommen war, und eilte zurück, um den Draht zu holen, der noch immer neben der geöffneten Geldschatulle auf dem Schreibtisch lag.

Nicholas nahm ihn hastig in Empfang und stocherte damit im Schlüsselloch herum. Einen Moment später klickte es, und als er den Deckel aufklappte, lag ein Stapel Briefe darin.

»Heiliger Strohsack«, entfuhr es ihm. »Ich Dämlack«, fügte er hinzu, »hätte ich die nur schon früher –«

»Dafür hast du ja mich«, kicherte Leonora. »Schau nach, ob etwas Brauchbares dabei ist. Ich stehe solange Schmiere!«

Nicholas kniete sich hin und griff sich den ersten Brief. Er war in französischer Sprache verfasst und verschlüsselt, aber der Code war nicht besonders schwierig. Nicholas fand sich schnell hinein. Die meisten der Briefe stammten von Maria Stuart, und je länger er las, desto vollständiger wurde das Bild.

Der geheime Postweg von Salisbury Court war bereits vor

längerer Zeit umgeleitet worden. Mittlerweile war es Throckmorton persönlich, der nachts dort die Briefe abholte und einem Boten namens George More übergab. Mit diesem traf er sich an ständig wechselnden Orten in der Stadt. Und was in diesen Briefen geplant wurde, war ungeheuerlich!

Söldner des Herzogs von Guise und spanische Truppen sollten an der Küste landen und in England einmarschieren. Der Vorstoß würde aus zwei Richtungen erfolgen: aus dem Norden, über Lancashire, und aus dem Süden, über West Sussex. Eine Reihe katholischer Lords wollte sich mitsamt ihren Männern ihnen anschließen und die Macht übernehmen, Maria Stuart befreien und Elisabeth unschädlich machen. Lord Henry Howard, einer der nobelsten Lords des Königreiches, sollte Maria Stuart heiraten und zum König gekrönt werden.

»Nicholas«, wisperte Leonora von der Tür zwischen Arbeitszimmer und Flur her, »ich glaube, da kommt jemand!«

»Ich hab's gleich.« Nicholas konnte sich nicht von den Briefen losreißen, obwohl ihm schwindelig wurde, angesichts dessen, was er dort las.

»Nicholas!« Jetzt konnte auch er Schritte hören, die die Treppen hochgestapft kamen. Hastig stopfte er das gesamte Bündel Briefe in den Ausschnitt seines Hemdes und klappte die Kassette zu. Er gab ihr einen Schubs, dass sie wieder bis tief unter das Bett rutschte, und sprang auf, schlitterte über den glatten Holzboden hinüber in das Arbeitszimmer, um von dort aus in den Flur zu flüchten.

Doch es war zu spät. Ein Lichtschein erhellte den Raum. Und darin stand, in der einen Hand eine Laterne, in der anderen sein gezücktes Rapier, Sir Francis Throckmorton.

53

Wusste ich es doch, dass mit dir etwas nicht stimmt!« Throckmorton tat zwei Schritte auf Nicholas zu. Hinter dem verschwommenen Rand des Lichtkegels sah Nicholas mit Erleichterung, dass Leonora sich unter das Tischchen neben der Tür gekauert hatte.

»Das – äh – ist ein Missverständnis, Mylord«, bemühte er sich, Zeit zu gewinnen, während sein Verstand fieberhaft daran arbeitete, wie er sich und Leonora heil hier herausbringen könnte.

»Ein Missverständnis?«, höhnte Throckmorton. Sein Gesicht ähnelte im Flammenschein der Fratze eines Dämons, als er die Laterne auf dem Schreibtisch abstellte. »Dich werde ich lehren, lange Finger zu machen!« Zur Bekräftigung seiner Worte zuckte die Rapierspitze von der geöffneten Münzschatulle auf dem Schreibtisch wieder hinüber zu Nicholas.

Nicholas starrte ihn an – noch nicht recht fähig, sein Glück zu fassen. Unter seinem Hemd drückte sich ein Stapel Briefe an seine Brust, die nicht nur den geplanten Hochverrat Throckmortons bewiesen, und der glaubte, er sei wegen des Geldes hier?

»Was – was erwartet Ihr von mir, Mylord?« *Denk nach, Nicholas, denk nach!*

»Ich? Ich erwarte, dass du stirbst, du diebische Elster!« Throckmorton lachte auf. Ein Sirren, ein Ratschen und Nicholas zuckte mit einem leisen Laut zusammen, als die Metallspitze der Waffe seinen Ärmel aufschlitzte und ihm eine tiefe Schramme beibrachte.

Throckmorton schien sich nicht nur sehr sicher zu fühlen, sondern es in vollen Zügen zu genießen, erst noch ein wenig seinen Schabernack mit Nicholas zu treiben. Er stupste Nicholas mit der Klinge sanft zwischen die Rippen und lächelte boshaft. »Sprich noch ein letztes Gebet für dein Seelenheil, ehe ich dich aufspieße wie einen Käfer.«

Doch kaum hatte er seinen Satz zu Ende geführt, gab es ein dumpfes Geräusch. Das Rapier fiel klirrend zu Boden und Throckmorton hielt sich stöhnend das Genick.

Leonara flitzte unter ihrem Tischchen hervor, packte Nicholas am Ärmel und zerrte ihn fort. »Beeil dich, ehe er wieder einen klaren Kopf hat!«

»Das war höchste Zeit! Was hast du gemacht?« Nicholas fühlte sich leicht benommen, als hätte nicht Throckmorton etwas abgekriegt, sondern er selbst.

»Ich hab eine der Schachfiguren nach ihm geworfen.«

Sie rannten die Treppe ins erste Stockwerk hinunter.

»Hast du die Briefe?«, hörte er Leonora neben sich keuchend flüstern.

»Ja. *Alle!«* Nicholas spürte, wie sich seine Mundwinkel zur Andeutung eines Grinsens verzogen. Er konnte es kaum erwarten, sie in Walsinghams Hände zu geben. Wenn sie nur erst in der Seething Lane wären!

Nicholas hatte in der Hast des Aufbruchs seine Kerze im Schlafzimmer stehen gelassen, doch im Erdgeschoss erwartete sie der schwache Lichtschimmer der geöffneten Küchentür, in dem sich furchtsam das Personal aneinanderdrängte. Nicholas sah im Vorüberlaufen das entsetzte Gesicht Mistress Jacksons, das verblüffte Henrys, dann brüllte von oben Throckmorton zornig wie ein verwundetes Raubtier: »Diebe! Haltet sie!«, und polterte ebenfalls die Treppen hinunter.

Kalte Nachtluft empfing sie, als sie durch die Vordertür stürzten, in den wattigen Nebel hinein. Hastige Schritte tönten direkt hinter ihnen, brüllende Stimmen, die rasch näher kamen, als sie den Kai entlangjagten. Nicholas zog aus seinem Wams sein Kartenspiel heraus und warf es auf gut Glück hinter sich. Ein Schrei war hinter ihnen zu hören, halb schmerzerfüllt, halb wütend, als einer ihrer Verfolger auf dem glatten Papier über feuchtem Pflaster ausglitt.

Doch mehr als einen kleinen Vorsprung konnten sie dadurch nicht herausholen, das wussten sie. Eine quer zum Kai verlaufende Stützmauer, die sie im dichten Nebel fast übersehen hätten, schnitt ihnen den Fluchtweg ab. Links von ihnen musste demnach die Stadtmauer sein; keine Chance, bei dieser schlechten Sicht auf die Schnelle einen der Durchbrüche darin zu finden. Günstig aber für ihre Häscher, die ihnen hörbar auf den Fersen waren.

»Wir sitzen in der Falle«, stieß Leonora hervor und sah sich ebenso verzweifelt wie vergeblich um.

»Gibt nur –« Nicholas rang mühselig nach Atem, »einen Weg hier heraus. Hinein ins Wasser!« Er deutete auf die Kante des Kais unmittelbar neben ihnen, von der eisige Feuchtigkeit heraufzog. Leonora sah ihn entgeistert an, nicht weniger außer Puste. »Spinnst du? Ist doch viel zu kalt! Wir holen uns den Tod! Und«, sie deutete auf die kostbare Fracht unter seinem Hemd, »und die Briefe . . . die Tinte . . .«

»Na und?«, keuchte Nicholas. »Ich hab sie gelesen, ich weiß, was drinsteht! Wenn sie uns kriegen, wird Walsingham das alles erst recht nie erfahren!«

»Aber – aber ich kann nicht schwimmen . . .«, piepste Leonora kleinlaut und Nicholas konnte ihre Angst heraushören.

»Heda! Habt ihr sie?«, tönte eine Stimme durch den Nebel.

Es klang beängstigend nah. So nah, dass sie keine Zeit mehr verlieren durften. Er fuhr herum und packte Leonoras Hand, zog sie mit sich, geradewegs über die Kaimauer. Nicht mehr als einen Herzschlag dauerte ihr Flug durch die Luft, und doch fühlte er genau, wie sich Leonoras Finger mit den seinen verschränkten, sie deren festen Druck erwiderte. Der Aufprall nahm ihm den Atem und gleich darauf umgab Nicholas das tosende Wasser. Es brannte in seiner Lunge, seinen Augen, der Wunde an seinem Arm, schmeckte bitter und leicht salzig in seinem Mund. Eisern hielt er Leonoras Hand umklammert, als er sie mit sich zog, sie beide mit kräftigen Beinschlägen vorwärtstrieb, so weit weg von ihren Verfolgern, wie er nur konnte. Als er glaubte, sein Brustkorb müsste ihm im nächsten Moment zerplatzen, zwang er sich, langsamere Bewegungen zu machen, um so lautlos wie möglich aufzutauchen.

»Huurchh«, machte Leonora, als sie beide an die Oberfläche kamen und sie krampfhaft nach Luft rang, »huurchh.«

»Pscht«, wisperte Nicholas, »atme leiser. Vertrau mir, ich halte dich fest.« Seine Mundwinkel zuckten unwillkürlich, als er aus ihrem Zappeln genau herauslesen konnte, was sie gerade dachte: *Na du machst mir Spaß!* Aber sie wusste, wie gefährlich ihnen jedes Geräusch werden konnte, und er hörte, wie sie sich bemühte, flacher zu atmen. Wie von selbst glitt sein Arm um ihre Taille, drückte ihren Körper fest an den seinen, während er mit Ruderbewegungen des anderen Armes versuchte, sie beide über Wasser zu halten.

Die Kälte des Flusses drang ihm durch Mark und Bein, während Nicholas verzweifelt in die nebelige Dunkelheit vor ihnen spähte. Lange würden seine Kräfte nicht mehr für ihn und Leonora reichen, nicht in der eiskalten Themse, deren Strömung an ihnen riss und zerrte.

Da! Ein kantiger Umriss. Vermutlich befanden sie sich in der Nähe des hölzernen Steges, an dem die Fährschiffe festmachten! Mit beiden Beinen paddelnd schob er Leonora sachte vorwärts, bis in den Schutz des Steges und hin zur porösen Kaimauer, an der sie endlich Halt fanden. Atemlos und frierend lauschten sie nach oben. Der Fluss schwappte und gluckste gegen den Stein. Ansonsten blieb alles still. Nicht einmal entferntes Rufen oder gar Schreie waren zu hören.

»Warte hier.« Nicholas schwamm nahezu lautlos bis an den Rand des Stegs und linste darunter hervor. »Ich glaube, die Luft ist wieder rein.«

Zur Sicherheit ließen sie noch ein, zwei Augenblicke verstreichen, doch als sich am Ufer immer noch nichts rührte, machten sie sich daran, die Mauer zu erklimmen.

Halb kletterten sie das rissige Gestein empor, halb zerrten sie sich an den aufgequollenen Holzstreben nach oben, bis sie beide keuchend und triefnass auf der Kante des Stegs zu sitzen kamen. Die Nebelschwaden waren lichter geworden und hinter einer Wolke schob der Mond hervor, spendete gespenstisches Licht.

»V-v-verflixt, ist das kalt.« Leonora klapperte mit den Zähnen, während sie immer noch nach Luft schnappte. »W-w-woher kannst du schwimmen?« Ihr Kopftuch war in der Themse geblieben und ihr Haar hing ihr in nassen Flechten über die Schultern.

Nicholas fror ebenso erbärmlich, aber er konnte ein stolzes Grinsen nicht unterdrücken, als er leichthin mit den Achseln zuckte. Eine Spur von schlechtem Gewissen nagte an ihm, dass er Leonora einfach mit ins Wasser gerissen hatte. Auch wenn er genau wusste, dass er keine andere Wahl gehabt hatte. Er wartete auf eine von Leonoras üblichen spitzen Bemerkungen, doch sie schwieg, bedachte ihn nur mit einem seltsamen Blick, der ihn verlegen machte. Scheu sah er sie von der Seite an, als sie sich aufrappelte und aus ihrem Wams schälte, um es notdürftig auszuwringen. Hastig wandte er den Kopf ab. Er wollte nicht dabei ertappt werden, wie er die beiden kleinen Hügel anstarrte, die sich unter ihrem durchscheinenden Hemd abzeichneten und die ihm irgendwie neu erschienen.

»Was nun?«, fragte er und sah sich lauernd um.

»Wart's ab«, sagte sie. »Jetzt bin ich wieder an der Reihe mit den guten Einfällen!« Sie lächelte ihn an, während sie immer noch zitternd ihr nasses Kleidungsstück wieder überstreifte, ihr Haar zu einem dicken Strang drehte und ausdrückte. Vom Steg sprang sie auf den Kai hinauf. Daumen und Zeigefinger in den Mund gesteckt, begann sie zu pfeifen, immer im gleichen Rhythmus, lang-kurz-lang, lang-kurz-lang, gellend von den Mauern zurückgeworfen und weit über das Wasser hallend.

»Lass uns nicht im Stich, bitte, komm«, flüsterte sie zwischen den einzelnen Pfiffen und es klang wie eine Beschwörungsformel. »Du musst uns doch hören, wir sind hier!«

Nicholas starrte sie entgeistert an. Was zum Kuckuck tat sie da? Immer mehr kam ihm diese merkwürdige Nacht vor wie ein wirrer Traum, aus der er jede Minute erwachen konnte.

Nebel und Wolken hatten sich inzwischen fast gänzlich verzogen und das Licht des Mondes war beinahe schmerzhaft grell. Alles erschien plötzlich ganz und gar unwirklich, als ob sich die Erde langsamer drehte . . . oder gänzlich stehen geblieben war.

Er musste wirklich träumen, denn einen Moment später hörte er das Klacken von Pferdehufen, das schnell näher kam, ein ungestümes Wiehern, dann eine tiefe Männerstimme. Um wieder zu sich zu kommen, kniff er sich mit steif gefrorenen Fingern in den Arm, als ihnen jetzt zwei Pferde entgegengetrabt kamen: ein größeres, dessen Reiter ein kleineres am Zaumzeug neben sich herführte.

»Gott sei Dank, dass du kommst«, rief Leonora aus, nahm das Zaumzeug des kleineren Tieres aus der Hand des Reiters und schwang sich geübt in den Sattel. »Wir müssen in die Seething Lane, zu Walsingham, und zwar so schnell wie möglich.« Der Reiter stieg ab und sagte etwas, das rollend und fremdländisch klang. Mit den gleichen Lauten antwortete Leonora und in ihrem Tonfall vermischten sich Barschheit und Schuldbewusstsein.

Wie betäubt ließ Nicholas es geschehen, dass ihm in den Sattel geholfen wurde, ehe der Reiter hinter ihm wieder aufsaß. Ein Zungeschnalzen; das Pferd ruckelte unter Nicholas und setzte sich in Bewegung. Ihm wurde entsetzlich schlecht. Er schloss die Augen, kämpfte gegen Schwindel und Übelkeit an. Ein kalter Wind umfloss ihn und ihm war, als erstarrte er darin zu purem Eis. »Schlafen nicht gut, Junge«, sagte die tiefe Stimme hinter ihm in gebrochenem Englisch und eine warme Hand rüttelte ihn an der Schulter. »Nicht schlafen!«

Nicht schlafen, wiederholte Nicholas lautlos, *nicht schlafen.* Er blinzelte zur Seite. Sein Blick traf sich mit dem Leonoras. Und in diesem Moment verstand er, was das Wort »Geborgenheit« bedeutete.

In der Seething Lane herrschte großer Aufruhr. Walsinghams Haus war hell erleuchtet. Davor drängten sich Männer zu Pferd, Männer zu Fuß, die Fackeln in den Händen hielten. Einzelne Befehle schallten durch die Nacht. Helme schimmerten auf, Degen und Sporen.

Nicholas' Beine waren gefühllos vor Kälte und gaben unter ihm nach, als der Mann ihm aus dem Sattel half.

»Nicholas!«, rief eine bekannte Stimme, und als er aufsah, stand Walsingham vor ihm. Nicholas hätte ihn beinahe nicht wiedererkannt; er hatte ihn noch nie anders als in einem seiner Gelehrtengewänder gesehen und nun trug er hohe Stiefel, Reiterhosen und ein Wams. »Schnell, eine Decke!«, bellte er und rieb Nicholas' bebende Schultern. »Junge, du wirst dir noch den Tod holen. Ab ins Warme und raus aus den nassen Sachen!«

»N-nein-n«, klapperte Nicholas, »Thr-thr-throck-m-m. . .« Wider besseres Wissen griff er mit kältestarrer Hand unter sein Hemd und zog eine klumpige, weißlichgraue Masse hervor, die ihm zwischen den Fingern hindurchquoll, nur noch vereinzelt von besonders hartnäckiger Tinte gesprenkelt. Er war den Tränen nahe. »Tut-tut m-m-mir l-l-l-eid, d-die B-b-b-beweise . . .«

»Schon gut«, meinte Walsingham mit einer Sanftheit, die Nicholas bei ihm nie für möglich gehalten hätte, und legte die Decke, die man ihm reichte, um seine Schultern. »Glaub mir, wir kriegen ihn dran!« Er richtete sich halb auf und brüllte: »Killegrew! Norton! Nehmt Eure Männer und dann Abmarsch!«

Eiliges Getrappel drang an Nicholas' Ohren, das Knallen von genagelten Stiefelsohlen auf Stein. Klirrende Waffen, das nervöse Wiehern von Pferden, donnernde Hufschläge, die sich in die Nacht hinaus entfernten und eine tröstliche Sicherheit vermittelten.

»Du gehst jetzt besser ins Haus, dort –«

Nicholas schüttelte so heftig den Kopf, dass er Angst hatte, seine Wirbelsäule, die zum Eiszapfen erstarrt war, bräche entzwei. »W-w-will m-m-mit«, stammelte er und biss die Zähne zusammen. »M-m-muss Euch vom I-i-inhalt der B-b-briefe berichten. Hab mir a-a-alles gemerkt.«

Walsingham räusperte sich. »Nun gut.« Nicholas stöhnte auf, als ein Reitknecht ein Pferd heranführte und er sich erneut auf eines dieser schwankenden Ungetüme gehoben fühlte. Als Walsingham hinter ihm aufstieg und das Pferd wendete, erhaschte Nicholas noch einen Blick auf Leonora. Ihr Gesicht schimmerte unnatürlich blass und sie zitterte am ganzen Körper, doch ihr Blick hielt den seinen unbeirrbar fest. Die Art, wie der Reiter neben ihr das Zaumzeug ihres Pferdes umfasste, ließ keinen Zweifel daran, dass es sich um ihren Vater handeln musste – und dass Nicholas allein mit Walsingham reiten würde.

Viel Glück, formten ihre bläulichen Lippen.

Auf ihrem Ritt durch die Stadt berichtete Nicholas Walsingham alles, was in den nun zerstörten Briefen gestanden und wie Throckmorton ihn und Leonora überrascht hatte. Walsingham schwieg.

»M-meint Ihr, er ist schon über alle Berge?«, fragte Nicholas schließlich zaghaft.

»Das werden wir gleich sehen«, knurrte Walsingham.

Als sie am St. Paul's Wharf anlangten, hatten die Männer das hohe, turmähnliche Haus bereits umstellt. Weil ein solcher Aufmarsch in nächtlicher Stille nicht unbemerkt bleiben konnte, waren in der Nachbarschaft einige Lichter zu sehen. Köpfe schoben sich durch die Fenster und ein paar besonders neugierige Zaungäste waren auf die Straße gelaufen und gafften, nur halb bekleidet oder in ihren Nachthemden und Schlafkappen.

Walsingham lenkte sein Pferd zur Vordertür und auf eine

Handbewegung von ihm hin hieben zwei Männer mit Äxten auf das Holz der Tür ein. Der zeitlich leicht versetzte Widerhall, der von den Gebäuden dahinter zurückgeworfen wurde, verriet Nicholas, dass die Hintertür gleichermaßen umstellt worden war und sich auch dort die Männer Einlass verschafften. Kaum hingen die Reste zersplittert in den Angeln, stürmte ein Trupp Soldaten ins Haus.

Walsingham war steifbeinig abgestiegen und hatte Nicholas aus dem Sattel geholfen, als ein Grüppchen eilig auf sie zumarschierte. Doch erst als die vier Männer unmittelbar vor ihnen zum Stehen kamen, erkannte Nicholas den Hausdiener Henry, beide Arme von seinen Bewachern auf den Rücken gedreht, den Kopf gesenkt und mit reumütiger Miene.

Einer der drei Soldaten salutierte. »Ist uns beim Umstellen des Hauses geradewegs in die Arme gelaufen, Sir! Trug Papiere bei sich, die er bei seiner Verhaftung zu vernichten suchte, indem er sie verspeisen wollte. Das hier«, er hielt Walsingham einen kümmerlichen Papierrest mit gezackten, gewellten Kanten entgegen, »konnten wir ihm noch aus dem Mund holen.« Mit spitzen behandschuhten Fingern nahm Walsingham ihn entgegen, warf einen kurzen Blick darauf und reichte ihn zurück. »Danke, Norton. Bringt ihn fort.«

Nicholas in seinem Wollumhang folgte Walsingham ins Haus. Durch die geöffnete Küchentür konnte er sehen, wie dort alles durchwühlt und durchstöbert wurde. Immer wieder schepperte es, ging klirrend etwas zu Bruch. Einer der Männer stocherte gar mit dem Schürhaken im erloschenen Herdfeuer herum, um vielleicht Überbleibsel verbrannter Beweise in der Asche zu finden.

»Hier oben, Sir, zweiter Stock!«, brüllte es zu ihnen hinunter. Im Salon schlitzten die Soldaten die Stuhlpolster auf, durchwühlten die Schränke, rissen Bilder von den Wänden. Das Rumsen, das Poltern von Stiefeln, die von der Mansarde hinunterdrangen, verrieten Nicholas, dass auch unter dem Dach alles auf den Kopf gestellt wurde. Und das Weinen, die zackig hervorgestoßenen Befehle ließen ihn sich lebhaft vorstellen, wie Ruby, Master und Mistress Jackson gerade verhört wurden. Auch wenn er wusste, dass er auf der richtigen Seite stand, so fühlte er sich doch wie ein schäbiger Verräter. Und er hoffte, er würde Mistress Jackson nicht unter die Augen treten müssen.

Auf der Schwelle zum Arbeitszimmer blieb Walsingham stehen. Nicholas drückte sich in den Schatten des Türrahmens und spähte hinein. Einzelne Federn, die aus dem Schlafzimmer hereingesegelt waren, schwebten wie Schneeflocken durch den Raum und sanken langsam zu Boden. Die Schubladen des Schreibtischs lagen umgekippt herum oder waren zu losen Latten und Brettern auseinandergebrochen. Ein Gemälde lag aufgeschlitzt und mit zertrümmertem Rahmen am Boden. Und vor dem Fenster, flankiert von zwei Soldaten mit gezückten Degen, stand Sir Francis Throckmorton und starrte stumm auf das blindwütige Durcheinander. Seine Miene war undurchdringlich, aber die Art, wie er seine Kiefermuskeln anspannte, verriet seinen Zorn.

Nicholas las aus der Körperhaltung Walsinghams, wie er diesen Moment auskostete. Dieser Moment, in dem er wusste und vor allem sah, dass die Falle zugeschnappt war. Es waren Stunden wie diese, für die Walsingham lebte. Stunden, in denen das Jagdfieber heiß durch seine Adern strömte, ihn seine Zipperlein vergessen und sich wieder wie ein junger Mann fühlen ließ.

»Guten Abend«, sagte Walsingham kühl.

Throckmorton hob den Kopf. »Guten Abend, Walsingham«, antwortete er und setzte ein spöttisches Lächeln auf, das wie eine Maske wirkte. »Welche Ehre, Euch und Eure Männer als Gäste in meinem bescheidenen Heim willkommen zu heißen. Fühlt Euch ganz wie zu Hause!«

Walsingham sah sich noch einmal in aller Ruhe um, ehe er erwiderte: »Ich würde Euch gerne um Verzeihung bitten für diese . . .«, er machte eine ausholende Geste in den Raum hinein, ». . . Unannehmlichkeiten. Aber nach allem, was ich über Euch weiß, habt Ihr dieses Haus ohnehin nur gemietet. Ihr werdet Euch etwas einfallen lassen müssen, wie Ihr dem Besitzer dies erklären könnt. Und ich kann Euch leider nicht versprechen, dass der Trupp, der sich gerade auf dem Weg zu Eurem Familiensitz befindet, mehr Sorgfalt walten lassen wird.« Throckmorton zuckte vorwärts, doch mit einer ebenso schnellen Bewegung hielten ihn seine Bewacher in Schach. »Doch ich fürchte, das wird nach dieser Nacht ohnehin keine allzu große Rolle mehr spielen«, fügte Walsingham mit einem bedauernden Seufzen hinzu. »Ihr wisst sicher ebenso gut wie ich, dass zum Tode verurteilte Verräter kein Anrecht mehr auf Besitz haben.«

Throckmorton lachte, ein unangenehmes, meckerndes Lachen. »Mit Besitz kennt Ihr Euch ja aus, Walsingham! Ihr seid doch der Sohn eines Weinhändlers, soweit ich mich erinnere.«

»Ganz recht«, stimmte dieser zu. »Nur: Was glaubt Ihr, was Euch Eure noble Abkunft nach dieser Nacht noch nützen wird? Vor dem Henker sind alle gleich.«

»Das werden wir ja sehen!« Throckmortons Lippen zuckten amüsiert. Angesichts seiner verzweifelten Situation schien er Nicholas allzu gelassen zu sein. Als ob er sich mitten in einem

Kartenspiel befände und immer noch einen Trumpf im Ärmel hätte.

»Und ob wir das sehen werden!«, antwortete Walsingham nachsichtig.

»Wir wissen nämlich alles«, rief Nicholas unvermittelt dazwischen. »Ich habe die Briefe gefunden und gelesen und mitgenommen!« Er bebte vor Wut und Kälte, als er vortrat. »Und ich habe Sir Walsingham alles erzählt!«

Jetzt erst fiel Throckmortons Blick auf ihn. Ein Ausdruck von Verblüffung zog über sein Gesicht und schlug dann um in blanken Hass. Mordlust sprühte aus seinen Augen.

Er sprang vorwärts, wurde aber sogleich von seinen Bewachern zurückgezerrt. »Du miese kleine Ratte«, spie er aus und die beiden Wachen hatten alle Mühe, ihn im Zaum zu halten, »mir hinterherspionieren, einen Diebstahl vortäuschen und mich dann verpfeifen! Wenn ich dich in die Finger kriege, dann –«

»Es wird kein *dann* mehr geben, Throckmorton«, schnitt Walsingham ihm das Wort ab.

»Ihr blufft, Walsingham«, erwiderte Throckmorton langsam, doch Nicholas sah, dass er sich keineswegs mehr in Sicherheit wog. »Wenn Ihr die Briefe habt – so zeigt sie mir doch! Oder hat der kleine Schwachkopf sie unterwegs verloren?« Nicholas' Wangen brannten. Throckmorton legte den Kopf in den Nacken und lachte. *»Ich habe Walsingham alles erzählt«,* äffte er Nicholas mit hoher Stimme nach. »Schön für dich! Aber vor Gericht wird dein Zeugnis wertlos sein.«

»Auch wenn Ihr das Studium des Rechts absolviert habt, Throckmorton – überlasst Euren Prozess getrost mir! – Norton?«, rief Walsingham über seine Schulter hinweg.

Zackig trat der Soldat zu seinem Herrn und reichte Walsingham das Papierstück, das er dem flüchtigen Henry aus dem Mund geklaubt hatte. Als Walsingham es glättete, sah Nicholas, dass es eigentlich zwei Papierfetzen waren.

»Ein Stück einer Namensliste – wie überaus entgegenkommend von Euch, Throckmorton!« Walsingham verbeugte sich ironisch. »Lord Howard, Lord Arundel, Lord Paget . . . Und ein angefangener Brief – sogar codiert . . . *Eure verehrte Hoheit Königin Maria«,* las er mit überdeutlicher Betonung vor. *»Ich schreibe Euch in aller Eile, um Euch wissen zu lassen, dass der Tag gekommen ist. Alles ist bereit, nur Euer Segen fehlt uns . . .«* Er reichte die Blattfragmente zurück an Killigrew. »An Eurer Verschlüsselungskunst hättet Ihr allerdings noch feilen können.«

»Das beweist gar nichts!«, rief Throckmorton verächtlich.

»Aber, aber«, gab Walsingham mit unvermuteter Heiterkeit zurück. »Gewiss werdet Ihr uns freiwillig alles erzählen.« Er nickte in Richtung Nortons und eines weiteren Mannes. »Killigrew und Norton sind sehr geduldige und aufmerksame Zuhörer. Und was glaubt Ihr«, er senkte seine Stimme zu einem bedeutungsvollen Flüstern, in dem jedoch jeder einzelne Laut scharf und klar war wie Kristall, »wie redselig ihr erst gegenüber Richard Topcliffe im Keller des Tower sein werdet!«

Throckmorton schluckte bei der Erwähnung des berüchtigten Foltermeisters und Nicholas konnte kalten Schweiß auf seiner Stirn glitzern sehen. Er schien noch etwas sagen zu wollen, aber Walsingham hatte genug gesehen und gehört. »Abführen«, befahl er den beiden Soldaten mit einem Rucken des Kopfes. Sofort packten die Wächter den Verräter und führten ihn zur Tür. Walsingham trat zur Seite und auch Nicholas ging lieber einen Schritt zurück. »Möge Gott der Herr Euch Gnade erweisen«, gab Walsingham leise Throckmorton mit auf seinen Weg. »Ihre Majestät die Königin wird es nämlich nicht.«

Die Soldaten waren kaum aus der Tür, als Nicholas spürte, wie ihm die Beine weich wurden. Das letzte bisschen Kraft, das ihn noch aufrechtgehalten hatte, begann zu schwinden und er fing an zu schlottern – vor Erleichterung, vor Müdigkeit, vor Kälte.

Vor seinen Augen begann es zu flimmern, seine Knie gaben nach und er dachte noch: *Du bist ja ein schöner Held, Nicholas Christchurch,* ehe er zusammensackte.

Irgendwo im Gewirr der Straßen und Gassen der Stadt wartete George More in dieser Nacht vergebens auf seinen Herrn Sir Francis Throckmorton und auf den Brief, den er nach Schloss Sheffield hätte bringen sollen. Jener Brief, der vielleicht das Schicksal Englands und seiner Königin besiegelt hätte.

54

Hatchou!« Sein Schädel explodierte in einem farbigen Funkenregen und ein scharfer Schmerz schoss durch ihn hindurch. Nicholas schluckte und verzog das Gesicht. Seine Kehle fühlte sich an wie mit Salz ausgeschrubbt.

»Hatziiii!«, drang ein zierlicheres Echo von irgendwoher an seine Ohren, in denen es merkwürdig pulsierte und rauschte. Mühsam rappelte sich Nicholas hoch und riss die bleischweren Lider auf. Vor ihm flimmerte eine weiße Fläche, wie ein Schneefeld an einem sonnigen Tag, und er musste mehrfach blinzeln, um eine Wolke von Federbett ausmachen zu können.

»Schön, dass du auch mal wieder die Augen aufmachst«, tönte es aus der Ecke, gefolgt von einem erneuten Niesen. Fünf geräumige Sessel mit blau geblümtem Polster und einem bunten Fleck in der Mitte kreisten dort umeinander. Nicholas musste mehrfach die Augen zusammenkneifen, ehe nur noch ein einziger Sessel übrig war und dieser auch noch fest auf seinen gedrechselten Beinen stehen blieb.

»Le-Leonora«, krächzte er, als sich seine Sicht endlich gefestigt hatte und der Farbfleck sich als seine Freundin entpuppte, die sich in buntem Rock und wattierter Weste über der Bluse in den Sessel kuschelte, die Beine unter sich gezogen.

»Ein Glück, dein Gedächtnis hat keinen Schaden erlitten«, meinte sie trocken.

Was Nicholas allerdings stark bezweifelte. Denn in diesem Moment konnte er sich an rein gar nichts erinnern. Er blinzelte durch das Zimmer. Es war nicht groß, aber hübsch hergerichtet mit den blauen Bettvorhängen, die sich um die geschnitzten Pfosten bauschten. Doch sosehr er sich auch bemühte, es wollte und wollte ihm einfach nicht bekannt vorkommen. »Wo sind wir?«

»Bei Walsingham. Das hier ist eines seiner Gästezimmer«, schniefte Leonora und glitt auf dicken Wollsocken zu ihm hinüber. »Lady Walsingham hat dich wieder hochgepäppelt. Fast eine Woche bist du nicht aus deinem Fieber aufgewacht.«

Schattenhaft fielen Nicholas kühle Hände ein, die über seine glühende Stirn gestrichen waren, bitter schmeckende Tinkturen und Aufgüsse, die ihm eingeflößt worden waren.

Schnaufend ließ Leonora sich auf die Bettkante fallen. Hastig blickte Nicholas an sich hinunter und stopfte erleichtert die Bettdecke um sich herum, als er sah, dass er wenigstens ein Nachthemd trug. »Was ist mit deiner Nase? Die leuchtet ja ganz rot«, platzte er heraus.

»Deine hat aber auch eine hübsche Farbe«, gab sie patzig zurück, vergrub dann aber rasch die ihre in einem Taschentuch und trompetete reichlich ungraziös hinein. »Ich sehe schon, du bist fast wieder der Alte«, muffelte sie dahinter hervor. Mit schwachen Armen angelte Nicholas nach hinten und schob sich ächzend eines der Kissen in den Rücken, der sich anfühlte, als sei eine ganze Horde Pferde über ihn hinweggetrampelt. *Pferde* ... Wie ein Sturzbach spülte sich die Erinnerung an jene Nacht zurück in sein Gedächtnis. »War das dein Vater, der uns vom Flussufer zu Walsingham gebracht hat?«

Leonora nickte stolz. »Ich hatte mir schon vorher überlegt, dass wir uns höchstwahrscheinlich schleunigst vom Acker machen müssten. Deswegen hatte ich ihn gebeten, sich ganz in der Nähe zu postieren. Zu blöd nur, dass wir den kleinen Umweg über die Themse nehmen mussten.« Wie zur Bekräftigung nieste sie in ihr Taschentuch. Über Nicholas' bleiches Gesicht huschte der Hauch eines Grinsens. »Das war wirklich zu blöd! Und dein Vater – kam ihm deine Bitte nicht komisch vor? Hat er sich einfach dazu bereit erklärt?«

Leonora senkte den Kopf und machte sich an einem losen Faden ihrer Schürze zu schaffen. »Nicht so ganz«, gab sie zögernd zu. »Ich habe ihm in Mortlake das Versprechen abgenommen, mir zu helfen, wenn ich in der Klemme sein sollte. Ich wusste damals selbst nicht so genau, warum ich ihn darum bat. Es war nur so ein – Gefühl, dass es einmal so weit sein könnte. Er wollte natürlich wissen, warum er uns dort abholen sollte und weshalb ich überhaupt nachts dort sein würde.«

»Hast du es ihm gesagt?«, fragte Nicholas heiser und verfiel in einen bellenden Husten, der böse in seinem Brustkorb rasselte.

Sie schüttelte den Kopf. »Ich habe bei der heiligen Sara geschworen, dass es nichts Unrechtes sei. Außerdem ist es Ehrensache für uns Zigeuner, gegebene Versprechen auch zu halten.«

»Und du hast keinen Ärger bekommen?«

»Do-hoooch«, gluckste Leonora. »Ich war ja schon den ganzen Tag über unterwegs gewesen, hatte mich mit Kit getroffen und die Kleider und das Konfekt besorgt. Und als mein Vater mich dann nachts zurückbrachte, in Jungenkleidern, pitschnass und bereits am Niesen, da hat meine Mutter ein Gezeter angestimmt, wie ich es noch nie erlebt habe. Aber mein Vater hat sie am Arm genommen und nur angesehen. Ich habe ihn noch nie so ernst erlebt. Obwohl er sonst ja nicht so viel von den feinen Pinkeln hält, muss Walsingham mächtig Eindruck bei ihm hinterlassen haben.« Sie schwieg einen Moment, ehe sie weitersprach. »Throckmorton hat übrigens in der Zwischenzeit alles zugegeben. Er schmort jetzt im Tower und wartet auf seinen Prozess und es steht schon jetzt fest, dass er zum Tode verurteilt werden wird. Die Kunde von der geplanten Verschwörung hat sich vom St. Paul's Wharf aus durch die ganze Stadt verbreitet. Meine Mutter hat erzählt, dass ein paar Tage regelrechte Panik herrschte. Aber das Komplott ist geplatzt und überall werden Dankgottesdienste abgehalten, dass Elisabeth in Sicherheit ist. Walsingham verfolgt jetzt alle Spuren, die in Throckmortons Geständnis enthalten waren.« Leonoras Nasenspitze zuckte ein paar Mal amüsiert. »Der König von Frankreich muss laut Walsingham außer sich gewesen sein, als er davon erfahren hat. Dem Herzog von Guise hat er die Hölle heißgemacht und Castelnau ebenfalls. Und der spanische König Philipp schmollt anscheinend in seinem Riesenkasten von Palast, dass ihm ein solch fetter Strich durch die Rechnung gemacht wurde.«

»Dann hat sich das Ganze ja wirklich gelohnt«, seufzte Nicholas auf und es war ihm, als ob ein ganzer Steinbruch von seinem Herzen herunterpolterte. Leonora nickte, dass ihre Locken auf- und abwippten. »Das hat es.« Sie begann unruhig auf der Bettkante herumzurutschen und strahlte dabei über das ganze Gesicht. »Es gibt aber noch etwas Neues!«, krähte sie.

Nicholas erwiderte fragend ihren Blick.

»Kit weiß, dass ich zum Theater will, und er hat es Walsingham erzählt. *Uuundd* – weil Walsingham doch jetzt die Verwaltung aller Theatertruppen übernommen hat –« Sie machte eine kunstvolle Pause und posaunte dann heraus: ». . . werde ich bei einer der Kostüm-Mamsells in die Lehre gehen! Sobald ich wieder ganz gesund bin, fange ich dort an!«

»Was sagen deine Eltern dazu?«, wandte Nicholas ein.

Leonora machte ein huldvolles Gesicht. »Selbst meine Eltern können nicht Nein sagen, wenn Sir Francis Walsingham ein Angebot macht!«

»Gratuliere«, meinte Nicholas mit einem schwachen Lächeln. Es fiel ihm schwer, sich für Leonora zu freuen, obwohl er wusste, dass damit ein Herzenswunsch für sie in Erfüllung ging. »Dann wirst du Kit ja künftig häufiger sehen«, rutschte es ihm heraus und ungewollt bissig noch dazu.

Leonora errötete bis unter die Haarwurzeln. »Oh, ich halte ihn für einen Dichter mit großer Zukunft! Aber als Mann«, in altbekannter Manier warf sie ihre Locken zurück, »als Mann finde ich ihn völlig reizlos!« Dass sie bei den Treffen mit ihm sehr schnell den Eindruck gewonnen hatte, er mache sich ganz einfach nichts aus Mädchen ihres Alters, verschwieg sie wohlweislich. Sie senkte den Blick auf ihr zerknülltes Taschentuch und begann an dessen Saum zu rupfen. »Deine – deine Briefe, die du in St. Paul's hinterlassen hast – die fand ich im Übrigen sehr schön«, flüsterte sie kaum mehr hörbar.

Nun war es an Nicholas, rot zu werden. Aber als er verlegen mit beiden Händen über die Bettdecke strich und sich noch ein Stückchen tiefer darunter verkroch, fühlte er sich, als habe er soeben einen Riesenschritt seiner Genesung entgegengemacht.

55

Es war der Morgen des 17. November und alle Kirchenglocken läuteten zur Feier des Tages und zu Ehren Ihrer Majestät. Doch Elisabeth war wohl die Einzige im gesamten Königreich, der nicht nach Feiern zumute war. Erregt schritt sie in ihren Privatgemächern im Palast zu Whitehall auf und ab und rang die Hände. »Wenn ich nur daran denke: eine geplante Invasion! Die Guisen! Der König von Spanien! Fremde Truppen, auf englischem Boden!« Ihre Pantoffeln klapperten über den Boden, wurden von einem dicken Teppich gedämpft, klapperten erneut, als sie herumwirbelte und zurückmarschierte. Die Schleppe ihres schweren, mit glitzernden Ornamenten übersäten Morgenrocks rauschte über den Boden.

Sir Francis Walsingham unterdrückte ein Seufzen. So ging es nun schon seit Tagen: Jedes Mal, wenn er herbeieilte, um ihr den neusten Stand seiner Untersuchungen zu berichten, folgte einer dieser Ausbrüche. Und nach dem, was ihr Hofstaat berichtete, verliefen die übrigen Stunden des Tages und der Nacht nicht viel anders.

»Ein Mordkomplott! Gegen meine Person! Vonseiten des Adels!« Die überschlanken Hände zu Fäusten geballt trat die Königin nervös ans Fenster. »So lasst doch endlich dieses Gebimmel abstellen!«, sagte sie hilflos und zu niemand Bestimmtem. Ohne auf eine Antwort zu warten, tigerte sie weiter durch den Raum. Nun kreiste sie um den Tisch mit ihrem Frühstück, von dem sie kaum ein paar Bissen genommen hatte, ehe sich Walsingham wie befohlen eingefunden hatte. Auf ihren Wangen hatten sich rote Flecke gebildet, die mit der Farbe ihres locker aufgesteckten Haars wetteiferten.

Walsingham räusperte sich dezent. »Nun, wir konnten ja diesen verabscheuungswürdigen Plan rechtzeitig vereiteln, Eure Hoheit«, versuchte er, sie zu besänftigen.

»Und was wird als Nächstes kommen?«, fuhr sie ihn an und blieb unvermittelt stehen. Gedämpfter fuhr sie fort: »Feinde! Überall! Immer war ich umgeben von Feinden! Seit dem Tag, als ich geboren wurde. Schon als meine Mutter im Verdacht stand, meinen Vater verhext zu haben. Als es hieß, sie habe seine erste Frau durch List und Zauberei verdrängt.«

»Es ist immer gefährlich, wenn es eine Rivalin um die Krone gibt«, deutete Walsingham vorsichtig an. Als er sah, dass sie schwieg und ihm zuhörte, sprach er weiter: »Solange Maria Stuart am Leben ist, werden sich auch Verschwörer für ihre Sache finden – und damit Verräter gegen Euch, Majestät. Erst wenn Maria Stuart nicht mehr –« Lautes Scheppern und Klirren übertönte seine Stimme.

Die Königin hatte ihr Frühstück vom Tisch gefegt. Ein Glas war zersprungen und sein Inhalt zerlief zu einer dunklen Pfütze auf dem Boden. Trauben und süßes Gebäck verteilten sich darin. Äpfel kullerten herum und ein silberner Teller kreiselte noch ein paar Mal, ehe er unweit davon liegen blieb. Walsingham zog kaum merklich die Augenbrauen empor.

»Kein Wort mehr davon«, rief die Königin heiser. Sie starrte auf das Durcheinander auf dem Boden, als läge darin ein Stück ihrer Vergangenheit offenbart. »Ich habe jene Zeit nicht vergessen, als ich noch die nachgeborene Prinzessin war. Als sich Männer hinter meinem Rücken und ohne mein Wissen zusammentaten, um meine Schwester, die Königin, zu stürzen. Als der Schatten dieser Intrigen auch auf mich fiel. Ich habe meine

Tage und Nächte im Tower damals nicht vergessen, Walsingham. Jene Tage und Nächte, als mich nur noch der Federstrich der Königin unter das bereits geschriebene Todesurteil vom Henkersschwert trennte. Nur die Gnade des Herrn hat mich davor bewahrt und nie geht die Sonne auf, ohne dass ich ihm aus ganzem Herzen dafür danke.« Sie sah Walsingham offen an. »Ich bin meiner Cousine nie begegnet und ich hoffe, ich werde das auch nie müssen. Sie hat oft im Unrecht gegen mich gehandelt, das ist wahr. Aber ein solches Schicksal, den unehrenhaften Tod derart vor Augen zu haben – das wünsche ich meiner ärgsten Feindin nicht. Nicht einmal Maria Stuart.« Sie starrte auf ihre Pantoffelspitze, dann glitt ihr Blick zu einem der Fenster hinaus. »Ich habe mir oft ausgemalt, was gewesen wäre, wären wir beide als einfache Milchmädchen geboren worden. Dann hätten die Dinge von Anfang an anders gestanden.«

Sentimentales Gewäsch, knurrte Walsingham inwendig, dem die Beine zu schmerzen begannen.

»Eure Majestät, bei allem Respekt: Irgendwann werdet Ihr Euch zu einer Entscheidung durchringen müssen, was Eure Cousine anbetrifft.«

Elisabeth hob die Hand. Sie wirkte müde. »Irgendwann ist nicht heute, Sir Francis. Und *heute* will ich nichts mehr davon hören. Und morgen ebenso wenig. Kümmert Euch besser um Throckmorton und erstattet mir laufend Bericht!«

Zurück in der Seething Lane ließ sich Walsingham in den Lehnstuhl an seinem Schreibtisch fallen und starrte zum Fenster hinaus. Er hätte zufrieden sein müssen: Throckmorton saß hinter Schloss und Riegel, und was er gegen ihn in der Hand hatte, würde seine Hinrichtung zur Folge haben. Sein Bruder

Thomas Throckmorton war ins Ausland geflohen. Sein Kurier George More hatte sich gestellt und Walsingham hatte ihm im Austausch gegen Informationen die Freiheit zugesichert. Wie Ratten hatten sich die Mitverschwörer in ihre Löcher verkrochen; winselten in den Befragungen, nichts gewusst, nichts geplant zu haben. Die Beweise reichten nicht aus, um bislang unbescholtene Lords zu verhaften und vor Gericht zu stellen. Dass die Briefe, die Nicholas bei sich getragen hatte, bei der Flucht zerstört worden waren, war bedauerlich. Aber selbst wenn sie unversehrt geblieben wären, hätte das nichts an der Tatsache geändert, dass die Großen wieder einmal davonkamen. Maria Stuart war nicht nachzuweisen, dass sie die Umsturzpläne gebilligt oder gar beauftragt hatte. Mendoza genoss diplomatische Immunität und würde ausgewiesen werden. Ebenso wie Castelnau, dessen schriftlicher Versicherung, er sei nicht in alle Details des Komplotts eingeweiht gewesen, Walsingham sogar Glauben schenkte.

Was Walsingham aber am meisten bestürzte, war die Enthüllung des Ausmaßes, in dem Maria Stuart Korrespondenz unterhielt, sowohl in England als auch auf dem Kontinent. Die Leichtigkeit, mit der sie Briefe erhalten und versenden konnte, ohne dass Walsingham davon wusste. Alle Möglichkeiten hierfür dauerhaft zu kontrollieren, das schien selbst einem Sir Francis Walsingham ein beinahe unmögliches Unterfangen.

»Wenn du nicht gegen die Strömung ankommst, musst du dich eben mit ihr treiben lassen«, murmelte er vor sich hin. Courcelles fiel ihm ein, der Fagot versprochen hatte, gefälschte Briefe an Maria Stuart in die geheime Post zu schmuggeln.

»Gefälschte Briefe«, überlegte Walsingham halblaut und ein Lächeln schien in seinem Gesicht auf. Er spann den Faden weiter. »Ein neuer Aufenthaltsort für die schottische Schlange ...

Ein von uns arrangierter geheimer Postweg dorthin ... bis sie sich in Sicherheit wähnt. Und dann Briefe, die ihr die Freiheit und Englands Krone versprechen. So lange, bis sie selbst einen Brief verfasst, in dem sie solchen Plänen unmissverständlich zustimmt und dadurch Hochverrat begeht ... – Das ist es!«, rief er schließlich aus.

Als er sich daranmachte, diesen Plan in allen Details auf dem Papier auszuarbeiten, fiel sein Blick auf einen Brief, der seit über zwei Monaten an seinem Tintenfass lehnte. Schuldbewusst dachte Walsingham daran, dass Nicholas noch immer nichts davon ahnte. Aber mit der Übergabe zu warten, bis dessen Mission erfüllt war, war der ausdrückliche Wunsch des Absenders gewesen. Walsingham zögerte einen Augenblick. Dann legte er die Feder beiseite. »Maria Stuart kann warten«, beschloss er, »zumindest für ein paar Stunden.« Jetzt gab es Wichtigeres zu tun.

Und den Brief in der Hand stieg er die Treppen zu dem Gästezimmer empor, in dem Nicholas sich von den Folgen seines Abenteuers erholte.

Epilog

Mein lieber Nicholas,

sei Sir Francis nicht gram, wenn Du diesen Brief erst erhältst, nachdem wir England schon lange verlassen haben. Es geschah auf meinen alleinigen Wunsch hin. Du solltest Deine Aufgabe ohne derlei Ablenkungen meistern. Und, Nicholas, ich weiß, dass Du Deine Sache mehr als gut gemacht hast. Sir Francis – das kann ich mit Fug und Recht behaupten – hält große Stücke auf Dich, ebenso wie ich.

Du besitzt Mut und einen hellen Verstand und das sind zwei Gaben, auf die Du Dich immer verlassen solltest. Es ist mir nicht leicht gefallen, Dich gehen zu lassen, bist Du uns doch in Deiner Zeit hier wie ein eigener Sohn geworden. Aber es war mir ein Trost zu wissen, dass ich Dich so gut auf das Kommende vorbereitet hatte, wie es mir möglich gewesen war. Ein Trost auch, dass ich Dich zumindest auf Deiner ersten Etappe nicht gänzlich alleine wusste.

Mein geschätzter Freund und Kollege Giordano Bruno hatte mir versprochen, über Dich zu wachen, und er hat mir berichtet, wie wacker Du Dich dort geschlagen hast.

Wenn Du diese Zeilen liest, werden wir vermutlich schon in Böhmen sein, am Hof von Kaiser Rudolf. Er ließ uns zu sich rufen, weil er sich sowohl für meine alchemistischen Experimente als auch für meine Geisterbeschwörungen begeistert.

Diesem Ruf werden wir Folge leisten und ich schreibe Dir zwischen schon gepackten Kisten. Wir – das sind Kelley, meine Frau, die Kinder und meine Wenigkeit. Was noch fehlt, bist Du und Du sollst uns dort jederzeit willkommen sein, sofern Du keine anderen Pläne hast.

Doch gleich, wohin es Dich auch ziehen mag – ich weiß, dass wir uns eines Tages wieder sehen werden. Bis dahin werden meine guten Gedanken Dich auf Deinem Weg begleiten.

John Dee,
geschrieben zu Mortlake, den 21. September Anno Domini 1583«

»Sag bloß, du hast dich noch immer nicht entschieden!«

Nicholas sah auf und lächelte, als Leonora atemlos vor ihm stehen blieb und von einem Bein aufs andere tänzelte. Er legte den Brief zusammen, dessen Falze schon ganz brüchig waren, so oft hatte er ihn in den vergangenen vier Monaten gelesen, und steckte ihn in sein Wams. Ein leichter Dunst lag über dem Steinbau von St. Paul's. Doch der zarte Schimmer darin versprach, dass zumindest die zweite Hälfte dieses Märztages sonnig sein würde. Die Luft schien zu vibrieren, als wartete alles ungeduldig darauf, dass der Frühling mit aller Kraft hervorbrach.

»Noch nicht so recht, nein«, sagte er und schüttelte den Kopf.

»Und weshalb wolltest du dann, dass ich herkomme? Du weißt doch, ich muss nachher gleich wieder ins Theater zur Kostümprobe!«

Nicholas musterte Leonora. Das mattrote Kleid, das sie im Fundus des Theaters abgestaubt, geschickt ausgebessert und für sich geändert hatte, betonte ihre leicht gebräunte Haut und die dunklen Augen und ließ sie fast schon erwachsen wirken.

»Walsingham hat mir ein gutes Angebot gemacht«, platzte er schließlich mit seiner Neuigkeit heraus. »Er meint, allmählich mache ich Phelippes ernsthafte Konkurrenz.«

Leonora schnappte nach Luft. »Wirklich? Das ist ja großartig!« Prüfend sah sie ihm ins Gesicht. »Freust du dich gar nicht darüber?«

Nicholas zuckte mit den Achseln. »Doch. Aber ich weiß nicht, ob es das ist, was ich wirklich will. Und außerdem ...«, er grinste frech, »... schätzt Phelippes Rivalen auf seinem Gebiet nicht sonderlich. Der piesackt mich ohnehin schon genug im Kontor.«

Leonoras Nasenspitze zuckte leicht. »Ich vermisse den Magus auch«, sagte sie leise. Sie hatte Nicholas' Gedanken erraten. Einen Moment lang sahen sie sich nur an, voll stummen Einverständnisses.

Dann blickte Leonora zu Boden und zeichnete mit ihrer Schuhspitze eine Rille im Pflaster nach. »Ich hab gehört, in Böhmen sollen die Mädchen besonders hübsch sein.«

»Mir doch gleich«, brummte Nicholas und sein neuer, blank polierter Stiefel schabte ebenfalls über das Pflaster. Sie schwiegen beide. Es war das gleiche, eigentümliche Schweigen, das sich immer öfter zwischen ihnen eingeschlichen hatte. Eines, in dem beiden etwas auf der Zunge zu liegen schien und doch keiner ein Wort herausbrachte und in dem sie vermieden, einander in die Augen zu sehen.

»Ich hab auch Neuigkeiten«, ergriff Leonora schließlich das Wort. »Erstens sollst du heute Abend zu uns zum Essen kommen. Meine Mutter meint, du sähst immer so verhungert aus, und sie macht eigens für dich ihr berühmtes Gulasch ...« Nicholas sah an sich herunter und grinste. Über den Winter war er entsetzlich in die Länge geschossen und bestand eigentlich nur noch aus Armen und Beinen, die ihm aber meist irgendwie in die Quere gerieten. Sein neues hellgrünes Wams zwickte ihn schon wieder unter den Achseln und die dunkelgrüne Pluderhose würde auch bald zu kurz sein. Nur gut, dass die Belohnung, die er und Leonora jeweils von Walsingham erhalten hatten, nicht zu knapp ausgefallen war.

»Und zweitens?«, hakte er nach, als Leonora nicht weitersprach.

»Zweitens«, erzählte sie dem Pflasterstein, »plant unsere Truppe eine Tournee durch das Land. Im April schon und ich soll mit. Ich freu mich ja auch«, sprudelte sie hastig hervor und schaute mit zusammengekniffenen Augen an den Himmel, als könnte sie aus dem Flug der Vögel dort oben aufmunternde Worte herauslesen. »Ich bin schon viel zu lange wieder an einem Ort, für eine Zigeunerin. Aber andererseits . . .« Sie seufzte herzzerreißend und verstummte.

»Andererseits?« Nicholas runzelte verständnislos die Stirn. Leonora blinzelte und starrte ihn empört an. Dann funkelten ihre Augen schelmisch auf. »Weißt du, manchmal bist du doch sehr schwer von Begriff, Nicholas Christchurch!« Ehe er es sich versah, hatte sie die Arme um ihn geschlungen und küsste ihn schwungvoll mitten auf den Mund.

»Grngg-mhmmm«, gurgelte Nicholas, halb entsetzt, halb entzückt.

Ebenso schnell, wie sie ihn umarmt hatte, ließ sie ihn wieder los, presste beide Hände auf ihren Mund und kicherte, als sei ihr ein besonders guter Streich geglückt. Sie machte ein paar Hüpfer und winkte ihm zum Abschied. »Bis heute Abend!«, rief sie glucksend und rannte davon.

Nicholas stand regungslos und wie betäubt da. Sein Herz machte Bocksprünge und sein Magen wirbelte im Kreis herum. Dann, nach einer kleinen Ewigkeit, zuckten seine Mundwinkel, verzogen sich zu einem Lächeln, das sich immer weiter ausbreitete, bis er strahlte.

Was machte es, dass er nicht wusste, wer seine Eltern waren? Er hatte die Dees, denen er in Böhmen willkommen war. Er hatte die Cheddars, die sich immer freuten, wenn er im

Blauen Karnickel vorbeischaute und die Gäste mit seinen Kartentricks unterhielt. Dann und wann bat Will ihn darum, ihm noch einmal die überstandenen Abenteuer des vergangenen Jahres in allen Einzelheiten zu schildern. Und jedes Mal musste Nicholas den Ärmel aufkrempeln und die fadendünne Narbe zeigen, die Throckmortons Rapier auf seinem Arm hinterlassen hatte. Er hatte die Walsinghams, bei denen er sich doch recht gut eingelebt hatte – wenn ihm auch Mistress Ursula mit ihren Kräutermischungen, die sie ihm um seiner Gesundheit willen verabreichte, manchmal lästig fiel. Mit Tom traf er sich oft und wettete einen Penny beim Hahnenkampf, sofern dieser nicht im Auftrag Walsinghams mit einem Brief durch die Stadt wetzte. Und er hatte Leonora ...

Nicholas konnte dem Magus nach Böhmen nachreisen, neuen Abenteuern entgegen. Er konnte weiterhin fleißig Codes basteln und knacken und seinen Anteil an Walsinghams Machenschaften haben. Ebenso gut konnte er sich Leonoras Theatertruppe anschließen und vielleicht doch Schauspieler werden – etwas, das ihm in letzter Zeit öfters durch den Kopf gespukt war, wenn er sie während der Proben besucht hatte.

Aber wer konnte schon wissen, was morgen sein würde?

In diesem Augenblick durchbrach die Sonne die Dunstglocke und überschüttete die alte Kathedrale von St. Paul's und den Platz davor mit warmem goldgelbem Licht. Nicholas legte den Kopf in den Nacken, schloss die Augen und breitete die Arme aus, als wollte er die ganze Welt umarmen.

Nachwort der Autorin

Nicholas' London gibt es schon lange nicht mehr. Im September 1666 vernichtete ein Großbrand geschätzte fünf Sechstel des gesamten Gebietes innerhalb der alten Stadtmauern – von Newgate und seiner Christ Church, über Salisbury Court und das Haus am St. Paul's Wharf bis hin zur Seething Lane. Auch die mächtige Kathedrale von St. Paul's konnte dem Inferno nicht standhalten und fiel im Feuersturm wie ein Kartenhaus zusammen, so berichten Augenzeugen. Nur der Tower überstand durch seine etwas abseitige Lage diesen Brand und bis heute gibt es dort die berühmten Raben. Auch die London Bridge blieb unversehrt, da nach einem kleineren Feuer Jahre zuvor die nördlichen Brückenköpfe aus Holz durch solche aus Stein ersetzt worden waren. Allerdings ist die heutige London Bridge eine andere und stammt aus dem 20. Jahrhundert.

Im Feuer lösten sich auch unzählige Dokumente von historisch unschätzbarem Wert buchstäblich in Rauch und Asche auf. Doch es liegt ohnehin in der Natur der Spionage, dass manche Einzelheiten oder Beweise für immer im Verborgenen bleiben müssen.

Spione gab es wohl zu allen Zeiten und in allen Kulturen. Aber es wird Sir Francis Walsingham (1532–1590) zugeschrieben, den ersten organisierten Geheimdienst aufgebaut zu haben. Dass Christopher »Kit« Marlowe als Agent für ihn tätig war, ist gesichert. Unklar ist jedoch der Zeitpunkt, zu dem er in Walsinghams Dienste trat. Berühmt wurde er als Autor mehrerer Theaterstücke, von denen *Dido, Königin von Karthago* sein erstes war – und durch seinen frühen Tod. Marlowe starb am 30. Mai 1593 im respektablen Gasthaus der Witwe Bull in Deptford durch einen Messerstich in die Höhlung oberhalb des rechten Auges. (Dass die erste Begegnung zwischen Fagot/Marlowe und Nicholas in ebenjenem Haus der damals noch nicht verwitweten Mistress Bull stattfand, ist reine dichterische Freiheit meinerseits.) Ob es sich tatsächlich um das brutale Ende eines Streits um die Rechnung unter Zechkumpanen handelte, wie es im Untersuchungsbericht hieß, ist fraglich. Im Allgemeinen wird heute angenommen, dass Marlowe ermordet wurde, weil er sich in den Fallstricken der Spionage verfangen hatte. Sein Tod machte den Weg frei für den Aufstieg eines anderen Theaterdichters: William Shakespeare.

Dass ich Marlowe den Gedanken in den Mund gelegt habe, die ganze Welt sei eine Bühne, obwohl dieser aus einem Stück Shakespeares stammt, mögen beide mir nachsehen. Schließlich hat Shakespeare zweifelsfrei manches aus Marlowes Stücken übernommen – nicht, weil es ihm an Einfällen mangelte, sondern, weil dies damals in Dichterkreisen durchaus üblich war. Ebenso entschuldige ich mich bei Christopher Marlowe, dass ich ein paar Zeilen aus einem seiner Stücke so verändert habe, dass sie als Entwurf eines solchen durchgehen sollten.

Ungeklärt ist bis heute auch die wahre Identität des Maulwurfs Henri Fagot in der französischen Gesandtschaft zu Salisbury Court. Mit großer Wahrscheinlichkeit handelt es sich bei Henri Fagot um einen Decknamen. Der Historiker John Bossy stellt in seinem Buch *Agent der Königin. Giordano Bruno und die Londoner Botschaftsaffäre 1583–1586* (Klett-Cotta, Stuttgart 1995) die These auf, es habe sich hierbei um den italienischen Philosophen Giordano Bruno gehandelt. Tatsächlich befand sich auch Bruno zu ebenjener Zeit in Salisbury Court. Die Beweislage, er habe unter diesem Decknamen für Walsingham spioniert, ist aber so dünn, dass Bossy diese These im nachfolgenden Werk *Under the Molehill. An Elizabethan Spy Story* (Yale University Press, 2001) größtenteils wieder umstößt.

Giordano Bruno war tatsächlich sehr gut mit John Dee bekannt, besuchte ihn im Sommer 1583 auch in Mortlake, und er widmete eines seiner Werke Michel de Castelnau. Ob er und Christopher Marlowe sich je begegnet sind, wissen wir nicht. Zumindest aber hat Brunos Werk und Gedankengut bei Marlowe einen so tiefen Eindruck hinterlassen, dass sich in seinen Stücken zahlreiche Anspielungen darauf finden lassen. 1592 wurde Bruno während eines Aufenthaltes in Venedig verraten, in den Vatikan gebracht und wegen Ketzerei und Magie zum Tode verurteilt. Er starb am 17. Februar 1600 auf einem Scheiterhaufen auf dem Campo de' Fiori in Rom. Ein Denkmal erinnert heute dort an ihn.

Ob Christopher Marlowe tatsächlich hinter Henri Fagot steckte, lässt sich ebenfalls nicht beweisen. Jedoch gibt es einige merkwürdige Zufälle: Die Handschriften von Fagot und Marlowe weisen verblüffende Ähnlichkeiten auf. Marlowe hätte die notwendige Bildung und wohl auch Dreistigkeit besessen, sich als Franzose und Priester auszugeben. Das Wortspiel, das sich aus *fagot* in der Übersetzung ergibt, entspräche ebenfalls dem Humor Marlowes, ebenso wie manch gehässige Anspielung in den Nachrichten an Walsingham über die Vorgänge in Salisbury Court. Außerdem sind Dokumente der Universität von Cambridge erhalten, in denen hohe Fehlzeiten für den Studenten Christopher Marlowe ab dem Frühjahr 1583 enthalten sind. Diese decken sich mit den Daten der Briefe Henri Fagots aus Salisbury Court.

Man nimmt auch an, dass Marlowe John Dee (1527–1608, nach anderen Quellen 1609) kannte. Marlowe nahm sich zwar den historischen Faust als Vorbild für sein Stück *Die tragische Historie des Dr. Faustus*. Dieser lebte im deutschen Sprachraum von 1480–1538. Aber schon Marlowes Zeitgenossen sahen in dieser Figur Züge von John Dee. Und Marlowes Stück war wiederum Vorlage für das berühmte zweiteilige Drama von Goethe. Es heißt ebenfalls, die Figur des Magiers Prospero in Shakespeares *Der Sturm* sei von John Dee inspiriert.

Auch das Haus von Mortlake steht schon lange nicht mehr. Auf dem Grundstück befindet sich heute ein moderner Apartment-Komplex und selbst Dees Grabstein ist nicht mehr aufzufinden. Der mechanische Käfer, den der junge John Dee für eine Theateraufführung an der Universität baute, ist historisch verbürgt, wenn auch weder Pläne noch ein wie in diesem Roman beschriebenes Modell überliefert sind. Sir John Harington entwarf in den 1590er-Jahren wirklich ein Wasserklosett für die Königin – eine Neuerung, die sich allerdings erst fast dreihundert Jahre später durchsetzen sollte.

Die im Roman zitierten Bücher aus John Dees Bibliothek stammen von einer Auflistung des gesamten Buchbestandes, die im Frühjahr 1583 ein Londoner Buchhändler im Auftrag Dees machte.

Dees »Engelbotschaften« (im Original *angelic conversations)* geben bis heute Rätsel auf, ähnlich wie die Verse des Nostradamus. Dass die beiden sich je begegnet sind, ist unbeweisbar, aber nicht auszuschließen. Auch wenn es unglaublich klingt: Bis heute (!) wird fraglos davon ausgegangen, dass es sich bei diesen Aufzeichnungen Dees tatsächlich um die Niederschrift von Botschaften aus der Geisterwelt handelt, die von Edward Kelley als Medium im Trancezustand empfangen wurden. Einige wenige Autoren (wie Richard Deacon und Benjamin Wolley, deren Werke darüber Grundlage für die entsprechenden Kapitel waren) vertreten jedoch die Ansicht, dass John Dee darin seine Informationen verschlüsselt hat. Nicht zuletzt, weil John Dee sich tatsächlich viel mit Geheimschriften beschäftigt hat und auch wirklich eine Kopie der *Steganographia* des »Schwarzen Abtes« Johannes Trithemius besaß. Dees Kontakt zu Walsingham und Königin Elisabeth war ebenfalls so eng wie im Roman geschildert. Die erwähnten Besuche der beiden in Mortlake sind historisch belegt und es waren nicht die einzigen im Laufe der Jahre. So mächtig ist der Ruf Dr. Dees als schwarzer Magier bis heute, dass er in sämtlichen Biografien Elisabeths I. allenfalls als Randnotiz auftaucht, obwohl er in jungen Jahren ihr Lehrer und zeitlebens ihr Ratgeber war.

Dass Dee seine Briefe an die Königin mit 007 unterzeichnet hat, ist Tatsache. Ob Ian Fleming (1908–1964), während des Zweiten Weltkriegs selbst als Spion für England tätig, daher den Codenamen für seinen *James Bond* entliehen hat, ist unbekannt, scheint aber naheliegend.

Hintergründe, Ziel und Verlauf der Throckmorton-Verschwörung sowie alle daran beteiligten Personen sind historisch belegt. Auch die verräterischen Briefe in der Kassette unter Throckmortons Bett hat es wirklich gegeben. Doch sind diese nie in Walsinghams Hände gelangt. Wie sie tatsächlich verloren gingen, weiß man nicht. Deshalb habe ich mir erlaubt, sie in Nicholas' Hände zu geben und durch das Wasser der Themse zerstören zu lassen.

Walsingham hatte danach in der Tat die zündende Idee, wie er Maria Stuart eine Falle stellen konnte. Diese schnappte zu: Maria Stuart wurde wegen Hochverrats zum Tode verurteilt und am 8. Februar 1587 auf Schloss Fotheringhay hingerichtet. Sein ausgeklügelter Plan mit den gefälschten Briefen wurde später unter dem Namen Babington-Verschwörung bekannt.

Königin Elisabeth überlebte sie alle: Sie starb am 24. März 1603 im Alter von neunundsechzig Jahren in ihrem Palast zu Richmond friedlich in ihrem Bett. *Wie ein reifer Apfel vom Baume fällt*, nannte es ihr Leibarzt später. Und es ist eine Ironie der Geschichte, dass Maria Stuarts Sohn James ihr auf Englands Thron folgte.

Aber das ist eine andere Geschichte . . .

Nicole C. Vosseler
Konstanz, im März 2007

Verzeichnis der wichtigsten historischen Persönlichkeiten

Hercule François, Herzog von Anjou, (»Monsieur«)
Jüngster Bruder des Königs von Frankreich; Bewerber um die Hand Königin Elisabeths

Lord Arundel
Edelmann aus der Küstenregion der Grafschaft Sussex, der Elisabeth gestürzt sehen will

Giordano Bruno
Ein ehemaliger Mönch aus Neapel; Dichter und Philosoph, Gast in der französischen Gesandtschaft

William Cecil, Lord Burghley
Lordschatzmeister, langjähriger Vertrauter und Berater Elisabeths

Michel de Castelnau
Gesandter des französischen Königs in London

Claude de Courcelles
Sein Sekretär

John Dee
Arzt, Alchemist, Astronom und Astrologe, Mathematiker und Philosoph, Berater und Freund Königin Elisabeths I.

»Henri Fagot«
Deckname eines Agenten, den Walsingham in die französische Gesandtschaft einschleust

Laurent Feron
Schreiber in den Diensten Castelnaus

Herzog von Guise
Französischer Adliger mit großem Einfluss auf den König, fanatischer Gegner der Protestanten und Verwandter Maria Stuarts

Heinrich III.
König von Frankreich, Katholik

Lord Henry Howard
Edelmann; Mitverschwörer von Throckmorton

Edward Kelley
Verurteilter Falschmünzer und Urkundenfälscher, Möchtegern-Alchemist; Assistent John Dees

Herzog von Lennox
Französisch-schottischer Edelmann, der ein doppeltes Spiel um die schottische Krone treibt

Don Bernardino de Mendoza
Spanischer Gesandter in London; fanatischer Katholik und Protestantenhasser

Christopher Marlowe
Student der Universität zu Cambridge, strebt eine Karriere als Theaterdichter an

George More
Leistet Kurierdienste für Sir Francis Throckmorton

Lord Paget
Edelmann; stellt sein Haus für Treffen der Gegner Elisabeths zur Verfügung

Thomas Phelippes
Sekretär Walsinghams; Meister in der Kunst der Verschlüsselungen

Philip II.
König von Spanien und Katholik; bis zu deren Tod mit Elisabeths älterer Halbschwester Maria Tudor verheiratet

Earl of Shrewsbury
Protestantischer Edelmann, »Gastgeber« Maria Stuarts während ihres Arrests auf Schloss Sheffield

Maria Stuart
Elisabeths Widersacherin, die ihr noch aus dem Arrest heraus den Thron streitig zu machen versucht; sowohl mit der Familie des Herzogs von Guise als auch mit den Tudors verwandt

Sir Francis Throckmorton
Edelmann und Verschwörer gegen Königin Elisabeth I.

Edward Tudor (König Edward VI. von England)
Protestant; Sohn Heinrichs VIII. aus dessen dritter Ehe mit Jane Seymour. Da in der Thronfolge Söhne bevorzugt wurden, bestieg er nach Heinrichs Tod dessen Thron, verstarb aber noch sehr jung. Nachfolgerin: Maria Tudor

Elisabeth Tudor (Königin Elisabeth I. von England)
Protestantin; Tochter Heinrichs VIII. aus seiner zweiten Ehe mit Anne Boleyn. Da er Anne Boleyn später hinrichten und die Ehe für ungültig erklären ließ, gab es immer Stimmen, die Elisabeth als »Bastard« betrachteten und ihren Anspruch auf die Krone anzweifelten

Heinrich Tudor (König Heinrich VIII. von England)
Erst Katholik, dann Protestant in selbst gegründeter Kirche. Bis heute am besten dafür bekannt, dass er sechsmal verheiratet war und zwei seiner Ehefrauen hinrichten ließ. Nachfolger: Edward Tudor

Maria Tudor (Königin Maria I. von England)
Katholikin; Tochter Heinrichs VIII. aus seiner ersten Ehe mit Katharina von Aragón und Ehefrau von König Philip II. von Spanien. Genannt »die Blutige«, weil sie in ihrer Regierungszeit Protestanten als Ketzer verbrennen ließ. Nachfolgerin: Elisabeth Tudor

Sir Francis Walsingham
Kopf des englischen Geheimdienstes

Glossar

Alchemie
Alte Geheimwissenschaft, Vorläufer der heutigen Chemie

Anagramm
Wort oder Satz, zusammengesetzt aus umsortierten Buchstaben eines anderen Wortes oder Satzes

Brigantine
Segelschiff mit zwei Masten

Buxton
Kurort in Derbyshire, England

Catull ***(1. Jhdt. v. Chr.)***
Römischer Dichter

Färberwaid
Pflanze, aus der blauer Farbstoff gewonnen wird

Fontainebleau
Schloss französischer Könige südöstlich von Paris; berühmt für seine Architektur und Kunstwerke

Galeasse
Segelschiff mit drei Masten

Habit
Tracht katholischer Ordensgemeinschaften

Hugenotten
Ursprünglicher Spottname für französische Protestanten; später gängige Bezeichnung

Kapaun
Kastrierter und gemästeter Hahn; in der feinen Küche geschätzt für das besonders milde, weiße und fette Fleisch

Kaplan
Priester, der einer nicht kirchlichen Gemeinde vorsteht (z.B. Gefängnis, Schiff oder wie hier eines größeren Haushaltes)

Karavelle
Schiff mit zwei bis drei Masten und dreieckigen Segeln

Krapp
Pflanze, aus der roter Farbstoff gewonnen wird

Kronrat
Versammlung der Ratgeber der Königin

Lordschatzmeister ***(engl: Lord High Treasurer)***
Damals dritthöchstes Staatsamt Englands

Magister
Titel, der damals nach vier Jahren Universitätsstudium verliehen wurde

Magus
Altertümliche (lateinische) Bezeichnung für »Magier«

Michelangelo Buonarotti ***(1475–1564)***
Italienischer Maler, Bildhauer, Architekt und Dichter

Nostradamus ***(eigtl. Michel de Notre-Dame, 1503–1566)***
Französischer Arzt und Apotheker; berühmt für seine niedergeschriebenen „Prophezeiungen"

Notre-Dame-de-la-Mer
Alter Name für die französische Stadt Saintes-Maries-de-la-Mer in der Camargue; bis heute Wallfahrtsort der Zigeuner

Phönix
Fabelwesen: sagenhafter Vogel, der immer wieder in Flammen aufgeht und aus seiner Asche wiederaufersteht

Pinasse
Kleines, aber hochseefähiges Schiff mit zwei bis drei Masten

Plato ***(427 v. Chr.–347 v. Chr.)***
Antiker griechischer Philosoph

Schaluppe
Kutterähnliches Boot mit einem Mast

Sophokles ***(496 v. Chr.–406/405 v. Chr.)***
Griechischer Tragödiendichter

Spiere
Jede Art von Rundholz in der Takelage eines Schiffes, abgesehen vom Mast selbst

Steganographie
Wissenschaft der verborgenen Übermittlung von Nachrichten

Trithemius von Sponheim, Johannes ***(»Der Schwarze Abt«, 1462–1516)***
Abt, Gelehrter, Büchersammler; Autor eines Werkes über -> Steganographie

Vergil ***(70 v. Chr.–19 v. Chr.)***
Römischer Dichter

Währung – im Roman erwähnte Münzen und ihr verhältnismäßiger Gegenwert

1 Penny (Mehrzahl als Münzen: Pennys; als Währungseinheit: Pence)

1 Twopence = 2 Pence
1 Threepence = 3 Pence
1 Sixpence = 6 Pence
1 Shilling = 12 Pence
1 Halbkronenstück = 2 Shilling, 6 Pence
1 Krone = 5 Shilling
1 *angel* = 10 Shilling

Längenmaße

1 inch = 2,54 cm
1 Fuß = 30,48 cm
1 yard = 91,44 cm

Rainer M. Schröder

Die Bruderschaft vom Heiligen Gral

Der Fall von Akkon

Palästina im Jahr 1291, die Herrschaft der Kreuzfahrer im Heiligen Land steht vor ihrem Untergang. Letzte christliche Bastion ist die Hafenstadt Akkon. Unter den todesmutigen Verteidigern der Festung befinden sich auch vier junge Ritter, die fest entschlossen sind, bis zum letzten Atemzug zu kämpfen – doch der Orden hat ihnen eine andere Pflicht bestimmt: Die Rettung des heiligen Grals! Ausgerechnet im belagerten Akkon befindet sich der Kelch des letzten Abendmahls, in dem Joseph von Arimathäa am Kreuz Christi Blut aufgefangen haben soll.

488 Seiten. Gebunden. Schutzumschlag mit Stanzung und Glanzfolienprägung.
ISBN 978-3-401-0**5878**-8
www.arena-verlag.de

Arena

Rainer M. Schröder

Die Bruderschaft vom Heiligen Gral

Das Amulett der Wüstenkrieger

Kairo – von hier aus brechen die vier Ritter nach ihrer abenteuerlichen Befreiung Richtung Paris auf, wo sie den Heiligen Gral der Obhut der Bruderschaft übergeben sollen. Die wochenlange Reise wird für die jungen Gralshüter zur vielfachen Bewährungsprobe – dabei sind Hunger, Durst und Erschöpfung die harmlosesten Gegner und mehrfach scheint der Gral schon unwiderruflich verloren. Doch die größte Gefahr sind die Iskaris, die blutdürstigen Diener des Bösen. Die magischen Fähigkeiten der jungen Templer sind noch nicht annähernd weit genug ausgebildet, um den Kräften der Finsternis auf Dauer zu trotzen …

592 Seiten. Gebunden. Schutzumschlag mit Stanzung und Glanzfolienprägung.
ISBN 978-3-401-0**5879**-5
www.arena-verlag.de

Arena

Rainer M. Schröder

Die Bruderschaft vom Heiligen Gral

Das Labyrinth der schwarzen Abtei

Jahre sind vergangen, seit die vier Tempelritter Gerolt, Tarik, Maurice und McIvor den Heiligen Gral in die Sicherheit der Templerburg gebracht haben. Doch dann lässt am 13. Oktober 1307 der französische König Philipp den Orden zerschlagen. Alle Tempelritter sollen der Inquisition übergeben werden. Doch wer steckt wirklich hinter dem heimtückischen Anschlag? Wessen Einflüsterungen ist König Philipp erlegen? Die vier Gralsjünger ahnen, dass es um weit mehr geht, als nur um Geld oder Macht. Es geht um das letzte Geheimnis des Ordens: Den Heiligen Gral.

544 Seiten. Gebunden. Schutzumschlag mit Stanzung und Glanzfolienprägung.
ISBN 978-3-401-0**5880**-1
www.arena-verlag.de

Arena